PETER SWANSON

Angst sollst du haben

PETER SWANSON

ANGST SOLLST DU HABEN

Thriller

Deutsch von Fred Kinzel

blanvalet

Die Originalausgabe erschien 2019 unter dem Titel
»Before She Knew Him« bei William Morrow, New York.

MIX
Papier aus verantwortungsvollen Quellen
FSC® C083411
FSC www.fsc.org

Penguin Random House Verlagsgruppe FSC® N001967

1. Auflage 2021

Redaktion: Bernd Stratthaus
Umschlaggestaltung: www.buerosued.de
Umschlagmotiv: © Magdalena Russocka/Trevillion Images
BL · Herstellung: sam
Satz: Uhl + Massopust, Aalen
Druck und Bindung: CPI books GmbH, Leck
Printed in the Czech Republic
ISBN 978-3-7341-0888-4
www.blanvalet.de

Für drei Generationen der Galleranis
(aber vor allem für Meghan)

TEIL 1

ZEUGIN

Kapitel 1

Die beiden Paare lernten sich bei einem Nachbarschaftsfest in ihrer Straße kennen, am dritten Samstag im September.

Hen hatte nicht hingehen wollen, aber Lloyd überredete sie. »Es ist nur ein Stück die Straße runter. Wenn du es furchtbar findest, kannst du gleich wieder nach Hause gehen.«

»Kann ich eben nicht«, sagte Hen. »Ich muss mindestens eine Stunde bleiben, sonst fällt es auf.«

»Niemand bemerkt so was.«

»Doch, na klar. Ich kann nicht einfach einen Blick auf meine neuen Nachbarn werfen und dann auf dem Absatz kehrtmachen und wieder verschwinden.«

»Wenn du nicht mitkommst, gehe ich auch nicht.«

»Schön«, zwang sie ihn, Farbe zu bekennen. Sie wusste, er würde allein gehen, wenn ihm nichts anderes übrigblieb.

Lloyd schwieg einen Moment. Er stand vor dem Bücherregal im Wohnzimmer und ordnete es neu. Sie hatten Anfang Juli ein Einfamilienhaus in West Dartford erstanden, während einer der schlimmsten Hitzewellen in der Geschichte von Massachusetts. Zwei Monate später hatte es abgekühlt, und Hen begann, das Haus als ihres zu empfinden. Die Möbel standen alle in den richtigen Räumen, Bilder hingen an der Wand, und Vinegar, ihr Maine-Coon-Kater, wagte sich gelegentlich aus seinem Kellerversteck nach oben.

»Was, wenn ich dich bitten würde, mir zuliebe mitzukommen?«

Mir zuliebe war ein uneingestandener Code zwischen ihnen, ein Schachzug, den Lloyd üblicherweise nur durchführte, wenn es Hen nicht gut ging. In der Vergangenheit hatte er sie auf diese Weise oft morgens aus dem Bett bekommen.

»Tu es nicht für dich. Tu es mir zuliebe.«

Manchmal störte sie der Ausdruck und die Art und Weise, wie Lloyd ihn einsetzte, aber sie verstand auch, dass er für Gelegenheiten reserviert war, die Lloyd für wichtig hielt. Wichtig für sie beide.

»Also gut, ich komme mit«, willigte sie schließlich ein, und Lloyd sah sie lächelnd an.

»Ich entschuldige mich im Voraus, falls es schrecklich wird«, sagte er.

Der Samstag war sonnig und sehr windig. Böen zerrten sporadisch an dem Plastiktischtuch, das von Schalen voller Nudelsalat, Hummus und Pita ohne Ende und Chips beschwert wurde. Dartford war ein wohlhabender Vorort von Boston, fünfundvierzig Minuten von der City entfernt, aber in West Dartford, auf der anderen Seite des Scituate River, waren die Häuser kleiner und standen dichter beisammen. Sie waren einst alle für die Arbeiter einer längst stillgelegten Fabrik gebaut worden, die man vor Kurzem in Ateliers für Künstler umgewandelt hatte. Die umgebaute Fabrik war einer der Gründe, warum sich Lloyd und Hen für diese

Gegend entschieden hatten. Hen hatte ihr eigenes Atelier in fußläufiger Entfernung von zu Hause, und Lloyd konnte mit dem Vorortzug – der Bahnhof war ebenfalls zu Fuß erreichbar – zur Arbeit nach Boston fahren. Sie würden weiterhin nur ein Auto brauchen, die Kreditraten fielen geringer aus als für ihr Haus in Cambridge, und sie lebten praktisch auf dem Land, abseits des Trubels.

Aber auf dem von hippen jungen Paaren dominierten Nachbarschaftsfest fühlte sich West Dartford nicht so viel anders an als ihr früheres Viertel. Eine Frau namens Claire Murray – dieselbe, die persönlich die Einladungen zum Fest verteilt hatte – stellte Hen und Lloyd allen vor. Wie immer ergaben sich Gespräche nach Geschlechtern getrennt: Hen erklärte mindestens dreimal ihren Namen – »Kurzform von Henrietta« – und weitere dreimal, dass sie Vollzeit als Künstlerin tätig sei, und nein, erzählte sie zwei der Frauen, sie habe noch keine Kinder. Nur eine, eine Rothaarige mit dunklen Sommersprossen, die ein T-Shirt mit dem Logo einer Vorschule trug, fragte Hen, ob sie Kinder zu bekommen plane. »Wir werden sehen«, log Hen.

Nachdem sie wirklich köstlichen Nudelsalat und einen halben trockenen Cheeseburger gegessen hatte, fand sich Hen, zu ihrer Erleichterung mit Lloyd zusammen, im Gespräch mit dem offenbar einzigen anderen kinderlosen Paar auf dem Fest wieder. Wie sich herausstellte, wohnten Matthew und Mira Dolamore in dem Haus im holländischen Kolonialstil genau neben ihrem eigenen.

»Sie müssen zur selben Zeit gebaut worden sein, meint ihr nicht?«, fragte Lloyd.

»Alle Häuser in dieser Straße wurden zur selben Zeit gebaut«, erläuterte Matthew und rieb sich über die Stelle zwischen Unterlippe und Kinn. Als er die Hand wegnahm, sah Hen, dass er dort eine Narbe hatte wie Harrison Ford. Er sah gut aus, dachte Hen, nicht auf Harrison-Ford-Art, sondern in dem Sinn, dass alle seine Merkmale – das dichte braune Haar, die hellblauen Augen, das kantige Kinn – die Züge eines gutaussehenden Mannes waren, auch wenn sie zusammen etwas ergaben, was hinter den Einzelteilen zurückblieb. Seine Haltung war steif, und er trug ein Anzughemd, das in einer Jeans mit altmodisch hoher Taille steckte. Mit seinen breiten Schultern und seinen großen, knochigen Händen erinnerte er Hen an eine Schaufensterpuppe. Später, bei ihrem gemeinsamen Abendessen, würde sie zu dem Schluss kommen, dass er einer jener harmlosen, fröhlichen Männer war, die Sorte Mensch, bei denen man sich freute, wenn man sie traf, aber an die man nie dachte, wenn sie nicht da waren. Viel später sollte sie erkennen, wie falsch sie mit diesem ersten Eindruck gelegen hatte. Aber an diesem sonnigen Samstagnachmittag war Hen einfach froh, dass Lloyd wieder an ihrer Seite war und sie die Unterhaltung nicht allein bestreiten musste.

Mira, die etwa halb so groß war wie ihr Mann, rückte näher an Hen heran. »Ihr habt auch keine Kinder«, sagte sie, es war eher eine Feststellung als eine Frage, und Hen wurde klar, dass ihre neuen Nachbarn sie bei ihrem Einzug im Juli ganz offenbar beobachtet hatten. Es war merkwürdig, dass sie nicht herübergekommen waren, um sich vorzustellen.

»Nein, keine Kinder.«

»Ich glaube, wir sind die einzigen Paare in der Straße, die keine haben.« Sie lachte nervös. Hen konnte nicht umhin zu bemerken, dass Mira äußerlich das genaue Gegenteil ihres Mannes war, dass ihre Züge – eine etwas zu große Nase, ein tiefer Haaransatz, ausladende Hüften – sich zu etwas summierten, das weit attraktiver war als Matthew.

»Was arbeitest du?«, fragte Hen und ärgerte sich augenblicklich über sich selbst, weil sie sofort bei dieser Frage Zuflucht nahm.

Die vier unterhielten sich noch etwa zwanzig Minuten lang. Matthew war Geschichtslehrer an einer privaten Highschool drei Ortschaften weiter, und Mira war Vertreterin bei einem Unternehmen, das Unterrichtssoftware entwickelte, was bedeutete, dass sie mehr Zeit auf Reisen verbrachte als zu Hause, wie sie mehrmals betonte. »Ihr müsst ein Auge auf Matthew haben. Erzählt mir, was er so treibt, während ich fort bin.« Darauf folgte wieder das nervöse Lachen. Hen hätte sie eigentlich schrecklich finden müssen, aber aus irgendeinem Grund tat sie es nicht. Vielleicht hatte der Umzug sie tatsächlich milder gestimmt, aber wahrscheinlich rührte es eher von ihrer gegenwärtigen Medikation her. Ein weiterer noch kälterer Windstoß fegte durch die Straße und ließ die noch grünen Blätter der Bäume rascheln. Hen zog sich die Strickjacke um den Oberkörper und fröstelte.

»Ist dir kalt?«, fragte Matthew.

»Immer«, erwiderte Hen und fügte an: »Ich gehe vielleicht langsam nach Hause …«

Lloyd lächelte sie an. »Ich komme mit.« Dann wandte er sich an Matthew und Mira. »Ob ihr es glaubt oder nicht, wir sind immer noch beim Auspacken. War nett, euch beide kennenzulernen.«

»War nett, dich kennenzulernen, Lloyd«, erwiderte Matthew. »Und dich, Hen. Ist das kurz für …«

»Henrietta, ja, aber von meiner Geburtsurkunde abgesehen hat mich nie jemand so genannt. Immer nur Hen.«

»Lasst uns mal was zusammen unternehmen. Kochen vielleicht, wenn es nicht zu spät wird.« Das kam von Mira, und die vage Zustimmung, die sie von allen Seiten erntete, ließ Hen zu dem Schluss kommen, dass es nie passieren würde.

Deshalb war sie überrascht, als Mira eine Woche später aus ihrer Haustür stürzte, als Hen gerade von ihrem Atelier nach Hause kam.

»Hallo, Hen.«

Wie üblich, wenn sie den ganzen Nachmittag gearbeitet hatte, fühlte sich Hen leicht benommen, aber auf eine gute Art. »Hallo, Miri«, antwortete sie und merkte sofort, dass sie einen falschen Namen benutzt hatte. Ihre Nachbarin korrigierte sie jedoch nicht.

»Ich wollte eigentlich heute Abend vorbeischauen, aber ich hab dich gerade die Straße runterkommen sehen. Möchtet ihr an diesem Wochenende zum Abendessen zu uns kommen?«

»Ähm …«, zögerte Hen.

»Freitag oder Samstag, das spielt keine Rolle«, fügte Mira hinzu. »Sogar Sonntag würde bei uns gehen.«

Hen wusste, sie würde sich nicht aus der Sache herauswinden können, schon gar nicht, wenn sie drei Abende zur Auswahl hatte. Sie und Lloyd hatten keine konkreten Pläne fürs Wochenende, also wählte sie den Samstag und fragte, was sie mitbringen sollten.

»Nur euch selbst. Super. Gibt es etwas, was ihr nicht esst?«

»Nein, wir essen alles«, erwiderte Hen und unterließ es, ihr von Lloyds Phobie vor jeglichem Fleisch zu erzählen, das noch an seinem Knochen hing.

Sie einigten sich auf sieben Uhr am Samstag, und Hen informierte Lloyd, als er am Abend nach Hause kam.

»Okay. Neue Freunde. Bist du dazu bereit?«

Hen lachte. »Eigentlich nicht, aber es ist doch angenehm, bekocht zu werden. Sie finden uns bestimmt sterbenslangweilig und laden uns dann nie wieder ein.«

Sie und Lloyd erschienen Punkt sieben mit einer Flasche Rot- und einer Flasche Weißwein. Hen trug ihr grün kariertes Kleid mit Leggins darunter. Lloyd, der wenigstens geduscht hatte, kam in Jeans und einem Bon-Iver-T-Shirt, das er manchmal zum Laufen trug. Sie wurden ins Wohnzimmer geführt – der Grundriss war identisch mit ihrem eigenen –, wo sie um einen niedrigen Kaffeetisch Platz nahmen, auf den genug Häppchen für eine kleine Party drapiert waren. Hen und Lloyd saßen auf einer beigen Ledercouch, Matthew und Mira in dazu passenden Sesseln. Der Raum war sehr weiß und steril und unfassbar sauber. An den Wänden hingen interessante Drucke, aber Hen glaubte, sie aus dem Einrichtungshaus Crate and Barrel wiederzuerkennen.

Sie machten eine Viertelstunde Small Talk. Hen fiel auf, dass man ihnen keinen Drink angeboten hatte – tranken die beiden etwa nicht? –, aber es störte sie nicht besonders, sie dachte nur an Lloyd. Aber als sich Mira gerade erkundigte, ob Hen am bevorstehenden Tag der offenen Tür in ihrem Atelier teilnehmen würde, stand Matthew auf und fragte: »Möchte jemand was trinken?«

»Was gibt es?«, entgegnete Lloyd eine Spur zu gierig.

»Wein oder Bier.«

»Ich nehm ein Bier«, sagte Lloyd, während Hen und Mira jeweils um ein Glas Weißwein baten.

Matthew ging hinaus, und Mira fragte noch einmal nach dem Tag der offenen Tür.

»Ich weiß nicht«, sagte Hen. »Ich hab mich gerade erst eingerichtet, quasi gestern. Es kommt mir komisch vor, dass plötzlich Leute da durchspazieren sollen.«

»Du solltest es tun«, sagte Lloyd.

»Ja, solltest du«, sagte Mira.

»Warst du schon mal beim Tag der offenen Tür?«, wollte Hen von Mira wissen.

»Ja. Wir gehen jedes Jahr hin. Ich zumindest. Manchmal kommt Matthew mit. Es macht Spaß, du solltest es unbedingt tun. Vielleicht verkaufst du sogar was. Ich habe diese Bilder dort erstanden.«

Mira zeigte auf die gerahmten Drucke an der Wand, und Hen bekam ein schlechtes Gewissen, weil sie geglaubt hatte, sie stammten aus einem Möbelladen. Matthew kam mit den Drinks zurück, und Hen bemerkte, dass er für sich selbst eine Dose Ginger Ale mitgebracht hatte.

»Erzähl uns von deiner Kunst«, bat Mira.

Ihren Beruf zu erklären war nicht gerade Hens Lieblingsbeschäftigung, aber sie gab sich Mühe, und Lloyd kam ihr heldenhaft zu Hilfe und übernahm das Ruder. Hen arbeitete seit dem College als Druckgrafikerin, erst im Blockdruckverfahren, später verwendete sie Kupfer- oder Zinkplatten. Jahrelang hatte sie Werke reiner Fantasie geschaffen, groteske, surreale Szenen, meist mit einer Textzeile darunter. Diese Illustrationen schienen aus Büchern zu stammen, häufig schaurige Kinderbücher, die nur in ihrem Kopf existierten. Sie war in ihren Zwanzigern recht erfolgreich gewesen, für mehrere Sammelausstellungen ausgewählt und sogar in einer neuenglischen Kunstzeitschrift porträtiert worden, aber sie hatte ihr Einkommen immer aufstocken müssen, indem sie in Künstlerbedarfsläden jobbte oder ab und zu Bilder für einen prominenten Maler aus dem Bostoner South End rahmte. All das änderte sich, als sie von einem Kinderbuchautor angesprochen wurde, ob sie tatsächlich Illustrationen für das erste Buch einer geplanten Fantasyreihe machen wolle. Sie hatte den Auftrag angenommen, das Buch hatte sich gut verkauft, was ihr den Kontakt zu einer Agentur eingebracht hatte, und inzwischen arbeitete sie in Vollzeit als Kinderbuchillustratorin und schuf nur noch gelegentlich ein Kunstwerk nach ihren eigenen Vorstellungen. Es machte ihr nichts aus. Insgeheim war sie dieser Tage damit zufrieden, wenn man ihr sagte, wie ihre Kompositionen aussehen sollten. Ihr gegenwärtiger Medikamentencocktail, darunter ein Stimmungsaufheller, ein Antidepressivum und etwas, das offenbar die Wirkung des Antidepressivums steigerte, verhinderte seit zwei Jahren, dass Hens bipolare Störung ihr hässliches Haupt erhob, aber sie hatte den Eindruck, dass er ihr außerdem jeden kreativen Antrieb geraubt hatte. Sie war immer noch in der Lage, ihre

Arbeit zu erledigen, liebte sie im Grunde sogar, hatte aber selten eine Idee für eine eigene Kreation. Nicht dass sie Mira und Matthew von alldem etwas erzählt hätte. Mira interessierte sich hauptsächlich für die Fantasybücher, da sie schon von ihnen gehört hatte, und versprach, das erste in der Reihe zu kaufen. Matthew stellte mehrere Fragen zu ihrer künstlerischen Entwicklung, er beugte sich vor und hörte bei ihren Antworten aufmerksam zu.

Sie zogen schließlich ins Esszimmer um, wo das Essen auf Warmhalteplatten auf einem Sideboard bereitstand: Kartoffelbrei, Hähnchenschenkel in einer leuchtend gelben Sauce und grüner Salat.

»Genauso haben meine Großeltern das Essen serviert«, merkte Hen an. »Auf einem Sideboard.«

»Woher stammten sie denn?«, fragte Mira.

Hen erklärte, dass ihr Vater Brite war und ihre Mutter Amerikanerin und dass sie während ihrer Kindheit zwischen Bath in England und Albany im Staat New York hin- und hergependelt seien.

»Ich hatte gleich den Eindruck, als hättest du einen Akzent«, sagte Mira.

»Wirklich? Ich dachte eigentlich, ich hätte keinen.«

»Er ist schwach.«

»Bist du aus …?«

»Ich bin aus Kalifornien, aber meine Eltern kommen beide aus Nordengland. Eine Zeit lang haben sie auch in Pakistan gelebt, und sie haben sich sehr britisch benommen. Alle unsere Mahlzeiten, einschließlich dem Frühstück, wurden von einem Sideboard im Esszimmer serviert.«

»Wie schön«, sagte Hen.

Die Unterhaltung beim Essen war ganz nett, wurde aber nie wirklich lebhaft. Sie sprachen viel über ihre jeweilige Arbeit, die Nachbarschaft, den grotesk überteuerten Immobilienmarkt. Sooft Matthew das Wort ergriff, tat er es, um weitere Fragen zu stellen, meist an Hen. Nach seiner Frage, ob sie das Nachbarschaftsfest gut überlebt habe, war ihr klar, dass er ziemlich einfühlsam sein musste. In der Hoffnung, das Gespräch auf Sport zu lenken, fragte Lloyd, ob Matthew in Sussex Hall irgendwelche Mannschaften betreute. Matthew verneinte (»der einzige Sport, in dem ich je gut war, ist Badminton«). Hen, die unmittelbar nach dem College drei katastrophale Monate lang versucht hatte, Kunst in einer Vorschule zu unterrichten, fragte ihn, ob er Unterrichten als emotional erschöpfend empfinde, und er antwortete, die ersten beiden Jahre seien sehr hart gewesen. »Aber jetzt liebe ich es. Ich mag die Schüler, ich mag es, etwas über ihr Leben zu erfahren, zu beobachten, wie sehr sie sich in ihren vier Highschool-Jahren verändern.« Hen spürte, wie Lloyd ein Gähnen unterdrückte, während er sich methodisch durch mehrere Gläser Wein arbeitete.

Nach dem Dessert – warmer Reispudding mit Rosinen und Kardamom – entschied Hen, sie sollten sich besser auf den Heimweg machen, da sie am nächsten Morgen zu Lloyds Eltern fahren wollten. Es stimmte, aber sie würden frühestens am späten Vormittag aufbrechen.

Die beiden Paare standen im Flur vor der Eingangstür, und Hen sagte noch einmal, dass ihr die Einrichtung des Hauses sehr gefiel.

»Ach, wir sollten noch eine Führung für euch machen«, schlug Mira vor. »Das hätten wir eigentlich schon früher tun sollen.«

Überraschenderweise stimmte Lloyd zu, und Mira führte sie durch die renovierte Küche, zeigte ihnen die Veranda, die sie auf der Rückseite angebaut hatten, dann gingen sie nach unten in Matthews Arbeitszimmer. Der Raum unterschied sich so sehr von den hellen Farben und klaren Linien im Rest des Hauses, dass sich Hen in ein gänzlich anderes Haus versetzt fühlte, vielleicht sogar in eine andere Zeit. Die Wände waren dunkelgrün tapeziert, mit einem feinen Schraffurmuster, auf dem Boden lag ein abgetretener Perserteppich, und der ganze Raum wurde von einem riesigen Schrank mit Glasfront dominiert, voll mit Büchern und Fotos in Bilderrahmen. Es gab einen kleinen Schreibtisch mit einem gepolsterten Ledersessel; die einzige andere Sitzgelegenheit war ein Cordsofa. Nichts in dem Raum wirkte auch nur annähernd modern, und jede verfügbare Fläche wurde von Nippes oder gerahmten Fotos bedeckt, alle in Schwarz-Weiß. Hen, die sich zu kleinen Dingen und allem Alten hingezogen fühlte, machte zwei Schritte ins Zimmer hinein, dann entschlüpfte ihr ein »Oh«.

»Das ist Matthew, wie er leibt und lebt«, erläuterte Mira.

Hen drehte sich lächelnd um und bemerkte, dass Matthew, der während des größten Teils der Führung den Abwasch erledigt hatte, jetzt nervös im Eingang stand. Hen war unwohl zumute, als bekämen sie etwas weitaus Privateres als ein Arbeitszimmer zu sehen. »Ich liebe es«, sagte sie. »So viele interessante Dinge.«

»Ich bin ein Sammler«, sagte Matthew. »Mira ist die… Was ist das Gegenteil von Sammler? Wegschmeißerin?«

Es gab einen Kamin im Raum, und Lloyd fragte, ob er funktioniere, während Hen die Objekte auf dem Kaminsims flüchtig betrachtete. Es war eine merkwürdige Zusammenstellung – eine kleine Schlange aus Messing, hölzerne Kerzenhalter, das Miniaturporträt eines Hundes, ein Leuchtglobus und in der Mitte eine Siegestrophäe, die Figur eines Fechters mitten im Ausfallschritt auf einem silbernen Podest. Einen schrecklichen Moment lang befürchtete Hen, ohnmächtig zu werden. Vor ihren Augen verschwamm alles, und ihre Beine fühlten sich wie Wackelpudding an, dann fing sie sich wieder. *Es ist wahrscheinlich nur ein Zufall*, beruhigte sie sich und trat vor, um die Inschrift auf dem Sockel der Trophäe zu lesen. DRITTER PLATZ DEGEN las sie, dann in kleinerer Schrift etwas, das wie JUNIOR OLYMPICS aussah, und ein Datum, das sie nicht entziffern konnte. Sie wollte nicht zu nahe rangehen. Stattdessen drehte sie sich um und fragte Matthew in möglichst unbekümmertem Tonfall: »Bist du Fechter?«

»Um Himmels willen, nein. Mir hat nur die Trophäe gefallen. Ich habe sie auf einem Hofflohmarkt gekauft.«

»Alles in Ordnung, Hen?«, fragte Lloyd und sah sie beunruhigt an. »Du siehst irgendwie blass aus.«

»Ja, ja, mir geht's gut. Bin nur ein bisschen müde.«

Die beiden Paare traten wieder in die Diele, um sich zu verabschieden. Hen fühlte, wie das Blut in ihr Gesicht zurückströmte. *Es ist nur eine Fechttrophäe – davon muss es Tausende geben*, redete sie sich ein, während sie noch einmal das Abendessen lobte und sich für die Führung bedankte, wobei Lloyd die ganze Zeit die Hand an der Türklinke hatte. Mira küsste Hen auf die Wange, und Matthew lächelte hinter ihr und sagte »Auf Wiedersehen«. Sie konnte es sich nur eingebildet haben, aber es erschien Hen, als hätte er sie genau beobachtet.

Als sich die Tür der Dolamores hinter ihnen geschlossen hatte und sie beide in der kalten, feuchten Luft draußen standen, sah Lloyd Hen an und sagte: »Alles okay? Was war los da drin?«

»Ach, nichts. Ich hatte nur einen kleinen Schwächeanfall. Es war warm da drin, nicht?«

»Eigentlich nicht«, widersprach Lloyd.

Sie waren bereits an ihrer Tür, und Hen wäre gern noch ein wenig länger durch die Nachtluft spaziert, aber sie wusste, Lloyd wollte unbedingt nach Hause und schauen, ob das Spiel der Red Sox noch lief.

Als Lloyd später neben ihr im Bett lag und schlief, versuchte sich Hen einzureden, dass es ein lachhafter Gedanke sei, dass die Welt voller Fechttrophäen sei, die wahrscheinlich alle gleich aussahen. *Aber eigentlich ist es nicht lächerlich, oder? Matthew unterrichtet in Sussex Hall, und dort hat Dustin Miller die Highschool besucht.*

Kapitel 2

Nachdem Mira eingeschlafen war, stand Matthew auf und ging nach unten in sein Arbeitszimmer. Er stellte sich auf dieselbe Stelle, an der die Frau von nebenan gestanden hatte, etwa anderthalb Meter vom Kamin entfernt, blickte auf die Trophäe und versuchte die Inschrift zu lesen. Er konnte Datum und Ort kaum ausmachen, und seine Sehkraft war einwandfrei, außerdem wusste er, was dort stand. Trotzdem, es war nicht ausgeschlossen, dass sie alles gelesen hatte. Es war dumm von ihm gewesen, die Trophäe einfach mitten auf das Kaminsims zu stellen, wo sie jeder sehen konnte – dumm und arrogant. Andererseits, wie hoch war verdammt noch mal die Wahrscheinlichkeit, dass jemand die Verbindung herstellte?

Aber sie hat sie hergestellt, nicht wahr?

Er hatte ihr angesehen, dass sie kurz davor stand, ohnmächtig zu werden. Er hatte jeden Moment damit gerechnet und sich gefragt, ob ihr nicht allzu heller Ehemann schnell genug sein würde, sie aufzufangen, wenn sie umkippte.

Er spürte diesen Knoten in der Brust, den er immer spürte, wenn er nervös war. Er stellte ihn sich als eine Kinderfaust vor, die abwechselnd geballt und geöffnet wurde. Er machte ein paar Hampelmänner, damit das Gefühl verging, und danach sagte er sich, dass er die Trophäe ganz loswerden, sie irgendwo verstecken musste. Der Gedanke erfüllte ihn mit etwas, was er für Trauer hielt.

»Es war gestern doch nett«, sagte Mira am nächsten Morgen noch einmal. »Ich mochte Hen wirklich.«

»Mich würde ihre Kunst interessieren«, sagte Matthew.

»Ich weiß. Lass uns zum Tag der offenen Tür in den Ateliers gehen. Weißt du, wann genau er ist?«

Matthew schaute auf seinem Handy nach, an welchem Wochenende der Tag der offenen Tür stattfand, während Mira Sachen fürs Frühstück aus dem Kühlschrank räumte. Es war eine ihrer wenigen gemeinsamen Gewohnheiten – ein üppiges, warmes Frühstück am Sonntagmorgen.

Nachdem sie Rührei und Hash Browns aus dem übriggebliebenen Kartoffelbrei vom Vortag verspeist hatten, sagte Matthew, er müsse noch Unterricht vorbereiten, ging in sein Arbeitszimmer und schloss die Tür. Er blieb eine Weile in dem dunklen Raum stehen, atmete die Luft ein und stellte sich vor, wie Hen in seinem Zimmer ausgesehen hatte. Sie war klein, dunkel und hübsch. Braunes Haar, große braune Augen und leicht elfenhafte Züge. Der Gedanke, dass sie wusste, was er mit Dustin Miller angestellt hatte – auch wenn sie es nur vermutete –, erfüllte ihn zugleich mit großer Angst und etwas, das sich anfühlte, als würde ihm schwindlig vor Glück. Hatte er deshalb die Fechttrophäe überhaupt behalten? Hatte er gewollt, dass jemand erfuhr, was er getan hatte? Er nahm sie in die Hand. Jetzt würde er sie loswerden müssen, so viel war klar. Aber musste er sie genau in diesem Moment loswerden? Würde er noch heute Besuch von der Polizei bekommen? Möglich. Und was war mit dem Feuerzeug mit der Gravur in seiner Schreibtischschublade? Würde das jemand mit Bob Shirley in Verbindung bringen? Matthew durchströmte ein schmerzliches Bedauern. Ihre neue Nachbarin wäre dafür verantwortlich, dass er sich von seinen wertvollsten Stücken trennen musste. Er atmete langsam durch die Nase und überlegte dann, wie er die Souvenirs aus dem Haus schaffen, aber nicht gänzlich aus seinem Leben verbannen konnte.

Er ging in den Keller und fand dort eine Pappschachtel, die etwa die richtige Größe zu haben schien. Auf dem Weg zurück ins Arbeitszimmer begegnete er Mira; sie hatte sich umgezogen und trug eine Yogahose und ein altes T-Shirt.

»Gehst du spazieren?«, fragte er.

»Nein, ich mache nur mein Yogaprogramm im Fernsehen. Wofür ist die Schachtel?«

Er sagte, er wolle einige der Lehrbücher für Geschichte, die sich im Lauf der Jahre bei ihm angesammelt hatten, nach Sussex Hall zurückbringen.

»Heute?«

»Das hatte ich vor. Dann würde ich wenigstens mal vor die Tür kommen.«

»Es ist Sonntag. Du kannst sie doch auch morgen hinbringen, oder?«

»Eigentlich wollte ich dort auch noch einen Teil meines Unterrichts vorbereiten. Ein paar Daten auf das Whiteboard schreiben.«

Mira zuckte mit den Achseln.

»Komm mit, wenn du willst. Wir können hinterher um den See spazieren.«

»Okay, vielleicht«, sagte sie und ging in Richtung Wohnzimmer. Er sah ihr nach. Er hatte ihren Gang immer geliebt, wie sie sich bei jedem Schritt ein wenig auf die Zehen stellte. Sie hatte ihm erzählt, dass sie sich zwischen fünf und dreizehn Jahren für nichts außer Ballett interessiert hatte, aber ihr Traum war zerplatzt, weil es ihr nicht gelang, wesentlich größer als eins fünfzig zu werden. Sie hatte in der Highschool geturnt, und sie beherrschte immer noch einen Flickflack.

Zurück im Arbeitszimmer wickelte er die Fechttrophäe der Junior Olympics in Zeitungspapier und legte sie ganz unten in die Schachtel. Er packte Bob Shirleys Feuerzeug dazu, die Vuarnet-Sonnenbrille aus Jay Saravans BMW und schließlich die zerfledderte Schulausgabe der *Schatzinsel*, die Alan Manso gehört hatte.

Dann sammelte er mehrere Geschichtsbücher zusammen, die in seinem Arbeitszimmer herumlagen, – Bücher, die er in keinem seiner Kurse mehr verwendete –, und stapelte sie auf die vier Andenken. Zuletzt verschloss er den Karton mit Klebeband und sagte Mira dann, dass er zur Schule fuhr.

Sie war eben mit ihrem Yoga fertig geworden, und im Wohnzimmer war es warm und roch nach ihrem Schweiß, aber nicht unangenehm.

»Ich bin dann weg«, sagte Matthew. »Soll ich auf dich warten?«

»Nein, schon gut. Ich hab hier genug zu tun. Wie lange bist du fort?«

»Nicht lange«, erwiderte er und griff nach seinen Autoschlüsseln und der Sonnenbrille. Er stand noch einen Moment in der Diele und überlegte, ob er alles hatte. Dabei fiel ihm ein, dass Hen oder ihr Mann, Lloyd, vor ihrem Haus stehen oder aus dem Fenster schauen könnten. Sie hatten zwar gesagt, sie wollten irgendwohin fahren, aber was, wenn sie schon zurück waren und ihn mit einem Karton das Haus verlassen sahen? Wäre es offensichtlich, dass er die Trophäe verschwinden ließ? Glücklicherweise lag seine Zufahrt auf der von ihnen abgewandten Seite des Hauses. Er würde also nur ein paar Sekunden für sie sichtbar sein, wenn er das Haus verließ und zu seinem Auto ging. Das konnte er riskieren.

Es war warm draußen, mehr wie im Hochsommer als wie Ende September. Auf der anderen Straßenseite mähte Jim Mills schon wieder seinen Rasen, obwohl er es erst vor ein paar Tagen getan hatte, und von dem Geruch nach frisch geschnittenem Gras und Benzin wurde Matthew leicht übel. Es war eine seiner Aufgaben als Kind gewesen, den Rasen im Garten seiner Eltern zu mähen. Seine Nase lief immer, und seine Hände juckten vom Vibrieren des Mähers, den er schob, und an nassen Tagen bildete das geschnittene Gras Klumpen unter dem Rasenmäher und klebte an seinen Schienbeinen. Er stieg in seinen Fiat und schaltete die Klimaanlage an. Er stellte die Schachtel neben sich auf den Beifahrersitz. Wegen des Geruchs des Rasenmähers hatte er gar nicht mehr daran gedacht, dass Hen und Lloyd ihn mit dem Karton sehen könnten. Wahrscheinlich gut, dass er keinen schuldbewussten Blick auf ihr Haus geworfen hatte.

Es war eine zwanzigminütige Fahrt bis Sussex Hall, einer privaten Highschool mit rund siebenhundert Schülern, von denen eine Hälfte im Internat wohnte und die andere aus den wohlhabenden Städten in diesem Teil Massachusetts' kam. Die Schule stand auf einem Hügel, und bis auf die neuere Turnhalle waren alle Gebäude zur vorletzten Jahrhundertwende aus Ziegel errichtet worden. Matthew liebte seinen Lehrerjob nicht immer, aber er liebte den Campus von Sussex mit seinen Wohnheimen im gotischen Stil und der keiner bestimmten Konfession geweihten Steinkapelle. Er parkte auf einem Lehrerparkplatz, obwohl Sonntag war und er überall hätte parken können. Er betrat das Gebäude durch die Hintertür und stieg sofort die schmale Treppe ins Untergeschoss hinab. Als eine seiner Zusatzaufgaben hatte Matthew die Verwaltung der geschichtlichen Lehrbücher übernommen, die größtenteils in einem der abgeschlossenen Lagerräume im verputzten Keller verstaut waren. Aber er hatte auch einen Schlüssel zum älteren Teil des Untergeschosses, wo die zusätzlichen Klappstühle für Abschlussfeiern lagerten und dahinter die ausgemusterte Einrichtung, Kreidetafeln hauptsächlich und alte Klassenzimmerstühle. In der hintersten Ecke gab es außerdem einen Stapel Kartons, die das ursprüngliche Besteck des Speisesaals enthielten. Dazwischen schob er seinen Karton mit Erinnerungsstücken, weil er sicher war, dass sie so nie gefunden würden, selbst wenn jemand nach ihnen suchen sollte. Und auch wenn jemand den Karton fand – er hatte alle seine Fingerabdrücke sorgfältig abgewischt und sich vergewissert, dass in keinem der alten Schulbücher sein Name stand.

Nachdem er sich oben in der Lehrertoilette die Hände gewaschen hatte, ging Matthew in sein Klassenzimmer, um seine Unterrichtsstunden für die kommende Woche vorzubereiten. Die meisten seiner Stunden hatte er schon Dutzende Male gehalten, aber in diesem Halbjahr hatte er sich bereiterklärt, ein Seminar über den Kalten Krieg für den Abschlussjahrgang zu geben, und er brauchte ein wenig Auffrischung. In dieser Woche konzentrierten sie sich auf die Neuordnung nach dem Krieg. Er hatte schon fast eine Stunde an seinem Schreibtisch gesessen, als er hörte, wie sich die Hintertür mit lautem metallischem Kreischen öffnete, dann folgte ein furchtsames: »Ist da wer?«

Er trat in den schwach beleuchteten Flur hinaus und rief: »Hallo.«

Michelle Brine kam die Treppe herauf und sagte: »Gott sei Dank. Ich hasse es, am Wochenende allein hier zu sein. Es ist unheimlich.«

Michelle hier zu sehen war keine Überraschung. Es war ihr zweites Jahr als Lehrerin, und er fragte sich, wie sie das erste überlebt hatte. Ängstlich, schüchtern und von der ehrlichen Überzeugung beseelt, dass sich ihre Schüler für Geschichte interessierten, war sie in diesem ersten Jahr häufig in Tränen ausgebrochen. Matthew hatte sie unter seine Fittiche genommen, ihr seine Unterrichtsvorbereitungen überlassen und ihr Strategien erklärt, mit denen er Disziplin herstellte. Gegen Ende des zweiten Halbjahrs hatte er sie dann auch in persönlichen Dingen beraten und sie in Bezug auf ihre Beziehung mit ihrem Arschloch von Freund gecoacht.

»Ich bin so froh, dass ich nicht die Einzige bin, die in Panik gerät und an einem Sonntag hierherkommt. Ich bin jetzt schon wieder so weit im Rückstand.« Sie war Matthew zu dessen Klassenzimmer gefolgt. Sie trug Jeans, was sie nie tat, wenn sie unterrichtete, aber er erkannte die bis oben hin zugeknöpfte schwarze Bluse, die sie zusammen mit einem Rock manchmal in der Schule anhatte.

»Am Wochenende ist es angenehm hier, findest du nicht?«

»Ich hasse es, wenn ich die Einzige bin. Wie lange bleibst du?«

»Eigentlich wollte ich gerade gehen.«

»Oh nein.« Sie zog den Reißverschluss ihres Rucksacks auf. »Kannst du dir ganz schnell noch was anschauen? Etwas, was ich mit meinem zweiten Jahrgang vorhabe?«

Nachdem er ihre Vorbereitung für eine Stunde durchgegangen war, in der die Schüler selbst eine Verfassung erarbeiten sollten – »Vielleicht solltest du ihnen erst die echte Verfassung beibringen«, hatte er vorgeschlagen –, hatte sie sich sofort in eine neue Geschichte über ihren Freund Scott gestürzt: Vor zwei Tagen hatte er einen Auftritt mit seiner Band gehabt, von dem er erst um drei Uhr morgens nach Hause gekommen war. Während er am nächsten Tag ausschlief, hatte sie sein Handy überprüfen wollen, aber er hatte das Passwort geändert.

»Das klingt nicht gut«, sagte Matthew.

»Ich weiß, ich weiß. Er betrügt mich, oder?«

»Erzähl mir genau, was er gesagt hat, als du ihn darauf angesprochen hast.«

Matthew, der Mira bereits informiert hatte, dass es doch ein wenig später werden würde, lehnte sich hinter seinem Lehrerpult zurück und tat eins der Dinge, die er sehr gut konnte. Er hörte einer Frau zu.

Kapitel 3

Am Sonntag überlegte Hen, ob sie die Hinweisnummer der Polizei anrufen oder versuchen sollte, mit dem Detective Kontakt aufzunehmen, der die Ermittlung im Mordfall Dustin Miller geleitet hatte – es war inzwischen zweieinhalb Jahre her –, aber sie wusste, wenn sie die Polizei verständigte, würde sie es Lloyd sagen müssen, und das wollte sie noch nicht.

Stattdessen setzte sie sich nach Kaffee und Frühstück und als Lloyd zum Laufen gegangen war mit ihrem Laptop hin und tippte »Dustin Miller Tod« in die Suchmaschine. Sobald die Liste der Artikel auf dem Bildschirm erschien, überrollte Hen eine Welle aus Übelkeit und Aufregung. Vor drei Jahren hatte sie einer neuen Medikation zugestimmt, die ein neuer Psychopharmakologe nach Lloyds Jobwechsel und der damit verbundenen Änderung der Krankenversicherung empfohlen hatte. Das hatte zu einer manischen Phase geführt, in der sie nicht nur eine Unmenge Arbeit erledigt, sondern sich daneben auch obsessiv mit dem Mord an Dustin Miller beschäftigt hatte. Miller hatte in Hens und Lloyds ehemaliger Nachbarschaft gewohnt. Tatsächlich war sie sogar gerade im Huron Village von Cambridge spazieren gegangen, als sie gesehen hatte, wie die Rettungssanitäter eine Bahre mit einer Leiche darauf aus dem viktorianischen Haus rollten, das ein Stück weiter ihre eigene Straße hinunter stand. Sie war stehen geblieben und hatte beobachtet, wie Streifenwagen und Zivilfahrzeuge und schließlich zwei hochgewachsene Männer in grauen Anzügen eintrafen.

Am Abend berichteten dann die Nachrichten über den mutmaßlichen Mord an einem frischgebackenen Absolventen des Boston College, den man tot in seiner Wohnung aufgefunden hatte. Zunächst war Lloyd, schockiert über das Verbrechen in ihrer unmittelbaren Nachbarschaft, genauso interessiert daran gewesen wie sie. Doch als mit der Zeit weitere Einzelheiten bekannt wurden, und als sich abzeichnete, dass die Polizei trotz »vielversprechender Spuren« keinen einzigen Verdächtigen ermittelt hatte, wurde Hens Verhalten immer obsessiver. Sie brütete über jeder noch so nebensächlichen Information, die die Polizei publik machte, und lief mehrmals täglich an dem rosafarbenen viktorianischen Haus vorbei. Es hatte kein Anzeichen für ein gewaltsames Eindringen gegeben, und Hen nahm an, dass Dustins Mörder ihn wahrscheinlich gekannt hatte. Man hatte ihn an einen Stuhl gefesselt gefunden, erstickt unter einer Plastiktüte über seinem Kopf, die mit Klebeband befestigt war. Einige Gegenstände hatten gefehlt, darunter seine Geldbörse, ein Laptop und eine Trophäe, die er bei den Junior Olympics im Fechten gewonnen hatte. Er hatte nicht am Boston College gefochten – dort hatte er Tennis gespielt –, aber er war Fechter in Sussex Hall gewesen, der privaten Highschool außerhalb von Boston, die er von der sechsten bis zur zwölften Klasse besucht hatte.

Dustin hatte eine Facebookseite hinterlassen, und Hen betrachtete sie stundenlang, nicht nur seine alten Posts und Bilder, sondern auch, was Freunde nach seinem Tod geschrieben hatten. Die meisten dieser Kommentare bezogen sich auf seinen letzten Post, eine Aufnahme von seiner Straße – Hens Straße –, die er selbst gemacht hatte, mit blühenden Birnbäumen und einem rosa gestreiften Himmel über den Hausdächern. In einer Ecke des Fotos bewegte sich eine Frau in einem kurzen Rock von Dustin fort. Die Bildunterschrift lautete: »Oh Gott, wie ich meine neue Straße liebe.« Hen las vor und zurück und versuchte dahinterzukommen, ob er sich schlicht auf die blühenden Bäume, die hübschen Häuser und den Frühling in der Luft bezog oder auf das langbeinige Mädchen, das er auf dem Bild eingefangen hatte.

»Du bist ein Mann, Lloyd. Was, denkst du, hat er gemeint? Hat er von dem Mädchen gesprochen?«

Lloyd hatte sich die Facebookseite einige Sekunden lang angesehen, ehe er antwortete: »Welche Rolle spielt das?«

»Er hat das Bild wahrscheinlich wenige Stunden vor seinem Tod aufgenommen.«

»Du glaubst, das Bild hat etwas mit dem Grund zu tun, warum er ermordet wurde?«

»Nein, das habe ich nicht gesagt. Es ist nur … findest du es nicht gruselig?«

»Doch, ich finde es sehr gruselig, und deshalb will ich nicht so viel darüber nachdenken und darüber reden. Und ich denke, du solltest es ebenfalls nicht tun.«

Seit Hen alt genug war, sich in der Bibliothek ihre eigenen Bücher auszusuchen, hatte sie eine morbide Ader besessen und sich mit dem Tod beschäftigt. Es war ihr nie als Belastung erschienen – sie hatte mit ihren düsteren, verstörenden Illustrationen mehrere Kunstauszeichnungen in der Highschool gewonnen –, aber in ihrem ersten Jahr am Camden College hatte sie dann ihren ersten manischen Schub gehabt, bei dem sich Anfälle ungezügelten Selbstbewusstseins in schneller Folge mit lähmender Unsicherheit abgewechselt hatten. Sie konnte nicht schlafen und blieb lange auf, um wie besessen ihre DVDs der ersten Staffel von *Twin Peaks* anzusehen. Im Morgengrauen schlief sie dann ein und begann ihre Vormittagskurse zu versäumen. Sie hatte unaufhörlich negative Gedanken, ihr Geist war ein Fiebertraum von Todesfantasien. Sie stellte sich ausgeklügelte Selbstmorde vor und kaute auf ihren Nägeln, bis sie bluteten. Etwa um diese Zeit fing sich Sarah Harvey, eine andere Erstsemesterstudentin auf ihrem Stockwerk, eine Grippe ein und wurde so krank, dass sie für den Rest des Semesters nach Hause abreisen musste. In Winthrop Hall machte das Gerücht die Runde, dass Sarahs Mitbewohnerin Daphne Myers absichtlich das Fenster in ihrem gemeinsamen Zimmer offen gelassen hatte, damit es Sarah noch schlechter ging. Hen entwickelte eine Fixierung auf Daphne – sie hatte sie vom ersten Moment an nicht gemocht, als sie sich im Einführungsseminar kennengelernt hatten –, und sie redete sich ein, dass Daphne nicht nur versucht hatte, Sarah kränker zu machen: Sie hatte versucht, ihre Mitbewohnerin zu töten. Es war absolut logisch. Die hochgewachsene, blonde Daphne mit den kalten Augen, die im Hauptfach Psychologie studierte, war eine Psychopathin.

Hen kam zu dem Schluss, dass ihr Lebenszweck, der

Grund, warum sie zu genau dieser Zeit in Camden war, darin bestand, die Wahrheit über Daphne Myers herauszufinden. Sie begann sie pausenlos zu beobachten, und je mehr sie sie beobachtete, desto überzeugter war sie davon, dass Daphne ein böser Mensch war. Im November erzählte ihr Daphne, die allmählich immer freundlicher zu ihr wurde – was Hen sehr verdächtig vorkam –, sie werde von Psychologie zu Kunst wechseln, und fragte sie, welche Professoren sie empfehlen könne. Sie hatte Hen sogar eins ihrer Kunstwerke gezeigt, eine Bleistift- und Tuschezeichnung, die Hen wie eine dreiste Kopie ihres eigenen Stils erschien. Es war eine bewusste Provokation, und Hen ging erst zu ihrem Studienberater und dann zur Polizei, der sie erzählte, sie fühle ihr Leben durch Daphne Myers bedroht, die bereits versucht habe, Sarah Harvey zu ermorden. Bei beiden Gelegenheiten war Hen in hysterisches Weinen ausgebrochen. Ihre Eltern wurden verständigt, und Hens Mutter arrangierte einen Besuch, aber noch vor ihrer Ankunft lief Hen um drei Uhr morgens mit nichts weiter als einem übergroßen T-Shirt bekleidet aus Winthrop Hall. Ihre Haut knisterte vor Angst, und in ihrem Kopf surrte eine Kreissäge schrecklicher Gedanken, als sie einen Pflasterstein in Daphne Myers' Fenster warf. Als Daphne aus dem eingeworfenen Fenster schaute, griff Hen sie an und schnitt sich dabei das Handgelenk an einer Glasscherbe auf. Sie wurde in der Notaufnahme behandelt und dann in ein psychiatrisches Krankenhaus eingewiesen, wo sie zehn Tage lang blieb. Sie verließ es mit der Diagnose einer bipolaren Störung und einer gerichtlichen Verfügung, die ihr verbot, sich Daphne Myers auf weniger als fünfhundert Meter zu nähern. Außerdem wurde sie wegen tätlichen Angriffs angeklagt.

Hens Vater, der Anwalt war, versuchte Daphne Myers' Familie dazu zu überreden, dass sie die Klage fallenließen, aber sie weigerten sich. Am Ende wurde ein Vergleich erzielt. Hen stimmte fortgesetzter psychiatrischer Behandlung und gemeinnütziger Arbeit zu und erklärte sich außerdem – und nur zu gern – dazu bereit, Camden zu verlassen und nie mehr Kontakt mit Daphne aufzunehmen. Ihr Vater bat den Richter, die Zeugenaussagen unter Verschluss zu halten, und der Richter war einverstanden, aber nicht bevor etliche lokale Medien von der Sache Wind bekommen hatten. Daphne, das musste man ihr zugutehalten, sprach nie mit Reportern, und Hen tat es ebenfalls nicht, und so erkaltete die Sache schließlich trotz eines Artikels mit dem Titel: »Zickenkrieg zwischen Erstsemestern am Camden College nimmt tödliche Wendung.«

»Ich war mir sicher, dass es Schizophrenie ist, wegen deines Onkels«, sagte ihre Mutter, als sie mit Hen zurück nach Albany fuhr. »Aber jetzt stellt sich heraus, du bist nur total durchgeknallt wie alle andern in dieser Familie.« Sie lachte, dann entschuldigte sie sich. So war sie eben.

Nach einem Jahr, das sie wieder zu Hause verbracht hatte – sechs Monate davon in einem Loch, so tief und schwarz, dass sie glaubte, sie würde nie wieder Freude empfinden, und die andern sechs bei einer schrittweisen Rückkehr zur Normalität –, schrieb sie sich an der State University of New York in Oneonta ein. Dort machte sie einer der Professoren mit der Technik des Gravierens bekannt, und ihr kam es vor, als hätte sie ihren Lebenszweck gefunden.

Lloyd, der alles über das Desaster von Hens erstem Jahr in Camden wusste, brachte es zur Sprache, als sie sich immer zwanghafter mit dem Tod von Dustin Miller beschäftigte.

»Das ist was anderes«, sagte Hen, und an Brust und Hals rötete sich ihre Haut vor Ärger.

»Inwiefern ist es anders?«

»Das hier ist ein Verbrechen, das tatsächlich passiert ist, in *unserer* Straße. Ich verfolge niemanden. Ich bin nicht paranoid.«

»Aber du bist zurzeit ein wenig manisch, das sehe ich dir an.«

Später, als alles schlimmer wurde, kam Hen zu der Überzeugung, dass Lloyd irgendwie auf einen Zauberknopf gedrückt hatte, als er das Wort *manisch* benutzte, und dass damit die dreimonatige Phase anfing, in der sie alle ungelösten Mordfälle der letzten zehn Jahre in Neuengland zu studieren begann und nach einer Verbindung zu Dustin Miller suchte. Zu dieser Zeit bekam sie außerdem Streit mit ihrer Schichtleiterin im Künstlerbedarfsladen, in dem sie in Teilzeit arbeitete. Sie ging nicht mehr hin und erklärte Lloyd, sie wolle sich ab jetzt nur noch ihrer Kunst widmen. Er sagte, dass sie es wahrscheinlich stemmen konnten, aber er wollte, dass sie dem Laden zumindest Bescheid gab.

»Vielleicht brauchst du eines schönen Tages ein Zeugnis«, gab er zu bedenken. »Ich finde einfach, du solltest diese Brücke nicht hinter dir abbrennen.«

»Du hast recht«, räumte Hen ein, aber sie konnte sich nicht dazu aufraffen, den Laden anzurufen. Sie hörte schlicht auf, das Haus zu verlassen, begrub sich in ihrer Arbeit und studierte ungelöste Mordfälle (inzwischen suchte sie auch außerhalb Neuenglands nach möglichen Spuren). Eines Tages im November wachte sie dann spät am Vormittag auf und war völlig durcheinander, alles tat ihr weh, und jedes Verlangen, ein Kunstwerk zu schaffen, war in ihr erloschen. Als Lloyd nach Hause kam, lag sie immer noch im Bett. Er versuchte mit ihr zu reden, aber sie konnte nicht aufhören zu weinen.

»Wir stehen das durch«, versprach er. »Aber du musst mir einen Gefallen tun, okay?«

»Okay.«

»Wenn du Selbstmordgedanken hast, musst du mir Bescheid sagen. Du darfst mich nicht verlassen, egal, was passiert. Du musst am Leben bleiben.«

Hen versprach Lloyd, dass sie ihn nicht verlassen werde, und am Ende hielt sie ihr Versprechen. Zwei Monate lang lebte sie in einer Welt aus Furcht und Beklemmung, und ihre einzigen konstruktiven Gedanken galten möglichen Methoden, sich umzubringen. Aber sie hatte Lloyd ein Versprechen gegeben, auch wenn sie in ihrem tiefsten Innern wusste, dass er ohne sie besser dran wäre. Schließlich, nach einem Tag, an dem sie sich ans Steuer ihres gemeinsamen Autos gesetzt hatte, weil sie ans Meer fahren wollte, um sich zu ertränken, erklärte sie Lloyd bei seiner Rückkehr von der Arbeit, dass sie ins Krankenhaus musste. Er fuhr sie noch am selben Abend in die Notaufnahme.

Hen verbrachte zwei Wochen auf einer psychiatrischen Station, dann weitere zwei in ambulanter Betreuung, bei der sie neben einem neuen Medikamentencocktail eine Reihe von Elektroschockbehandlungen erhielt. Allmählich begann sie sich besser zu fühlen. Ihr altes Leben kehrte zurück – sie wollte Kunst schaffen, Freunde treffen, Reisen planen. Mit der Zeit rückte diese schreckliche Phase in die Vergangenheit. Sie bekam mehr Aufträge für Illustrationen angeboten, als sie annehmen konnte, und ihre Fixierung auf Dustin Miller und ungelöste Mordfälle im Allgemeinen verschwand. Einer der Vorteile der Elektroschocktherapie war, dass ihre Erinnerung an die gesamte Episode bestenfalls verschwommen war, und manches war komplett verlorengegangen. Sie und Lloyd, die immer erwogen hatten, Kinder zu bekommen, trafen die endgültige Entscheidung, auf sie zu verzichten. Stattdessen einigten sie sich darauf, aus Cambridge wegzuziehen und sich ein größeres Haus irgendwo auf dem Land zu suchen.

Sie trank ihren Kaffee aus, der in der Tasse kalt geworden war. Jetzt, da sie sich wieder mit dem Fall Dustin Miller vertraut gemacht hatte, war sie noch überzeugter als am Abend zuvor, dass ihr neuer Nachbar Dustins Mörder war. Das meiste von dem, was sie gelesen hatte, waren alte Nachrichten, aber der *Boston Globe* hatte einen großen Sonderbericht über den ungelösten Mordfall gebracht. Er war im Juli erschienen, als Hen gerade ihren anstrengenden Umzug organisierte (»Wir ziehen danach nie wieder um, das ist dir klar?«, hatte Lloyd ihr versichert), und irgendwie hatte sie ihn übersehen. Er enthielt nicht wahnsinnig viele neue Informationen, aber es hieß darin, dass man Dustin in seiner Zeit in Sussex Hall beschuldigt hatte, eine Mitschülerin sexuell genötigt zu haben. Entweder Hen hatte dieses Detail vergessen, oder es war jetzt erst enthüllt worden. Nein, dachte sie, nie im Leben hätte sie das vergessen. Ausgeschlossen. Damit fügte sich alles zusammen. Der angebliche sexuelle Übergriff hatte sich während der Junior Olympics ereignet, die in jenem Jahr in St. Louis stattgefunden hatten. Ihr Nachbar Matthew Dolamore, der Lehrer in Sussex Hall war, kannte Dustin natürlich – wahrscheinlich war er einer seiner Schüler gewesen. Vielleicht wusste Matthew, dass der – niemals bewiesene – sexuelle Übergriff tatsächlich passiert war. Fünf Jahre später ermordete er Dustin aus Rache oder aus einem Gerechtigkeitsempfinden heraus und nahm die Fechttrophäe an sich. Es war irgendwie absurd, aber durchaus möglich. Hen musste die Trophäe jedoch noch einmal sehen und sich überzeugen, dass Datum und Ort darauf stimmten. Dann und nur dann würde sie die Polizei anrufen. Es war ihre Pflicht, oder etwa nicht? Vielleicht konnte sie es sogar anonym tun.

Hen klappte ihren Computer zu, trat auf die vordere Veranda hinaus und warf einen Blick auf das Haus der Dolamores nebenan. In der Einfahrt stand kein Wagen, aber wie bei ihrem Haus gab es am Ende der Zufahrt eine Einzelgarage. Trotzdem erinnerte sie sich, am Vorabend einen kleineren, dunklen Wagen dort gesehen zu haben. Wie sollte sie die Wahrheit über die Trophäe herausfinden? Sie konnte versuchen, sich ins Haus zu schleichen, während Matthew und Mira nicht da waren, oder noch besser, sie ließ sich von Mira noch einmal zu ihnen einladen. Vielleicht könnte sie ihr eine E-Mail schicken und fragen, ob sie sich noch einmal in ihrem Haus umsehen dürfe, um ein paar Einrichtungsideen zu bekommen. Immerhin hatten sie denselben Grundriss.

Draußen war es warm, wärmer als im Haus. Hen zog ihren Pullover aus, setzte sich in einen der Schaukelstühle und neigte das Gesicht Richtung Sonne. In dieser Haltung saß sie noch immer da, als Lloyd schweißtriefend und schwer atmend von seinem Lauf zurückkehrte.

»Hier gefällt es mir sehr«, sagte er, während er sich am Verandageländer festhielt und seine Beine dehnte.

»Meinst du das Haus oder die Stadt?«, fragte Hen.

»Beides«, erwiderte er. »Wie steht es mit dir?«

»Mir geht's genauso«, entgegnete sie und stand auf. Der warme Wind wehte den Duft von frisch gekochtem Essen heran, und Hen war plötzlich hungrig.

Kapitel 4

Mira ging selten in sein Arbeitszimmer, aber am Sonntagabend traf Matthew sie dort an. Sie putzte sich die Zähne und betrachtete die Bücher im Regal.

»Ich brauche neuen Lesestoff«, erklärte sie, und Schaumflocken spritzten von ihren Lippen. »Sorry«, sagte sie und ging hinaus.

Sie kam ohne Zahnbürste wieder. Ihr Haar wurde von einem Stirnband zurückgehalten, sie hatte sich abgeschminkt, und ihre Haut glänzte noch von der Feuchtigkeitscreme, die sie jeden Abend auftrug.

»Wie wär's mit dem?«, schlug Matthew vor und gab ihr *Die Säulen der Erde*.

»Es ist so dick«, sagte sie. »Außerdem brauche ich ein Taschenbuch.«

»Wann geht dein Flug?«, fragte Matthew. Ihm war eben eingefallen, dass sie am nächsten Tag nach Charlotte aufbrach.

»Erst um drei Uhr nachmittags. Ich hab den ganzen Vormittag frei.«

»Hast du *Alibi für einen König* gelesen?« Matthew gab ihr ein altes, abgenutztes Taschenbuch. Auf dem Cover war eine umgekippte Schachfigur zu sehen, der König.

»Es ist ein Kriminalroman, aber es geht um Richard III.«

»Okay. Gefällt mir. Es ist dünn.« Sie blätterte die erste Seite auf. »Wer ist Christine Truesdale?«

»Weiß ich nicht. Ich habe es gebraucht gekauft.«

Mira las den handschriftlichen Eintrag. »›Christine Truesdale, gelesen am 17. März 1999. Fünf Sterne.‹ Jedenfalls hat es ihr gefallen.«

»Du wirst es lieben. Es ist sehr gut.«

»Hey, was ist aus deiner Trophäe geworden?«, fragte Mira und sah zum Kaminsims, wo Dustin Millers Siegespreis gestanden hatte. Matthew hatte sie durch eine Nachbildung des Steins von Rosetta ersetzt, die er im British Museum gekauft hatte.

»Ach, ich hatte wohl einfach genug davon. Ich dachte, ich wechsle sie aus.«

Mira trat vor und berührte den Rosetta-Stein. »Hen von nebenan hat sich ziemlich für die Trophäe interessiert, hast du das bemerkt?«

»Nein, ist mir gar nicht aufgefallen.«

»Vielleicht war sie früher Fechterin.«

Später im Bett lasen sie beide ihre Bücher, Mira fing mit *Alibi für einen König* an, während Matthew *Der ferne Spiegel* zu Ende las, wahrscheinlich zum dritten Mal. Er liebte Geschichte insgesamt, aber nichts fesselte ihn so sehr wie das Mittelalter, es musste an der Allgegenwart des Todes liegen, am geringen Wert des Lebens, der Rohheit und Lebendigkeit dieser Zeit.

»Glaubst du, wir sehen sie wieder?«, fragte Mira unvermittelt.

Matthew wusste, dass sie von ihren Nachbarn sprach, von Lloyd und Hen, aber er fragte dennoch nach: »Wen?«

»Hen und Lloyd von nebenan.«

»Die sehen wir bestimmt wieder und wahrscheinlich ziemlich oft. Sie wohnen ja direkt neben uns.«

»Du weißt, was ich meine. Ob wir noch mal was mit ihnen unternehmen?«

Matthew und Mira stritten sehr selten – keiner von beiden war auch nur im Entferntesten streitlustig –, aber Mira brachte häufig den Umstand zur Sprache, dass sie sich mehr Freunde wünschte. Sie hatte nie davon gesprochen, als sie noch aktiv versucht hatten, Kinder zu bekommen, aber jetzt, nachdem sie zu dem Schluss gekommen waren, dass es kein Kind geben würde, tat sie es oft.

»Ich weiß nicht. Es war nicht gerade ein prickelnder Abend, oder?« Er fühlte sich schlecht, kaum dass er es ausgesprochen hatte.

»Was? Dir hat es nicht gefallen?«

»Es hat Spaß gemacht. Es war nett. Nur … es ist nicht unbedingt ein Funke übergesprungen.«

Mira rieb sich die Schläfe. »Mit Hen hatte ich schon ein bisschen das Gefühl. Sie war interessant, findest du nicht?«

»Doch. Du solltest sie auf jeden Fall wiedertreffen. Wir müssen ja nicht immer alles als Paar machen.«

»Ich weiß. Aber es wäre trotzdem nett, wenn es funktionieren würde.«

»Geh doch mal mit ihr zum Lunch«, schlug Matthew vor.

»Das mache ich«, sagte Mira, dann fügte sie hinzu: »Du warst nicht so begeistert von Lloyd, oder?«

»Ach«, sagte Matthew, »er war okay. Aber nichts im Vergleich zu Hen. Ich denke, er hat Glück gehabt mit ihr.«

»Das sagst du immer.«

»Und meistens habe ich recht.«

Sie lasen weiter. Wie üblich legte Mira ihr Buch als Erste auf den Nachttisch, machte ihre Lampe aus und schmiegte sich an Matthew. »Ich weiß nicht, wo ich ohne dich wäre«, sagte sie wie jeden Abend, zumindest wenn sie zusammen im Bett lagen. Es war ihre Art, Gute Nacht zu sagen. Außerdem war es eine Art Gebet, dachte Matthew. Er hätte einmal fast eine entsprechende Bemerkung gemacht, aber dann wurde ihm klar, dass es sich anhörte, als hielte er sich für einen Gott.

Matthew las weiter, bis Mira eingeschlafen war. Sie brauchte nur etwa zehn Minuten. Dann drehte sie sich immer von ihm weg, ihre Atmung verlangsamte sich, und meistens murmelte sie unverständliche Worte vor sich hin. Matthew klappte sein eigenes Buch zu, löschte seine Lampe und legte sich dann auf den Rücken. Ein schummriges Grau beherrschte das Zimmer, es war nie so pechschwarz wie in dem Zimmer, in dem er die ersten siebzehn Jahre seines Lebens geschlafen hatte. Er war hellwach; das war er immer, wenn er mit dem Prozess des Einschlafens begann. Es war seine liebste Zeit des Tages, und er dachte darüber nach, welche Geschichte er sich selbst zum Einschlafen erzählen würde. In letzter Zeit war es immer eine von zweien gewesen: In der ersten reiste er in der Zeit zurück, fast genau ein Jahr, als er nach New Jersey hinuntergefahren war und Bob Shirley in der Wohnung ermordet hatte, die er vor seiner Frau geheim hielt. Bob, ein Stadtrat, der mit seinem Vater befreundet gewesen war, war alt und schwach gewesen, und Matthew hatte sich auf seine Brust gekniet und ihm Mund und Nase zugehalten. Die andere Geschichte, die er sich in letzter Zeit immer wieder erzählte, beschäftigte sich damit, was er mit dem Freund seiner Kollegin Michelle anstellen würde, falls sich ihm die Möglichkeit bot, mit ihm allein zu sein. Das war eigentlich die Bettgeschichte, die er sich im Moment am häufigsten erzählte. Aber wegen der Fechttrophäe und wie es sich angefühlt hatte, sie nach so vielen Jahren wieder in der Hand zu halten, beschloss er, sich einem Klassiker zuzuwenden: der Geschichte von Dustin Miller.

Matthew hatte darüber nachgedacht, Dustin zu töten, seit Courtney Cheigh ihn der Vergewaltigung bezichtigt hatte. Ihrer Aussage nach sollte es passiert sein, als sie beide zu einem Fechtturnier nach St. Louis gereist waren. Einige Lehrer hatten damals tatsächlich für Dustin Partei ergriffen, während sich die meisten zurückhielten und erklärten, sie müssten beide Seiten hören, aber Matthew, der diesen eingebildeten, nichtssagenden kleinen Scheißkerl schon verachtet hatte, als er ihn in seinem ersten Jahr an der Highschool in amerikanischer Geschichte unterrichtet hatte, wusste, dass Dustin schuldig war. Und er wusste auch, dass er eines Tages für Gerechtigkeit sorgen würde. Die Zeit arbeitete für ihn – das tat sie immer. Nachdem Dustin seinen Abschluss am Boston College gemacht hatte, hatte er auf seiner Facebookseite praktischerweise die Adresse seiner Wohnung in Cambridge gepostet, deren Miete zweifellos seine Eltern zahlten.

Den ganzen Spätwinter und bis ins Frühjahr hinein hielt

Matthew sich häufig im Huron Village auf und beobachtete Dustin. Er tat es nur, wenn Mira auf Geschäftsreise war. Er ließ sich einen Bart stehen, was er in den Wintermonaten oft tat, und trug eine Schiebermütze, außerdem ließ er Dustin nie einen richtigen Blick auf ihn werfen. Sehr knapp wurde es eines Abends im Village Inn, der einzigen Kneipe in diesem Teil von Cambridge, wo Dustin donnerstagabends manchmal auftauchte. Matthew saß an einem der Tische im hinteren Teil und trank ein Ginger Ale, als Dustin hereinkam und erkennbar auf der Suche nach jemandem den Blick über die Menge schweifen ließ. Aber Matthew spürte, wie Dustin über ihn hinwegsah. Er war auf der Suche nach einer Frau, entweder einer bestimmten oder einfach einer, die er aufreißen konnte. Er ließ sich an der Theke nieder, bestellte ein Bier und schaute das Eishockeyspiel auf einem kleinen Fernseher, der in der Ecke hing.

Diese Beinahebegegnung brachte Mathew auf eine Idee, wie er seinen früheren Schüler töten konnte. Zwei Wochen später – Mira war gerade in Kansas City – kehrte Matthew an einem Donnerstagabend zum Village Inn zurück. Er ging nicht hinein, sondern blieb auf der anderen Straßenseite in seinem Wagen sitzen, löste das Kreuzworträtsel des *Boston Globe* und behielt den Eingang der Kneipe im Auge. Kurz vor zehn kam Dustin leicht unsicheren Schritts die Straße herunter und stieß die Tür des Village Inns auf.

Was folgte, war eine Reihe außerordentlich glücklicher Umstände. Sie sich zu vergegenwärtigen ließ Matthews Haut noch heute kribbeln und seinen Atem schneller gehen. Es fühlte sich an, als würde er einen spannenden Film zum zweiten Mal sehen und immer noch Aufregung verspüren, auch wenn er schon wusste, wie er ausging. Auf Schleichwegen gelangte Matthew unbemerkt zur Rückseite des zu Eigentumswohnungen umgewandelten viktorianischen Hauses, in dem Dustin lebte. Er wohnte im ersten Stock, und auf der Rückseite gab es einen Balkon. Es war nicht leicht, aber Matthew stellte sich auf das Geländer der Terrasse im Erdgeschoss und zog sich zu Dustins Balkon hinauf. Er hatte gehofft, dass die Balkontür offen stehen würde, und das tat sie auch. Mit Handschuhen und einer Sturmhaube über dem Kopf betrat er Dustins Wohnung, blickte sich rasch um, machte sich mit dem Grundriss vertraut und suchte nach einem Versteck. Er hatte auf einen geräumigen Schrank gehofft, aber beide Schränke in der Wohnung waren voller Zeug – Dustin war einer dieser Blender, deren Wohnungen nur deshalb aufgeräumt wirkten, weil sie alle ihre Sachen irgendwohin stopften, wo man sie nicht sah. Matthew versteckte sich unter Dustins Bett. Er wartete und hoffte, dass Dustin allein nach Hause kommen würde.

Er war nicht nur allein, sondern außerdem betrunken. Unter dem Bett hörte Matthew die Wohnungstür laut zufallen und ein paar schwere Schritte. Dann war Dustin in der Toilette und pinkelte lange und kräftig. Er sprach mit sich selbst – unter anderem fing Matthew ein langgestrecktes »großer Gott« auf, während er seine Blase leerte –, und schließlich ging Dustin ins Wohnzimmer. Matthew rechnete damit, gleich den Fernseher zu hören, aber nichts dergleichen geschah. Alles blieb still.

Er zwang sich, mindestens eine Stunde zu warten, dann

kroch er unter dem Bett hervor und schlich ins Wohnzimmer. Seinen Rucksack nahm er mit.

Dustin war in einem Fernsehsessel eingeschlafen, voll bekleidet, in einer Hand noch die Fernbedienung, mit der er den Fernseher hatte einschalten wollen. Die Situation war perfekt. In Matthews Rucksack steckten eine Rolle Klebeband, ein Elektroschocker, mehrere Plastiktüten und sogar ein Schnappmesser, auch wenn Blut zu vergießen das Letzte war, was er im Sinn hatte.

Mit der Elektroschockpistole für alle Fälle in der Linken, fesselte Matthew Dustins Beine mit dem Klebeband an die Fußauflage des Sessels. Dustin wachte die ganze Zeit nicht auf und regte sich erst, als ihm Klebeband um Brust und Oberarme gewickelt worden war. »Was zum ...?«, sagte er, und Matthew verpasste ihm ein Volt aus dem Elektroschocker, der gleichzeitig als Taschenlampe fungierte. Während sich Dustin erholte, klebte ihm Matthew den Mund zu, dann fesselte er seinen Kopf an die Kopfstütze. Es war ein hübscher Kopf mit langem blondem Haar, einem Grübchen im Kinn und makelloser Haut. Er war die schlimmste Sorte von Jäger, einer mit einem Engelsgesicht.

Matthew richtete die Taschenlampe auf sein eigenes Gesicht, und als sich Dustins Augen angepasst hatten und etwas in ihnen aufleuchtete, das Matthew als Wiedererkennen interpretierte, sagte er: »Das ist für Courtney.« Dann zog er die Tüte über Dustins Kopf, verschloss sie am Hals mit Klebeband und sah ihm beim Sterben zu.

Anschließend verbrachte Matthew noch ein wenig Zeit in Dustins Wohnung und suchte nach etwas, das er mitnehmen konnte. Er hatte bereits beschlossen, dass es sinnvoll wäre, Dustins Brieftasche und den Laptop mitzunehmen, um es wie einen Raub aussehen zu lassen. Doch beides würde er sofort wieder loswerden, in einem Container oder auf einer Müllkippe viele Meilen entfernt. Nein, er wollte ein Erinnerungsstück für sich, etwas, das er behalten konnte. In Dustins Schlafzimmer entdeckte er es. Eine Fechttrophäe, eingeklemmt zwischen einer Dose Körperspray und einer Flasche Mundwasser. Er nahm die staubige Trophäe in die Hand und konnte im schwachen Lichtschein erkennen, dass sie tatsächlich von der Reise stammte, auf der er Courtney Cheigh vergewaltigt hatte. Sobald Matthew sie in der Hand hielt, wusste er, dass er sie haben musste.

Er verließ die Wohnung auf demselben Weg, auf dem er gekommen war. Es war eine kalte Frühlingsnacht, und niemand war in der Nähe. Er stieg in seinen Wagen, fuhr nach West Dartford und achtete sorgsam darauf, die erlaubte Geschwindigkeit nicht zu überschreiten.

Bei der Erinnerung an diese beinahe magische Nacht begann Matthew ruhiger zu werden. Er drehte sich auf den Bauch und ließ eine Hand zwischen die Beine gleiten. Er mochte es, so einzuschlafen; solange er zurückdenken konnte, war er so eingeschlafen, die Hand an seinem Glied, wie sich ein Kletterer an einem Felsvorsprung festhalten mochte. Mira regte sich neben ihm und murmelte etwas, was er nicht verstand. Er war froh, dass sie morgen wegflog. Vielleicht war es an der Zeit, ernsthaft mit einem neuen Projekt zu beginnen. Das letzte war schon eine Weile her. Und auch wenn er sonst nichts tat, konnte er sich zumindest mit seinem Bruder verabreden, während Mira fort war. Auch *das* war inzwischen eine ganze Weile her, und Matthew befürchtete, dass Richard, der wusste, dass Mira ihn nicht wirklich mochte, glauben könnte, Matthew selbst könnte ihn ebenfalls nicht leiden. Er würde sich morgen bei ihm melden und fragen, ob er Zeit hatte. Er würde sich Schweinekoteletts braten. Ja, er war irgendwie froh, dass Mira abreiste. Er freute sich, wenn sie ging, aber er freute sich auch jedes Mal, wenn sie wieder zurückkam. Und war das nicht geradezu die Definition einer glücklichen Ehe?

Kapitel 5

Sie hatte einen Abgabetermin, zwei Illustrationen für ein neues Kinderbuch, aber Hen verbrachte den Montagvormittag damit, auf der Westseite des Hauses zu sitzen und ein wenig zu zeichnen, aber hauptsächlich schaute sie zu den Dolamores hinüber.

Die Einfahrt war leer, und Hen nahm an, dass Matthew mit dem Wagen nach Sussex Hall gefahren war. Worauf Hen wartete, war ein Lebenszeichen von Mira, vielleicht würde sie in ihrem eigenen Auto wegfahren, das wahrscheinlich in der von Hens Beobachtungsposten aus nicht einsehbaren Garage stand. Wahrscheinlich war Mira bereits fort, obwohl Hen das Nachbarhaus seit etwa acht Uhr morgens im Auge behalten hatte. Trotzdem, wenn sie Mira tatsächlich wegfahren sah, dann wüsste sie mit Sicherheit, dass das Haus leer war. Sie konnte nachsehen, ob sie ihre Hintertür abgeschlossen hatten, die direkt in die Küche führte. Und wenn nicht, was dann? Ins Haus zu gehen und die Trophäe anzusehen – wie lange würde das dauern? Dreißig Sekunden höchstens. Vielleicht war die Trophäe von 1953, dann würde Hen tief durchatmen und die ganze Sache vergessen. Aber was, wenn sie aus dem Jahr war, in dem Dustin Miller bei den Junior

Olympics einen Podestplatz erreicht hatte? So oder so, sie musste sich Gewissheit verschaffen.

Hen stand auf und machte einige Dehnübungen. Sie war kein geduldiger Mensch, war nie einer gewesen, das Warten erschöpfte sie. Und wenn sie einfach hinüberging und an die Tür klopfte? Wenn niemand aufmachte und nichts von einem zweiten Wagen zu sehen war, dann konnte sie nachsehen, ob eine andere Tür offen war. Was aber, wenn Mira tatsächlich zu Hause war? Was würde sie zu ihr sagen? Nun, sie konnte immer behaupten, sie sei vorbeigekommen, um sich noch einmal für die Einladung zum Abendessen zu bedanken. Es wäre irgendwie sonderbar, aber nicht direkt verdächtig, oder? Mira würde Matthew später beim Abendessen sicher nicht erzählen, die neugierige Frau von nebenan sei herübergekommen, um ins Haus einzubrechen, aber da sie, Mira, zu Hause gewesen sei, habe sie sich eine lahme Ausrede ausgedacht und sich für das Abendessen bedankt. Abgesehen davon konnte sich Hen eine bessere Geschichte ausdenken. Warum erzählte sie ihr nicht, sie wolle sich gern noch einmal ansehen, wie sie das Haus eingerichtet hatten? Weil sie nach Anregungen für ihr eigenes suchte? Das war ein rundum besserer Plan. Wenn Mira zu Hause war, wäre sie wahrscheinlich geschmeichelt und würde Hen noch einmal durchs Haus führen. Hen würde sich demonstrativ neugierig benehmen, sodass es nicht auffallen würde, wenn sie die Inschrift auf der Trophäe las.

Es war ein guter Plan, und Hen hoffte jetzt sogar, dass Mira zu Hause wäre. Sie zog Jeans und eine langärmlige Bluse an und ging nach unten. Auf dem Weg zur Haustür sah sie Vinegar an der Wand entlanghuschen, und ihr Herz machte einen Satz. Lloyds Kater – sie hatte Vinegar, der Hen lediglich duldete, aber Lloyd liebte, immer als die Katze ihres Mannes betrachtet – blieb stehen und sah sie an.

»Du hast mir einen Mordsschreck eingejagt, Vinnie«, sagte sie, und der Kater miaute kläglich.

Mit schlechtem Gewissen ging Hen in den Keller, um nach Vinegars Futternapf zu sehen, der leer war, und nach seinem Katzenklo, das voll war. Sie bereinigte die Situation, und Vinegar rieb sich an ihren Beinen, während sie sein Trockenfutter nachfüllte.

Oben musste Hen einen Moment lang überlegen, was sie gerade tun wollte, bevor der Kater sie gestört hatte, dann fiel es ihr wieder ein. Sie atmete tief durch und überlegte noch einmal, ob es eine kluge Entscheidung war, aber dann verließ sie das Haus und spazierte zum Nachbargrundstück.

Sie läutete und dachte zu spät, sie hätte ein kleines Dankeschön für das Abendessen mitbringen sollen – eine Packung Muffins oder so –, und schon ging die Tür auf und Mira stand lächelnd vor ihr.

»Hallo, Hen.«

»Hi, Mira. Ich hoffe, es macht dir nichts aus, dass ich einfach so vorbeischaue, ich wollte eine E-Mail schreiben, aber dann fand ich es lächerlich, jemandem eine Mail zu schreiben, der gleich nebenan wohnt. Also bin ich einfach rübergegangen. Komme ich ungelegen?«

»Nein, gar nicht. Komm rein.« Mira hielt die Tür auf. Sie trug eine Yogahose und ein altes T-Shirt der University of New Hampshire.

»Tut mir leid, dass ich so hereinplatze«, entschuldigte Hen sich erneut. »Hast du gerade trainiert?«

Mira lächelte, sodass ihr Zahnfleisch sichtbar war. »Ha, nein! Ich packe. Ich gehe heute Nachmittag auf Geschäftsreise.«

»Tut mir leid. Bitte pack weiter. Ich komme ein andermal wieder.«

Hen wollte sich wieder zum Gehen wenden, aber Mira schloss die Tür. »Keine Sorge, ich bin mehr oder weniger fertig, und das Taxi kommt erst um eins. Es ist überhaupt kein Problem. Kann ich dir etwas anbieten? Kaffee?«

»Mira, eigentlich bin ich hier, weil ich gehofft habe, mir euer Haus noch einmal ansehen zu dürfen. Es ist… als ich Sonntagabend wieder bei uns drüben war, kam mir alles so schmucklos vor, und seitdem denke ich ständig über Einrichtungsideen nach und wohin mit welchen Möbeln. Und da unsere Häuser im Wesentlichen identisch sind…«

»Verstehe. Ich führe dich gern noch einmal herum. Ich laufe nur rasch nach oben und zieh mich um, dann bekommst du eine ausgiebige Tour ohne gelangweilte Ehemänner.«

»Danke. Perfekt.«

»Willst du sicher keinen Kaffee? Er ist schon fertig, in der Küche. Du darfst dich bedienen.«

Mira machte kehrt und stürmte die Treppe hinauf. Hen hatte ein schlechtes Gewissen, weil sie einfach so hereinschneite, vor allem, da Mira – die am Samstagabend wunderschön gekleidet gewesen war – vermutlich zu den Frauen gehörte, die es hassten, wenn man sie in ihrer Alltagsaufmachung sah. Aber dann rief sie sich in Erinnerung, dass sie hier ein bestimmtes Ziel verfolgte. Sie betrat die Küche. Der Kaffee roch gut, und neben der Kanne stand eine saubere Tasse, also schenkte sie sich ein. Es war aromatisierter Kaffee, Haselnuss oder Vanille, etwas, was sie sich selbst nie kaufen würde, aber es schmeckte ihr, wenn sie es woanders trank. Sie lehnte sich an die Granitarbeitsfläche und betrachtete die saubere, stylishe Küche. Es kam ihr vor wie in einem Katalog, alles war absolut in Einklang mit den aktuellen Küchentrends. Es gab eine Art Korkboden, Rückwände mit U-Bahn-Fliesen, schlichte weiße Schränke und Edelstahlarmaturen. Die Küche in Hens Haus war mit rustikalen Schränken mit Verzierungen, einem Linoleumboden, der wahrscheinlich einmal weiß gewesen war, und einem senfgelben Kühlschrank ausgestattet. Hen mochte den Oldtimer-Kühlschrank sogar, aber den Rest fand sie schrecklich. Trotzdem, wenn sie die Küche irgendwann auswechselte, würde sie etwas Aufregenderes daraus machen als Miras Küche.

»Ah, gut, du hast dir einen Kaffee genommen.« Mira kam in die Küche. Sie hatte sich nicht wirklich umgezogen, sondern nur ein Sweatshirt, ebenfalls mit dem Logo der UNH, zusätzlich übergestreift. Es war nicht kalt im Haus, und Hen kam zu dem Schluss, dass Mira schamhaft war und bedecken wollte, was das fadenscheinige T-Shirt von ihrem Körper hatte sehen lassen.

»Ja. Er schmeckt köstlich. Wohin fliegst du?«

Mira zögerte einen Moment, dann sagte sie: »Charlotte, North Carolina.«

»Ah«, erwiderte Hen, der nichts zu dem Ort einfiel.

»Fast hätte ich vergessen, wohin ich unterwegs bin. Es ist

immer dasselbe. Ich wohne in einem Marriott-Hotel nicht weit vom Flughafen und mit einem Chili's oder Outback nebenan.«

»Du magst es nicht?«

»Doch, ich liebe es. Es ist nur… es ist nicht glamourös. Wenn man erzählt, dass man beruflich viel reist, denken immer alle, man jettet in der Welt herum und führt ein tolles Leben.«

»Ich weiß, du hast es schon erzählt, aber du verkaufst… Unterrichtssoftware, richtig?«

»Für Schulverbünde, hauptsächlich. Die Stadt Charlotte ist einer meiner größten Kunden. Ich bin oft dort.«

»Und Matthew macht es nichts aus?«

»Dass ich viel weg bin? Er behauptet, es macht ihm etwas aus, aber wer weiß? Ich würde es hassen, wenn es umgekehrt wäre. Ich bin nicht gern allein, aber ich glaube einfach nicht, dass es ihn stört.«

»Dann fügt sich ja alles bestens«, verkündete Hen und stellte ihre Kaffeetasse ab.

»Sollen wir die Führung machen? Willst du oben anfangen?«

»Gern«, sagte Hen. »Wenn es dir recht ist.«

Mira war erkennbar begeistert, all ihre Einrichtungsideen erklären zu können, und sie gingen so langsam durch das Haus, dass Hen schon befürchtete, sie würden es nie bis zu Matthews Arbeitszimmer schaffen. Oben im Elternschlafzimmer sagte Mira: »Ich glaube, es ist sehr wichtig, wo das Bett steht. Hast du bemerkt, wie viel Morgensonne die Schlafzimmer abbekommen?«

Hen entgegnete, sie habe es bemerkt, aber nur weil sie sie zu einer gottlosen Zeit aufweckte.

Sie sahen sich das Gästezimmer an, zwei Einzelbetten und ein Quilt an der Wand, der Hen indischen Ursprungs zu sein schien, dann kamen sie in den dritten Raum im Obergeschoss, der an der Vorderseite des Hauses lag und eine Dachschräge hatte. Die Wände waren in einem hellen, fröhlichen Gelb gestrichen. Auf einem Tisch stand eine Nähmaschine mit einigen Stoffresten daneben.

»Mein Handarbeitsraum, aber ehrlich gesagt benutze ich ihn so gut wie nie«, erklärte Mira. »Es sollte ein Kinderzimmer werden, aber …«

»Habt ihr versucht, Kinder zu bekommen?«, fragte Hen.

»Ja. Etwa drei Jahre lang. Es ist einfach nie passiert, und inzwischen haben wir uns damit abgefunden. Es macht das Leben einfacher, keine Kinder zu haben, meinst du nicht?«

»Oh ja, definitiv.«

»Nicht dass … Plant ihr …?«

»Nein, das ist vom Tisch.«

»Darf ich fragen, warum?«

Hen war überrascht von der Frage, aber nicht verärgert. »Ich habe gesundheitliche Probleme …«, setzte sie an.

»Oh, ich wollte nicht aufdringlich sein.«

»Nein, bist du nicht. Ich bin … ich leide unter Depressionen, und offen gestanden bin ich einfach nicht bereit, meine Medikation abzusetzen, und das müsste ich tun, wenn ich schwanger werde. Ich weiß außerdem nicht, ob ich mein Gehirn an eine neue Generation weitergeben will.« Sie lachte, um Mira wissen zu lassen, dass es in Ordnung war, ebenfalls zu lachen.

»Das überrascht mich jetzt. Du wirkst wie ein sehr glücklicher Mensch.«

»Es geht mir inzwischen auch sehr gut«, bestätigte Hen und dachte: *Ich* bin *ein glücklicher Mensch, ich war immer einer. Aber das ist nur meine Persönlichkeit, die nichts mit diesem kaputten Gehirn zu tun hat, das mir regelmäßig und sehr überzeugend einredet, ich sei ein wertloser Mensch, der es nicht verdient hat zu leben.*

Dann sagte Mira: »Mein Großvater, der mir sehr nahestand, war auch depressiv.«

»Ach ja?«, sagte Hen. Eine Folge ihrer Entscheidung, offen mit ihrer Krankheit umzugehen, war, dass die Leute anscheinend immer eine eigene Geschichte zu diesem Thema parat hatten, von trivial bis tragisch.

»Er hat sich umgebracht, als ich vierzehn war.«

»Oh nein. Das tut mir leid, Mira.«

»Es ist lange her. Ich sage mir immer wieder, dass er krank war und dass ihn die Krankheit getötet hat.«

»Das ist eine gute Art, es zu sehen«, erwiderte Hen und stellte fest, dass sie sich für Mira zu erwärmen begann. Es war eine Gewohnheit von Hen – und keine, auf die sie stolz war –, dass sie sich oft nur für Leute interessierte, die in irgendeiner Weise litten.

Sie zogen nach unten um und sahen sich die Küche noch einmal an. Hen achtete darauf, viele Fragen zu stellen, sodass es später in Matthews Arbeitszimmer nicht auffällig wirken würde, wenn sie Interesse daran zeigte, was auf seinem Kaminsims stand. Nach der Küche blieben sie kurz im Essbereich stehen, und Hen hoffte, sie würden sich direkt dem Arbeitszimmer auf der Rückseite des Hauses zuwenden, aber sie gingen erst ins Wohnzimmer, und Mira erklärte genau, wie sie die Wand zur Diele herausgebrochen hatten, um den Raum großzügiger zu gestalten. Als sie endlich zum Arbeitszimmer kamen, erklärte Mira: »Natürlich hat nichts hier drin etwas mit mir zu tun. Das ist Matthews Reich.«

»Ich möchte sehen, wie groß der Schreibtisch ist, denn wir müssen selbst auch einen kaufen.«

Sie betraten den Raum, und es schockierte Hen aufs Neue, wie sehr er sich vom Rest des Hauses unterschied. Ihr Blick schnellte sofort zum Kaminsims, und sie bemerkte, dass die Fechttrophäe nicht mehr da war. An ihrer Stelle stand nun ein flacher, keilförmiger Stein mit Schrift darauf, der auf einen Fuß geklebt war. Hen bemühte sich, nicht darauf zu starren, und ließ den Blick durch den Raum schweifen, um zu sehen, ob die Trophäe woanders hingestellt worden war.

»Soll ich ein Maßband für den Schreibtisch holen?«, fragte Mira.

»Sicher, warum nicht?«

Hen hörte, wie Mira nach oben lief, wahrscheinlich in ihr Handarbeitszimmer. Sie trat näher an den Kamin, wo die Trophäe gestanden hatte. Einen kurzen Moment lang erwog sie die Möglichkeit, dass sie sich am Abend der Dinnerparty geirrt hatte, dass sie die Trophäe woanders gesehen hatte, aber nein, sie war sich sicher, es war hier gewesen, direkt über dem Kamin. Sie war entfernt worden.

Matthew hatte sie entfernt, weil er bemerkt hatte, wie sie auf die Trophäe reagiert hatte. Er wusste, dass sie Bescheid wusste.

Und Hen war sich jetzt sicher, dass Matthew seinen früheren Schüler getötet hatte. Sie war sich so sicher, als ob Dustin Millers Name auf der Statuette gestanden hätte.

»Ich hab eins gefunden«, rief Mira und kam mit dem Maßband in den Raum zurück. Sie zog ein Stück von dem gelben Band heraus, und es schnappte zurück. Beide erschraken, dann lachten sie. Zusammen maßen sie den Schreibtisch aus.

Kapitel 6

Matthew machte sich zum Abendessen ein Schweinekotelett, so wie er es mochte: ein wenig Salz und Pfeffer darauf, dann mit Butter in der gusseisernen Pfanne gebraten. Salzkartoffeln dazu und gedünsteten Brokkoli. Er gab einen gehäuften Löffel Apfelsauce auf das Kotelett.

Dazu trank er ein Glas Milch und schaute die Lokalnachrichten. Eine weitere Privatschule, im westlichen Teil des Staats gelegen, hatte soeben zugegeben, dass sieben frühere Lehrer in den 1980ern Schüler sexuell missbraucht hatten. In Sussex Hall waren nach Matthews Wissen nie solche Lehrer angestellt gewesen. Es hatte den Skandal mit William Roth gegeben, einem Englischlehrer im ersten Berufsjahr, der gekündigt hatte, nachdem er eine Liebesbeziehung mit einem Mädchen aus der Abschlussklasse eingegangen war. Das war, nur wenige Jahre nachdem überhaupt Mädchen in Sussex Hall zugelassen worden waren, passiert, und die meisten älteren Lehrer schoben den Vorfall auf *diesen* Umstand statt auf Williams mangelnde Beherrschung. Am Ende ging alles gut aus. William Roth verließ die Schule, und Maggie Allen, die nie Anzeige erstattet hatte, schloss als Klassenbeste ab.

Nach dem Abendessen kam Matthews Bruder Richard vorbei. Matthew hatte ihm erzählt, dass Mira verreist war, und Richard nutzte ihre Abwesenheit aus. Es hatte eine Zeit gegeben, da Richard und Mira gelegentlich im selben Raum sein konnten, aber diese Zeit war lange vorbei.

»Trink etwas mit mir«, forderte Richard Matthew auf, als dieser ihm einen großen Scotch mit Soda einschenkte, der Drink, den ihr Vater so geliebt hatte.

»Nein, danke«, lehnte Matthew ab.

Sie saßen in Matthews Arbeitszimmer. Er wusste, es ergab keinen Sinn, aber Richard in seinem Büro zu Besuch zu haben fühlte sich weniger als Vertrauensbruch gegenüber Mira an, als wenn sie sich in einem der von Mira eingerichteten Räume aufgehalten hätten.

»Letzte Woche musste ich an dich denken«, sagte Richard.

»Tatsächlich?«

Richard beugte sich vor und fuhr sich mit der Hand durchs Haar. Er hatte Geheimratsecken, eine weitere Ähnlichkeit mit Dad, allerdings sah Richards Haar aus, als wäre es seit ein paar Tagen nicht gewaschen worden.

»Ich, äh, bin die Merrimack Avenue entlanggefahren und stand ungefähr fünf Minuten lang an dieser großen Kreuzung, weil eine ganze Schar von *deinen* Schülerinnen vorbeigejoggt ist. Großer Gott, Mattie! Was war das, das Querfeldein-Team der Mädchen?«

»Keine Ahnung. Waren sie in einheitlichem Dress?«

»Grün, ja? Die Hälfte von ihnen hatte diese engen, kleinen Shorts an. Wie hältst du das nur aus? Himmel, diese Haut! Ich dachte, ich kriege auf der Stelle einen Herzinfarkt.«

»Ich denke nicht in dieser Weise an sie. Sie sind meine Schülerinnen, und sie sind Kinder.«

»Genau. Ist dir mal aufgefallen, dass sogar Fett an jungen Mädchen scharf aussieht? Ich meine, wie machen die das?«

Es gelang Matthew, für eine Weile das Thema zu wechseln, und sie sprachen über ihre Kindheit, über Mom und Dad. Es war der einzige Grund, warum Matthew Richard überhaupt noch in seinem Leben duldete – um die Erinnerungen wachzuhalten. Sie teilten eine Geschichte, eine elende Geschichte mit elenden Eltern, und das verband sie miteinander. In der Anfangszeit von Matthews Beziehung mit Mira hatte er versucht, ihr die ausgeklügelte Grausamkeit zu erklären, mit der sein Vater seine Mutter behandelt hatte, aber er konnte es ihr nie so schildern, dass sie es verstand. Sein Vater hatte sehr langsam das Selbstwertgefühl und das Selbstbewusstsein seiner Mutter durch den Reißwolf gejagt und sie auf etwas reduziert, das nur noch entfernt an einen Menschen erinnerte. Porter Dolamore hatte ein Talent: Er verstand es meisterhaft zu foltern, er verfügte über so viel Geduld, dass er seinem Opfer jeden Tag nur einen Fetzen Haut abziehen konnte, sodass es am Leben blieb und litt. Natalia Dolamore tat das Einzige, was sie tun konnte, um zu überleben. Sie wurde zu der Frau, für die Porter sie immer gehalten hatte, und ging mit der Hälfte der verheirateten Männer in der Stadt ins Bett. Es war ihre Art, sich zu rächen, aber es forderte auch seinen Tribut. Sie war eine andere Frau, nachdem Porter mit fünfzig Jahren gestorben war. Sie war still und mürrisch und verließ kaum noch das Haus. Drei Jahre nach ihrem Mann starb sie dann selbst.

Richard genehmigte sich nach diesem ersten Drink noch drei weitere, aber Matthew mischte ihm den letzten mit weit mehr Soda als Scotch. Er wollte, dass Richard ging. Die ganze Nacht konnte er seine Anwesenheit unmöglich ertragen.

Ehe sich Richard verabschiedete, überraschte er Matthew, indem er sagte: »Ich habe deine neue Nachbarin gesehen.«

»Henrietta. Sie wird Hen genannt.«

»Sie sieht aus, als wäre sie leicht zu haben«, sagte Richard, und seine Zunge schoss tatsächlich vor und berührte seine Oberlippe.

»Warum sagst du das?«, fragte Matthew. Richards Antwort interessierte ihn wirklich, denn er wollte verstehen, woher sie kam. Wie ihr Vater betrachtete Richard jede Frau, die in sein Blickfeld geriet, als Sexualobjekt und nichts weiter als ein Stück Fleisch. Der Unterschied zwischen Richard und ihrem Vater war, dass ihr Vater seine Beute gelegentlich sogar erwischt hatte. Bei Richard war es nach Matthews Überzeugung nur Gerede. Falls er tatsächlich jemals eine Frau in die Hände bekam, würde er wahrscheinlich nicht einmal wissen, was er tun sollte.

»Man sieht es einfach«, behauptete Richard. »Schau dir nur die Sachen an, die sie trägt.«

»Wann hast du sie überhaupt gesehen?«

»Als ich vor ein paar Wochen vorbeigekommen bin. Sie saß vorn auf der Veranda und hatte die Beine auf dem Geländer. Ich konnte ihr voll unter den Rock schauen, habe die Innenseite ihrer Schenkel gesehen. Sie hat bemerkt, wie ich sie anschaute, und mit keiner Wimper gezuckt. Sie würde im Handumdrehen die Beine breit machen, das garantiere ich dir.«

»Ich glaube, da täuschst du dich«, widersprach Matthew. »Und ich glaube, du solltest jetzt gehen. Ich muss schlafen.«

»Bist du beleidigt?«

»Nein, nicht beleidigt, Richard, aber du hörst dich genau wie Dad an.«

»Er hat die Frauen verstanden.«

»Und du glaubst, du verstehst die Frauen ebenfalls? Ich bin derjenige, der glücklich verheiratet ist. Das ist mehr, als du von dir behaupten kannst, und es ist mehr, als Dad je von sich behaupten konnte.«

»Komm wieder runter, Matthew. Es ist doch nur Gerede. Nimm es nicht so ernst. Außer was deine Nachbarin angeht. Die solltest du ernst nehmen. Die wird dir noch Ärger machen.« Bei den letzten Worten erhob er die Stimme und betonte jede Silbe. Matthew, dessen Magen allmählich zu rumoren anfing, zwang Richard zu gehen.

Am nächsten Tag erlebte Matthew, dem von der Zeit mit seinem Bruder immer noch ein wenig übel war, einen verstörenden Moment mit einer Schülerin in seinem Lieblingskurs, dem Fortgeschrittenen-Seminar über den Kalten Krieg. Der Kurs traf sich nach dem Mittagessen. Matthew aß sein Truthahn-Käse-Sandwich und stellte die Bänke so auf, dass sie einen Kreis bildeten. Es gab nur acht Teilnehmer in dem Seminar, und sie hatten nicht nur den Studiengegenstand zu Beginn des Semesters gewählt, Matthew ließ sie auch viele der Themen vorstellen. Heute sprachen sie über die Konferenz von Jalta, und Hilary Margolis, das wahrscheinlich hellste Mädchen im diesjährigen Kurs, leitete die Diskussion. Matthew saß ihr genau gegenüber, und während Hilary sprach, schlug sie unter ihrer Bank vor Nervosität ständig die Beine übereinander und stellte sie dann wieder nebeneinander ab. Matthew schaute ihr dabei unabsichtlich unter den dunkelgrünen Rock und erhaschte Blicke auf die Innenseite ihrer Oberschenkel und das weiße Höschen. Es war ein alltäglicher Anblick für Matthew – die Mädchen an der Schule schienen oft keinen Gedanken an ihre jungen Körper zu verschwenden und wie dürftig ihre Kleidung ihn bedeckte –, aber so kurz nach einem Besuch Richards dachte Matthew irgendwie anders darüber. Er hörte Richards Stimme in seinem Kopf – *sie sieht aus, als wäre sie leicht zu haben* – und stellte sich sogar kurz vor, wie weich die Haut an Hilarys Oberschenkel sein musste. Er spürte, wie ihm das Blut bis zum Hals hinaufschoss, und fing einen leicht besorgten Blick von Justin Knudsen auf.

Am Ende des Tages saß Matthew in seinem Fiat auf dem Schulparkplatz. Er gab Richard die Schuld daran, wie er seine Schülerin angesehen hatte und welche Gedanken ihm dabei durch den Kopf geschossen waren. Er hätte ihn gestern Abend auf keinen Fall einladen sollen. Nur weil sie Brüder waren, mussten sie keine Zeit miteinander verbringen. Sie hatten absolut nichts gemeinsam.

Um sich zu beruhigen, überlegte er, was er sich am Abend kochen könnte, und beschloss, zum Fischmarkt zu fahren und sich ein hübsches Stück Kabeljaufilet zu kaufen. Dann würde er aus dem Lebensmittelladen Ritz-Cracker für das

Topping holen. Es war seine bevorzugte Art, Fisch zuzubereiten, aber Mira war kein Fan davon, sie mochte lieber Lachs mit einer würzigen asiatischen Glasur.

Er ließ seinen Wagen an, und genau in diesem Moment hastete Michelle Brine über den Parkplatz zu ihrem eigenen Wagen. Sie hörte den Motor des Fiats anspringen, wandte den Kopf und kam lächelnd auf Matthew zu.

Er ließ sein Fenster herunter.

»Ich wollte mich bei dir bedanken«, sagte sie. »Gestern habe ich tatsächlich vor dem ganzen Kurs einen Vortrag über die Verfassung gehalten. Ich dachte, sie würden einschlafen, aber ich glaube, es war okay. Heute habe ich sie dann ihre eigene Verfassung entwerfen lassen, und es lief großartig. Es schien ihnen richtig gut zu gefallen.«

»Das freut mich.«

»*Und* ich habe deinen Rat befolgt, um Ben Gimbel zum Schweigen zu bringen. Es hat tatsächlich funktioniert.«

»Welchen Rat?«

»Er hat geredet, und anstatt ihn aufzufordern, still zu sein, habe ich einfach selbst aufgehört zu reden und ihn angesehen. Der Rest der Klasse hat ihn dann gerügt. Es war etwas anderes.« Eine warme Bö blies etwas von Michelles langem Haar durch das Wagenfenster. Sie fing es ein und steckte es wieder am Hinterkopf fest.

»Was ist mit Scott?«

»Ach Gott, es nimmt kein Ende. Ich habe ihm vorgeworfen, sein Handypasswort vor mir geheim zu halten, also hat er mir seinen neuen Zugangscode verraten. Er sagte, er habe ihn nur geändert, weil ihn ein paar verdächtig aussehende Kids« – sie malte Anführungszeichen in die Luft – »im Coffeeshop dabei beobachtet hätten, wie er ihn eingetippt hat. Und dann hat er mir das Telefon gegeben und gesagt, ich könnte mir alles ansehen, was ich wollte, aber das war vierundzwanzig Stunden nach seinem Gig, er könnte inzwischen also schon alles gelöscht haben, was er löschen wollte.«

»Glaubst du wirklich, dass er dich betrügt?«

»Ich weiß es nicht. Vielleicht. Wahrscheinlich.« Matthew sah, wie ihr Tränen in die Augen traten.

»Wenn er es tut, dann verdient er dich nicht.«

»Ich weiß, ich weiß. Hör zu, ich will dich nicht… Du solltest wahrscheinlich heimfahren.«

»Ist schon okay. Mira ist wieder mal verreist. Ich bin diese Woche allein.«

»Ach so.« Michelle errötete leicht. Matthew fragte sich manchmal, ob sie heimlich in ihn verliebt war.

»Ich sollte trotzdem fahren«, sagte er. »Essen machen, Stunden vorbereiten, Komaglotzen.«

Michelle lachte und setzte zu der Frage an, welche Fernsehserien er sich gerade ansah, dann unterbrach sie sich und trat einen Schritt zurück. »*Michelle*, hör auf zu schwätzen«, tadelte sie sich, immer noch lachend. »Schönen Abend, Matthew. Danke noch mal.«

Auf der Heimfahrt stand die Sonne tief am Himmel, und Matthew war zumindest erleichtert, dass er an etwas anderes dachte als an seine Nachbarin Hen und daran, mit welchem Blick sie die Fechttrophäe angesehen hatte. Jetzt dachte er an Michelles Freund Scott und dass er Michelle ziemlich sicher tatsächlich betrog. Wo Rauch ist, da ist auch Feuer, entschied er. Ohne Grund änderte man nicht den Code seines Smartphones. Matthew hatte Scott nie persönlich kennengelernt, aber er hatte Bilder von ihm auf Michelles Facebookseite gesehen. Er war blass, mit einer scharfen, klingenartigen Nase und einem rötlichen Vollbart. Wenn Matthew sich nicht irrte, hatte er auf einem Bild ein T-Shirt seiner Band getragen, den C-Beams. Wie schwer würde es sein zu überprüfen, ob Scott sie betrog? Und wie schwer würde es dann sein, Michelle von diesem fiesen Typen zu befreien? Der bloße Gedanke daran erregte Matthew. Er spürte das Adrenalin in seiner Blutbahn und begann den Takt der Musik im Radio auf dem Lenkrad mitzuklopfen. Er lebte schon zu lange in der Vergangenheit, und es war Zeit, eine neue Erinnerung zu kreieren. Scott könnte ein würdiger Kandidat dafür sein.

Zu Hause machte er sich Abendessen und ließ dummerweise den Fisch ein wenig zu lange unter dem Grill, sodass die Cracker darauf leicht verkohlten. Es schmeckte trotzdem, und anstatt es vor dem Fernseher zu essen, aß er es in seinem Arbeitszimmer und schaute dabei Videos von der Website der C-Beams an. Auf ihrer Veranstaltungsseite stand, sie würden am Donnerstagabend in der *Owl's Head Tavern* spielen, die von seinem Haus praktisch zu Fuß erreichbar war. Matthew beschloss, dass er, falls Michelle ganz sicher nicht dort sein würde, selbst hingehen und einen Blick auf diesen Scott werfen sollte.

Kapitel 7

Es war später Nachmittag, die schlimmste Zeit des Tages für Hen, ihr kreativer Tiefpunkt, wenn ihre Energie absackte und sie nichts mit sich anzufangen wusste. Es war zu früh, um schon ans Abendessen zu denken, und wenn sie las, würde sie einschlafen, und wenn sie zu lange schlief, war sie für den Rest des Tages gereizt und stand neben sich. Heute jedoch lief sie auf und ab und überlegte, was sie wegen ihres Nachbarn unternehmen sollte. Eine Möglichkeit war, einfach die Polizei von Cambridge anzurufen und ihr zu erzählen, was sie gesehen hatte. Es würde verrückt klingen, vielleicht hatte Matthew Dolamore bereits zu den Verdächtigen gehört. Was, wenn ihre Entdeckung der Trophäe den Anstoß zu einer gründlicheren Ermittlung geben würde, ihnen sogar einen Grund für einen Durchsuchungsbeschluss lieferte? Wer weiß, vielleicht hatte es am Tatort Spuren gegeben, vielleicht sogar DNA, sodass er damit überführt werden konnte.

Sie schaffte es, die Nummer der Polizei von Cambridge herauszusuchen, aber sie konnte sich nicht dazu überwinden anzurufen. Es reichte noch nicht.

Ihr Handy summte. Lloyd schrieb ihr, dass er im Zug saß, was bedeutete, er würde in einer Stunde zu Hause sein. Sie ging mit ihrem Zeichenblock zur Wohnzimmercouch, schlug eine leere Seite auf und schloss für dreißig Sekunden die Augen, dann zeichnete sie die Fechttrophäe genau so, wie sie sie in Erinnerung hatte; sie schrieb sogar die Worte darauf, die sie mit Sicherheit entziffert hatte. DRITTER PLATZ DEGEN. JUNIOR OLYMPICS. Dann betrachtete sie ihre Zeichnung. Sie erschien ihr korrekt. Ein Fechter im Ausfallschritt auf einem runden Podest. Hen ging ihren Laptop holen und suchte nach »Junior Olympics Fechttrophäe«. Die Bilder, die ihre Suche ergab, waren entmutigend. Zunächst einmal waren es nicht viele, und dann waren viele der gezeigten Trophäen Pokale. Aber ein Bild stach ihr ins Auge, ein Mädchen im Teenageralter strahlte in die Kamera und hielt eine Trophäe in der Hand, die der auf Matthews Kaminsims stark ähnelte. Das Foto stammte von einer lokalen Nachrichtenseite und gehörte zu einem acht Jahre alten Artikel. »Schülerin der Lubbock Highschool erringt ersten Platz bei den Junior Olympics im Fechten.« Hen vergrößerte das Foto, aber es war zu pixelig, um eine Schrift auf dem Sockel erkennen zu können. Nun war Hen jedoch überzeugt, dass die Trophäe, die sie bei ihren Nachbarn gesehen hatte, von derselben Veranstaltung stammte.

Lloyd kam nach Hause, und Hen erschrak. Ihr war, als hätte er eben erst geschrieben, dass er auf dem Weg war.

Er holte sich ein Lagunitas aus dem Kühlschrank, goss es in sein Lieblingsbierglas und ließ sich im Sessel gegenüber von Hen nieder. »Wie war dein Tag?«, fragte er.

»Gut. Ich habe gearbeitet, einen Spaziergang gemacht.«

»Warst du im Atelier?«

»Nein, aber ich gehe morgen hin.« Hen stellte überrascht fest, dass sie Lloyd nichts von ihrem Besuch nebenan erzählen würde, von ihrer neuerlichen Führung. Er würde sich nur Sorgen machen.

»Und dein Tag?«, fragte sie.

»Nicht weiter bemerkenswert«, erwiderte er und erklärte das Hin und Her mit einem nervigen Kunden. Lloyd arbeitete im PR-Bereich. »Für meine Sünden«, antwortete er jedes Mal, wenn ihn jemand fragte, was er beruflich tat. Hen wusste nie, was genau er damit sagen wollte, vor allem, da Lloyd seine Arbeit liebte. Er war vor Kurzem zum Leiter des Social-Media-Marketings seines kleinen Unternehmens befördert worden und hatte ihren größten Kunden an Land gezogen, eine aufstrebende Mikrobrauerei aus der unmittelbaren Nähe von Boston, die landesweit expandieren wollte.

»Willst du essen gehen?«, fragte Lloyd, nachdem er sein Bier ausgetrunken hatte.

»Wir haben auch noch Reste.«

»Was denn?«

»Chili und Maisbrot.«

»Ach ja, richtig. Du darfst entscheiden. Mir ist beides recht.«

Es war ein warmer Abend, und sie spazierten ins Zentrum von West Dartford, wenn man es so nennen wollte. Es gab dort eine kongregationalistische Kirche, einen Mini-Supermarkt, ein Café, das Frühstück und Lunch servierte, und ein Gasthaus, das sich *Owl's Head Tavern* nannte und in dem es Essen und manchmal Livemusik gab. An der Theke des *Owl's Head* waren noch Plätze frei, und Hen und Lloyd tranken beide ein Bier. Er bestellte einen Veggie-Burger und sie eine Schale Muschelsuppe. Der Barkeeper, ein hochgewachsener Mann mit Hängeschultern und einem Zwirbelbart, erinnerte sich von ihrem letzten Besuch her noch an ihre Namen. Er erinnerte sich sogar an den Namen der Mikrobrauerei, die Lloyd vertrat, und sagte, er habe sich ihre Webseite angesehen. Das Essen kam, und das Baseballspiel fing an – die Red Sox spielten gegen die Orioles, mit denen sie fünf Spieltage vor Ende der Saison gleichauf lagen. Hen sah sich in der kleinen Kneipe um, die absichtlich auf älter getrimmt war, als sie war, aber trotzdem gemütlich wirkte, mit Ziegelwänden, Zapfhähnen aus poliertem Holz und sogar zwei ausgestopften Eulen – an jedem Ende der Theke eine. Sie fragte sich, wie oft sie in Zukunft hierherkommen würde, und das erfüllte sie plötzlich mit Dankbarkeit. Ihr Leben war schön. Sie war durch Schmuddelwetter und Regengüsse zum Sonnenschein vorgedrungen. Irgendwie brachte dieser Gedanke sie dazu, zu Lloyd zu sagen: »Ich muss dir was gestehen.«

»Oh-oh«, antwortete er, ohne dabei den Blick vom Spiel abzuwenden.

»Erinnerst du dich, dass du gesagt hast, ich hätte mich merkwürdig benommen, als wir bei unseren Nachbarn waren, Matthew und Mira?«

»Wann hast du dich merkwürdig benommen?«

»Zum Ende hin, als wir uns Matthews Arbeitszimmer angesehen haben.«

Lloyd wandte ihr den Kopf zu. »Jetzt weiß ich es wieder. Du hast ausgesehen, als hättest du einen Schwächeanfall.«

»Das lag daran, dass ich etwas gesehen habe… Weißt du noch, dass ich nach der Fechttrophäe auf dem Kaminsims gefragt habe?«

»So halb.«

»Erinnerst du dich an Dustin Miller?«

Lloyd trank einen Schluck von seinem Bier. »Natürlich.«

»Es wurde nicht sofort berichtet, aber die Polizei hat ermittelt, dass zu den Dingen, die in der Nacht seiner Ermordung aus Dustin Millers Wohnung verschwunden sind, eine Fechttrophäe gehörte.«

»Aha.«

»Und weißt du noch, welche Highschool Dustin Miller besucht hat?«

»War es Sussex Hall?«

»Richtig.«

»Ich weiß nicht, Hen. Das ist weit hergeholt.«

»Du weißt ja gar nicht…«

»Du glaubst, dass Matthew, unser Nachbar, Dustin Miller getötet hat und dass er die Fechttrophäe mitgenommen und in seinem Arbeitszimmer auf den Kamin gestellt hat?«

»Es war eine Trophäe der Junior Olympics – genauso stand es drauf, und genau daher stammte die von Dustin Miller. Und noch etwas, lass mich ausreden. Gegen Dustin Miller stand der Vorwurf eines sexuellen Übergriffs im Raum, während er in Sussex Hall war. Angenommen, Matthew wusste aus irgendeinem Grund, dass Dustin schuldig war, oder vermutete es zumindest? Dann hätte er ein Motiv, seinen früheren Schüler zu töten.«

»Eigentlich nicht«, widersprach Lloyd und drehte seinen

Hocker so, dass er Hen ins Gesicht sah. Er sprach leiser. »Selbst wenn er glaubte, dass Dustin ungestraft mit einem sexuellen Übergriff davongekommen war, würde er ihn noch lange nicht *ermorden*. Und diese Siegestrophäe mitnehmen … als Souvenir oder was?«

»Ich sage ja nur, dass es möglich wäre.«

»Es wäre schon ein gewaltiger Zufall.«

»Warum wäre es ein gewaltiger Zufall? Irgendjemand *hat* Dustin Miller doch getötet.«

»Nein, ich meine, es wäre ein gewaltiger Zufall, dass wir in derselben Straße wie das Opfer gewohnt haben und dann in dieselbe Straße ziehen wie der Mörder.«

»Ja, gut, das ist ein Zufall.«

Beide schwiegen einen Moment. Das Spiel der Red Sox war gerade für eine Regenpause unterbrochen worden, und die Platzwarte zogen eine Plane über das Feld. Hen blickte automatisch zu dem großen Fenster des Lokals, um zu sehen, ob es in West Dartford ebenfalls regnete.

»Um ehrlich zu sein«, fuhr Lloyd fort, »bin ich im Moment mehr deinetwegen besorgt und weniger, weil ich glaube, dass unser Nachbar Dustin Miller ermordet hat.«

»Es geht mir gut, das schwöre ich.«

»Als du das letzte Mal so besessen wegen Dustin Miller warst, ging es dir nicht gut.«

»Nein, aber jetzt ist es etwas anderes. Als ich die Trophäe angesehen habe, konnte ich außerdem Matthews Blick spüren. Es kam mir vor, als wüsste er, dass ich Bescheid weiß.«

»Na großartig!«

»Und da ist noch etwas.«

»Okay.«

»Ich bin heute zu ihnen hinübergegangen, und Mira war da. Ich habe sie gefragt, ob ich das Haus noch einmal sehen könnte, um ein paar Einrichtungsideen zu bekommen.«

»Im Ernst?«

»Es war nicht völlig gelogen. Ich wollte ihr Haus wirklich noch einmal sehen, auch wenn es mir eigentlich um die Trophäe ging.«

»Und sie hat dich ins Haus gelassen?«

»Ja. Sie hat sich ehrlich gefreut, mich zu sehen.«

»Du hast also die Trophäe noch einmal gesehen, und Dustin Millers Name stand darauf?«

»Nicht ganz. Sie war nicht mehr da, Lloyd. Matthew hatte sie woandershin geräumt oder entsorgt. So oder so hat er es getan, weil er gesehen hat, wie ich sie angeschaut habe. Ich bin nicht paranoid oder zwangsgestört, und ich fühle mich nicht manisch, aber ich *weiß* es. Unser Nachbar hat Dustin Miller getötet.«

Lloyd schwieg einen Moment, er dachte erkennbar nach. Hen wusste, wie sein Verstand arbeitete, sie wusste, er würde alles abwägen, was sie ihm gerade eröffnet hatte, und er würde auch, wie er es immer tat, ihren Gesundheitszustand berücksichtigen. Es war seine Art, ihr gemeinsames Leben, ihre Ehe zu verarbeiten. Hen liebte ihn und war aufrichtig davon überzeugt, dass es wesentlich schlimmer um sie stehen würde, wenn Lloyd Harding nicht gewesen wäre. Doch wegen der vielen Gelegenheiten, bei denen sie früher auf seine Fürsorge angewiesen war, fasste er sie jetzt mit Samthandschuhen an. So war es seit ihrer letzten Episode, als sie noch in Cambridge gewohnt hatten, immer gewesen. Er überprüfte ständig ihre Stimmung, überwachte, was sie aß und trank, und kümmerte sich darum, dass sie gut schlief. Sie wusste es zu schätzen – und liebte ihn dafür –, aber manchmal vermisste sie den Lloyd, den sie kennengelernt hatte, als beide auf eine Annonce geantwortet hatten, in eine WG in Winter Hill zu ziehen. Sie hatten beide gerade das College abgeschlossen, Hen hatte mit einer Ausbildung in Kunsttherapie an der Lesley University begonnen, die sie nie beendet hatte, und Lloyd jobbte als Barkeeper und machte ein unbezahltes Praktikum beim öffentlichen Fernsehen. Sie hatten sich sofort zusammengeschlossen, hauptsächlich, weil die anderen vier Bewohner des feuchten, zugigen Gebäudes eine verschworene Gemeinschaft ans Haus gefesselter Veganer waren. Es roch nach Patschuli und Körperausdünstungen, und auf jedem Artikel in dem »tierfreien« Kühlschrank stand, wem er gehörte. Lloyd und Hen bildeten ihre eigene Einheit, rauchten Zigaretten auf dem baufälligen Balkon und kauften gemeinsam ihre eigenen Lebensmittel, darunter Milch von richtigen Kühen.

Sie hatten sich auf Anhieb zueinander hingezogen gefühlt, zumindest stimmte das für Hen. Er war groß und dürr, mit einer scheußlichen Frisur, aber er hatte wunderschöne hellbraune Augen, und er roch immer gut, nach Kaffee und Zimt. Aber Hen war mit einem Kommilitonen zusammen, einem sehr ernsthaften Karikaturisten aus dem mittleren Westen, und Lloyd hatte theoretisch auch seine Freundin aus dem College, die zu dieser Zeit mit dem UN-Friedenskorps in Moldawien war. Als Hen und Lloyd nach einem warmen

Abend mit einem großen Krug Burgunder und einer Packung American Spirits zum ersten Mal miteinander schliefen, hatte es beinahe etwas Kämpferisches, als wollten sie den Akt unbedingt vollziehen, bevor das schlechte Gewissen sie davon abhielt. Hinterher schworen sie sich, es würde nie wieder vorkommen. Aber zwei Wochen später, einen Tag bevor Lloyds Freundin – die ihren Einsatz beim Friedenskorps unvermittelt abgebrochen hatte – zurückkommen sollte, kroch Lloyd mit Bieratem und Tränen in den Augen in Hens Bett und zog ihr die Boxershorts und das T-Shirt aus. In dieser Nacht hatte sie zum ersten Mal einen Orgasmus beim Geschlechtsverkehr. Lloyd verließ das Schlafzimmer, ohne ein Wort gesprochen zu haben.

Es dauerte noch sechs Monate, ehe sie offiziell zusammen waren. Bis dahin hatten sie sich beide von ihren jeweiligen Partnern getrennt – Hen mühelos, Lloyd weniger –, und sie hatten die Pseudokommune in Winter Hill verlassen und waren in getrennte Wohngemeinschaften gezogen, die nur geringfügig besser waren. In gewisser Weise war es eine anstrengende, schreckliche Zeit für Hen. Lloyd, der unter heftigen Schuldgefühlen wegen seiner Collegefreundin litt, reagierte einen Teil seines Selbsthasses an Hen ab. Sie hatten viele von Alkohol befeuerte Auseinandersetzungen und viel wilden Sex, manchmal gleichzeitig. Hen war nicht glücklich, aber selbst jetzt erinnerte sie sich noch sehr deutlich an diese Zeit. Im Gegensatz dazu blieben ihr die – nur von ihren Anfällen manischer Depression getrübten – Jahre des zufriedenen Glücks, die danach kamen, nicht immer in Erinnerung. Lloyd hatte zu jener Zeit eine gefährliche Seite gehabt: Er war ein anständiger Kerl, aber er hatte gern Kontra gegeben, war bisweilen streitlustig gewesen und immer bereit, Hen zur Rede zu stellen, wenn sie Blödsinn machte. Damals hatte es auch beim Sex immer einen Moment gegeben, in dem Lloyd die Kontrolle übernahm. Sie spürte, wie er sie verdinglichte, aber sie fühlte sich nicht schlecht dabei, sondern es tat ihr gut, als wäre etwas zwischen ihnen freigesetzt worden. Doch seit ihrem ersten depressiven Schub, der zum Ausstieg aus der Kunsttherapieausbildung geführt hatte, war diese Seite Lloyds verschwunden. Er war zum Hüter geworden, der sich Hens Zustand immer mehr als bewusst war. Dieser Tage stritten sie nicht mehr, und der Sex war fast ehrfurchtsvoll. Sie hatte es ihrer besten Freundin Charlotte erzählt, die verheiratet war und vier Kinder hatte, und Charlotte hatte gelacht und gesagt, dass langweiliger Sex nicht das Geringste mit Hens geistiger Gesundheit zu tun hatte, sondern nur mit der Institution der Ehe.

Als sie nun im *Owl's Head* saß und Lloyd sorgfältig überlegte, was er tun sollte, stellte sich Hen den Lloyd vor, den sie kennengelernt hatte, und seine Reaktion. Er hätte ihr gesagt, dass sie spinne und sich alles nur einbilde, aber das käme ihm jetzt niemals in den Sinn, auch wenn er es dachte. Schließlich ergriff er wieder das Wort: »Vielleicht wäre es am besten, du würdest einfach anonym bei der Polizei anrufen und von deinem Verdacht erzählen. Und es dann für dich abschließen. Entweder sie untersuchen es oder sie untersuchen es nicht. Aber es tut dir nicht gut, wenn du selbst Nachforschungen anstellst, ob unser Nachbar ein verrückter Mörder ist.«

»Daran hab ich auch schon gedacht.«

»Aber es wird nur funktionieren, wenn du die Sache dann auch gut sein lässt.«

»Ich weiß. Es ist wahrscheinlich das Beste, es so zu machen. Aber was denkst du? Bin ich verrückt oder etwas auf der Spur? Sie waren beide in Sussex Hall. Er hatte eine Fechttrophäe und hat sie entfernt, nachdem ich sie gesehen habe.«

Lloyd schwieg wieder einen Moment. Das Spiel der Red Sox war immer noch unterbrochen, und der Regen prasselte inzwischen an die Fenster des Gasthauses. Sie hätten Schirme mitnehmen sollen.

»Ehrlich gesagt, halte ich alles nur für einen Zufall, Schatz. Wahrscheinlich stellt er ständig Sachen in seinem Arbeitszimmer um. Aber ruf an, wenn du willst, und dann hör auf, darüber nachzudenken, okay? Das kann alles nicht gut für dich sein.«

Kapitel 8

Am Donnerstag fragte Matthew im Lehrerzimmer Michelle, ob sie sich am Abend die Band ihres Freundes ansehen werde.

»Großer Gott, nein. Ich muss sechzig Arbeiten korrigieren.«

»Du weißt, dass ich in fußläufiger Entfernung vom *Owl's Head* wohne?«

»Das wusste ich, ja. Gehst du hin?«

»Ich hab's mir überlegt.«

»*Wieso?*«, fragte Michelle, und dann lachte sie und legte reflexartig die Hand vor den Mund, wie sie es immer tat, wenn sie spontan lachte. »Das wollte ich nicht… Ich meine, sie sind eine gute Band, es ist nur…«

»Du glaubst nicht, dass sie mein Ding sind?«

»Ja, das vermute ich.«

Dylan Hembree, einer der Englischlehrer, kam ins Lehrerzimmer und steuerte schnurstracks die Kaffeemaschine an. Matthew bemerkte, dass der Reißverschluss seiner Hose halb offen stand, und fragte sich, ob er in diesem Zustand gerade eine Klasse unterrichtet hatte.

»Ich habe mir nur überlegt, heute Abend essen zu gehen, nachdem ich die ganze Woche für mich allein gekocht habe«, erklärte Matthew Michelle, »und dann ist mir eingefallen, dass die C-Beams im *Owl's Head* spielen.«

»Wie ist das Essen dort?«, fragte Michelle. »Ich war bisher nur auf Drinks in dem Laden.«

»Ziemlich gut. Ich mag ihre Hühnchenpastete.«

»Geht ihr beide ins *Owl's Head*, um Scotts Band zu sehen?« Das kam von Dylan, der sich seinen Kaffee geholt hatte und sich jetzt in ihre Unterhaltung einmischte.

»Ich wahrscheinlich nicht«, sagte Michelle, während Matthew gleichzeitig sagte: »Dein Reißverschluss ist offen, Dylan.«

»Oh. Danke, Mann.« Dylan stellte den Kaffee genau an den Rand des Klapptisches, auf dem die Kaffeemaschine stand. »Puh, wie peinlich«, sagte er und schloss seinen Hosenlatz.

»Ich hab mal einen ganzen Tag lang mit einem Mohnsamen zwischen den Vorderzähnen unterrichtet«, sagte Michelle.

»Ich wollte früh am Abend im *Owl's Head* essen«, sagte Matthew an Dylan gewandt, »und ich wusste, dass die Band von Michelles Freund dort spielt, deshalb hab ich sie gefragt, ob wir uns dort sehen würden.«

»Mann, ich wünschte, ich könnte hingehen«, sagte Dylan, als hätte ihn jemand eingeladen. »Aber ich stecke bis zum Hals in Arbeit.«

»Ich auch«, sagte Michelle.

»Wann spielt er das nächste Mal an einem Freitag?«, fragte Dylan. »Wir sollten alle zusammen hingehen. Ich habe Scott seit einer Ewigkeit nicht mehr gesehen.«

Matthew hatte nicht gewusst, dass Dylan und Michelle befreundet waren, und er war etwas verdattert. Aber er freute sich, dass er heute Abend anscheinend allein sein würde, wenn er sich die C-Beams ansah.

»Falls du tatsächlich hingehst«, schlug Michelle ihm vor, »dann stell dich Scott vor. Ich glaube, ich hab ihm von dir erzählt.«

»Mal sehen«, entgegnete Matthew.

Die Band fing um acht an zu spielen. Matthew, der normalerweise gegen sechs aß, zwang sich, bis sieben Uhr zu warten, bevor er zur Kneipe spazierte. Es war schon dunkel, als er das Haus verließ. Er konnte den Wind hoch oben in den Bäumen hören, die seine Straße säumten, aber er spürte ihn nicht. Die Temperatur war perfekt, es war nicht zu warm und nicht zu kalt, und Matthew empfand ein seltenes Glücksgefühl. Er war für sich allein in der Nacht unterwegs, allein in dem Wissen, dass Scott Doyle (Matthew hatte seinen vollständigen Namen auf der Webseite der Band gefunden) ein mögliches neues Opfer war. Es war ein belebender Gedanke, und Matthew merkte, wie er schneller ging; der Wind fuhr jetzt in sein Sakko, sodass er dessen zwei Knöpfe schließen musste. Er ermahnte sich, langsamer zu gehen, heute Nacht war ja nur eine Erkundungsmission, eine Möglichkeit, Michelles Freund zu beobachten, allmählich zu einer Entscheidung zu gelangen. Er musste ruhig und gelassen sein. Eine Zeile ging ihm durch den Kopf, die er im College gelernt hatte, als er einen Kurs über die Poesie der Romantik belegt hatte: Poesie sei »in Gelassenheit erinnerte Emotion«. Er dachte oft an dieses Zitat und wandte es auf sein eigenes Leben an. Gelassenheit war sein Ziel, nicht nur nachdem er einen Mord begangen hatte, sondern auch vorher. Sie war das, was ihm Bedeutung verlieh und was ihn immun gegen Entdeckung machte.

Im *Owl's Head* setzte er sich an einen kleinen Tisch im hinteren Teil der Gaststube, aber mit einem guten Blick auf die Bühne. Auch wenn er kein Trinker war (das war Richards Ding), bestellte er bei der jungen Bedienung ein Guinness und eine Hühnerpastete. Als sein Bier kam, trank er einen kleinen Schluck und fühlte sich, als hätte er sich verkleidet. Er ließ den Blick durch den kleinen Raum und zur Bar nach hinten schweifen und sah all die Männer mit ihren Biergläsern genau wie er selbst dasitzen. Manche waren allein, andere mit Frauen oder Freundinnen unterwegs, aber alle hatten diesen leeren Blick, dieses zusammengesunkene Aussehen von Männern, die es nur mit knapper Not durch ihren Tag geschafft hatten und sich jetzt mit Cheeseburgern und Bier dafür belohnten. Matthew kannte niemanden im Lokal. Keine Nachbarn oder ehemaligen Schüler. Es wäre in Ordnung gewesen, wenn er jemanden gekannt hätte – er hatte kein Problem mit Small Talk –, aber es war ein viel besseres Gefühl, anonym zu sein.

Als er halb fertig war mit seinem Abendessen, begann die dreiköpfige Band ihre Instrumente auf die Bühne zu schleppen. Matthew erkannte Scott von der Website. Er war Mitte zwanzig, hatte kurzes Haar und einen rötlichen Vollbart. Er trug dunkle Jeans und ein absichtsvoll zerschlissenes Oxfordhemd, das halb aus der Hose hing. Als er seinen Mikrofonständer einstellte, lief eine Frau, die gerade von draußen gekommen war, auf die Bühne und umarmte ihn. Der Rest der Band grüßte sie mit Kopfnicken und einem Lächeln, dann zog die Frau zur Bar weiter. Obwohl es in Neuengland Frühherbst war, trug sie einen kurzen schwarzen Lederrock und ein ärmelloses T-Shirt. Sie hatte dunkelblondes Haar und hatte einen leuchtend rosa Lippenstift aufgelegt. War sie ein Groupie? Wichtiger noch, hatten die C-Beams überhaupt Groupies? Sie waren im Begriff anzufangen, und der Laden war voll, aber das lag hauptsächlich daran, dass die Leute noch nicht mit ihrem Abendessen fertig waren. Einige schienen wegen der Musik gekommen zu sein, aber nicht viele.

Als die Kellnerin seinen Teller abräumte, fragte sie: »Bleiben Sie, wenn die Band spielt?«

»Ja, vielleicht«, erwiderte Matthew.

»Sie sollten bleiben. Sie sind gut.«

»Haben sie schon mal hier gespielt?«

»Einmal, glaube ich. Aber ich hab sie ein paarmal in Lowell spielen hören. Da wohne ich.«

Matthew bestellte noch ein Bier. Er wollte es langsam trinken, während er der Band zusah. War die Kellnerin ebenfalls ein Groupie der C-Beams, eine weitere mögliche Affäre von Scott? Sie schien aufgeregt zu sein, weil sie da waren, aber vielleicht machte sie auch nur Small Talk mit einem Gast. Als sie mit dem Bier zurückkam, hätte er sie beinahe gefragt, wo genau in Lowell sie gespielt hatten, aber er wollte nicht zu interessiert wirken, wollte nicht, dass man sich an ihn erinnerte. Nachdem sie sein Guinness auf den Tisch gestellt hatte, sah er ihr nach, als sie zur Theke zurückging. Ihr Gang erinnerte ihn ein wenig an Miras. Er hörte Richards klagende Stimme im Kopf – *Himmel, dieser Arsch* – und hätte fast gelächelt. Die Bedienung war hübsch, aber sie konnte nicht viel älter als zwanzig sein. Sie hatte den erschrockenen Blick eines ängstlichen Rehs, die Augen weit aufgerissen und unstet. Wahrscheinlich war sie tatsächlich in einen der C-Beams verknallt. Er betrachtete wieder die Band. Der Schlagzeuger war glattrasiert, hatte eine Mopsnase und einen kleinen Bierbauch, und der Bassist war so schlaksig, dass er fast schon ausgemergelt wirkte, mit einem dieser vorspringenden Adamsäpfel, deren Anblick Matthew beunruhigend fand. Wenn die Bedienung in ein Bandmitglied verliebt war, dann war es wahrscheinlich Michelles Freund mit seinem Hipsterbart und den hohen Wangenknochen. Matthew überlegte angestrengt, ob man ihn als gutaussehend bezeichnen konnte, aber es fiel ihm schwer, eine Antwort darauf zu finden. Alle Männer sahen für ihn gleich aus. Sie hatten entweder ein Fuchsgesicht oder ein Schweinegesicht. Scott war ein Fuchsgesicht, während Drummer und Bassist Schweinegesichter waren.

Die Band fing an und spielte eine ganz anständige Version von »Not Fade Away«. Der Schlagzeuger war wahrscheinlich an seinem Instrument der begabteste, aber Scott war der Dynamische in der Gruppe, auch wenn er eine ärgerlich näselnde Singstimme hatte. Matthews Kellnerin beobachtete Scott, und die Blondine im kurzen Rock, die jetzt etwas in der Hand hielt, das nach Wodka und Cranberrysaft aussah, stand im Takt wippend am Rand der Bühne und hatte die Augen ebenfalls auf Scott gerichtet. Nach »Not Fade Away« spielte die Band zwei eigene Stücke, dann ein Johnny-Cash-

Cover. Einige weitere Leute kamen, um die Musik zu hören, und sie füllten die Tische, die von den Essensgästen geräumt worden waren. Für Matthew war auf Anhieb klar, dass sie als Coverband viel besser waren, als wenn sie Originalstücke spielten. Seine Meinung änderte sich im Lauf des Sets nicht. Ihre eigenen Songs ergaben einen wenig einprägsamen Brei, und jedes Mal, wenn sie einen davon spielten, war die Luft im Saal raus. Aber ihre Cover von »Paperback Writer« oder Springsteens »Atlantic City« waren unübersehbar beliebt bei ihren Fans, und einige jubelten, wenn sie anfingen, sie zu spielen. Als sie schließlich ihre Zugabe spielten – »Positively 4th Street« –, war das *Owl's Head* fast voll, und eine Reihe von Leuten, meist Frauen, tanzten vor der Bühne.

Es war fast Mitternacht, und nachdem Matthew bar bezahlt hatte, verließ er die Kneipe, als sie gerade zu spielen aufhörten. In den vier Stunden, die er in dem Lokal verbracht hatte, war die Temperatur draußen um mindestens fünf Grad gefallen. Es war eine mondlose Nacht, über den Bäumen standen Ansammlungen heller Sterne. Schnellen Schritts ging er nach Hause und überlegte, ob er ein Sweatshirt anziehen sollte, bevor er in sein Auto stieg, entschied sich aber dagegen. Stattdessen setzte er sich sofort in den Fiat, stellte die Heizung an und fuhr zurück zum *Owl's Head*, wo er auf der dunkelsten Seite des Parkplatzes hielt. Er schaltete den Motor und die Scheinwerfer aus und rutschte ein wenig tiefer in seinen Sitz. So hatte er einen guten Blick auf die Eingangsseite des Gasthauses, wo sich eine kleine Gruppe von Rauchern versammelt hatte, unter ihnen Scott, der an seinem rötlichen Bart gut zu erkennen war. Wenig überraschend hielt sich die Blonde in dem kurzen Kleid an seiner Seite. Matthew sah, wie sie ihre Zigarette mit dem Stiefel austrat und dann die Arme fröstelnd um den Körper schlang. Scott schien sie vorsätzlich zu ignorieren, er sprach mit dem Bassisten, dann half er dem Drummer, sein Schlagzeug in einen verbeulten Transporter zu laden. Die Blonde zündete sich noch eine Zigarette an, während weitere Gäste die Kneipe verließen, in ihre Autos stiegen und wegfuhren. Der Parkplatz leerte sich immer mehr, und Matthew fühlte sich ein bisschen exponiert, auch wenn es dunkel war, wo er stand. Jetzt war er schon so weit gekommen, da wollte er auch sehen, ob Scott direkt nach Hause fuhr oder erst noch woandershin.

Nachdem die Drums in den Transporter geladen worden waren, fuhr der Schlagzeuger weg. Scott sprach noch bei einer Zigarette mit dem Bassisten, und schließlich umarmte die Blonde Scott innig und machte sich dann auf den Heimweg. Ihr Wagen stand in der Nähe von Matthews, und er sah, wie sie noch kurz hinter dem Lenkrad sitzen blieb und immer weiter zu Scott hinüberblickte, ehe sie losfuhr. Scott sah ihrem Wagen nach, dann sagte er etwas zum Bassisten, und beide lachten. Kurz darauf umarmten sie sich – eine dieser Männerumarmungen, bei denen man sich gegenseitig auf den Rücken schlägt – und gingen jeweils zu ihrem eigenen Wagen. Der Bassspieler fuhr sofort weg, aber Scott lehnte sich an sein Auto, einen Dodge Dart – »Er hat ihn seit der Highschool«, hatte Michelle ihm einmal erzählt –, und checkte sein Smartphone. Das helle Display leuchtete sein Gesicht aus. Dann stieg er in seinen Wagen, aber anstatt sofort loszufahren, blieb er noch rund fünf Minuten lang darin sitzen.

Matthew war nicht überrascht, als die Kellnerin – die junge aus Lowell – aus der Kneipe kam, geradewegs zu Scotts Wagen ging und auf der Beifahrerseite einstieg.

Der Wagen sprang laut dröhnend an, und die Reifen ließen Kies aufspritzen, als er den Parkplatz verließ.

Kapitel 9

Hen saß in ihrem Wagen auf der Straßenseite gegenüber der *Owl's Head Tavern* und fragte sich, was Matthew Dolamore im Schilde führte, der auf dem Parkplatz ebenfalls in seinem Wagen saß. Wen beobachtete *er*?

Es war Donnerstagabend. Sie und Lloyd hatten Fisch-Tacos zum Abendessen gemacht und dann zwei Folgen von *Better Call Saul* angesehen, ehe Lloyd sagte, er wolle ins Bett gehen und lesen. Obwohl es noch früh war, beschloss Hen, ebenfalls zu Bett zu gehen. Sie hatte sich das neue Buch von Margaret Atwood gekauft, und auch wenn es Monate her war, seit sie sich richtig in ein Buch vertieft hatte, versuchte sie es weiter.

Im Schlafzimmer war es kalt. Sie hatte das Fenster im Lauf des Tages einen Spalt für Vinegar geöffnet, der gern im offenen Fenster saß, aber die Temperatur war gefallen, und jetzt war der Raum ausgekühlt. Sie schloss das Fenster, als Lloyd, der Temperaturschwankungen offenbar gar nicht wahrnahm, mit einem neuen Taschenbuch in der Hand ins Zimmer kam. Etwas Science-Fiction-Artiges. Er hatte diesen benommenen Blick, den er immer bekam, wenn er sich fürs Bett fertig machte. Sie stellte sich vor, dass er schon kurz vor dem Einschlafen stand, was einleuchtend war, da er stets, ungefähr dreißig Sekunden nachdem er sein Buch beiseitegelegt und das Licht gelöscht hatte, tatsächlich einschlief. Hen dagegen lag immer noch fast eine Stunde im Bett und dachte über ihren Tag nach, bis ihr Bewusstsein so weit heruntergefahren war, dass sie schlafen konnte.

Heute Abend war es nicht anders. Ehe Hen einen Flanellpyjama aus einem der großen Staubehälter unter dem Bett gekramt hatte und unter die Decke geschlüpft war, schlief Lloyd bereits tief. Hen fing an, ihr Buch zu lesen, aber sie war nicht fähig, die Worte aufzunehmen. Es war drei Tage her, seit Hen Lloyd ihren Verdacht hinsichtlich ihres Nachbarn gestanden hatte. Seither hatte sie nichts weiter unternommen. Nun ja, das stimmte nicht ganz. Sie hatte im Internet nach Informationen über Matthew Dolamore gesucht. Es gab nicht viel, und es gab auch nicht viel Neues über den Mord an Dustin Miller. Aber sie hatte sich bis jetzt nicht an die Polizei gewandt. Und Lloyd hatte auch nicht nachgefragt, da er offensichtlich hoffte, sie würde das ganze Thema fallenlassen.

Hen legte das Buch beiseite, ohne sich die Mühe zu machen, mit einem Lesezeichen zu dokumentieren, dass sie es bis Seite zwei geschafft hatte. Sie schaltete ihre Nachttischlampe aus. Dann legte sie sich auf den Rücken und starrte hellwach an die Decke. Sie hörte, wie Vinegars Krallen über den Holzboden des Schlafzimmers scharrten, als er nachsehen wollte, ob das Fenster noch offen war. Das war es nicht, aber er sprang trotzdem auf das Fensterbrett, und Hen wandte den Kopf um und sah seinen Schwanz unter dem Vorhang zucken. Ein Bild tauchte in ihrem Kopf auf – ein potenzielles

Kunstwerk – von einer Katze in Menschengröße, die unter einer Bettdecke steckte, und einem kleinen, nackten Mädchen, das auf einem Fensterbrett schlief. Sie stellte sich vor, dass vor dem Fenster ein kleiner, nackter Junge mit großen, katzenartigen Augen auf dem kahlen Ast eines Baumes kauerte. Wie immer, wenn sich Hen eine Radierung vorstellte, befand sich das gesamte Bild augenblicklich in ihrem Kopf, exakt so, wie es später aussehen würde. Sie stand auf, ging nach unten ins Wohnzimmer und machte eine Skizze von der Idee, so wie sie in ihrem Kopf aufgetaucht war. Es fühlte sich gut an; sie hatte seit Monaten keine Idee mehr für eine Radierung gehabt, wenigstens nicht seit sie nach West Dartford gezogen waren. Sie war sich nicht sicher, ob die Idee etwas taugte – die Vertauschung eines Haustiers und seiner Besitzerin war vielleicht eine Spur zu offensichtlich –, aber etwas an ihrer Umsetzung der Idee funktionierte für sie. Sie fand es auf eine gute Art unheimlich, und sie spürte das vertraute Kribbeln, die Lebendigkeit in ihrer Brust, die sich immer einstellte, wenn sie ein Kunstwerk schuf. Sie betitelte es: »Schon in der nächsten Nacht kam der Junge wieder.« Sie hatte ihren Werken immer Titel gegeben, als wären die Bilder Illustrationen zu einem imaginären Buch und gehörten zu einer fortlaufenden Geschichte.

Sie legte ihren Skizzenblock beiseite und freute sich bereits darauf, die Zeichnung am nächsten Morgen mit einem frischen Blick zu betrachten. Das Problem war nur, dass sie immer noch hellwach war. Sie überlegte, wieder ins Bett zu gehen und noch einmal zu lesen, aber sie wusste, dass es sinnlos wäre.

Sie ging ins Schlafzimmer, schlüpfte in Socken und Pantoffeln und zog eine dicke Strickjacke über ihren Pyjama. Vinegar war ins Bett umgezogen und hatte sich zu Lloyds Füßen eingerollt. Er beäugte Hen misstrauisch.

Unten in der Küche stellte Hen den Wasserkocher an, um sich einen Kräutertee zu machen. Während sie darauf wartete, dass das Wasser kochte, stand sie am Wohnzimmerfenster und blickte in die Nacht hinaus. Am Himmel waren Sterne zu sehen, ein Anblick, der sich ihr in Cambridge selten geboten hatte, da es viel zu nahe an den hellen Lichtern Bostons lag. Im Haus der Dolamores war alles dunkel bis auf ein schwaches Licht, das durch die Vorhänge im Wohnzimmer schien. Sie wollte sich eben abwenden, als ihr eine Bewegung auf der Straße auffiel. Sie sah einen Mann in die Einfahrt der Dolamores gehen. Ein Bewegungsmelder schaltete das Licht über der Haustür an, als der Mann vorbeiging, und sie erkannte, dass es Matthew war. Sie erwartete, dass er ins Haus gehen würde, aber stattdessen stieg er in seinen Wagen. Hen schaute auf die Uhr. Es war fast Mitternacht. Wohin konnte er jetzt noch fahren? Und woher war er gekommen? Die Worte *Folge ihm* leuchteten in Hens Kopf auf. Er führte eindeutig etwas im Schilde, und sie konnte vielleicht herausfinden, was es war. Ohne nachzudenken, griff sie sich die Autoschlüssel vom Haken neben der Haustür und lief zu ihrem Volkswagen, während Matthews Hecklichter sich auf der Sycamore Street in Richtung Stadtmitte entfernten.

Sie glaubte schon, ihn verloren zu haben, aber dann bemerkte sie Bremslichter, da ein Wagen auf den Parkplatz des *Owl's Head* bog. Hen fuhr langsamer. Statt ihm zu folgen, stieß sie rückwärts in eine Einfahrt auf der anderen Straßenseite und stellte sofort den Motor und die Scheinwerfer ab. Es war ein Risiko, aber ein geringeres, als Matthew auf den Parkplatz zu folgen. Und sie hatte von ihrem Standort aus einen guten Blick. Matthew hatte geparkt und das Licht ausgeschaltet, und sie rechnete damit, dass er aussteigen würde, aber er tat es nicht. Vor der Kneipe herrschte reger Betrieb, auch wenn das Neonschild des *Owl's Head* schon verloschen war. Sie konnte eine Gruppe von Leuten nahe am Eingang stehen sehen, aber sie war zu weit entfernt, um sie genau zu erkennen. Es schien jedoch, als könnten es Mitglieder einer Band sein. Der Eindruck wurde bestätigt, als sie sah, wie ein Schlagzeug in einen Transporter verladen wurde. Hen war jedoch vor allem an Matthew interessiert, der am Rand des Parkplatzes in seinem Wagen saß. Es schien, als hätte er sich absichtlich den dunkelsten Teil ausgesucht. Es war klar, dass er hier war, um jemanden zu beobachten, genau wie Hen selbst. Aber wen? Und woher war er gekommen, bevor er in seinen Wagen gestiegen war? Hen überlegte, dass er vielleicht schon vorher im *Owl's Head* gewesen war – es war ja nicht weit entfernt – und seinen Wagen geholt hatte, um jemandem zu folgen.

Der Transporter verließ den Parkplatz, dann stieg eine Frau allein in einen Wagen und fuhr weg. Eine schlaksige Gestalt mit einem mächtigen Bart stieg in einen langen, kastenförmigen Wagen. Matthew blieb, wo er war. Sie konnte gerade noch den Umriss seines Kopfs in dem abgedunkelten Fahrzeug erkennen. Die Lichter im Gasthaus verloschen, und Hen sah eine Frau mit langen Haaren aus der Eingangstür kommen und zu dem langen Wagen gehen. Sie öffnete die Beifahrertür und stieg ein. Das Auto verließ den Parkplatz und fuhr in Richtung Westen. Zehn Sekunden verstrichen, dann gingen Matthews Scheinwerfer an. Er folgte ihnen.

Hen ließ ihren Wagen an, froh, dass die Heizung wieder lief, und fuhr Matthew hinterher. Seine Hecklichter – schräg liegende Ovale – sahen aus wie weit auseinanderstehende Augen. Sie war jetzt auf der Acton Road und fuhr in Richtung Middleham, einem Nachbarort, der größtenteils aus Bauernhöfen und Kiefernwäldern bestand. Hen bemühte sich, Abstand zu halten, aber Matthew fuhr langsam. Aber würde er bemerken, dass er verfolgt wurde, wenn er selbst jemanden verfolgte? Zwei Leute, genaugenommen, da eine Frau in den Wagen gestiegen war. Sie beschloss, es zu riskieren, und hätte fast laut gelacht, weil die Situation so absurd war. Aber da sie ihrem Nachbarn nun schon mitten in der Nacht nachspionierte, wollte sie unbedingt wissen, was vor sich ging. Sie begann zu spekulieren, aber dann ließ sie es bleiben und konzentrierte sich lieber darauf, Matthews Hecklichter nicht aus den Augen zu verlieren. Sie bogen in eine kurvenreiche Nebenstraße, die durch bewaldetes Gebiet führte, sodass Hens Scheinwerfer die Schwärze kaum durchdringen konnten. Sie begann schon, sich Sorgen zu machen, dass diese Straße, deren Namen sie nicht gelesen hatte, zu einsam und abgelegen war und Matthew nun wirklich bemerken würde, dass ihm jemand folgte. Außerdem machte sie sich Sorgen, dass sie vielleicht nicht mehr zurückfand; sie hatte ihr Smartphone nicht eingesteckt, und es war Jahre her, seit sie ohne GPS irgendwohin gefahren war. Aber sie wollte auch unbedingt wissen, was Matthew trieb.

Nach mehreren Haarnadelkurven überquerte Hen eine Kuppe, und auf einmal öffnete sich die Landschaft, und zu beiden Seiten lag mondbeschienenes Ackerland vor ihr. Für einen kurzen Moment sah sie die Hecklichter beider Fahrzeuge vor ihr. Sie verlangsamte. Ein Stück voraus bog das erste Auto von der Straße ab, seine Scheinwerfer leuchteten einen menschenleeren Parkplatz aus.

Matthew fuhr daran vorbei, und Hen tat es ihm gleich, sie war langsam genug, um ein hölzernes Schild zu erkennen, das aussah, als gehörte es zur Parkverwaltung von Massachusetts. Auf dem Schild war eine Karte abgebildet, und sie vermutete, dass der erste Wagen in einen Wanderparkplatz gebogen war. Sie wandte den Kopf, um zu sehen, ob er gehalten hatte, und hätte beinahe Matthews Wagen seitlich gerammt. Er hatte hundert Meter hinter dem Parkplatz plötzlich am Straßenrand gehalten. Sie fuhr an ihm vorbei, bog ungefähr weitere hundert Meter entfernt in eine Einfahrt und stellte wieder Motor und Scheinwerfer ab.

Sie blieb einen Moment im Wagen sitzen, legte die Hand auf ihre Brust und fühlte das Herz unter dem Pyjamaoberteil klopfen. Sie schüttelte den Kopf und lachte laut. Was tat sie da bloß? Sie sagte sich, dass sie besser wenden und nach Hause fahren sollte. Wer wusste schon, was hier vor sich ging? Wahrscheinlich handelte es sich um irgendeine schnöde Dreiecksgeschichte. Matthew hatte sich mit einer Frau eingelassen *oder* mit einem Mann, und jetzt spionierte er den beiden hinterher. Aber es fühlte sich nicht so an. Es fühlte sich an, als würde er jemanden stalken, so wie er es wahrscheinlich vor dessen Tod bei Dustin Miller getan hatte.

Auch wenn sie wusste, dass es dumm war, öffnete sie die Wagentür und trat in die kalte Nacht hinaus, dann machte sie die Tür rasch wieder zu, damit die Innenbeleuchtung ausging. Sie stand einen Moment lang still, ein scharfer Wind presste ihr den Pyjama an den Körper. Sie hörte ein Geräusch, dann sah sie ein sich langsam bewegendes Säugetier um die Ecke des dunklen Bauernhauses biegen. Sie blickten einander an, beide starr. Als sich Hens Augen an das Dunkel gewöhnt hatten, erkannte sie den fleischigen Schwanz und das weiße Gesicht eines Opossums. Als sie die Wagentür wieder öffnete und einstieg, zischte es sie an. Es war Zeit, nach Hause zu fahren. Es war eine dumme Idee gewesen, zu glauben, sie könnte durch die Nacht pirschen und nachsehen, was sich auf dem Parkplatz abspielte.

Sie fuhr aus der Einfahrt und den Weg zurück, den sie gekommen war. Sie schaltete das Fernlicht an, nachdem sie an Matthews Wagen vorbei war, der immer noch am Straßenrand stand. Als sie sich dem Parkplatz näherte, fuhr sie langsamer. Die Straße führte um eine Biegung, und für einen Moment beleuchteten ihre Scheinwerfer den geparkten Wagen. Sie konnte deutlich erkennen, wie Matthew – es musste Matthew sein – gebückt neben dem Wagen stand und durch das Fenster spähte.

Hen fuhr weiter, ihre Hand näherte sich dem Becherhalter, obwohl sie bereits wusste, dass sie ihr Handy zu Hause gelassen hatte. Sollte sie die Notrufnummer wählen, sobald sie die Gelegenheit dazu hatte? Plante Matthew, die Insassen dieses Wagens anzugreifen, oder spionierte er sie nur aus? Und wenn er spionierte, tat er es, weil er sie kannte, oder war es eine Angewohnheit von ihm? War er ein Spanner?

Sie war so in Gedanken versunken, dass sie in die falsche Richtung abbog, als sie die Acton Road erreichte und wenden musste. Aus irgendeinem Grund war sie jetzt, da sie zurückfuhr, so nervös wie die ganze Nacht noch nicht. Ihre Brust zog sich schmerzhaft zusammen, und sie ertappte sich dabei, wie sie an ihrem Daumen nagte, eine alte Gewohnheit. Sie konnte sich nicht entscheiden, ob sie die Polizei anrufen sollte, sobald sie nach Hause kam. War sie Zeugin eines unmittelbar bevorstehenden Überfalls gewesen? Sie glaubte es eigentlich nicht. Aber Matthew verfolgte eindeutig jemanden, aus welchem Grund auch immer.

Während sie die Sycamore Street entlangfuhr, sah sie, dass alle Verandalichter ihres Hauses brannten.

Als sie näher kam, sah sie Lloyd im Morgenmantel auf der Veranda stehen. Sie fuhr in die Einfahrt und ließ das Fenster herunter, als er auf den Wagen zuging. Er wirkte erleichtert und wütend zugleich.

»Wo warst du denn?«

»Tut mir leid«, sagte Hen. »Ich bin spazieren gefahren. Ich hätte nie gedacht, dass du aufwachst.«

»Du hast den Wasserkessel angelassen.«

»Oh mein Gott, den hab ich total vergessen.«

»Du hast noch deinen Pyjama an.«

»Ich weiß, ich weiß. Lass uns ins Haus gehen, es ist eiskalt. Es tut mir wahnsinnig leid.«

Im Haus umarmte sie Lloyd und entschuldigte sich noch

einmal. Er erklärte ihr, dass er kurz davorgestanden habe, die Polizei zu rufen, er habe wirklich gedacht, dass etwas Schreckliches passiert sein könnte.

»Ich wäre niemals weggefahren, wenn ich geglaubt hätte, dass du aufwachen würdest. Ich war hellwach, und draußen haben die Sterne so schön gefunkelt.«

»Das Ganze hat aber nichts mit unserem Nachbarn zu tun, oder?«, fragte Lloyd.

»Nein«, log Hen und wusste nicht genau, warum. »Nein, überhaupt nicht. Ich bin nur herumgefahren und hab mir die Sterne angeschaut.«

Kapitel 10

Die ganze Nacht lang schreckte Matthew immer wieder aus dem Schlaf, weil ihn die Bilder aus Scott Doyles Auto zugleich erregten und erzürnten.

Er hatte unmittelbar hinter der Einfahrt zum Pocumtuck State Park am Straßenrand gehalten, dann war er zu einer Stelle zurückgegangen, von wo aus er Scotts Dart unter einem großen Ahorn am Rand des Parkplatzes stehen sah. Er wäre fast wieder umgekehrt, aber dann beschloss er, es zu riskieren, und lief entschlossen zu dem Wagen hinunter, um seinen Verdacht darüber zu erhärten, was darin vor sich ging. Er wollte sich nur vergewissern, dass sie nicht etwas anderes taten, aber was hätte das schon sein können? Eine innige Unterhaltung? Gemeinsamer Drogenkonsum?

Er schlich zu dem Auto, dessen Scheiben geschlossen und leicht angelaufen waren. Die Kellnerin kniete, den Kopf an die Tür auf der gegenüberliegenden Seite gequetscht, und Scott kauerte hinter ihr, die Jeans auf die Oberschenkel heruntergelassen. Matthew schaute ganze drei Sekunden zu und sah Scotts blassen Arsch wie wild vor- und zurückzucken und den Wagen leicht schaukeln. Galle stieg in seiner Kehle auf.

Ein Wagen fuhr auf der Bingham Street vorbei, seine

Scheinwerfer strichen kurz über Scotts Auto. Matthew ging in die Hocke, dann trabte er zu seinem eigenen Fahrzeug zurück.

Was er gesehen hatte, überraschte ihn nicht. Er wäre überraschter gewesen, wenn Scott nach dem Auftritt direkt nach Hause gefahren wäre. Es war nicht nur so, dass Scott ein typisch männlicher Beutegreifer war, der jedes bisschen Ruhm, den ihm seine Band einbrachte, dazu nutzte, alles zu verführen, was einen Rock trug. Sondern es stimmte auch, dass Michelle ein Opfer war, eine dieser Frauen, die an das Gute im Menschen glaubten. Sie war überzeugt, dass ihre Schüler etwas lernen wollten. Sie glaubte, dass sich der Lauf des Universums in Richtung mehr Gerechtigkeit bewegte. Und sie ging davon aus, dass ihr untalentierter Freund mit dem Fuchsgesicht schlussendlich zu ihr stehen würde. Aufgrund all dieser Überzeugungen war Michelle wahrscheinlich dem Untergang geweiht, aber Matthew hatte eine Chance, etwas dagegen zu unternehmen.

Wenn er einen Weg fand – einen perfekten Weg –, Scott Doyle zu ermorden, dann würde er es tun. Er würde Michelle retten.

Bevor Matthew am nächsten Morgen zur Arbeit fuhr, setzte er sich per FaceTime mit Mira in Verbindung.

»Ich bin heute Morgen aufgewacht und wusste nicht mehr, wo ich bin«, sagte sie. »Ich habe fünf Minuten gebraucht, bis ich dahinterkam.«

»Wann kommt dein Flug an?«

»Spät. Ich weiß nicht genau. Ich müsste aber gegen Mitternacht zu Hause sein.«

»Ich bleibe auf.«

»Sei nicht albern. Geh ins Bett, dann kann ich sofort zu dir unter die Decke schlüpfen, wenn ich nach Hause komme.«

»Also gut«, willigte Matthew ein. »Ich kann es kaum erwarten.« Als er es aussprach, wurde ihm klar, dass es stimmte. Wie immer freute er sich darauf, wenn Mira wegfuhr, und er freute sich auf ihre Rückkehr.

In der Schule sah er Michelle an diesem Tag nur einmal, als sie einander in der Mittagspause im Flur begegneten. Sie hatte einen dicken Packen Papiere in einer braunen Mappe unter den Arm geklemmt, und ihr Gesicht war gerötet, als wäre sie in Eile. Aber sie blieb sofort stehen, als sie Matthew sah.

»Warst du gestern Abend dort?«, fragte sie.

»Ja, ich bin tatsächlich hingegangen. Die Band ist nicht schlecht.«

Sie sah überrascht aus. »Nein, sie sind gut, oder?«

»Das habe ich nicht gesagt«, erwiderte Matthew, und beide lachten. »Nein, ich fand sie wirklich gut. Scott hat eine nette Stimme.«

Michelle senkte die Stimme und sagte: »Haben sich ihm irgendwelche Frauen an den Hals geworfen?«

»Ehrlich gesagt, habe ich nicht so genau aufgepasst. Ich war hauptsächlich zum Essen dort und bin noch eine Weile geblieben, um mir die Musik anzuhören, aber …«

»Ich hab nur Spaß gemacht. So halb jedenfalls, wie du weißt.«

»Ich habe nichts gesehen.«

»Na, das ist gut. Er hat mir erzählt, es war gut besucht, und die Leute sind lange geblieben.«

»Hey, anderes Thema«, sagte Matthew. »Ich habe dich eine ganze Weile nicht nach deinem Vater gefragt. Wie geht es ihm?«

»Nicht so toll. Ich habe vor, ihm am Columbus-Day-Wochenende einen Besuch zu Hause abzustatten, und jetzt überlege ich die ganze Zeit, ob ich nicht schon früher fahren soll.«

»Was sagt deine Mom?«

»Mom macht sich leider totale Illusionen. Sie behauptet, es würde ihm bald wieder besser gehen und ich müsste mir überhaupt nicht die Mühe machen, sie zu besuchen.«

Matthew wusste nicht mehr, welche Art Krebs Michelles Vater hatte, nur dass es ernst war. »Du solltest trotzdem hinfahren. Überrede Scott dazu mitzukommen.«

»Ja, klar«, erwiderte Michelle ironisch. »Ich glaube, er hat an diesem Wochenende einen Auftritt, aber selbst wenn er keinen hätte, würde er bestimmt eine andere Ausrede finden.«

Der Gang hatte sich inzwischen mit Schülern gefüllt, und Matthew wurde klar, dass die Mittagspause fast vorbei war. Michelle und er beendeten ihr Gespräch, und als Matthew in sein Klassenzimmer zurückkam und gerade noch Zeit hatte, sein Sandwich mit Eiersalat zu essen, beglückwünschte er sich dazu, dass er genau die Information von Michelle bekommen hatte, die er brauchte. Das Columbus-Day-Wochenende. Er würde am Nachmittag ins Internet gehen und in Erfahrung bringen, wo die C-Beams spielten.

Kapitel 11

Hen hatte sehr wenig geschlafen. Sie stellte sich ständig vor, wie ihr zumute sein würde, wenn sie am nächsten Morgen in den Nachrichten hörte, dass man in Middleham ein Paar ermordet in ihrem Wagen aufgefunden hatte. Dann sagte sie sich, dass das nicht der Fall sein würde, und falls doch, wüsste sie zumindest, wer der Täter war. Matthew Dolamore würde nicht ungestraft davonkommen.

Aber nirgendwo auf den Nachrichtenseiten, die sie regelmäßig aufrief, fand sich irgendetwas dergleichen. Sie gab »Middleham« und »Mord« in eine Suchmaschine ein und bekam kein Ergebnis. Sie war natürlich erleichtert, aber sie hatte trotzdem gesehen, wie jemand anderen Personen nachspionierte. Dass Matthew letzte Nacht kein Verbrechen begangen hatte, hieß noch lange nicht, dass er es gar nicht tun würde.

Nachdem Lloyd zur Arbeit gefahren war, rief Hen von ihrem Festnetzapparat die Polizei von Cambridge an und bat darum, den für die Ermittlungen im Mordfall Dustin Miller zuständigen Beamten zu sprechen.

»Detective Martinez ist noch nicht da. Darf ich Sie an einen anderen Detective durchstellen?«

»Ich würde lieber mit ihm persönlich sprechen. Kann ich Ihnen meine Telefonnummer dalassen?«

Der Detective rief sie zwanzig Minuten später zurück. »Wie kann ich Ihnen helfen?«, fragte er, und Hen hatte den Eindruck, dass er beim Telefonieren frühstückte.

»Ich habe Informationen, die möglicherweise den Tod von Dustin Miller betreffen.«

»Okay. Darf ich Ihren Namen erfahren?«

»Ich heiße Henrietta Mazur, aber ich würde gern anonym bleiben. Nicht Ihnen gegenüber, aber ich möchte nicht, dass mein Name irgendwie an die Öffentlichkeit gelangt.«

»Ich werde tun, was ich kann, Ms. Mazur, versprochen.«

»Sie können mich Henrietta oder Hen nennen.«

»Was für Informationen haben Sie für uns, Henrietta?«

Sie erzählte ihm, wie sie bei ihren neuen Nachbarn zum Abendessen eingeladen waren und wie eine ausgestellte Fechttrophäe in deren Haus eine Erinnerung an den ungeklärten Mord an Dustin Miller wachgerufen hatte. Sie sagte, sie hätte sich normalerweise nichts dabei gedacht, nur dass Dustin in Sussex Hall zur Schule gegangen war, und genau dort war ihr Nachbar Matthew Dolamore Lehrer.

»Wie kommen Sie zu der Annahme, dass die Trophäe, die Sie gesehen haben, nicht einfach Ihrem Nachbarn gehört?«

»Weil ich ihn gefragt habe, ob er fechtet. Das hat er verneint. Angeblich hat er die Trophäe auf einem Hofflohmarkt gekauft.«

»Und das haben Sie ihm nicht geglaubt?«

»Da ist noch etwas. Ich bin noch mal hingegangen, um mir die Trophäe genauer anzusehen, aber sie war nicht mehr da.«

»Wann sind Sie noch mal hingegangen?«

»Die Essenseinladung war Samstagabend, und am Montag bin ich wieder rübergegangen. Seine Frau Mira war da und hat mich noch einmal durchs Haus geführt und …«

»Was haben Sie ihr erzählt?«

»Warum ich da war?«

»Ja.«

»Ich habe behauptet, ich wollte mir noch mal ansehen, wie sie das Haus eingerichtet hat. Es war nicht vollkommen gelogen. Wir haben dasselbe Haus, denselben Grundriss, meine ich. Aber eigentlich wollte ich die Trophäe noch einmal sehen. Auf dem Sockel stand etwas, was ich beim ersten Mal nicht lesen konnte.«

»Aber Sie haben gesehen, dass etwas darauf stand?«

»Ich bin mir beinahe sicher, dass ich das Wort ›Junior Olympics‹ gelesen habe.«

»Nicht vollkommen sicher.«

»Doch. Ich habe die Worte gesehen. Ich weiß nicht, warum ich ›beinahe‹ gesagt habe.«

»Schon gut«, erwiderte der Detective. »Sie sind also noch einmal hinübergegangen, sowohl weil Sie das Haus der Nachbarn sehen wollten als auch weil Sie einen zweiten Blick auf die Trophäe werfen wollten. Haben Sie sie noch einmal gesehen?«

»Nein, sie war verschwunden. Sie war entfernt worden.«

»Wissen Sie das bestimmt?«

Hen lief auf und ab, das tat sie immer, wenn sie telefonierte. »Ich bin mir absolut sicher. Sie war am Samstagabend da und Montagvormittag verschwunden. Er hat sie woanders hingestellt oder ist sie ganz losgeworden, und zwar ziemlich sicher, weil er bemerkt hat, dass sie mir aufgefallen war.«

»Bei der Dinnerparty?«

»Ja. Ich habe sie wohl ein bisschen zu lange angesehen und ihn nach der Trophäe gefragt. Das hat er bemerkt. Ich habe gespürt, dass er es bemerkt hat.«

Der Detective hustete, dann hörte sie ihn einen Schluck trinken, woraufhin er sich entschuldigte. »Darf ich Sie fragen, warum Sie die Fechttrophäe überhaupt bemerkt haben? Es ist kein ganz ungewöhnlicher Gegenstand. Haben Sie die Verbindung sofort hergestellt? Woher wussten Sie überhaupt, dass am Tatort des Mordes an Dustin Miller eine solche Trophäe verschwunden war?«

»Sie haben es berichtet.«

»Das stimmt, aber es ist eine Weile her. Sie haben sich einfach so daran erinnert, das gelesen zu haben?«

Hen erzählte ihm, dass sie früher in Cambridge gewohnt und das Verbrechen sie interessiert habe. Sie ließ die Tatsache aus, dass sie in derselben Straße wie Dustin gewohnt hatte – sie hörte Lloyds Stimme in ihrem Kopf, dass es ein *gewaltiger Zufall* wäre, erst in derselben Straße wie ein Mordopfer und dann in derselben Straße wie dessen Mörder zu wohnen –, und sie ließ ihre Besessenheit von dem Verbrechen oder von Dustin im Allgemeinen aus.

»Ich denke, ich hatte das alles noch im Hinterkopf«, erklärte sie und blickte im Obergeschoss aus dem Fenster im Gästezimmer. »Die Trophäe. Sussex Hall. Dann habe ich einfach eins und eins zusammengezählt.«

»Und warum rufen Sie mich gerade jetzt an? Warum haben Sie nicht am Montag mit mir Kontakt aufgenommen oder unmittelbar, nachdem Sie die Trophäe am Samstag gesehen hatten?«

Hen hatte bereits entschieden, dem Detective nichts davon zu sagen, was sie in der Nacht zuvor entdeckt hatte. Es würde sie wie eine Verrückte wirken lassen, dass sie ihrem Nachbarn um Mitternacht mit dem Auto gefolgt war. Wenn es sein musste, konnte sie es ihm später immer noch erzählen. »Ich wusste einfach nicht, ob ich vielleicht zu viel hineininterpretiere, aber im Lauf der Woche ist meine Überzeugung immer weiter gewachsen. Ich habe außerdem einige Beiträge über den Fall nachgeschlagen und gelesen, Dustin Miller sei in der Highschool einer Vergewaltigung beschuldigt worden. Ich dachte, das könnte alles zusammenhängen.«

»Mhm«, sagte der Detective, dann fragte er: »Wann sind Sie von Cambridge nach Dartford gezogen?«

»West Dartford. Erst im Juli.«

»Und was arbeiten Sie, Henrietta?«

»Hen. Sie können mich Hen nennen.«

»Okay, Hen. Was arbeiten Sie?«

Sie erklärte, sie sei Kinderbuch-Illustratorin. Sie rechnete mit einer Bemerkung oder einer Frage – *Wie interessant* oder *Welche Bücher illustrieren Sie*? –, aber der Detective erwiderte nur, sie sei sehr hilfreich gewesen und ob er sie zurückrufen könne, falls weitere Fragen auftauchten.

»Verhören Sie ihn denn?«, fragte sie.

Sie dachte, er würde ausweichend antworten, aber er sagte: »Das tue ich. Ich fahre selbst hinaus. Wissen Sie, ob er heute da ist?«

»Soviel ich weiß, ja. Er unterrichtet tagsüber, aber ich glaube, er kommt etwa um vier Uhr nachmittags nach Hause.«

»Dann komme ich raus. Ich werde Sie nicht erwähnen.«

»Vielen Dank.«

Nachdem das Gespräch beendet war, blieb Hen noch einen Moment mit dem Telefon in der Hand stehen und überlegte, ob sie richtig gehandelt hatte. Ihr Körper bejahte das, indem er sich etwas entspannte, und sie legte den Hörer auf.

Kapitel 12

Als Matthew kurz nach vier in seine Einfahrt bog, bemerkte er den dunkelblauen Ford, der zwischen seinem Haus und dem seiner neuen Nachbarn am Straßenrand stand. *Polizei*, sagte er sich nach einem einzigen Blick auf das Fahrzeug. Und als er aus seinem Fiat stieg, stieg ein Mann im Anzug aus dem geparkten Wagen und kam langsam auf ihn zu.

Matthew drehte sich zu ihm um, und der Polizist, der groß und kantig war, fragte: »Matthew Dolamore?«

»Mhm«, bestätigte Matthew und setzte einen fragenden Gesichtsausdruck auf.

»Detective Martinez, Cambridge Police.« Er klappte seinen Dienstausweis auf, und Matthew betrachtete ihn.

»Cambridge Police?«

»Ich bin auf einer hoffnungslosen Mission hier«, erläuterte Martinez und lächelte. »Haben Sie einen Augenblick Zeit, um mir einige Fragen zu beantworten?«

»Äh, sicher. Worum geht's?«

»Macht es Ihnen etwas aus, wenn wir hineingehen?«

Detective Martinez folgte Matthew ins Haus.

»Ich war noch nie hier draußen in Dartford. Es ist hübsch. Billiger, als in der Stadt zu wohnen, würde ich meinen?«

»Keine Ahnung«, entgegnete Matthew. »Wollen Sie sich setzen? Darf ich Ihnen etwas anbieten?«

»Nein, danke.«

Matthew stellte seine lederne Aktentasche neben den Couchtisch und setzte sich in einen der Sessel, während Martinez auf dem Sofa Platz nahm. Seine Beine waren so lang, dass die Knie über den Schoß aufragten. Er zog ein spiralgebundenes Notizbuch hervor und sagte: »Es wird nicht lange dauern, Mr. Dolamore, aber Ihr Name ist im Rahmen einer Ermittlung aufgetaucht, und ich muss Ihnen ein paar Fragen stellen.«

»Was für eine Ermittlung?«

»Sie unterrichten in Sussex Hall, richtig?«

»Ja.«

»Erinnern Sie sich an einen Schüler namens Dustin Miller? Er hat Ihre Schule vor sieben Jahren besucht.«

»Er wurde ermordet.«

Der Detective nickte. »Richtig. Sie erinnern sich also an ihn?«

»Nicht gut. Er hat damals einen Kurs bei mir belegt. Ich glaube nicht, dass ich mich noch an ihn erinnern würde, wenn er nicht … wenn er nicht in den Nachrichten gewesen wäre. Ermitteln Sie in dem Mordfall noch?«

»Er wurde noch nicht aufgeklärt, also ermitteln wir noch, ja. Neue Erkenntnisse haben uns zu der Überzeugung geführt, sein Tod könnte etwas mit der Zeit zu tun haben, die er in Sussex Hall verbracht hat, und deshalb hatte ich gehofft, Sie könnten ein wenig Licht in diese Zeit seines Lebens bringen.«

»Eigentlich … Um die Wahrheit zu sagen, kannte ich ihn kaum. Er war kein Schüler, den man sich merkt.«

»Warum nicht, Mr. Dolamore?«

»Sie können mich Matthew nennen.«

»Okay. Und Sie können mich Iggy nennen.«

Matthew beunruhigte neben der Anwesenheit des Detectives auch dessen Gesicht. Er war weder ein Fuchs noch ein Schwein. Er war etwas Neues mit seinem runden Schädeldach, den tiefliegenden Augen und dem kleinen Kinn. Vielleicht eine Eule?

»Was war noch mal die Frage?«

»Sie sagten, Dustin Miller sei kein Schüler gewesen, den man sich merkt. Ich wollte wissen, warum er das nicht war.«

»Nun ja«, begann Matthew, den die Frage irgendwie verunsicherte. »Man merkt sich seine besten Schüler, und man merkt sich seine schlechtesten. Er war keins von beiden. Keine besondere Leuchte, aber auch kein Problemfall.«

»Wie sieht es mit Freunden aus? Erinnern Sie sich, welche Art von Freunden er hatte?«

Matthew schüttelte stirnrunzelnd den Kopf. »Nein.«

»Hat er Sport betrieben?«

»Die meisten Kids in Sussex Hall machen Sport. Ich achte ehrlicherweise nicht so darauf.«

»Dann wissen Sie also nichts darüber, was passiert ist, als Dustin Miller zu den Junior Olympics zum Fechten fuhr?«

Matthew tat, als müsste er nachdenken. Es war seinerzeit ein Riesenthema gewesen, viel Klatsch unter den Lehrern. »Doch, da klingelt etwas. Irgendeine üble Sache, oder?«

»Er wurde von einer Mitschülerin eines sexuellen Übergriffs beschuldigt.«

»Okay. Jetzt fällt es mir wieder ein.«

»Erinnern Sie sich an Courtney Cheigh?«

»Auch nicht sehr gut. Ich glaube, sie war in meinem Anfängerkurs zur Weltgeschichte, und sie hat in ihrem Abschlussjahr ein Seminar bei mir belegt. Das antike Rom.«

»Hat sie dieses letzte Jahr bei Ihnen beendet?«

»Nein, jetzt, wo Sie fragen. Sie hat Sussex Hall verlassen und ist auf die Lincoln-Sudbury School gewechselt.« *Ich war traurig, sie gehen zu sehen. Sie hatte die blassesten Augenlider, sie wirkten beinahe durchscheinend, und sie war klein, mit schmalen Schultern. Kurz nach ihrer Ankunft in Sussex Hall hatte sie große Brüste entwickelt und sich viel Mühe gegeben, sie zu verstecken. Wahrscheinlich ist sie deshalb von Feldhockey zu Fechten gewechselt, wegen des steifen Anzugs, weil er so viel verbarg. Aber sie wurde eine ausgezeichnete Fechterin und hat sich zusammen mit Dustin Miller und Brandon Hsu für die Junior Olympics qualifiziert, nachdem alle drei bei der Neuengland-Qualifikation gut abgeschnitten hatten. Sie kam sogar ganz aufgeregt zu mir, nachdem sie erfahren hatte, dass sie mitdurfte. Sie wollte etwas über die Geschichte von St. Louis erfahren und ob es sich lohne, den Gateway Arch hinaufzusteigen. Dustin hat sie in ihrem Hotelzimmer vergewaltigt. Er hatte Alkohol mit auf die Reise geschmuggelt, und sie waren beide betrunken gewesen. Nachdem Courtney Sussex Hall verlassen hatte – es hat mich erstaunt und stolz gemacht, dass sie überhaupt noch so lange geblieben ist –, hörte ich zufällig, wie Dustin und einer seiner Freunde überlegten, wer die größten Titten an der Schule hatte, jetzt, wo sie nicht mehr da war.*

»Was können Sie mir denn über den Zwischenfall bei dem Fechtturnier erzählen?«

»Ich weiß, dass sie den Vorwurf erhoben hat, aber ich bin mir nicht sicher, ob sie jemals Anzeige erstattet hat. Sie hatten wohl zusammen getrunken, soviel ich gehört habe.«

»Gab es bei dieser Reise keine Aufsicht?«

»Ich weiß, dass der Fechttrainer mitgefahren ist, das tat er immer, und vielleicht noch ein Elternteil, aber Courtney hatte ihr eigenes Zimmer.«

»Sie erinnern sich an mehr, als Sie dachten.« Der Detective lächelte schwach, aber es änderte nichts an seinem besorgten Blick.

»Ja, anscheinend. Es ist eine dieser Geschichten, die man lieber vergessen würde.«

»Hatten Sie eine Meinung zu dem Vorfall?«

»Ich bin mir nicht sicher, ob ich je genug darüber wusste.«

»Aber Sie müssen eine Meinung gehabt haben, nachdem doch beide Ihre Schüler waren. Wenn es eine Situation war, in der Aussage gegen Aussage stand, wem der beiden hätten Sie dann geglaubt? Das ist übrigens keine offizielle Frage. Mich interessiert nur Ihre Meinung.«

»Glauben Sie, dass das, was in Sussex Hall passiert ist, etwas mit Dustin Millers Tod zu tun hatte?«

»Nein, eigentlich nicht. Ehrlich gesagt, gehen wir einfach ein paar Spuren nach, und je mehr Informationen ich über diese Sache bekomme, desto besser. Aber noch einmal, ich nehme das nicht offiziell zu Protokoll, mich interessiert wirklich nur Ihre persönliche Ansicht.«

»Es ist lange her«, erwiderte Matthew, kratzte sich am

Kinn und bemühte sich, nachdenklich auszusehen. »Ich will nicht zitiert werden damit oder so was, aber soweit ich mich erinnere, war Dustin ein anständiger Junge. Sie waren beide betrunken, und vielleicht hätte er behutsamer sein müssen, aber sie hätte ebenfalls vorsichtiger sein sollen. Es war einfach eine dieser Sachen, die passieren. Ich glaube nicht, dass Dustins Leben deswegen hätte ruiniert werden sollen.«

Der Detective lächelte wieder mit seinen schmalen Lippen und musterte Matthew kurz. »Danke. Das war sehr hilfreich«, sagte er. Er legte die Hände auf die Knie, als wollte er aufstehen.

»War das alles?«, fragte Matthew.

»Das war alles. Es sei denn, Ihnen fällt noch etwas ein.«

»Wie gesagt, ich erinnere mich nicht sehr gut an ihn.«

»Aber er war ein anständiger Junge, das wissen Sie noch?«

»Na ja, er war kein schlechter Junge, so viel weiß ich tatsächlich noch.«

Der Detective erhob sich mühelos vom Sofa, und Matthew stand ebenfalls auf. Sie gingen zusammen zur Tür, und Matthew fragte sich, ob der Detective darum bitten würde, die Toilette zu benutzen oder sich im Haus umzusehen. Es ging ja wohl um die Fechttrophäe, oder? Das Ganze passierte offenbar, weil seine neue Nachbarin die Polizei verständigt hatte. Matthew hoffte beinahe, dass der Detective sich das Haus ansehen wollte, damit er ihm das Arbeitszimmer zeigen konnte, aber vor der Haustür streckte ihm der Detective nur die Hand entgegen, und Matthew schüttelte sie.

»Sie haben eine weite Fahrt auf sich genommen für ein spärliches Ergebnis«, sagte Matthew.

»Na ja, man kann nie wissen. Und es ist ein schöner Tag für eine Spazierfahrt.«

Matthew hatte es nicht bemerkt, aber es *war* ein schöner Tag – trockene, frische Luft, tiefblauer Himmel. »Es ist angenehm«, sagte er.

»Ich mag diese Gegend. All die hübschen Häuser. Viele Kinder hier? Gute Schulen?«

»Ja, die staatliche Schule ist gut«, bestätigte Matthew. »Nach allem, was man so hört.«

Matthew blieb noch ein wenig im Eingang stehen und sah dem Detective in seinem Wagen hinterher.

Kapitel 13

Nach dem Anruf bei der Polizei von Cambridge am Morgen lief Hen noch eine Weile im Haus umher, dann machte sie sich einen zweiten Kaffee und versuchte zu zeichnen. Sie hatte die zwei verbleibenden Illustrationen für das neue Kinderbuch, an dem sie arbeitete, noch immer nicht fertig. Das Buch hieß *Schule für Sagenkrieger: Der Anti-Nikolaus*. Es war das erste einer Serie – alle Kinderbücher waren heutzutage Serien –, und es ging um eine Militärschule für Teenager, die ihnen beibrachte, wie man übernatürliche Wesen bekämpfte. Die meisten ihrer Aufträge hatten derzeit mit dem Übernatürlichen zu tun. Es waren nicht ihre Lieblingsbücher, denn sie musste sich oft vorstellen, wie erfundene Geschöpfe aussahen, und die Autoren waren nie glücklich mit dem Ergebnis. Sie hätte viel lieber Illustrationen zu spannenden Büchern für Heranwachsende gemacht, wie sie selbst sie als Jugendliche geliebt hatte. Lois Duncan. V.C. Andrews. Aber diese Art Bücher waren heutzutage einfach nicht mehr populär.

Als sie ihren Zeichenblock aufschlug, sah sie das Bild, das sie in der Nacht zuvor gezeichnet hatte: eine große Katze im Bett und das junge Mädchen auf der Fensterbank. Sie hatte die Zeichnung völlig vergessen, und sie erschreckte sie, vor allem die Augen des Jungen, der auf dem Ast des Baumes hockte. Sie mochte die Zeichnung wie seit Jahren nichts mehr, und plötzlich hatte sie ein beinahe körperliches Bedürfnis, ins Atelier zu gehen und mit den Vorbereitungen für einen Druck zu beginnen. Sie stürmte die Treppe hinauf und zog ihre Clogs an, dazu einen Pullover, der mehrerer kleiner Löcher wegen vor Kurzem zum Arbeitspulli degradiert worden war. Unten schnappte sie sich Zeichenblock und Schlüssel und verließ das Haus. Sie hatte ein schlechtes Gewissen, weil sie ihre Arbeitszeit eigentlich damit verbringen sollte, ihren Vertrag für das Kinderbuch zu erfüllen, aber sie sagte sich, wenn sie erst einmal in ihrem Atelier war, würde sie auch Zeit finden, an den *Sagenkriegern* zu arbeiten. Sie ging zum Ende der Sycamore Street und bog rechts auf die Crane Avenue, dann hinunter zu den Black Brick Studios, wo sie ihren Raum gemietet hatte. Es war eine alte Textilfabrik direkt am Scituate River, vier Ziegelstockwerke, in denen gut sechzig Ateliers entstanden waren. Hens Atelier befand sich im Keller. Es war eins der weniger begehrten, weil man von dort keinen Ausblick hatte, aber dafür hatte es einen Ausguss, den sie benötigte, und es war groß genug, um ihre beiden Druckerpressen darin unterzubringen, die sie für viel Geld von ihrem früheren Atelier in Somerville hierher hatte transportieren lassen.

Sie betrat das Gebäude durch den Hintereingang, ein Plakat an der Tür erinnerte sie daran, dass der Tag der offenen Tür bevorstand. Die Anwesenheit bei so einer Veranstaltung war ein Aspekt des Künstlerlebens, den sie fürchtete. Die

Ateliergemeinschaft in Somerville, der sie angehört hatte, hatte von den Künstlern verlangt, dass sie bei dem jährlichen Ereignis zugegen waren. In ihren ersten fünf Jahren dort hatte sie den Fehler gemacht, die Veranstaltung wie eine Vernissage zu behandeln. Sie hatte ihre guten Jeans angezogen und hatte herumgestanden, um mit den Leuten, die in ihr Atelier kamen, unbeholfen Konversation zu machen. Aber die letzten fünf Jahre hatte sie es als Arbeitswochenende aufgefasst und fleißig Drucke produziert, während die Besucher durch die Räume liefen. Niemand störte sich daran, und es machte es den Leuten leichter, ihre Arbeiten durchzusehen, ohne etwas dazu sagen zu müssen. Wenn dann jemand mit ihr sprach, ging es häufig um die technischen Aspekte ihrer Arbeit: wie man eine Platte gravierte, welche Chemikalien sie benutzte, wie lange es dauerte. Hen sprach immer gern über den Arbeitsprozess; worüber sie nicht gern sprach, war, woher ihre Ideen kamen.

Alle Lichter im Keller waren aus, was bedeutete, dass sie allein dort unten war. Hen betrat ihr Studio und ging direkt an den Zeichentisch, wo sie die Katzenzeichnung auf ein Blatt Papier von der Größe der Platte übertrug. Dann bereitete sie das Kupfer vor, schmirgelte die Kanten ab, entfettete es, trug Wachs auf. Während dieser Arbeit ließ sie eine CD von Ani DiFranco auf ihrem uralten Player laufen. Zu Hause hörte sie über einen Streamingdienst Musik, aber in ihren Ateliers hatte sie immer CD-Player gehabt, und all ihre CDs stammten aus einer früheren Zeit ihres Lebens, viele noch aus der Zeit, bevor sie Lloyd kennengelernt hatte. Dieses klobige Gerät für fünf CDs (das auch noch ein Kassettendeck enthielt) war wie ihre persönliche Zeitmaschine. Sie mochte älter werden, und sie machte jetzt Kinderbuchillustrationen statt ihrer eigenen Kunst, aber die Musik war dieselbe geblieben. Sie war so vertieft in ihre Arbeit, dass sie nicht merkte, wie die Ani-DiFranco-CD zu Neutral Milk Hotel wechselte – sie hatte bereits ihre Reißnadel mit der Diamantspitze hervorgeholt und damit begonnen, in das Wachs zu schneiden. Kaum hatte sie damit angefangen, hörte sie eine Tür zuschlagen, und alle Lichter außer der Lampe auf ihrem Tisch verloschen.

»Hey!«, brüllte sie und ging zur Tür. Die Lichter gingen flackernd wieder an, und eine Männerstimme rief: »Entschuldigung, ich dachte, hier unten ist niemand.«

»Kein Problem«, sagte sie, als der Mann, der jünger war, als seine Stimme vermuten ließ, um die Ecke in ihren Flur bog. Sie erinnerte sich von ihrer bisher einzigen Nutzerversammlung an ihn, kam aber nicht mehr auf seinen Namen.

»Hallo, ich bin Hen«, stellte sie sich vor.

»Ja, ich erinnere mich. Ich bin Derek.« Er war ungewöhnlich klein und hatte eine hohe Stirn, und sie fragte sich, wie sie es bei der Versammlung schon getan hatte, ob er einfach nur klein war oder ob es sich bereits um eine Art Kleinwuchs handelte. »Bereitest du dich auf den Tag der offenen Tür vor?«, fragte er.

»Nein. Ich arbeite einfach. Am Tag der offenen Tür komme ich im Morgengrauen hierher und stelle ein paar Drucke aus.« Hen versuchte sich zu erinnern, welche Art Künstler Derek war. Seine Sachen waren sauber, deshalb tippte sie auf Fotograf.

»Und eine Schale mit Süßigkeiten?«

»Ich stelle eine große Wanne mit diesen Erdnussbutterbrezeln auf. Einmal hatte ich eine Flasche Tequila, Salz und Zitronenscheiben mit auf den Tisch gestellt, um herauszufinden, ob sich jemand einen Drink genehmigt.«

»Und?«

»Na klar. Gratisschnaps. Mein Atelier hat sich in einen Partyraum verwandelt. Das mache ich nie wieder.«

Derek schaukelte von einem Fuß auf den andern. Hen dachte, er wollte gehen, aber er fragte: »Hast du ein bisschen Zeit? Kann ich mir deine Arbeiten ansehen?«

»Sicher«, antwortete Hen, und er folgte ihr ins Atelier, wo sie eine Kiste öffnete. Sie enthielt einige der Drucke, die sie am Tag der offenen Tür zeigen wollte. Es waren hauptsächlich eigene Arbeiten, die sie schon vor Jahren gemacht hatte, aber es waren auch einige ihrer Favoriten unter den Buchillustrationen dabei.

»Wow, die sind großartig«, lobte Derek.

»Danke.«

»Und düster.«

»Ja. Ich habe das, was meine Mutter immer eine lebhafte Fantasie genannt hat.«

Nachdem er sämtliche Drucke durchgesehen hatte, schielte Derek zur größeren der beiden Druckerpressen hinüber. »Wie viel wiegen die Pressen?«, fragte er.

»Ich habe ehrlich gesagt keine Ahnung, aber auf jeden Fall zu viel. Ich habe beschlossen, dass ich dieses Atelier mögen muss, weil ich nie wieder umziehen werde.«

»Es wird dir hier gefallen. Es ist nicht allzu sektiererisch.

Man wird als Künstler ermutigt, sich einzubringen, aber wenn du es nicht tust, guckt dich niemand schief an ... Oh, wow, ist das neu?«

Derek betrachtete ihre jüngste Zeichnung, die mit dem Titel: »Schon in der nächsten Nacht kam der Junge wieder.« Er blickte lange darauf, und Hen wurde bewusst, dass der Junge auf dem Ast eher wie ein kleiner Mann aussah oder wie ein Zwerg, und Hen befürchtete beinahe, Derek könnte es beleidigend finden.

»Es ist, als würde man in jemandes Traum blicken«, sagte Derek. »Es ist mir richtig kalt über den Rücken gelaufen.«

»Mir auch«, stimmte Hen zu und fügte an: »Das ist die Art Kunst, die ich mag. Wenn sie einem Angst macht.«

Bevor Derek ging, versprach ihm Hen, sie würde beim Tag der offenen Tür eine Pause einlegen und sich seine Arbeiten ansehen. Sie wusste immer noch nicht, was es eigentlich war. Wieder allein, radierte sie ihre Platte zu Ende. Der CD-Player spielte inzwischen den Soundtrack von *Lost Highway*. Sie legte die Platte ins Säurebad, dann fing sie rasch mit einer der Zeichnungen für die *Sagenkrieger* an. Es war eine Szene am Anfang des Buchs, in der der böse Nikolaus aus dem Kamin auftauchte. Sie skizzierte rasch eine Idee, in der nur sein Fuß zu sehen war, dann machte sie noch eine Version mit einer klauenartigen Hand und einem winzigen Teil seines Gesichts. Es war gar nicht mal schlecht. Sie war so vertieft in die Arbeit gewesen, dass sie befürchtete, sie könnte die Platte zu lange im Bad gelassen haben. Aber nachdem sie das Wachs entfernt, Tinte aufgetragen und einen ersten Durchlauf durch die Presse gemacht hatte, stellte sich das Ergebnis als perfekt heraus. Es war mit das Beste, was sie seit Langem entworfen hatte. Sie fertigte noch ein paar weitere Drucke an, dann skizzierte sie rasch eine Idee für die zweite Illustration, die sie dem Verlag schuldete. Ehe sie sichs versah, sang wieder Ani DiFranco, weil der CD-Player mit allen fünf Scheiben durch war, und Hen hatte auf einmal großen Hunger. Es war ein guter Arbeitstag gewesen. Sie schloss ihr Atelier ab und schaltete das Licht aus, nachdem sie laut gerufen hatte, um festzustellen, ob sich noch jemand im Untergeschoss aufhielt, dann stieg sie nach oben ans helle Tageslicht.

Kapitel 14

Nachdem der Detective weggefahren war, ging Matthew zurück ins Haus. Er hatte vorgehabt, eine Mulligatawny-Suppe zuzubereiten, die Mira besonders gern mochte, damit sie etwas zu essen hatte, wenn sie nach Hause kam. Stattdessen durchwühlte er nun die Tiefkühltruhe nach einem Fertiggericht und entschied sich für überbackenes Baguette.

Während er aß, begann er mit den Nachforschungen über seine Nachbarin. Sie oder vielleicht auch ihr Mann hatte offenbar die Polizei verständigt. Es ging natürlich um die Fechttrophäe. Hen (die nicht nach einer Henne aussah; sie war ein Fuchs, das genaue Gegenteil) hatte sie entdeckt, kannte irgendwoher die Verbindung zu Dustin Miller. Und jetzt hatte sie die Polizei zu ihm geführt, was ihm in seinem ganzen Leben noch nie passiert war. Es war okay gelaufen oder so gut es eben laufen konnte. Er fragte sich allerdings, warum der Detective nicht darum gebeten hatte, sich das Haus ansehen zu dürfen, und nicht nach der Trophäe gefragt hatte. Vermutlich, weil es dann viel zu offensichtlich gewesen wäre, dass ihn seine Nachbarn angeschwärzt hatten. Und natürlich hätte sich Matthew weigern können, hätte verlangen können, dass ihm ein Durchsuchungsbeschluss vorgelegt wurde. Nein, es war eindeutig nichts weiter als ein Stochern im Nebel gewesen. Und jetzt, wo die Trophäe fort war, hatte die Polizei nichts in der Hand, was ihn mit Dustin Miller in Verbindung brachte.

Matthew startete eine Suche unter »Henrietta«, »Lloyd« und »Hochzeit« und kam sofort auf eine Hochzeitsseite. Henrietta Mazur und Lloyd Harding lauteten ihre vollständigen Namen. Er hätte fast eine Suche nach »Henrietta Harding«, gestartet, aber dann wurde ihm klar, dass sie ihren Namen wahrscheinlich nicht geändert hatte, und er suchte stattdessen nach »Henrietta Mazur«. Wegen ihrer Illustrationen war das Internet voll von ihr. Sie hatte ihre eigene Website, außerdem war sie auf Twitter, Facebook und Instagram. Es gab überraschend wenige Bilder von ihr, aber es gab zahlreiche Abbildungen ihrer Werke: dunkle, verwirrende Radierungen, die Matthew faszinierten. Viele stammten aus Kinderbüchern, aber er fand auch die Seite einer Galerie in Boston, auf der es Thumbnails von einigen ihrer Arbeiten gab, und Matthew studierte sie. Er verstand nicht allzu viel von Kunst, aber er hielt sie für brillant. Beinahe genial. Sein Lieblingsbild war die Radierung einer Familie beim Abendessen – Mutter, Vater und drei hübsche Mädchen. Ein großer Braten stand auf dem Tisch, und alle Familienmitglieder aßen gierig davon, manchen tropfte Bratensaft vom Kinn. Unter dem Tisch, man sah es auf den ersten Blick gar nicht, fehlte einem der Mädchen ein Bein, es war genau unter dem Knie amputiert und sah frisch verbunden aus. Der Titel der Radierung lautete: »Weihnachten verlief in diesem Jahr höchst angenehm.«

Henrietta Mazurs Kunst war so interessant, dass Matthew eine Zeitlang vergaß, warum er überhaupt Recherchen über sie anstellte. Er betrachtete mehrere ihrer Werke eingehend und überlegte, wie viel ein signierter Druck wohl kosten würde. Er sah beinahe schon einen in seinem Arbeitszimmer hängen.

Ehe er seinen Computer herunterfuhr, startete er mit dem Namen »Henrietta Mazur« noch eine Suche, um zu sehen, ob es Nachrichtenbeiträge über sie gab. Er fand die acht Jahre alte Ankündigung einer Galerie, und dann gab es noch eine Geschichte über eine Henrietta Mazur, die vor fünfzehn Jahren in einen Zwischenfall am Camden College verwickelt gewesen war. Matthew hätte sie fast übersehen, weil er dachte, es handle sich um eine andere Henrietta Mazur, aber die Passage »Ms. Mazur, eine Kunststudentin, die in der Highschool mehrere Preise für ihre düsteren und fesselnden Zeichnungen und Gemälde gewonnen hatte«, machte deutlich, dass es seine Nachbarin war. Sie war eines tätlichen Angriffs auf eine Mitstudentin beschuldigt worden. Matthew las alle Artikel, die er dazu fand. Es war nicht völlig klar, was vorgefallen war, aber im Wesentlichen ging es darum, dass Henrietta eine Art Nervenzusammenbruch erlitten und sich eingebildet hatte, eine Kommilitonin versuche sie zu töten. Sie hatte diese Befürchtung sowohl gegenüber ihrem Studienberater als auch der Polizei gegenüber zur Sprache gebracht, aber dann hatte sie die andere Studentin selbst angegriffen und war erst in einer psychiatrischen Klinik und schließlich vor Gericht gelandet. Bei der Lektüre der Artikel gewann Matthew den merkwürdigen Eindruck, dass die junge Henrietta trotz ihres eindeutigen Realitätsverlustes möglicherweise recht gehabt hatte. Einem der Artikel war ein Foto des anderen Mädchens, das in den Fall verwickelt war, beigefügt, und Matthew erkannte etwas in den kalten Augen dieser Daphne Myers wieder, auch wenn das Bild leicht unscharf war.

Jetzt war Henrietta Mazur hinter ihm her, schickte ihm die Polizei auf den Hals und spionierte ihm wahrscheinlich nach. Matthew kam der Gedanke, dass ihm Henriettas kriminelle Vergangenheit möglicherweise helfen konnte, wenn es drauf ankam. Urplötzlich war er nicht mehr nervös, sondern seltsam ruhig und nur ein wenig aufgeregt, weil seine neue Nachbarin etwas von seiner wahren Existenz zu ahnen schien.

An diesem Abend rief Matthews Bruder an.

»Wann kommt Mira zurück?«, fragte Richard.

»Später am Abend.«

»Zu schade. Ich wollte noch mal vorbeikommen. Ich muss dir was zeigen.«

Als Richard diese Worte das letzte Mal ausgesprochen hatte, hatte er Matthew daraufhin eine wirklich verstörende Webseite gezeigt.

»Warum zeigst du mir das?«, hatte Matthew ihn gefragt.

»Beruhige dich. Das sind nur Schauspieler. Ich zeige es dir, weil… stell dir vor, Dad hätte das Internet noch erlebt. Er wäre aufgeblüht bei diesem Zeug.«

»Hört sich an, als würdest du selbst aufblühen.«

»Bei diesem Scheiß eigentlich nicht. Ich zeige es dir nur, weil ich an Dad gedacht habe. Weißt du noch, wie wir früher immer dachten, er wäre einzigartig, du weißt schon, ein echtes Original wie Dracula oder Frankenstein?«

»Daran erinnere ich mich nicht.«

»Tja, das dachte ich mir. Und jetzt ist ziemlich klar, dass es da draußen einen irrsinnigen Haufen an Männern gibt, die genauso denken wie Dad. Genug, um eine solche Website zu unterhalten. Es ist eine komische Welt, Matthew.«

Richard war bei dieser Gelegenheit beinahe nachdenklich geworden. Er hatte aber zu viel getrunken, und Matthew hatte ihn am nächsten Morgen onanierend im Wohnzimmer erwischt, den offenen Laptop auf den Knien und einen Ausdruck von Scham und Glückseligkeit in den Augen.

»Was wolltest du mir denn zeigen?«, fragte Matthew jetzt am Telefon.

»Ich habe jemanden kennengelernt.«

»Ach ja. Hat sie dich auch schon kennengelernt?«

»Nicht persönlich, aber wir haben ein paar Nachrichten ausgetauscht. Ich wollte dir einige von den Bildern zeigen, die sie postet.«

»Danke, ich verzichte.«

»Du weißt nicht, was du verpasst. Wann verreist Mira wieder?«

»Erst mal nicht, Richard. Du kommst aber klar, oder?«

Richard lachte, bejahte die Frage dann aber, und das war das Ende des Gesprächs. Obwohl sein Bruder ihn anwiderte, machte sich Matthew die ganze Zeit Sorgen um ihn. Und es war nicht nur Sorge um seinen Bruder, es beunruhigte ihn, was er möglicherweise anstellen würde. Er wusste besser als irgendwer, wozu die Dolamores fähig waren.

Als Mira an diesem Abend zurückkam, lag Matthew bereits im Bett.

»Pst, schlaf weiter«, sagte sie, als sie neben ihn unter die Decke schlüpfte, einen Arm um ihn schlang und ihn an sich zog.

»Willkommen zu Hause.«

»Dein Herz rast. Alles in Ordnung?«

»Ich bin nur so froh, dich zu sehen«, sagte er, drehte sich um und küsste sie auf den Hals. Sie trug ein T-Shirt mit nichts darunter, und er ließ eine Hand zwischen ihre Beine gleiten. Sie veränderte ihre Stellung und spreizte die Beine für ihn. Bevor das Gefühl verging, stieg er schnell auf sie und drückte sein Gesicht neben ihrem Hals ins Kissen. Er dachte an seine Nachbarin, wie sie sich wohl anhören würde, wenn er dasselbe mit ihr tun würde, dann unterdrückte er den Gedanken schnell wieder.

»Das war unerwartet«, sagte Mira, nachdem er von ihr gerollt war und sie wieder in derselben Stellung wie zuvor dalagen, Mira an seinen Rücken geschmiegt, die Hand auf seiner Brust.

»Ich habe dich vermisst«, erwiderte er.

»Ich dich auch.«

»Es war eine lange Reise«, sagte Matthew.

Mira lachte. »Eigentlich nicht, aber ich freue mich, dass es dir so vorkam.«

»Was hast du am Columbus-Day-Wochenende vor?«, fragte er.

»Ich weiß nicht. Wieso?«

»Sollen wir für eine Nacht wegfahren? Vielleicht zu diesem Hotel in Portsmouth oben?«

»Das mit dem Muscheldip?«

Er lachte. »Ja, das mit dem guten Muscheldip. Den Teil hast du dir natürlich gemerkt.«

»Ich habe mir den Rest auch gemerkt. Ja, das würde ich gern tun.«

»Dann buche ich morgen«, erwiderte Matthew.

Bevor sie einschliefen, sagte Mira: »Dein Herzschlag ist jetzt wieder normal.«

Kapitel 15

Detective Martinez rief an, nachdem Lloyd gerade vom Büro nach Hause gekommen war und im Kühlschrank stöberte.

»Können Sie einen Moment warten?«, fragte Hen, dann erklärte sie Lloyd, es sei ihr Agent und sie müsse in ihrem Arbeitszimmer mit ihm sprechen. Sie raste die Treppe hinauf und fragte sich, ob die Lüge offensichtlich war. In ihrem winzigen Büro – dem Ort, an dem sie sich mit allem möglichen Papierkram herumschlug – sagte sie ins Telefon: »Ja?«

»Ich wollte Ihnen Bescheid geben, dass ich Ihren Nachbarn besucht und mit ihm gesprochen habe.«

»Und?«

Der Detective hielt inne, und Hen wusste, er würde vermelden, dass sie nichts unternehmen würden. »Und er ist eine Person von besonderem Interesse, das ist alles, was ich im Augenblick sagen kann.«

»Oh«, erwiderte Hen. »Sie halten ihn für schuldig?«

Detective Martinez lachte. »Nein, das habe ich nicht gesagt. Offen gestanden hat die Befragung nichts ergeben, aber er wusste von der Sache zwischen Dustin Miller und Courtney Cheigh, also haben Sie uns eine wertvolle Information geliefert. Ich rufe an, um mich für den Tipp zu bedanken.«

»Es war nicht nur ein Tipp. Er ist schuldig, wissen Sie?«

»Selbst wenn er tatsächlich eine Fechttrophäe hatte, könnte sie …«

»Es war nicht nur das«, unterbrach ihn Hen und stieß mit dem Fuß an die Bürotür, um sicherzugehen, dass sie geschlossen war. »Ich weiß, dass er es getan hat. Ich bin ihm neulich nachts gefolgt, und er hat jemand anderen gestalkt. Ihn gejagt.«

»Wann war das?«

Hen erzählte ihm die ganze Geschichte, wie sie Matthew gefolgt war, während er das Paar in dem Wagen verfolgt hatte.

»Wie kommen Sie darauf, dass dieses Verhalten etwas mit dem zu tun hat, was Dustin Miller zugestoßen ist?«, fragte der Detective, nachdem sie mit ihrer Geschichte fertig war.

»Ich glaube, es beweist, dass er eine Art Serienmörder ist oder zumindest ein Serienstalker. Etwas stimmt nicht mit ihm. Er ist gruselig.«

»Glauben Sie mir, da draußen sind eine Menge gruseliger Typen unterwegs. Aber die meisten von ihnen sind keine Mörder.«

»Da haben Sie sicher recht. Aber einige sind es eben doch, oder?«

Eine längere Pause entstand, und Hen glaubte für einen Moment, der Detective hätte aufgelegt. Dann sagte er: »Er kann aus vielerlei Gründen jemandem gefolgt sein, und nur die wenigsten davon dürften etwas mit Dustin Miller zu tun haben.«

»Ja, ich weiß. Aber es war verdächtig.«

Eine weitere Pause, dann: »Darf ich Sie um einen Gefallen bitten, Hen?«

»Sicher«, sagte sie und wusste, worum es sich handeln würde.

»Überlassen Sie die Sache von jetzt an uns, okay? Wenn Ihr Nachbar ein Mörder ist, dann werden wir ihn kriegen, aber es ist nicht hilfreich für uns, wenn Sie ihm überallhin folgen. Und es könnte gefährlich für Sie sein.«

»Natürlich«, stimmte Hen ihm zu. »Das verstehe ich.«

»Sie versprechen es also?«

Hen lachte. »Großes Ehrenwort.«

»Ich meine es ernst«, beharrte er. »Es dient nicht nur Ihrer Sicherheit, es könnte auch den Ermittlungen schaden. Das verstehen Sie doch, oder?«

»Ja«, sagte Hen. Sie hätte beinahe seinen Namen angefügt – Iggy hatte er gelautet, oder? –, aber es fühlte sich nicht richtig an.

»Okay«, erwiderte der Detective. »Danke. Und Sie können mich jederzeit gern anrufen, wenn Ihnen noch etwas einfällt. Ich halte Sie ebenfalls auf dem Laufenden, falls sich noch etwas ergibt.«

Hen bedankte sich.

Unten fragte Lloyd: »Wer war das am Telefon?«

»Mein Agent, das hab ich doch schon gesagt. Mein ursprünglicher Vertrag für das Sagen-Buch hat acht Illustrationen plus Cover umfasst, und jetzt sollen es zwölf Illustrationen werden.«

»Hast du sie schon alle fertig?«

»Fast.«

»Und bezahlen sie mehr?«

»Ja. Es ging mehr um die Einhaltung des Zeitplans. Ich hätte bereits mit Band zwei anfangen sollen und habe ihn noch nicht einmal gelesen. Wie war dein Tag?«

»Ganz gut«, sagte er, seine Standardantwort.

Hen schenkte sich ein Glas Wein ein und holte Hühnerbrüste und Brokkoli für das Abendessen aus dem Kühlschrank.

»Hast du noch mal über das Columbus-Day-Wochenende nachgedacht?«, fragte Lloyd. Hen wurde kurz von Panik erfasst und versuchte sich dann an ihre vorangegangene Unterhaltung zu erinnern. Dann fiel es ihr wieder ein.

»Robs Party«, sagte sie.

»Richtig.«

»Ähm, wahrscheinlich nicht, Lloyd, wenn das für dich okay ist.«

Rob war Lloyds bester Freund seit dem College. Er lebte gleich hinter der Grenze zwischen Massachusetts und New York, etwa zweieinhalb Stunden entfernt, und er veranstaltete jedes Jahr zum Columbus Day ein Fest mit Lagerfeuer. Hen war früher oft mitgekommen. Sie hatte sich einige Male sogar gut amüsiert, aber Rob war ein professioneller Kiffer, und Hen hatte vor zehn Jahren aufgehört zu rauchen. Gelegentlich vermisste sie es noch, wie ihr Gehirn dabei vor neuen Ideen schier explodierte, aber die bedrückende Paranoia vermisste sie bestimmt nicht. Oder die dämlichen Gespräche.

»Schon okay«, sagte Lloyd.

»Du bleibst über Nacht, oder?«

»Ja.«

»Nächstes Jahr komm ich mit.«

»Musst du nicht. Ich weiß, er ist nicht dein Lieblingsmensch.«

»Ich hab nichts gegen Rob. Ich habe ihm nur nicht viel zu sagen. Und ich vermisse Joanna.«

Joanna war Robs langjährige Freundin gewesen, eine lustigere, intelligentere, sarkastischere Version von Rob. Hen war nicht überrascht gewesen, als sie aus dem zugigen Bauernhaus ausgezogen war und sich im Pioneer Valley ein eigenes Haus gesucht hatte, aber sie fehlte Hen, wenn sie dort war. Ohne sie verwandelten sich Rob und Lloyd sehr schnell in die, die sie im College gewesen waren, und Hen kam sich vor, als würde sie von außen in ihre Wolke aus Haschrauch und albernen Witzen blicken.

»Wir alle vermissen Joanna«, sagte Lloyd. »Brauchst du Hilfe?«

Hen schob ihm den leicht gummiartigen Brokkoli über die Anrichte, und er fing an, ihn zu schneiden.

Nach dem Abendessen, als Lloyd das Spiel der Red Sox schaute, setzte sich Hen an ihren Laptop und sah sich die Website der C-Beams an. Sie war inzwischen überzeugt, dass der Sänger der Band – sie hatten in der Nacht, in der sie Matthew gefolgt war, im *Owl's Head* gespielt – der bärtige Mann war, den Matthew verfolgt hatte. Es klang absolut einleuchtend. Er gehörte eindeutig zur Band oder hatte zumindest mit ihr zu tun, denn sie hatte gesehen, wie er dem Schlagzeuger beim Einladen geholfen hatte. Hen nahm inzwischen an, dass Matthew im *Owl's Head* gewesen war, um sich die Band anzusehen, und dann nach Hause zurückkehrte und seinen Wagen holte, um dem Sänger zu folgen. Die Frage war natürlich, warum.

Er hieß Scott Doyle, und Hen versuchte mehr über ihn herauszufinden. Es interessierte sie, zum Beispiel, ob er eine Verbindung zu Sussex Hall hatte. War er ein ehemaliger Schüler gewesen? Vielleicht sah sich Matthew als eine Art Tugendwächter, der, lange nachdem sie die Schule verlassen hatte, seine unmoralischsten Schüler tötete. Aber alles, was sie über Scott herausfand, hatte nur mit der Band zu tun. Er hatte einen Twitter-Account, postete aber entweder nur Links zu seinen Songs oder Werbung für bevorstehende Auftritte. Zufällig spielten die C-Beams das nächste Mal am Samstagabend des Columbus-Day-Wochenendes, dem Abend von Robs Lagerfeuerparty, allerdings nicht im *Owl's Head*, sondern in einer Bar namens *Rusty Scupper* an der Nordküste. Vielleicht würde sie an diesem Abend hinauffahren und kurz reinschauen. Dann hätte sie an dem Abend, an dem sie allein war, etwas zu tun. Und wenn sich die Gelegenheit bot, mit Scott Doyle zu sprechen, konnte sie ihn fragen, ob er in Sussex Hall zur Schule gegangen war oder ob es eine Verbindung zu Matthew Dolamore gab. Denn falls das so war, war sie aufrichtig besorgt um den Mann.

Aber was, wenn Matthew selbst dort war? Wenn er sie entdeckte? Na, und wennschon! Es wäre einfach Zufall. Und vielleicht würde es ihren Nachbarn davon abhalten, einen weiteren Mord zu begehen.

»Das gibt's doch nicht!«, brüllte Lloyd den Fernseher an. Sein Stöhnen unmittelbar danach verriet ihr, dass er statt eines Homeruns gerade einen Ball weit ins Aus hatte fliegen sehen.

Kapitel 16

»Ich habe schon zu viel getrunken, Matthew«, sagte Mira.

»Ist ja nicht so, als hätten wir es allzu weit zu unserem Zimmer. Wir könnten auch noch ein Dessert nehmen, wenn es dir lieber ist.«

»Uff, ich kriege keinen Bissen mehr runter. Einen Drink noch, okay? Aber nur, wenn du einen mittrinkst.«

Matthew bestellte einen Rusty Nail für Mira und ein zweites Guinness für sich. Sie waren in der Bar des *Portsmouth Arms*, eines vierstöckigen Boutiquehotels in einer hübschen Kopfsteinpflasterstraße in Portsmouth, New Hampshire. Das Columbus-Day-Wochenende hatte mit kaltem Regen vom Atlantik begonnen, aber um vier Uhr am Samstag war der Himmel aufgeklart, und die Sonne war kurz hervorgekommen und hatte die Stadt in weiches rosa Licht getaucht. Matthew und Mira waren am Hafen spazieren gegangen und dann zu Drinks und dem berühmten Muscheldip des Restaurants ins Hotel zurückgekehrt. Sie hatten sich das Prime-Rib-Steak und eine Flasche Wein geteilt, die hauptsächlich Mira getrunken hatte. Jetzt nippte sie an ihrem Rusty Nail.

»Was ist da drin? Es schmeckt gut«, fragte Mira leicht lallend. Sie war keine große Trinkerin, obwohl sie den Geschmack von Alkohol seltsamerweise mochte. Zwei Drinks waren unter normalen Umständen ihr Limit.

»Scotch und Drambuie.« Matthew trank ebenfalls von seinem Bier; er hatte vor, es in die Hängepflanze neben ihrem Tisch zu gießen, wenn er Gelegenheit dazu hatte. Er würde heute Nacht nach New Essex hinunterfahren und musste deshalb nüchtern bleiben.

»Okay, jetzt reicht es aber«, entschied Mira und trank den letzten Schluck. Eis klapperte an ihren Zähnen.

»Mir auch.« Matthew schob beide Gläser zum Barkeeper und bat um die Rechnung. Mira fiel nicht auf, dass sein Bierglas noch mehr als halb voll war.

Im Hotelzimmer zog sie ihre Jeans bis auf die Knöchel hinunter und ließ sich auf das gemachte Bett plumpsen. »Das Zimmer dreht sich«, sagte sie.

Matthew half ihr, auch die restlichen Sachen noch auszuziehen, und packte sie ins Bett, wobei er die Laken am Fußende herauszog. Er glaubte zwar nicht, dass Mira aufwachen würde, aber wenn sie etwas weckte, dann dass sie sich freizustrampeln versuchte.

Matthew öffnete ein wenig das Fenster – der Heizkörper im Raum zischte und knisterte, und es war viel zu heiß –, dann ging er zu seinem Koffer und zog die wenigen Dinge heraus, die er mitgenommen hatte, weil er sie vielleicht brauchen würde: den Elektroschocker, den ausziehbaren Schlagstock, das Schnappmesser, seine Vinylhandschuhe und die Fleecemütze, die das ganze Haar bedeckte. Allein die Berührung der Gegenstände ließ sein Herz schneller schlagen. *Langsam*, ermahnte er sich. *Vielleicht passiert es heute Nacht gar nicht. Wahrscheinlich passiert es nicht.* Aber er wusste, wenn sich die Gelegenheit bot, wenn es ihm gelang, allein mit Scott Doyle zu sein … Er führte einen lautlosen Tanz auf, beugte ein Knie und hob und senkte wiederholt die Faust, nur um einen Teil seiner nervösen Energie abzuführen. Dann atmete er durch die Nase ein und zog seine Jacke an.

Bevor er aufbrach, beugte er sich zu Mira hinunter und flüsterte ihr ins Ohr: »Ich mache einen Spaziergang, Schatz. Ich kann nicht schlafen.« Sie reagierte mit einem Brummen, mehr Verärgerung als Antwort. Er überlegte, ob er sie wecken und es ihr noch einmal sagen sollte, entschied sich aber dagegen. Seine einzige Sorge war, dass ihre Blase sie aus dem Bett treiben würde. Sollte er ihr für alle Fälle einen Zettel schreiben? Auf dem Schreibtisch des Zimmers lagen ein Block und ein Stift, beides mit dem Namen der Unterkunft versehen, und er kritzelte eine Notiz, dass er spazieren sei und bald zurückkomme. Er stellte ein Wasserglas auf den Zettel, das einige der Worte verdeckte, sodass er bei seiner Rückkehr wüsste, ob sie ihn gelesen hatte.

Er verließ das Zimmer und ging über die Treppe auf der Rückseite zum Parkplatz hinter dem Hotel. Er trat in die kalte Nacht hinaus und zog die Handschuhe an. Auf dem Parkplatz war niemand zu sehen, aber in der Ferne hörte er das Gejohle einer Gruppe von Feiernden auf der Straße, die von einer Bar zur andern zogen.

Er stieg in seinen Fiat und machte sich auf den Weg nach New Essex. Unterwegs dachte er an Mira, die wohlbehalten in ihrem Bett in einem abgeschlossenen Hotelzimmer lag. Niemand konnte ihr etwas antun, selbst wenn er es gewollt hätte. Dann dachte er an Michelle, die ihren sterbenden Vater besuchte, während ihr Freund eine Kellnerin fickte, mit der er fremdging. Eine Wut durchströmte ihn, die ihm fast den Atem raubte. Wenn man einem Mann nur das kleinste bisschen Macht gab – ein hübsches Gesicht, die Fähigkeit, zu singen, ein wenig Geld –, war das Erste, was er tat, eine Frau zu zerstören oder zwei, wenn er es konnte. Er gestattete sich kurz, an seinen Vater zu denken, wie er die Welt so klein gemacht hatte, dass er zu ihrem Diktator wurde, und wie seine Mutter keine andere Wahl gehabt hatte, als unter seiner Herrschaft zu leben. Matthew hatte ebenfalls keine Wahl gehabt. Genauso wenig wie Richard.

Das grüne Schild, das seine Ausfahrt in zwei Meilen anzeigte, leuchtete im Scheinwerferlicht auf. Er ließ das Fenster herunter und atmete die salzige Luft ein. Er hatte sich den Weg zum *Rusty Scupper* eingeprägt und sein Smartphone im Hotelzimmer gelassen.

Er fuhr über zwei Ampelkreuzungen, überquerte eine kurze Brücke über den Meeresarm und bog dann rechts in die Seagrass Lane, die Straße, die zu der Kneipe führte. Durchs offene Fenster hörte er das dumpfe Hämmern einer Bassbegleitung, als er am Parkplatz des *Rusty Scupper* vorbeifuhr. Es roch nach Ebbe, modrig und sumpfig, und von einer Gruppe von vier Gestalten, die sich um einen Pick-up drängten, wehte das auffällige Aroma von Marihuana zu Matthew herüber.

Er fuhr weitere zweihundert Meter und parkte hinter einer kleinen Versicherungsagentur. Er hatte Google Maps studiert und wusste, dass von dort ein Fußweg am New Essex River entlang zur Rückseite des Lokals führte. Er war ausgeschildert und leicht zu finden, und als Matthew auf den Planken des Wegs entlangschlenderte, sprang ein Fisch neben ihm aus dem Wasser des Flusses, und etwas huschte durch ein Gebüsch. Sobald er sich der Bar näherte, hörte er nur noch die ihm schon bekannte Coverversion von »Positively 4th Street«. Falls er aus dem vorangegangenen Auftritt schließen durfte, näherten sie sich dem Ende ihres Sets. Matthew sah auf seine Uhr. Es war kurz vor zwölf.

Er ging auf den Parkplatz und suchte nach Scotts Dodge Dart. Er entdeckte ihn nahe der Rückseite des zweistöckigen Ziegelgebäudes, direkt unterhalb der Terrasse, auf der Gäste rauchten. Er stand neben einem Transporter, den Matthew als das Auto des Drummers wiedererkannte. Sein eigener Wagen stand so perfekt platziert im Dunkeln, dass Matthew seine Erregung nicht unterdrücken konnte, die ihm sagte, dass es heute Nacht tatsächlich funktionieren könnte. Alles fügte sich zusammen.

Nachdem er sich vergewissert hatte, dass niemand in der Nähe war, ließ Matthew sein Schnappmesser herausspringen und schlitzte ein Loch in den hinteren linken Reifen von Scotts Wagen. Das Messer blieb kurz stecken, während abgestandene Luft bereits zischend entwich. Matthew riss es heraus, dann ging er zum River Walk zurück. Es gab dort eine Bank mit Blick auf den Fluss, aber wenn er sich umdrehte, konnte er zur Kneipe sehen und den Dodge Dart im Blick behalten. Er wartete. Nur eine Person kam vorbei, ein Mann mittleren Alters mit einer übelriechenden Zigarre. Matthew drückte das Kinn auf die Brust, gab vor zu schlafen und hoffte, der Zigarrenraucher wäre kein Gutmensch, der sich womöglich vergewisserte, ob mit ihm alles in Ordnung war. War er nicht.

Die Livemusik aus dem *Rusty Scupper* war verstummt, und Matthew sah Gäste aus dem Lokal und zu ihren Autos strömen. Alle sprachen laut, Fetzen geistloser Unterhaltung drangen zu Matthew auf seiner Bank herüber. Er behielt den Ausgang der Bar im Auge, doch dazwischen warf er immer wieder einen Blick auf den Fluss, der schwarz unter dem sternenlosen Himmel dahinfloss. Trotz der Dunkelheit nahm er die schnelle Strömung wahr, das Wasser, das durch die zurückgehende Flut Richtung Meer gezogen wurde. Im Obergeschoss des *Rusty Scupper* gingen Lichter an, die wenigen verbliebenen Gäste wurden zum Aufbruch gedrängt. Der Parkplatz war inzwischen fast leer. Ein Paar mittleren Alters stand neben einem Pick-up und stritt darüber, wer nach Hause fahren solle. Eine doppelflügelige Tür auf der Rückseite des Gebäudes öffnete sich unter metallischem Scheppern, und Matthew erkannte die beiden anderen Mitglieder der C-Beams, die ihre Ausrüstung auf Rollwagen ins Freie brachten. Der Schlagzeuger begann den Transporter zu beladen, den Matthew schon vom *Owl's Head* her kannte, und der Bassist half ihm dabei. Wo war Scott? Wahrscheinlich begutachtete er die verbliebenen Groupies in der Kneipe auf der Suche nach seinem nächsten Opfer. Es war gut, dass er nicht da war. Matthew hoffte, dass seine Bandkollegen zuerst wegfahren würden, sodass er den Reifen ohne sie wechseln musste. Er wusste, es bestand trotzdem nur eine vage Chance, dass Scott allein auf dem dunklen Parkplatz sein würde, aber falls er es war, wäre Matthew zur Stelle.

Weitere zwanzig Minuten vergingen, und sowohl der Drummer als auch der Bassist brachen auf. Kurz darauf kam Scott aus dem Hintereingang des Gebäudes, aber er war nicht allein. Er hatte ein Mädchen bei sich, und auch wenn sie anders gekleidet war – sie trug ein enges Kleid, das ein T-Shirt hätte sein können –, war es eindeutig die Kellnerin aus dem *Owl's Head*. Matthew war nicht überrascht, dass sie hier war, aber er war enttäuscht. Scott verstaute seinen Gitarrenkoffer auf dem Rücksitz des Wagens, dann stiegen beide ein. Der Motor sprang an, der Dart setzte schwungvoll zurück und blieb dann abrupt stehen. Scott sprang aus dem Wagen und untersuchte seinen Hinterreifen. Matthew hörte deutlich ein »Scheeiiße!«, dann wurde eine zweite Wagentür zugeschlagen. Die Kellnerin war ebenfalls ausgestiegen und kniete nun neben Scott. Er hörte ihre Stimmen – seine gereizt, ihre quengelig –, verstand aber nicht, was sie sagten. Scott öffnete den Kofferraum und zog seinen Ersatzreifen heraus, dazu etwas, bei dem es sich wahrscheinlich um einen Wagenheber handelte. Er ging wieder neben dem Fahrzeug in die Hocke, während die Kellnerin einen Meter entfernt stand und die Arme um den Körper schlang. Selbst aus der Ferne sah ihr Matthew an, dass sie fror. Scott, der eine gefütterte Jeansjacke trug, hatte begonnen, den Wagen aufzubocken.

Die Kellnerin sagte etwas, und Scott antwortete, ohne den Kopf zu wenden. Die Kellnerin ging zu der schweren doppelflügeligen Tür zurück und klopfte an. Nach fünf Sekunden ging sie auf, und die Kellnerin schlüpfte hinein.

Matthew spürte, wie er von Adrenalin durchflutet wurde. Er begriff, dass er bis zu diesem Moment nicht wirklich geglaubt hatte, dass er seine Chance bekommen würde. Aber hier war sie.

Er stand auf, zog die Mütze tiefer in die Stirn und über die Ohren und ließ den Blick über den Parkplatz schweifen. Einige Autos waren noch da, aber niemand war zu sehen. Er ließ den Teleskopschlagstock vorschnellen, sodass er zur vollen Länge ausfuhr – fünfundsechzig Zentimeter massiver Stahl. Den Schlagstock an sein Bein gedrückt und den Elektroschocker vorsichtshalber in der anderen Hand, ging Matthew entschlossen, aber nicht zu schnell auf den Dart zu und dann um ihn herum, sodass er hinter Scott zum Stehen kam. Der Wagen war aufgebockt, und Scott versuchte, eine Schraube mit dem Schlüssel zu drehen. Er hatte Matthew, der genau hinter ihm war, nicht bemerkt. Fünf Sekunden lang stand Matthew mit dem Stahl in der Hand einfach da und genoss die ungeheure Macht, die er über das vor ihm kauernde Insekt genoss. Dann holte er aus und ließ den Schlagstock mit aller Kraft auf Scotts Schädel niedersausen. Scott drang ein heiseres Geräusch tief aus der Kehle, dann kippte er bewusstlos zur Seite.

Matthew ging auf ein Knie, holte erneut aus und ließ den Stock noch einmal, so kräftig er konnte, auf dieselbe Stelle krachen. Statt eines dumpfen Aufschlags klang es diesmal eher wie ein Splittern und Brechen. Matthew stand rasch auf, um zurückzuspringen, falls es zu bluten beginnen würde. Er wünschte sehr, er hätte eine Plastiktüte und Klebeband mitgebracht, auch wenn er nicht glaubte, dass er die

Zeit haben würde, sie zu benutzen. Davon abgesehen war Scott wahrscheinlich tot. Das allein war Befriedigung genug. Er überlegte, ob er noch einmal zuschlagen sollte, nur um sicherzugehen, aber er befürchtete, er könnte es übertreiben und seinen Schlagstock in Gehirnsubstanz versenken. Das würde er nicht verkraften.

Er ging aber noch einmal in die Hocke und schob seinen Schlagstock zusammen, indem er ihn auf den Asphalt drückte. Dann musterte er den reglosen Körper, um zu überprüfen, ob noch Leben in ihm war, und sagte sich, falls er die Metalltür hinter sich hörte, würde er einfach zum Weg am Fluss rennen.

Überzeugt, dass Scott tot war, von zwei mächtigen Schlägen gefällt, erhob Matthew sich. Zehn Meter entfernt stand eine Frau in einer Strickmütze mitten auf dem Parkplatz und starrte ihn an. Ihre Blicke trafen sich kurz.

Kapitel 17

Hen öffnete den Mund, wollte etwas zu Matthew Dolamore sagen, aber sie brachte kein Wort heraus. Er blickte sie direkt an, sie glaubte, Erkennen in seinen Augen zu sehen, dann machte er kehrt und entfernte sich raschen Schritts. Sofort verlor sie ihn im tiefen Schatten des *Rusty Scupper* aus den Augen.

»Hey!«, schrie sie endlich, ihre Stimme klang fremd und hilflos in ihren eigenen Ohren, dann trabte sie in Richtung des Dodge Dart. Scott Doyle lag auf dem Asphalt, eingerollt, als würde er schlafen. Sie rüttelte ihn an der Schulter, auch wenn sie sicher war, dass er nicht reagieren würde, aber er drehte sich auf den Rücken, seine Augen standen offen. Er brachte einige verstümmelte Worte heraus, und es klang, als wäre Flüssigkeit in seiner Kehle.

Sie zog ihr Handy aus der Tasche und wählte die Notrufnummer.

Sie hatte das Konzert der C-Beams tatsächlich genossen. Es war eine Weile her, seit sie eine echte Kneipenband gehört hatte, eine Band, die die Gäste zum Tanzen bringen wollte. Sie war, kurz nachdem sie zu spielen begonnen hatten, im

Rusty Scupper eingetroffen und suchte sich einen Platz an der Theke zwischen zwei Paaren. Sie hatte einen Dirty Martini bestellt – es war vermutlich nicht die beste Kneipe für einen Martini, aber sie hatte große Lust auf einen – und ihren Stuhl herumgedreht, sodass sie die Band sehen konnte, die gerade ein Stück der Kinks coverte. Sie schaute sich in der Kneipe nach Matthew um, aber sie entdeckte ihn nirgends. Sie hatte noch nicht entschieden, was sie tun würde, wenn er tatsächlich käme. Wahrscheinlich würde sie ihn einfach beobachten. Darauf achten, dass er sie möglichst nicht bemerkte. Sie hatte sich mit Jeans, Cowboystiefeln und einem Flanellhemd ein bisschen verkleidet. Auf ihrem Kopf saß eine gestrickte Ballonmütze, die sie vor einigen Jahren gekauft, aber noch nie getragen hatte.

Der Martini kam. Das Glas war randvoll, und sie senkte den Kopf und schlürfte einen Schluck von dem eiskalten, salzigen Drink. Sie fühlte sich irgendwie gut in ihrer Verkleidung, vollkommen anonym. Was würde jemand von ihr denken, der sie so sah? Sie fragte es sich aufrichtig, weil sie keine Ahnung hatte. Zwar wusste sie, dass sie attraktiv war, aber sie wusste auch, dass sie etwas Abschreckendes an sich hatte, etwas Kaltes, auf das die Leute reagierten. Sie hob das Glas und trank einen großen Schluck. Auf der anderen Seite der U-förmigen Theke saßen zwei Frauen, eine in einem Trikot der New England Patriots und die andere in engen Jeans, einer schwarzglänzenden Bluse und mit Igelfrisur. Hen ertappte eine von ihnen dabei, wie sie zu ihr herüberschaute. Es hatte eine Zeit in ihrem Leben gegeben, in der sie von gleichgeschlechtlichen Beziehungen fasziniert gewesen war. Ohne triftigen Grund glaubte sie manchmal, dass sie als Lesbe ein interessanteres Leben geführt hätte. Das glaubte sie immer noch, auch wenn sie ihr uninteressantes Leben genoss.

Die Band spielte einen Song, den sie nicht kannte, daher nahm sie an, dass es einer von ihren eigenen war. Die Bühne im *Rusty Scupper* war klein und die Tanzfläche ebenfalls, aber die Leute tanzten tatsächlich, sogar zu der Eigenkomposition. Es war ein ungewohnter Anblick. Hen hatte sich so daran gewöhnt, Lloyds Lieblingsbands zu sehen, meist pseudokünstlerische Lo-Fi-Bands, die Männer in Jeans und T-Shirt und mit dem Ansatz eines Wohlstandsbauchs anzogen, die dann mit verschränkten Armen dastanden und kennerhaft zuhörten; gelegentlich nickten einige von ihnen mit dem Kopf zum Takt der Musik, aber nie tanzte jemand. Hier tanzten zwei Paare plus eine Gruppe Frauen mittleren Alters, die eindeutig auf einem Mädelsabend unterwegs waren. Und am Rand der Tanzfläche stand eine einsame Frau in einem grau-weiß gestreiften T-Shirt-Kleid und hohen schwarzen Stiefeln. Eigentlich sah sie zu jung für eine Bar aus, aber sie hielt eine Flasche Miller High Life in der Hand, und Hen sah, dass sie die Worte des Songs mit den Lippen formte. Sie musste die Freundin eines Bandmitglieds sein, und Hen fragte sich, ob sie diejenige war, die an dem Abend im *Owl's Head* zum Sänger ins Auto gestiegen war. Es kam ihr wahrscheinlich vor.

Sie trank ihren Martini viel zu schnell aus, bestellte dann einen Gin Tonic und nahm sich vor, ihn langsamer zu trinken. Regelmäßig ließ sie den Blick durch den Raum schweifen, um zu sehen, ob sie irgendwo Matthew entdeckte. Als sie aufstand, um zur Toilette zu gehen, kam sie an einem abgetrennten Raum mit zwei Billardtischen vorbei. Sie durchquerte ihn, um sich zu vergewissern, dass er auch dort nicht war. Ein Mann fragte sie, ob sie Billard spielen wolle, und sie antwortete, sie suche nur jemanden.

»Ach, für *Sie* kommt er bestimmt noch«, entgegnete der Mann. Er trug eine Baseballmütze der Lowell Spinners, und sie wollte ihn schon zurechtweisen, dass man in einem Lokal keine Mütze trug, aber dann fiel ihr ein, dass sie selbst eine aufhatte.

»Es ist eine Sie.«

»Cool.«

Zurück an der Bar fühlte sie sich leicht benommen und fragte, ob es noch etwas zu essen gab.

»Die Küche ist zu, aber wir haben Kartoffelchips.«

Sie bestellte eine Cola light und zwei Tüten Chips mit Salz und Essig. Sie dachte an Vinegar, Lloyds Kater zu Hause, der jetzt wahrscheinlich im Fernsehsessel im Wohnzimmer schlief. Dann dachte sie an Lloyd auf Robs Fest. Er würde sehr bekifft sein und wie ein Schnellfeuergewehr mit Rob oder einem anderen seiner Collegefreunde reden. Worüber? Vor Jahren wäre es Musik gewesen, oder Lloyd hätte endlos von dem Dokumentarfilm gesprochen, den er drehen wollte, eine Musikdokumentation, in der eine Band porträtiert wurde, ohne dass das Publikum einen einzigen ihrer Songs zu hören bekam. Oder etwas in dieser Art. Jetzt redeten sie wahrscheinlich über Politik und wie sie alle Probleme auf der Welt lösen würden.

»Willst du was mit uns trinken?«

Es war die eine Hälfte des lesbischen Paars – die mit der glänzenden Bluse. Sie nickte in Richtung ihrer Butch-Freundin im Trikot der Patriots.

»Warum nicht«, erwiderte Hen und folgte ihr auf die andere Seite der Bar.

»Was nimmst du?«, fragte die Frau, nachdem sie sich und ihre Freundin vorgestellt hatte. Die Band spielte eine schnellere Rockabilly-Version eines Beatles-Songs, und Hen verstand die Namen nicht richtig. Sie glaubte, sie lauteten Stephanie und Mallory, die beide zu keiner der Frauen vor ihr passten.

»Narragansett sieht gut aus«, sagte Hen, und Stephanie/Mallory bestellte drei.

Sie plauderten, während die Band ihr Set beendete – die Hälfte der Gäste ging zum Rauchen auf die Veranda hinaus –, und nach der Pause spielten sie »November Rain« und dann ein Stück von Bob Dylan, das Hen mochte, dessen Namen ihr aber nicht mehr einfiel. Hen und ihre neuen Freundinnen tanzten zur Zugabe in dem Gedränge auf der Tanzfläche. Alle rochen nach Rauch und Schweiß, und fast alle sangen mit – »You got a lotta neeerve« –, und Hen vergaß völlig, warum sie überhaupt hier war. Sie amüsierte sich ganz ehrlich, und sie hatte neue Freundinnen gefunden.

In der relativen Ruhe, nachdem die Band zu spielen aufgehört hatte, erzählte Hen den beiden Frauen, dass sie den ganzen Weg von West Dartford bis zum *Rusty Scupper* rausgefahren war.

»Wieso denn das?«

»Ich hab sie in einer Kneipe bei mir in der Nähe gesehen,

und ich war heute Abend ganz allein, also dachte ich, ich seh sie mir irgendwo an, wo ich noch nicht war. Und ich bin froh, dass ich es getan habe.« Sie saugte den Schaum von ihrer frischen Dose Bier.

»Da hast du aber eine lange Rückfahrt vor dir«, sagte Stephanie (es war definitiv Stephanie, Hen hatte die Frau im Patriots-Shirt sie so nennen hören). »Wir wohnen nur ein Stück die Straße entlang, wenn du bei uns auf der Couch pennen willst.«

»Oh, nein, nein. Ich komme schon klar.«

»Wir machen dich nicht an.«

»Nein, ich weiß, es ist nur… Ich sollte lieber zurückfahren.«

»Wir könnten dir ein Uber rufen.«

Hen wurde plötzlich klar, dass die beiden sie davon abhalten wollten, sich noch ans Steuer zu setzen. Sie stellte ihre Dose Bier ab und sagte: »Ich komme klar, aber vielleicht sollte ich dieses Bier lieber nicht trinken.«

Die Lichter gingen an, offenbar schloss die Kneipe. Hen blickte sich um. Der Laden war mittlerweile fast leer, und im grellen Neonlicht sah alles ein wenig schäbig aus. Sie drehte sich zur Bühne um. Die Band hatte zusammengepackt und war fort. »Wie spät ist es denn?«

Auf dem Parkplatz umarmte sie die beiden Frauen zum Abschied und schnorrte noch eine Zigarette von Mallory, die diese ihr anzündete, ehe sie gingen. Es war viele Jahre her, seit Hen geraucht hatte. Sie machte zwei tiefe Züge, dann wurde ihr schwindlig, und sie drückte die Kippe auf dem Asphalt aus. Sie setzte sich in ihren Wagen und versuchte einzuschätzen, wie betrunken sie war. Vielleicht war es dumm, zu fahren. Stattdessen schloss sie kurz die Augen und wäre fast eingeschlafen. Sie riss die Augen wieder auf. Die Fenster waren von innen beschlagen, und sie öffnete die Tür, um Luft hereinzulassen. Auf dem Parkplatz standen nur mehr wenige Fahrzeuge. Sie schälte sich aus dem Sitz und wippte in der frischen Luft auf den Füßen. Das *Rusty Scupper*, das vor einer Stunde noch voller Leute und von Musik und Tanz erfüllt gewesen war, lag als dunkler, zweistöckiger Ziegelblock da. Im Dunkeln auf der Rückseite erkannte sie einen langen, eckigen Wagen wieder. Sie ging ein paar Schritte darauf zu, als ob er sie magisch anzöge. Sie hörte einen gedämpften Schrei aus Richtung des Wagens, der ein wenig zu erzittern schien. Ein Angstgefühl durchströmte Hen und machte sie schlagartig ein bisschen nüchterner. Sie machte zwei weitere Schritte vorwärts, dann sah sie eine Gestalt hinter dem Dart auftauchen und fast vollkommen reglos dastehen, ehe sie sich mit einer schnellen Bewegung nach unten beugte. Es gab ein Geräusch wie ein harter Aufschlag beim Tennis, dann ein zweites, wie wenn ein Schläger auf einen Baseball trifft. Hens Beine gaben fast unter ihr nach, aber sie trat noch zwei Schritte näher. Die Gestalt hinter dem Wagen richtete sich auf. Er stand im Dunkeln – woher wusste sie so genau, dass es sich um einen Mann handelte? – und trug eine enge schwarze Mütze, aber von irgendwoher fiel Licht in seine Augen, als er sich zu ihr umdrehte. Es war Matthew Dolamore. Er machte kehrt und lief davon.

Unmittelbar nachdem Hen die Notrufnummer gewählt hatte, flog eine Tür hinter ihr krachend auf, und eine Frau – eher ein Mädchen – kam aus dem Gebäude, schaute einen Moment verwirrt und lief dann zu Scott Doyle, der jetzt auf dem Rücken lag.

»Ich habe den Notarzt verständigt«, erklärte Hen.

»Ist er… Was ist passiert?«

»Jemand war eben noch hier. Ich glaube, er hat ihn mit irgendwas geschlagen.«

Die Tür ging wieder auf, und zwei Männer tauchten auf, beide Latinos. Einer zündete sich eine Zigarette an, der andere ging zu Hen hinüber. »Ist er okay?«

»Ich weiß nicht«, sagte Hen. »Ich habe den Notarzt gerufen.«

Scott war noch immer bei Bewusstsein und sagte etwas zu der jungen Frau in dem engen Kleid – Hen erkannte sie jetzt von vorhin auf der Tanzfläche wieder.

»Alles wird gut«, tröstete die junge Frau ihn. »Bleib einfach still liegen.«

Scott sagte etwas, und sie antwortete: »Vor dem *Rusty Scupper*. In New Essex.«

Hen trat ein wenig näher, um zu sehen, ob sie etwas verstehen konnte, und genau in diesem Moment ging eine Lampe über dem Hintereingang an und flutete den Parkplatz mit hellem Licht. Einer der Männer war ins Gebäude zurückgegangen und hatte anscheinend die Beleuchtung angeschaltet. Im gelben Schein der Lampe erkannte Hen das ganze Ausmaß der Kopfverletzung, eine dunkle, blutige Vertiefung und ein schmaler Streifen Weiß, das entweder Knochen oder

Gehirnsubstanz war. Unwillkürlich schlug sie die Hand vor den Mund.

»Welcher Bundesstaat?«, fragte Scott die kauernde Frau. Es klang, als würde er durch ein nasses Handtuch sprechen.

»Massachusetts, Scott. Dort wohnst du.«

»Ich wünschte, es wäre Maine«, sagte er, und selbst aus der Entfernung sah Hen, wie ihn das Leben verließ.

Das Mädchen begann lauthals zu wimmern und schüttelte ihn an den Schultern, dann hörte Hen die Sirenen und fing aus dem Augenwinkel das Blinken roter Lichter auf.

Die Rettungssanitäter trafen als Erste ein, gefolgt von zwei uniformierten Beamten in einem Streifenwagen, von denen einer Hen fragte, ob sie Zeugin des Vorfalls gewesen sei.

»Ja«, sagte Hen. »Ich würde gern eine offizielle Aussage machen. Ich weiß, wer ihn getötet hat.«

Kapitel 18

Matthew saß schon etwas über eine Stunde im Vernehmungszimmer, bevor sein Anwalt, Sanjiv Malik, eintraf. Er trug einen leicht verknitterten Anzug und einen Zweitagebart.

»Tut mir leid«, sagte er zu Matthew und ließ sich auf einem Stuhl neben ihm nieder. »Ich habe Miras Nachricht erst vor einer Stunde erhalten. Wie lange sind Sie schon hier?«

»Wir sind gegen Mittag aus Portsmouth zurückgekommen, und die Polizei hat schon auf mich gewartet. Was hat Mira Ihnen erzählt?«

»Alles, was sie weiß, aber das ist nicht viel. Sie sind verhaftet worden?«

»Ich habe mich einverstanden erklärt, zu einer Befragung mitzukommen, und als ich dann wieder gehen wollte, wurde ich verhaftet. Sie sagen, es gebe eine Zeugin, die mich am Tatort gesehen und eindeutig identifiziert habe. Es ist lächerlich. Ich habe die ganze Nacht mit Mira im …«

»Es gibt eine offizielle Aussage von ihr, aber Sie müssen nicht lange hierbleiben. Die Polizei hat einfach einen Fehler gemacht, das ist alles.«

»Ich weiß nicht mal … Wer wurde gleich noch getötet?«

Sanjiv blickte in seine Unterlagen. Er war väterlicherseits entfernt mit Mira verwandt, wenngleich Matthew immer vermutete, er sei Mira zu der Zeit, da sie und Matthew ein Paar wurden, als möglicher Ehemann vorgestellt worden.

»Der Sänger der Band, die an diesem Abend im *Rusty Scupper* aufgetreten war. Sie nennen sich die C-Beams.«

»Richtig. Das haben sie mir gesagt. Ich kannte die Band sogar, weil sie in einer Kneipe in unserer Nähe gespielt hat, im *Owl's Head*.«

»Oh«, erwiderte Sanjiv.

»Ich meine, ich kannte sie vorher nicht, aber sie haben an einem Abend dort gespielt, an dem ich zum Essen da war. Es ist reiner Zufall. Ich hab mir ihren Namen nur gemerkt, weil eine Arbeitskollegin von mir ein Bandmitglied kennt.«

»Welches?«

»Ich glaube, es war der Getötete, aber ich bin mir nicht sicher. Der Polizeibeamte sagte, sein Name sei Scott.«

»Scott Doyle.«

»Das ist er wahrscheinlich, aber ich kannte seinen Nachnamen nicht. Wer behauptet, mich dort gesehen zu haben?«

»Das weiß ich noch nicht, aber ich finde es heraus.«

Matthew hatte in der Nacht zuvor kaum ein Auge zugetan, sondern hatte im Bett gelegen und war in Gedanken immer wieder die Ereignisse auf dem Parkplatz vor der Kneipe durchgegangen. Hen hatte keine zehn Meter von ihm entfernt gestanden. Er hatte sie zwar deutlich sehen können, hatte aber selbst im Dunkeln gestanden. Sie konnte ihn unmöglich zweifelsfrei erkannt haben. Außerdem hatte er ein

Alibi, und zwar ein unglaublich gutes. Mira würde sagen, dass er die ganze Nacht neben ihr gelegen hatte. Er bezweifelte sehr, dass sie ihren Alkoholkonsum auch nur erwähnen würde. Und alle handfesten Beweismittel hatte er verschwinden lassen. Er war über Nebenstraßen nach Portsmouth zurückgefahren und hatte an einer ehemaligen Tankstelle am Rande einer Salzmarsch gehalten. Dort hatte er den von Fingerabdrücken gereinigten Schlagstock ins Wasser geworfen und das Schnappmesser, den Elektroschocker sowie Mütze und Handschuhe unter dem aufgebrochenen Asphalt eines alten Parkplatzes verbuddelt. Danach war er, ohne dass ihn jemand gesehen hätte, in sein Hotelzimmer zurückgekehrt, hatte geduscht und war dann ins Bett gegangen, ohne Mira zu wecken.

Am schwierigsten war es gewesen, Überraschung vorzutäuschen, als er sich bei der Rückkehr zu ihrem Haus in der Sycamore Street zwei Detectives mit einem Durchsuchungsbeschluss gegenübersah.

»Matthew, fällt Ihnen irgendwer ein … Kennen Sie jemanden, der Ihnen möglicherweise schaden will?«, fragte Sanjiv.

Die Frage hatte keiner der beiden Detectives bisher gestellt.

Matthew holte tief Luft. »Ich glaube, es gibt tatsächlich jemanden«, erwiderte er, und dann erzählte er von seiner Nachbarin und dass er glaubte, sie habe bereits einen Detective aus Cambridge zu ihm geschickt, der in einem alten Mordfall ermittelte.

»Warum glauben Sie, dass die Frau es war?«

»Na ja, es ist ein bisschen peinlich, aber ich habe sie

gegoogelt, weil ich neugierig war, neue Nachbarn und so, und sie hat schon früher Leute irgendwelcher Verbrechen beschuldigt, die sie nicht begangen haben. Es ist lächerlich, ich weiß… aber aus irgendeinem Grund habe ich sofort an sie gedacht, als die Polizei heute Nachmittag da war.«

»Wie heißt die Frau?«

»Henrietta Mazur.«

»Sie müssen der Polizei alles sagen, was Sie mir gerade gesagt haben. Genau so, okay?«

»Okay.«

Kurz vor fünf durfte er gehen. Mira fuhr ihn nach Hause, und als sie in der einsetzenden Dämmerung an Henriettas Haus vorbeikamen, waren dessen Fenster dunkel. Er reckte den Hals und hielt nach einem Lebenszeichen Ausschau.

»Was tust du?«, fragte Mira.

»Ich will sehen, ob unsere Nachbarn zu Hause sind.«

»Wieso?«

»Ich glaube, dass Hen diejenige war, die behauptet hat, ich sei letzte Nacht bei dieser Bar gewesen.«

»Was?«

Nach einer dringend benötigten Pepsi light erzählte ihr Matthew dann im Haus von seinem Verdacht.

»Sie war hier«, sagte Mira.

»Was meinst du damit?«

»Ich hab es dir nicht erzählt, weil es der Tag war, an dem ich nach Charlotte geflogen bin, aber sie hat vorbeigeschaut und gefragt, ob sie noch mal eine Führung durch das Haus bekommen könnte. Sie wollte sich alle Räume ansehen.«

»Was hast du geantwortet?«

»Was soll das heißen, was habe ich geantwortet? Ich habe sie natürlich reingelassen. Ich hab mich gefreut, sie zu sehen.«

»Dann ist sie also durch alle unsere Zimmer gelaufen?«

»Sei nicht gleich böse auf mich. Es ist nicht so, als hätte ich sie irgendwo allein gelassen. Wir sind zusammen durch das ganze Haus gegangen, genau wie nach unserem Abendessen.«

»Wollte sie mein Zimmer sehen?«

»Was, unser Schlafzimmer?«

»Nein, mein Arbeitszimmer.«

»Wir haben deinen Schreibtisch ausgemessen, weil sie sagte, dass sie überlegen, sich auch einen anzuschaffen. Ich wäre nie auf die Idee gekommen …«

»Ich weiß. Ich mache dir keine Vorwürfe. Ich bin nur immer noch ziemlich von den Socken. Sie ist wahrscheinlich geisteskrank, Mira. Ich glaube, sie hat sich in den Kopf gesetzt, dass ich ein Mörder bin, und jetzt ist sie hinter mir her. Wahrscheinlich hat sie mir irgendein Beweisstück untergeschoben.«

Mira runzelte die Stirn. »Ich glaube dir, aber ich verstehe es einfach nicht. Warum sollte sie das tun?«

»Ich glaube, sie hat einen Zusammenhang zwischen mir und Dustin Miller hergestellt. Er war ein früherer Schüler an unserer Schule, der vor ein paar Jahren getötet wurde.«

»Während er in Sussex war?«

»Nein, nein. Viele Jahre später. Ich weiß ehrlich gesagt nicht sehr viel darüber, aber der Fall ist noch ungeklärt. Und ein Polizist aus Cambridge ist hier rausgekommen und hat mich dazu befragt.«

»Wann? Warum hast du mir das nicht erzählt?«

»Ich wollte dich nicht beunruhigen. Und du warst gerade in Charlotte. Es ist ja nichts passiert. Zumindest habe ich das bis jetzt geglaubt.«

»Und du denkst, Hen hat den Cop zu dir geschickt?«

»Ich weiß, dass sie es war.« Matthew wollte nichts von der Fechttrophäe sagen, da er wusste, es würde komisch aussehen, dass er sie weggeräumt hatte. »Ich glaube nicht, dass es etwas Persönliches ist. Sie hat einfach … ein Problem. Wie eine Art Zwang. Sie sieht Mörder, wo keine sind.«

»Na ja, nicht ganz, Matthew. Es gibt tatsächlich einen Mörder. Irgendwer hat diesen Sänger letzte Nacht getötet.«

»Ja, gut. Ich schätze, sie versteift sich einfach auf irgendwen und bildet sich dann ein, dass diese Person schuldig ist.«

»Aber wieso ist sie dort gewesen? Ich meine, sie war eine Augenzeugin des Verbrechens. Kommt dir das nicht merkwürdig vor?«

Mira stand auf und trat ans Fenster, von dem aus man das Nachbarhaus sehen konnte. Sie schob den Vorhang fünf Zentimeter zur Seite.

»Brennt Licht?«, fragte Matthew.

»Nein.«

»Was meintest du gerade?«

Mira drehte sich um. »Vielleicht hat sie selbst etwas mit der Sache zu tun. Ich meine, durchleuchtet die Polizei sie? Sie war dort, nicht du. Vielleicht hängt sie dir ihr eigenes Verbrechen an.«

»Das ergibt keinen Sinn.«

»Warum nicht? Sie denkt, du hast jemanden getötet und bist straflos davongekommen, also tötet sie selbst jemand anderen und behauptet, sie hätte gesehen, dass du es warst.«

»Das ist absurd. Aber sollte es sich tatsächlich so verhalten, wird die Polizei es herausfinden.«

»Kannst du mir den Artikel zeigen? Den über sie im College?«

Als er später am Abend im Bett lag, lauschte Matthew, wie der Atem seiner Frau allmählich langsamer wurde und sie ein wenig zu schnurren begann. Er dachte, sie wäre endgültig eingeschlafen, als sie sagte: »Um welche Zeit, glaubst du, kommen die Detectives morgens zur Arbeit?«

»Keine Ahnung.«

»Ich rufe an, sobald ich aufstehe. Man kann nie wissen. Vielleicht fangen sie früh an.«

Fünf Minuten später fragte sie: »Bist du dir sicher, dass die Tür abgesperrt ist?«

»Ja. Aber ich kann noch mal nachschauen gehen, wenn du willst.«

»Nein, ich glaube dir. Was für ein Miststück«, sagte Mira, als wären sie mitten in einem Gespräch über ihre Nachbarin gewesen. Matthew hatte seine Frau das Wort noch nie benutzen hören.

»Wir sollten aber auch keine voreiligen Schlüsse ziehen. Vielleicht handelt es sich einfach um ein großes Missverständnis. Vielleicht glaubt sie wirklich, dass sie mich gesehen hat.«

»Das würde ich auch gern glauben. Aber dieser Artikel, was sie diesem Mädchen im College angetan hat …«

»Ich weiß«, erwiderte Matthew. *Und jetzt hat sie alles ruiniert. Ich hatte zwei Leben, bevor ich Henrietta Mazur begegnet bin, beide einfach und mit ihren jeweils eigenen Annehmlichkeiten und Belohnungen. Und dann kommt sie wie aus dem Nichts daher und verwandelt diese beiden Leben in eins. In ein einziges kompliziertes Durcheinander von Leben. Ich hätte nie gedacht, dass ich einmal im Bett liegen und Mira zuhören würde, wie sie von Morden spricht, aber jetzt ist es passiert. Ich würde Hen gern selbst ein Miststück nennen, aber so hätte mein Vater sie genannt. Sie ist kein Miststück, aber sie ist schlauer, als es ihr guttut. Ich fühle mich, als wäre ich mit einem kleinen Boot in einen gewaltigen Sturm geraten. Ich muss auf den Wellen reiten und warten, bis er weitergezogen ist.*

Bevor sie endlich einschlief, sagte Mira noch: »Ich liebe dich, Bär«, ein Kosename, den sie seit mindestens einem Jahr nicht mehr benutzt hatte. Er rollte sich sofort neben ihr zusammen, machte sich klein und schob sein Bein über ihre Schenkel.

»Ich liebe dich auch«, antwortete er und vergrub das Gesicht in ihrer Halsbeuge.

»Pst«, sagte sie, während er sich noch enger an sie presste, als würde er frieren und sie wäre seine einzige Wärmequelle. »Alles wird gut.«

»Versprichst du es?«, fragte er mit heiserer Stimme.

»Ich verspreche es, Bär, ich verspreche es.«

Kapitel 19

Im Morgengrauen öffnete Mira die Augen. Sie wusste, dass sie geschlafen hatte, auch wenn sie sich körperlich und geistig nicht ausgeruht fühlte. Sie stieg vorsichtig aus dem Bett, um Matthew nicht zu wecken, der noch immer zusammengerollt auf der Seite lag.

Sie zog einen Morgenmantel an, ging nach unten und machte Kaffee, dann stürzte sie ein Glas Wasser hinunter. Sie war noch sehr durstig, eine Nachwirkung des Katers vom Vortag, nachdem sie im *Portsmouth Arms* viel zu viel getrunken hatte. Ihr Magen revoltierte, und ihre Schläfen pochten fast wie bei einem ihrer Migräneanfälle, aber sie wusste, es kam vom Alkohol und vom Stress. Sie ging ins Wohnzimmer und überlegte, ob sie sich auf die Couch legen sollte, aber dann versuchte sie stattdessen zu meditieren. Es war etwas, was ihr Vater tat, zehn Minuten Meditation jeden Morgen, bevor er seinen Kaffee trank. Er schwor darauf, und sie vertraute ihm, denn von seinem Meditieren abgesehen war ihr Vater vielleicht der nüchternste und am wenigsten esoterisch gesinnte Mensch, den sie kannte. Sie holte ihre Yogamatte hervor, setzte sich im Schneidersitz auf den Boden und konzentrierte sich auf ihre Atmung, während sie den Blick auf einen Fleck Morgenlicht in Rautenform auf dem Parkett gerichtet hielt. Beinahe funktionierte es, aber ganz konnte sie die bizarren Ereignisse des Vortages nicht aus ihren Gedanken verbannen, vor allem die Information, dass ihre neue Nachbarin Hen behauptete, Matthew am Schauplatz eines Mordes gesehen zu haben. Es war lächerlich – die ganze Sache war lächerlich –, aber Mira versuchte es zu verstehen. Hen hatte ihr ja erzählt, dass sie unter Depressionen litt, und gesagt, sie wolle keine Kinder, weil sie ihr Gehirn nicht weitervererben wolle. Vielleicht war sie einfach unzurechnungsfähig und hatte aus irgendeinem Grund beschlossen, dass Matthew eine Art Serienmörder war – das war zumindest das, was Matthew selbst glaubte. Nur … Hen wirkte vollkommen normal. Und sie schien nett zu sein, auch wenn Mira jetzt wusste, dass sie nach der Dinnerparty nur vorbeigekommen war, um nach Beweisen zu suchen oder vielleicht sogar Matthew welche unterzuschieben. Plötzlich hatte sie Angst. Wie weit würde diese Frau gehen? Sie dachte an das Nachbarschaftsfest zurück, bei dem sie sich alle kennengelernt hatten, und wie sie danach bereits beschlossen hatte, dass sie ihre neue Künstler-Nachbarin mit der Koboldfrisur und dem interessanten Schmuck mochte, und wie sie zu Matthew gesagt hatte, sie würde sie wirklich gern einmal zum Essen einladen.

»Das sind vollkommen Fremde«, hatte er gesagt.

»Du weißt ja, Matthew, Fremde sind nur Freunde, die man noch nicht kennengelernt hat«, antwortete sie lachend. Sie wollte diese Diskussion – oder besser diese Auseinandersetzung – über Freunde eigentlich nicht führen. Jahrelang hatte Mira sich mehr Freunde gewünscht und Matthew, wenn überhaupt, weniger.

»Tu, was du willst«, hatte er gesagt.

Und sie hatte getan, was sie wollte, und prompt hatten sie es mit einer psychopathischen Nachbarin zu tun, die es auf ihren Mann abgesehen hatte.

Aber am Samstagabend hat tatsächlich ein Mord stattgefunden. Ein Mann ist gestorben.

Mira machte ein paar Dehnübungen. Sie musste über zu viel nachdenken und wurde dabei ganz konfus. *Beruhige dich,* ermahnte sie sich. *Denk an gestern. Versuch es einzuordnen.*

Also umfasste sie ihre Zehen mit den Händen und dachte an den Vortag. Da war natürlich ihr Kater, der schlimmste seit Jahren, vielleicht der schlimmste, den sie je gehabt hatte. Warum hatte sie so viel getrunken?

Dein Mann hat dich dazu gebracht.

Matthew hatte sie zum Trinken ermutigt, das war nicht zu leugnen. Matthew, der, wenn überhaupt, ungefähr zwei alkoholische Getränke im Jahr zu sich nahm. Sie hatten in dieser hübschen Bar im Hotel gesessen, dunkles Holz und Kerzenlicht, der Wein hatte fantastisch geschmeckt, und dann hatte sie noch einen süß schmeckenden Drink mit Scotch gehabt, der genauso gut war. Sie wusste noch, wie sie gedacht hatte: *Er versucht, mich betrunken zu machen, Matthew versucht, mich betrunken zu machen.* Sie hatte sich gefragt, wieso, und es sich damit erklärt, dass es vielleicht mit Sex zu tun hatte, dass er vielleicht im Bett etwas Neues ausprobieren wollte, eine Vorstellung, die für sie nicht gänzlich abstoßend war, aber auch nicht wirklich verlockend. Als er das letzte Mal ein wenig ausgefallenere Wünsche geäußert hatte – das war vor über einem Jahr gewesen –, hatte er sie gebeten, ihre schwarzen Seidenstrümpfe beim Sex anzulassen. Dieser Teil war in Ordnung gewesen, es hatte sich sogar ziemlich sexy angefühlt, und es war auch in Ordnung gewesen, als er sie auf den Bauch gedreht und von hinten genommen hatte. Nicht in Ordnung, sondern ziemlich schrecklich war es gewesen, dass er sie hinterher, als sie sich umdrehte und ihn ansah, mit einem Ausdruck äußerster Abscheu angeblickt hatte; nur sehr kurz zwar, aber sie hatte es eindeutig gesehen. Daraufhin war er puterrot angelaufen und hatte ihr nicht in die Augen sehen können.

»Das hat Spaß gemacht«, hatte sie in der Hoffnung gesagt, die Situation zu entspannen, aber er war bereits aufgestanden und ins Bad verschwunden, um zu duschen.

Noch bevor er sie mit Muscheldip und Alkohol abgefüllt hatte, war ihr definitiv der Gedanke durch den Kopf gegangen, dass er den Kurzurlaub im *Portsmouth Arms* vielleicht vorgeschlagen hatte, weil er wieder etwas Ähnliches im Bett ausprobieren wollte. Aus diesem Grund hatte sie die schwarzen Seidenstrümpfe absichtlich nicht mit auf den Ausflug genommen. Sie wollte diesen beinahe hasserfüllten Ausdruck auf seinem Gesicht nie wieder sehen.

Bei der Rückkehr in ihr Zimmer hatte sie sich dann aber auf den Bettrand gesetzt, und das ganze Zimmer hatte geschwankt wie ein Boot in schwerer See. Sie erinnerte sich daran, wie Matthew sie zärtlich in die Decke eingepackt und dass sie sich gefragt hatte, wie sie jemals einschlafen sollte, wenn das Zimmer sich so drehte, aber das war alles, was sie von dieser Nacht noch wusste.

Am nächsten Tag war sie früh aufgewacht, so wie auch an diesem Morgen, und sie war ins Bad gegangen, hatte vier Ibuprofen geschluckt und sie mit drei Gläsern des metallisch schmeckenden Leitungswassers im Hotel runtergespült. Ihr Magen rumorte, aber es war ihr gelungen, wieder einzuschlafen. Als sie das nächste Mal aufwachte, trug Matthew – bereits angezogen und das Haar noch feucht vom Duschen – ein Tablett vom Zimmerservice durch den Raum. Er hatte ihr ein Omelett mit Käse und Tomate bestellt, ihr Lieblingsomelett, und nach einem zähen ersten Bissen hatte sie den Rest mit drei Scheiben gebuttertem Toast verschlungen und beschlossen, dass sie überleben würde.

Als sie am frühen Nachmittag zu Hause angekommen waren, hatten die beiden Detectives auf sie gewartet, einer in einem Zivilfahrzeug, der andere an den Wagen gelehnt. *Wir sind ausgeraubt worden*, war es Mira durch den Kopf geschossen, während Matthew leise »Nanu« gesagt hatte.

Aber sie waren nicht ausgeraubt worden. Matthew hatte sich bereiterklärt, zu einer Befragung mit auf die Polizeiwache zu kommen, auch wenn Mira die Beamten ständig drängte, ihr zu verraten, worum es ging. »Ist schon gut«, sagte er. »Ich hab nichts Verbotenes getan, also müssen wir uns keine Sorgen machen.« Er hatte geklungen wie ihr pragmatisch denkender Vater, wenngleich der Pragmatismus ihres Vaters ihn dazu veranlasst hätte, das Gegenteil zu sagen. Unschuldig zu sein, war keine Garantie dafür, dass man nichts zu befürchten hatte.

»Soll ich Sanjiv anrufen?«, hatte sie gefragt, als er mit den beiden Detectives ins Auto gestiegen war.

»Du brauchst ihn nicht zu belästigen«, hatte er geantwortet, aber sie hatte es trotzdem getan, und sie war froh darüber. Später war ein weiterer Detective bei ihnen zu Hause erschienen, diesmal, um Mira Fragen zu stellen, vor allem danach, wo sich ihr Mann am Abend und in der Nacht zuvor aufgehalten hatte.

»Er war die ganze Nacht bei mir«, erklärte Mira. »Warum fragen Sie?«

»Ist er irgendwann zwischendurch mal weg gewesen?« Der Detective sah unfassbar jung aus, ein hellhäutiger Schwarzer in einem viel zu weiten Anzug, als hätte er vor Kurzem stark abgenommen.

»Nein. Wir haben die ganze Nacht zusammen in einem Hotel in Portsmouth verbracht. Was immer er Ihrer Ansicht nach getan hat, er ist es nicht gewesen.«

Mira fuhr mit auf die Wache, und nachdem sie fast zwei Stunden gewartet hatte, tauchte Sanjiv endlich zusammen mit Matthew auf, der sehr ruhig wirkte für jemanden, der, wie sich herausstellte, eines Mordes bezichtigt wurde. Er hatte ihr auf der Heimfahrt alles über ihre Nachbarin Hen erzählt, dass sie ihn eines Verbrechens beschuldigte und dass sie sich keine Sorgen machen mussten, weil die Polizei ihr nicht glaubte. Sie hatte früher schon solche Dinge getan.

Trotzdem, warum hat er dich so abgefüllt?

Mira schob den Gedanken beiseite. Sie wusste, wohin er führen würde, und daran wollte sie jetzt nicht denken, da gerade zu viele andere Dinge auf sie einstürzten. Es gab Seiten an ihrem Mann, die ihn anders machten. Wie sollte es auch anders sein nach der Kindheit, die er durchgemacht, nach der Familie, zu der er gehört hatte? Wenn man das bedachte, war er eigentlich unglaublich normal, ein anständiger Kerl, der immer gut zu ihr gewesen war. Mehr als gut. Er hatte sie gerettet. Vor lebenslangem Missbrauch durch Jay Saravan.

Wie genau hat er dich gerettet, Mira?

Sie sperrte die Stimme aus und redete sich ein, dass er sie gerettet hatte, indem er einfach da gewesen war, als Jay starb. Da gewesen, um die Scherben aufzufegen und sie wieder zusammenzusetzen. Mehr steckte nicht dahinter.

Und was, wenn doch?

Dann hat er mich immer noch gerettet, dachte Mira. *Er hat mich trotzdem gerettet und …*

Ein LKW rumpelte auf der Sycamore Street vorbei. Mira stand auf und trat ans Fenster. In allen Gärten hing morgendlicher Dunst.

»Du bist früh auf.« Matthew stand am Fuß der Treppe, er war bereits angezogen, aber noch in Strümpfen, andernfalls hätte sie ihn herunterkommen hören.

»Ich bin aufgewacht und konnte nicht mehr einschlafen«, erklärte Mira, nachdem sie sich zu ihm umgedreht hatte.

»Gestern war ein bisschen verrückt.«

»Ein bisschen?«

»Riecht, als hättest du schon Kaffee gemacht.«

»Ja, und zwar eine ganze Kanne. Ich dachte, wir können sie vielleicht brauchen.«

Mira folgte Matthew in die Küche, und bevor sie der Mut

verließ, stellte sie ihm die Frage, die sie ihm am Abend zuvor schon hatte stellen wollen. »War irgendwas mit dieser Fechttrophäe an dem Abend, an dem Hen und ihr Mann bei uns zum Essen waren?«

»Wie meinst du das?«

»Als ich sie an dem Abend rumgeführt habe, hat sich Hen beim Anblick der Trophäe merkwürdig benommen. Ich dachte, sie könnte etwas mit diesem ermordeten Schüler zu tun haben.«

»Anscheinend«, sagte Matthew und zog das Wort ein wenig in die Länge, »wurde Dustin Miller beschuldigt, eine Schülerin aus Sussex Hall auf einer Reise zu einem Fechtturnier vergewaltigt zu haben. Auf diese Weise hat sie die Verbindung hergestellt, nehme ich an.«

»Welche Verbindung?«

»Ich denke, dadurch kam sie überhaupt darauf, dass ich etwas mit Dustin Millers Tod zu tun haben könnte. Vielleicht hat sie die Trophäe gesehen, und das hat die Erinnerung an die Geschichte wachgerufen, und dann hat sie mich damit in Verbindung gebracht. Ich weiß wirklich nicht, wie ihr Verstand arbeitet.«

»Vielleicht dachte sie, dass die Trophäe Dustin Miller gehört hat und dass du sie mitgenommen hast, als du ihn getötet hast?«

»Es würde mich nicht überraschen.«

»Aber du hast die Trophäe weggeräumt.« Mira bemühte sich, beiläufig zu klingen.

Matthew hatte aufgehört, Zucker und Sahne in seinen Kaffee zu rühren, und trank einen Schluck. »Ja.«

»Warum?«, fragte Mira.

Matthew holte tief Luft. »Der Punkt ist … der Punkt ist, dass ich eigentlich nie wollte, dass unsere Nachbarn zum Essen …«

»Warum hast du nichts ge…«

»Es war keine so große Sache. Es war nur … Du kennst mich, ich bin glücklich damit, wie unser Leben jetzt verläuft. Und dann waren sie hier, und es war absolut in Ordnung, aber ich wusste, dass etwas Komisches passiert sein musste, als Hen in meinem Arbeitszimmer war. Ich habe gesehen, wie sie die Trophäe angeschaut hat. Ich meine, wir alle haben es gesehen, oder? Sie sah aus, als würde sie gleich ohnmächtig werden. Ich hatte keine Ahnung, warum sie so reagiert hat, aber ich habe es bemerkt, und es hat mich geärgert. Vermutlich wollte ich nicht, dass sie sich mein Arbeitszimmer überhaupt ansehen. Ich betrachte es in gewisser Weise als heiligen Ort. Und als ich dann am nächsten Tag ohnehin dabei war auszumisten, habe ich beschlossen, die Trophäe gleich zusammen mit dem andern Zeug loszuwerden. Es war eine spontane Entscheidung.«

»Wo hast du sie hingebracht?«

Matthew blickte zur Decke, als müsste er nachdenken, und sagte, dass er sie in Sussex Hall in den Container geworfen habe. »Das war an dem Tag, an dem ich einen Haufen alte Schulbücher zurückgebracht habe. Ich hab mir einfach ein paar alte Sachen von hier geschnappt, die ich ebenfalls loswerden wollte. Du glaubst doch nicht …«

»Nein, mir ist nur der Gedanke gekommen, dass du danach gefragt werden könntest. Wenn Hen glaubt, dass die

Trophäe Dustin Miller gehört hat, könnte sich die Polizei einen Durchsuchungsbeschluss besorgen und …«

»Das wird nicht passieren. Ich denke nicht, dass sie irgendwas von dem glauben, was sie sagt. Sie hat so was schon mal gemacht.«

»Ich fühle mich nur so hilflos. Sie sitzt direkt neben uns und kann über uns sagen, was sie will. Es ist schrecklich. Vielleicht sollten wir eine Art einstweilige Verfügung erwirken.«

»Das wird sie nicht davon abhalten, irgendwelche Dinge zu behaupten.«

»Nein, das weiß ich, aber vielleicht würde es sie davon abhalten, unser Grundstück zu betreten, sich uns zu nähern. Ich weiß nicht, ob es helfen würde, aber schaden kann es auch nicht.«

»Okay«, willigte Matthew ein. »Wer weiß, vielleicht ziehen sie einfach weg, und alles wird wieder normal.«

»Hoffen wir es.«

»Ja, hoffen wir es«, wiederholte Matthew und öffnete die Kühlschranktür, um die Sahne zurückzustellen.

Kapitel 20

»Sie haben ihn gehen lassen?«, fragte Hen bemüht, nicht wütend zu klingen.

»Er hat ein Alibi.« Der Name der Polizistin war Shaheen, eine Frau in den Dreißigern, mit schmalen Lippen und humorlosen Augen.

»Ich sage Ihnen, er ist es gewesen«, beteuerte Hen. Sie war alle Geschehnisse der letzten Nacht mindestens sieben Mal durchgegangen. Sie hatte außerdem genau die Nacht geschildert, in der sie Matthew zum *Owl's Head* gefolgt war, die Nacht, in der er sein nächstes Opfer gestalkt hatte. Sie hatte beschlossen, die ganze Wahrheit zu sagen, auch wenn ihr klar war, dass es sie leicht verrückt wirken ließ.

»Sie sind sich hundertprozentig sicher, dass er es war?«

»Ja. Wir haben einander direkt angesehen.«

»Da draußen hinter der Bar war es ziemlich dunkel. Andere Zeugen haben ausgesagt, es sei schwierig gewesen, etwas zu erkennen.«

»Es war dunkel, aber nicht so dunkel, dass ich seine Augen nicht sehen konnte. Und von was für anderen Zeugen sprechen Sie?«

»Keine Zeugen des Verbrechens, aber andere Leute, die

sich letzte Nacht hinter der Kneipe aufgehalten haben. Die übrigen Mitglieder der C-Beams. Gillian Donovan.«

Hen hatte erfahren, dass Gillian Donovan die junge Frau in dem engen Kleid war, Scott Doyles Freundin.

»Der Mond hat geschienen«, gab Hen zu bedenken.

Die Tür zum Besprechungszimmer ging auf. Hen war in drei verschiedenen Räumen befragt worden. Erst in einem Vernehmungszimmer mit einer Kamera, später dann in Detective Whitneys Büro. Er schien der leitende Ermittler in diesem Fall zu sein, auch wenn er eigentlich zu alt wirkte, um noch im Dienst zu sein. Er hatte sehr wenig Haar auf dem Kopf und ein schneeweißes Ziegenbärtchen. Bei jedem Gespräch mit Hen hatte er einen erschöpften Eindruck auf sie gemacht.

Und jetzt saß sie in einem Besprechungsraum, der aussah, als wäre er seit Monaten nicht benutzt worden. Hen hatte in eine alte Tasse auf dem Konferenztisch geschaut und einen schwarzen Kreis aus eingetrocknetem Kaffee mit kleinen weißen Schimmelflecken darin gesehen.

»Ich würde gern kurz das Thema wechseln, Mrs. Mazur, und Sie nach etwas anderem fragen.«

»Okay.«

»Was können Sie mir über Ihr erstes Studienjahr am Camden College sagen?«

Die Frage war keine Überraschung für Hen – sie hatte mit ihr gerechnet –, dennoch empfand sie die Worte wie einen Schlag vor den Kopf.

»Sie beziehen sich darauf, dass ich wegen tätlichen Angriffs verhaftet wurde?«

»Ja.«

»Ich bin bipolar und hatte während meines ersten Studienjahrs meinen ersten manischen Schub. Ich war nicht ich selbst.«

»Aber Sie haben eine Mitstudentin eines Mordversuchs beschuldigt, nicht wahr?«

»Ja.«

»Und dann haben Sie die Studentin selbst angegriffen?«

»Wie gesagt, es ging mir zu dieser Zeit nicht gut. Dieser Zwischenfall hat absolut nichts mit dem zu tun, was jetzt gerade geschieht.«

»Aber Sie sind immer noch bipolar, oder?«

Hen achtete darauf, ruhig und gemessen zu klingen. »Ich bin es und werde es immer bleiben, aber ich bin medikamentös gut eingestellt. Ich habe keine manische Phase. Was Matthew Dolamore angeht, bilde ich mir nichts ein.«

Die Polizistin legte ihre Hand flach auf den Tisch, zwei, drei Zentimeter von Hens Hand entfernt. »Ich glaube Ihnen, Mrs. Mazur, aber ich muss alle Möglichkeiten in Betracht ziehen.«

»Das verstehe ich. Aber diesmal ist es etwas anderes. Etwas vollkommen anderes.«

»Aber wenn Sie im Augenblick eine Phase bipolarer Psychose erleben würden, dann würden Sie es nicht notwendigerweise merken«, sagte die Polizistin und lehnte sich ein wenig zurück. »Das ist eins der typischen Merkmale eines Realitätsverlusts, oder nicht?«

Hen dachte, dass die Polizistin entweder vor dieser Unterhaltung ein wenig recherchiert hatte oder jemand in ihrem Umfeld psychisch krank war.

»Sicher«, erwiderte sie und beschloss, es dabei zu belassen. Sie wusste, je mehr sie protestierte, desto schlimmer hörte sie sich an.

Sie saßen einen Moment schweigend da, dann stand Detective Shaheen auf. »Danke, Mrs. Mazur. Ihr Mann ist übrigens da.«

Hen hatte Lloyd erst kurz nach Mittag angerufen, um ihm Bescheid zu geben, was passiert war. Sie wollte ihm noch einen friedlichen Morgen gönnen, nachdem es bei dem Lagerfeuer-Fest wahrscheinlich sehr spät geworden war. Und sie machte sich Sorgen wegen seiner Reaktion. Sie befürchtete, er könnte wie die Polizei denken, sie hätte eine Art geistigen Zusammenbruch erlebt.

Es machte die Sache nicht besser, dass Lloyds Miene Besorgnis, fast Mitleid ausdrückte, als sie ihn im Warteraum der Polizei von Dartford sitzen sah.

»Wie geht's dir?«, fragte er, nachdem sie sich umarmt hatten. Er trug die Sachen, die er wahrscheinlich auch am Abend zuvor bei dem Fest getragen hatte, und roch nach altem Schweiß und zu viel Deo.

»Mir geht es gut, Lloyd, aber wir wohnen Tür an Tür mit einem gottverdammten Mörder.«

»Lass uns im Wagen darüber sprechen, okay?«

Auch wenn sie es satthatte, die Geschichte zu erzählen, berichtete sie Lloyd in allen Einzelheiten. Sie fing im Auto an und hörte zu Hause auf. Er hörte geduldig zu und entgegnete kaum etwas. Sie fand, dass er von seinem Ausflug müde aussah, mit dunklen Ringen unter den Augen und einer ungesunden Blässe. Als sie fertig war, fragte sie: »Glaubst du mir? Und sag mir die Wahrheit.«

Er zögerte, und beinahe hoffte sie, er würde sagen, dass er ihr nicht glaubte. Es wäre ihr lieber gewesen, man zweifelte an ihr, als dass man sie herablassend behandelte.

»Offenbar hat er ein solides Alibi. Er war nicht dort.«

»Du glaubst, ich habe es mir ausgedacht?«

»Nein. Ich denke, du glaubst, dass du ihn gesehen hast, aber es war jemand anderes.«

»Erklär mir, wie es sein kann, dass der Mensch, von dem ich dachte, unser Nachbar könnte ihn töten wollen, von jemand anderem getötet wurde. Wie hoch ist die Wahrscheinlichkeit?«

»Ich kann dir nicht folgen.«

»Ich habe gesehen, wie Matthew diesen Typ verfolgt hat – diesen Scott Doyle. Es tut mir leid, dass ich es dir damals in der Nacht nicht erzählt habe, aber ich wusste, dass du dir dann Sorgen machen würdest. Und deshalb bin ich gestern Abend dort gewesen und hab mir seine Band angehört. Ich wollte sehen, ob Matthew ebenfalls kommen würde.«

»Die Polizei sagt, du warst betrunken.«

»Ja, das war ich mehr oder weniger, das gebe ich zu. Aber trotzdem, denk doch einen Augenblick nach. Wie groß ist die Wahrscheinlichkeit, dass Scott Doyle zufällig von jemand anderem getötet wird und nicht von unserem Nachbarn?«

»Aber … laut Polizei war es so.«

Hen biss die Zähne zusammen und trank einen großen Schluck Wasser. »Denkst du, ich bin manisch?«

»Ich denke, ja, Hen, tut mir leid. Du benimmst dich wie beim letzten Mal. Du bist obsessiv.«

»Ich wirke also manisch auf dich?«

Lloyd überlegte einen Moment. »Nein, eigentlich nicht. Du wirkst, als wärst du okay. Aber deine Handlungen … Ich weiß nicht, was ich denken soll. Ich mache mir Sorgen, Hen.«

Als sie schließlich zu Bett gingen, hatte Hen zugestimmt, den jährlichen Kontrolltermin bei ihrem Psychopharmakologen vorzuverlegen, um ihre Blutwerte überprüfen zu lassen, und Lloyd hatte sich bereiterklärt, die Möglichkeit in Betracht zu ziehen, dass Hen mit allem hundertprozentig recht hatte.

»Was würdest du tun, wenn du mir glauben würdest?«

»Wie meinst du das, was ich tun würde?«

»Würdest du Matthew Dolamore zur Rede stellen? Würdest du beschließen, hier auszuziehen?«

»Ich schätze, ich würde stillhalten und hoffen, dass die Polizei die Wahrheit herausfindet.«

»Mira muss alles wissen.«

»Wer?«

»Seine Frau, Mira. Sie muss Bescheid wissen, sonst würde sie ihn nicht decken.«

»Du darfst dich nicht einmischen. Du hast der Polizei alles gesagt, was du weißt. Belass es einfach dabei.«

Nachdem Lloyd eingeschlafen war, schlüpfte Hen leise aus dem Bett und ging nach unten. Sie wusste, dass ihre Chance auf Schlaf in dieser Nacht gleich null war. Sie dachte über eine Schlaftablette nach, entschied sich aber dagegen. Sie wollte, dass ihre Sinne geschärft blieben.

Im Wohnzimmer spähte sie hinüber zum Haus der Dolamores. Hen hörte es leise tapsen, als Vinegar um die Ecke kam.

Er stoppte, setzte sich hin und starrte Hen an. Hen starrte zurück, direkt in die runden Augen des Katers. Manchmal dachte sie, dass Vinegar mehr wie eine Eule aussah als wie eine Katze. Wind rüttelte am Haus, und Vinegar wandte sich den klappernden Fenstern zu. Hen ging zur Couch, streckte sich aus und blickte zur Decke. *Tu nichts,* ermahnte sie sich. *Erzähl weiter die Wahrheit, wenn du gefragt wirst, aber unternimm nichts. Sonst wird alles nur schlimmer.*

Gegen Morgen wickelte sie sich in eine Decke, drehte sich auf die Seite und schlief ein.

Sie wurde von der Türglocke geweckt. In ihrem Traum war es eine Glocke an der Spitze eines Turms, auf den sie gestiegen war. Wind zerrte an dessen Mauerwerk, Ziegel fielen herab wie Blätter von einem Baum. Dustin Miller war ebenfalls auf dem Turm, er sprach, aber seine Worte wurden vom Wind davongetragen. Hen streckte die Hand nach ihm aus. *Ich habe vergessen, wie schön du bist,* dachte sie, die Glocke läutete wieder, und dann war Hen plötzlich hellwach und stand auf. Lloyd kam gerade die Treppe herunter, er sah aus, als hätte ihn die Glocke ebenfalls geweckt.

»Wer ist es?«, fragte er Hen, die auf dem Weg zur Tür war.

Es waren zwei Polizeibeamte, beide uniformiert, einer sah aus wie ein Footballspieler, die andere war eine hübsche Frau in den Dreißigern mit eisblondem Haar und einer Lücke zwischen den Vorderzähnen. Die Polizistin fragte Hen, ob sie einen Moment Zeit habe.

»Na klar«, sagte Hen und rührte sich nicht vom Fleck.

»Im Haus?«

»Sicher.«

Sie nahmen alle im Wohnzimmer Platz. Hen war rasch nach oben gerannt, um Jeans und einen Pullover anzuziehen. Als sie zurückkam, roch es nach Kaffee, der gerade durchlief. Sie setzte sich den beiden Beamten gegenüber.

»Das ist in erster Linie ein Höflichkeitsbesuch«, sagte die Polizistin, die sich als Officer Rowland vorstellte. »Ich wollte Sie davon in Kenntnis setzen, dass Matthew und Mira Dolamore heute Morgen offiziell Anzeige wegen Belästigung gegen Sie erstattet haben und eine einstweilige Verfügung anstreben.«

»Belästigung?«, fragte Hen, und Lloyd legte ihr eine Hand aufs Knie, um sie zum Schweigen zu bringen.

»Was heißt einstweilige Verfügung?«, fragte Lloyd. »Eine Unterlassungsanordnung?«

»Das ist im Wesentlichen dasselbe. Soweit wir wissen, verlangen sie nicht, dass Sie Ihr Haus räumen, aber sie verlangen, dass Sie jeden Kontakt unterlassen. Sich ihrem Grundstück nicht nähern …«

»Wir wohnen direkt nebenan«, rief Hen.

»… und sie nicht ausspionieren oder verfolgen.«

»Ist das eine offizielle Aufforderung?«, fragte Lloyd.

»Wie Officer Rowland erklärt hat«, sagte der Polizist, dessen Namen Hen nicht mitbekommen hatte, »handelt es sich um einen Höflichkeitsbesuch. Im Idealfall wird das Problem gelöst, ohne dass eine einstweilige Verfügung erlassen werden muss. Wir hoffen, Sie erklären sich bereit, der Bitte Folge zu leisten. Nach meiner Erfahrung lassen sich die meisten Streitigkeiten unter Nachbarn friedlich lösen.«

Hen rutschte auf dem Sofa nach vorn, und Lloyd ergriff

ihre Hand. »Es ist keine Streitigkeit unter Nachbarn. Ich habe beobachtet, wie Matthew Dolamore einen Mord begangen hat, und ich werde meine Aussage nicht wegen einer einstweiligen Verfügung ändern.«

Der Polizist streckte Hen beide Handflächen entgegen. »Das verstehe ich absolut. Wir sind nicht hier, um über den Mordfall zu sprechen. Wir sind hier, um Sie darüber zu informieren, dass Ihre Nachbarn den Prozess zur Erwirkung einer einstweiligen Verfügung in Gang gesetzt haben.«

»Okay, okay«, erwiderte Lloyd. »Wie lange wird das dauern mit der Verfügung?«

»Normalerweise hat ein Richter vierundzwanzig Stunden Zeit, um die Unterlagen durchzusehen, aber häufig wird der Antrag schon vor Ablauf dieser Frist gebilligt. Die Verfügung könnte sogar noch heute zugestellt werden.«

»In Ordnung. Danke für die Vorwarnung.«

»Laut dem Stand heute Morgen haben die Dolamores die erforderlichen schriftlichen Unterlagen noch nicht eingereicht. Wir hoffen, dass diese Unterhaltung …«

»Scheiß drauf«, platzte es aus Hen heraus. »Sollen sie den Antrag doch einreichen. Es interessiert mich einen Dreck.«

Lloyd wollte ihr die Hand auf den Rücken legen, doch sie stand auf.

»Danke, dass Sie Ihren Job erledigt haben, Officers.«

Nachdem sie fort waren, sagte Lloyd: »Herrgott noch mal, Hen.«

»Was? Ich meine es so, wie ich es gesagt habe. Sie können so viele Verfügungen erwirken, wie sie wollen, es ändert nichts an dem, was ich gesehen habe.«

»Lass uns einen Kaffee trinken und darüber reden.«

»Ich will nicht mehr darüber reden. Ich weiß, du glaubst mir nicht. Und ich weiß nicht, wie ich deine Meinung ändern kann.«

»Ich glaube dir. Ich denke nur, du unterliegst irgendeinem Irrtum. Räumst du ein, dass die Möglichkeit besteht?«

»Nein, das räume ich nicht ein. Ich räume ein, dass alles, was ich bis Samstagabend gesehen habe, nur eine Vermutung war. Vielleicht hat die Fechttrophäe nicht Dustin Miller gehört. Vielleicht hatte Matthew Dolamore andere Gründe, Leuten mitten in der Nacht zu folgen. Aber ich habe ihn am Tatort gesehen. Mit eigenen Augen.«

»Du warst betrunken.«

»Ich war nicht so betrunken.«

»Da habe ich was anderes gehört.«

»Wo hast du das gehört?«

»Ich habe mit einem der Detectives gesprochen. Gestern, bevor wir nach Hause gefahren sind. Er hat mir erzählt, dass du sehr stark angetrunken warst.«

»Das war ich nicht. Ich hatte getrunken, aber …«

»Sie haben den Barkeeper gefragt. Er sagte, du hattest mindestens fünf Drinks, darunter einen Martini.«

»Ich weiß nicht, ob ich genau fünf hatte.«

»Du weißt, dass das zusammen mit deinen Medikamenten wie zehn Drinks wirkt. Hattest du überhaupt zu Abend gegessen?«

»Ich weiß es nicht mehr. Hör zu, schrei mich nicht an. Ich war betrunken, aber ich weiß, was ich gesehen habe. Hast du ihnen von meinen Medikamenten erzählt?«

»Wem? Der Polizei? Sie haben gefragt, ob du viel trinkst, und ich habe verneint. Ich sagte, du würdest wegen deiner Medikamente normalerweise sehr darauf achten, nicht mehr als zwei Drinks zu dir zu nehmen.«

»Na toll.«

»Ich bin auf deiner Seite, Hen. Ich mache mir Sorgen um dich.«

»Musst du nicht zur Arbeit?«

»Heute ist Columbus Day.«

»Ach so, richtig.«

»Ich habe tatsächlich was zu erledigen, aber das kann ich von zu Hause machen. Ich will nicht, dass du allein bist.«

Hen ertappte sich dabei, wie sie mit den Zähnen knirschen wollte. »Ich habe vor, ins Atelier zu gehen. Ich kann nicht den ganzen Tag hier rumsitzen. Mit … mit ihm nebenan.«

»Okay. Du solltest wirklich ins Atelier gehen, das klingt vernünftig.«

Hen trank zwei Tassen Kaffee und versuchte, ein wenig Toast zu essen, aber ihr wurde schon übel, wenn sie nur ans Essen dachte. Sie zog sich wieder um und sagte zu Lloyd, der jetzt im Wohnzimmer an seinem Laptop saß, dass sie loswolle.

»Kannst du mir einen Gefallen tun?«, fragte er.

»Na klar.«

»Versprich mir, dass du nur ins Atelier gehst. Versprich mir, dass du keine Dummheiten machst.«

»Ich verspreche es«, sagte sie, verließ das Haus und warf nicht einmal einen Blick zu den Dolamores hinüber, als sie in ihren Wagen stieg.

Kapitel 21

Auch nachdem man Matthew und Mira von dem Gespräch der Polizei mit Henrietta unterrichtet hatte, entschieden sie, die einstweilige Verfügung weiterzuverfolgen. Der Richter bewilligte sie um drei Uhr nachmittags, und man teilte ihnen mit, sie würde Henrietta persönlich noch am selben Abend oder spätestens am nächsten Morgen zugestellt.

»Es wird sie nicht davon abhalten, weiter zu behaupten, sie hätte Sie am Tatort gesehen«, gab Detective Shaheen am Telefon Matthew gegenüber zu bedenken.

»Ich weiß. Ich will nur nicht, dass sie mir folgt. Ich will nicht, dass sie mein Haus betritt. Ich will nicht, dass sie mit meiner Frau spricht. Beim letzten Mal hat sie jemanden angegriffen.«

»Ich weiß. Wir werden alles tun, damit das nicht noch einmal passiert.«

Mira verbarrikadierte sich bei zugezogenen Vorhängen mit Migräne im Schlafzimmer. Sie hatte diese Kopfschmerzen nicht oft – immer aus Angst, glaubte Matthew, auch wenn sie es abstritt –, aber wenn sie auftraten, war sie einen Tag lang außer Gefecht gesetzt. Matthew, dessen Magen nicht ganz in Ordnung war, aß Müsli zum Abendessen. Seit Samstagnacht hatte er nicht einen Moment Zeit gehabt, sich in Ruhe zu erinnern, wie es sich angefühlt hatte, dieses Stück Metall auf Scott Doyles Schädel sausen zu lassen, dieses Brechen, das bedeutete, dass ihn gleich das Leben verlassen würde. Dieser glorreiche, einzigartige Augenblick war umgehend von Henrietta ruiniert worden, die wie ein Geist auf dem Parkplatz aufgetaucht war. Ihre Blicke hatten sich getroffen. Er versuchte die beiden Ereignisse voneinander zu trennen und anzuerkennen, dass es möglich war, etwas Göttliches und Leichtsinniges zugleich zu tun. Und doch war er irgendwie damit durchgekommen. Genau das hatte er kommen sehen. Henrietta Mazur war eine unzuverlässige Zeugin. Schlimmer als unzuverlässig. Eine falsche Zeugin. Eine geisteskranke Frau, die Fantasie und Wirklichkeit nicht auseinanderhalten konnte. In gewisser Weise war es perfekt gelaufen.

Während Matthew im Laufe des Abends fieberhaft alles las, was er im Internet über den Mord an Scott Doyle finden konnte, stellte er fest, dass er mehr an Henrietta als an die Tat dachte. Er kam immer wieder auf diesen wie in der Zeit erstarrten Moment zurück, in dem sie einander angesehen hatten. Als wäre elektrischer Strom zwischen ihnen geflossen, während Scott zu Matthews Füßen lag. Es erinnerte ihn an etwas ... Es erinnerte ihn an seine Mutter, und er war sich nicht sicher, ob er daran denken wollte. Aber er ließ es zu, dieses eine Mal. Dieses Starren, dieses ausdruckslose, wissende Starren war etwas, was Natalia Dolamore gegen Ende ihres Lebens meisterhaft beherrscht hatte. Er sah diesen Gesichtsausdruck jetzt vor sich, wenn sie nach dem Abendessen das Geschirr abgeräumt und ihres vom Boden aufgehoben hatte … einer dieser Abende, an denen sein Vater sie gezwungen hatte, auf allen vieren aus einem Hundenapf auf dem Küchenboden zu essen. Sie hatte es natürlich getan, denn sie kannte die Folgen, wenn sie sich weigerte, aber ihr Gesicht war eine starre Maske geblieben, unempfindlich für die Demütigung. Ihr Gesicht war das Gesicht einer Zeugin, die beobachtete, was mit ihr geschah, und es nicht selbst erlebte.

So hatte Henrietta Mazur ausgesehen. Sie hatte ebenfalls das Gesicht einer Zeugin, und Matthew hatte sich des Eindrucks nicht erwehren können, dass sie in diesem Moment alles verstanden hatte – nicht nur, was gerade geschah, sondern alles, was Matthew widerfahren war, solange er zurückdenken konnte. Sie sah seinen Vater in seiner ganzen Monstrosität, die Zerbrechlichkeit und die Anmut seiner Mutter. Sie sah seinen Bruder Richard, so verkorkst, dass er selbst ein Monster war. Sie sah die Tür, die sich in Matthew geöffnet hatte, als er zum ersten Mal jemanden hatte sterben sehen, sie war Zeugin, wie er eine Welt der Farben betreten hatte, die er sich vorher nicht einmal hatte vorstellen können. Sie sah Jay Saravan bewusstlos auf dem Vordersitz seines Autos liegen, während sich das Wageninnere mit Abgasen füllte. Sie sah Dustin Miller tot in seinem Sessel und wie Matthew die Fechttrophäe von seiner Kommode nahm. Sie sah sogar, wie dringend er diese Trophäe brauchte, dieses Verlangen, sie als sein Eigentum zu beanspruchen. Und sie verstand den törichten Zwang, sie in seinem Arbeitszimmer auszustellen.

Sicher hatte sie der Polizei auch darüber alles gesagt – über die Trophäe, die sie gesehen hatte, als sie zum Abendessen gekommen war. Er war jedoch außer Gefahr. Die Trophäe war nicht mehr da. Wenn sie ihn danach fragten, würde er ihnen einfach erzählen müssen, was er Mira am Morgen erklärt hatte: dass er sie weggeworfen hatte. Dass sie von einem Hinterhofflohmarkt stammte und dass zu viel Zeug in seinem Büro herumstand, weshalb sie in einem Müllcontainer gelandet sei. Es würde verdächtig klingen, aber was sollten sie machen? Die Trophäe war, von Fingerabdrücken gereinigt, in einem Vorratsraum in Sussex Hall unter Reservestühlen und altem Besteck begraben. Falls die Polizei beschloss, nach ihr zu suchen, würden sie dort nachsehen? Bei ihm zu Hause und vielleicht noch in seinem Klassenzimmer, aber niemals dort, oder?

Sein Magen zog sich zusammen. Möglicherweise würden sie doch auch an dieser Stelle nach ihr suchen, und möglicherweise würden sie die Trophäe finden. Er überlegte, auf der Stelle zur Schule zu fahren, die Kiste zu holen und sie irgendwohin zu bringen, wo sie nicht gefunden werden konnte. Aber bei diesem Gedanken zog sich sein Magen noch stärker zusammen. Nicht jetzt, rief er sich zur Ordnung. Es war zu riskant.

Er nahm seine Internetsuche wieder auf und schaute nach, ob es etwas Neues zu Scott Doyle gab. In einem der Beiträge wurde Scott als vielversprechender Musiker bezeichnet, als »kommender Rockstar«. *Na, wenigstens habe ich ihm dazu verholfen*, dachte Matthew. Er war binnen eines Wochenendes vom Möchtegern-Frontmann einer Coverband zu einem kommenden Rockstar avanciert. Nirgendwo war von Michelle Brine die Rede. Das fand er ein wenig merkwürdig, aber es war ja nicht so, als hätten sie zusammengelebt, sie war nur seine Freundin gewesen, und der Himmel mochte wissen, wie viele es davon gegeben hatte. Er fragte sich, ob es möglich wäre, dass sie es noch gar nicht erfahren hatte. Sie hatte ihren sterbenden Vater besucht. Würde die Polizei überhaupt wissen, dass sie existierte? Sie würde am Sonntag natürlich versucht haben, ihn anzurufen und zu fragen, wie sein Auftritt gelaufen war. Wie besorgt würde sie gewesen sein, wenn sie nichts von ihm gehört hätte? Inzwischen wäre sie natürlich zurück und würde sich Zeit geben, um mit den Unterrichtsvorbereitungen für die kommende Woche zu beginnen. Vielleicht sollte er sie anrufen und behaupten, er habe gehört, was passiert war. Es war nicht nötig zu erwähnen, dass man ihn als Tatverdächtigen befragt hatte. Es war keine Anklage erhoben worden, und sein Name war in keiner der Meldungen aufgetaucht.

Er wählte ihre Handynummer.

»Ich wollte *dich* gerade anrufen«, meldete sie sich. Er hörte ihrer Stimme an, dass sie Bescheid wusste.

»Es tut mir so leid«, sagte Matthew. »Ich habe die Nachricht eben gehört. Was ist passiert?«

Sie holte stockend Luft. Es war klar, dass sie geweint hatte.

»Ich hab den ganzen Sonntag versucht, ihn zu erreichen, nur um zu erfahren, wie der Auftritt war, und er ist nicht ans Telefon gegangen. Es ist komisch, denn ich wusste, dass etwas Schreckliches passiert sein musste. Ich hab es gespürt. Dann hat Jeremy angerufen und es mir erzählt. Ich war gerade auf dem Rückweg von meinen Eltern…«

»Wer ist Jeremy?«

»Tut mir leid, ich rede Unsinn. Jeremy war in Scotts Band, der Schlagzeuger. Er hat mich angerufen und gesagt, dass Scott tot ist, und ich hätte fast gesagt: ›Ich weiß.‹ So unvermeidlich hat es sich angefühlt. Ich weiß nicht… Vielleicht bin ich verrückt.«

»Du bist nicht verrückt. Du stehst wahrscheinlich nur unter Schock.«

»Die Sache ist die, dass wir unmittelbar vor meiner Abreise am Freitag Schluss gemacht haben. Du wärst so stolz auf mich gewesen. Ich habe ihn noch mal gefragt, ob er zu meinem Dad mitkommen wolle, dass es ihm so viel schlechter ginge, aber er hat nur geantwortet, er könne nicht wegen des Gigs und wie wichtig er für ihn sei. Also habe ich vorgeschlagen, er könnte am Freitagabend mit mir hinfahren, nur kurz bleiben und am Samstagnachmittag mit meinem Wagen zurückfahren, ich würde dann den Zug nehmen. Daraufhin hat er tatsächlich behauptet, er müsse für diesen Auftritt den Kopf frei haben, und ich habe zu ihm gesagt, dass er mich am Arsch lecken kann… na ja, nicht ganz, sondern nur, dass wir meiner Ansicht nach Schluss machen sollten. Er hat sich dagegen gewehrt… ein bisschen zumindest, aber dann haben wir es getan. Wir haben uns getrennt.«

Matthew dachte, dass sie einen Moment lang stolz klang, fast als hätte sie vergessen, dass Scott jetzt tot war, aber dann atmete sie plötzlich aus, es war wie ein Aufstöhnen, und sie begann zu weinen.

»Vielleicht…«, fing sie an und sprach nicht weiter.

»Weißt du, was passiert ist? War es ein Raubüberfall?«

Sie schniefte zweimal und sagte dann mit relativ normaler

Stimme: »Es ist nach dem Auftritt passiert. Er hatte einen Platten, und beim Wechseln hat ihm jemand auf den Kopf geschlagen. Ich war bei der Polizei. Sie wollten wissen, ob er Feinde hatte, ob er mir treu gewesen sei und warum wir uns getrennt hätten.«

»Du hast ihnen erzählt, dass ihr Streit hattet und am Freitag Schluss gemacht habt?«, fragte Matthew.

»Ja, sicher, ich habe ihnen alles erzählt. Es ist ja nicht so, als würden sie mich verdächtigen. Ich war immerhin das ganze Wochenende in Pittsfield.«

»Und wie geht es dir jetzt?«

»Ach Gott, ich weiß es nicht. Nenn mir eine Gefühlsregung, und ich habe sie. Ich war an diesem Wochenende eigentlich glücklich, dass ich mich endlich von Scott gelöst hatte. Ich meine, ich war nicht direkt glücklich, weil es meinem Vater so viel schlechter ging, als meine Mutter zugegeben hatte, aber ich war erleichtert. Und jetzt weiß ich nicht, was ich fühlen soll. Sollte ich um ihn trauern? Ich bin einfach nur durcheinander.«

»Du solltest dir diese Woche freinehmen.«

»Um Himmels willen, nein. Das ist das Letzte, was ich möchte. Wenn ich noch mehr Zeit allein hier in meiner Wohnung verbringen muss, drehe ich durch. Hey, ich weiß nicht, ob ich dich das fragen sollte, aber es ist mir egal. Hast du Zeit? Kannst du vorbeikommen, oder ist das eine komische Bitte?«

Matthew dachte rasch über seine Optionen nach. Wenn er Michelle erzählen wollte, dass ihn seine unzurechnungsfähige Nachbarin des Mordes beschuldigt hatte, wäre jetzt der Zeitpunkt dafür. Andererseits hatte sie es bis jetzt nicht erfahren und würde es vielleicht nie erfahren. Die Polizei hatte sich offenbar nicht die Mühe gemacht, ihr ein Foto von ihm zu zeigen. Das war ein gutes Zeichen, es bedeutete, dass sie Henrietta Mazur nicht ernst nahmen. Er beschloss, es ihr nicht zu sagen. Wenn sie es später herausfand, würde er einfach behaupten, er habe sie nicht unnötig noch mehr aufregen wollen.

»Ehrlich gesagt ist Mira gerade krank«, sagte er.

»Oh nein. Das tut mir leid.«

»Es ist nichts Ernstes, aber sie hat manchmal Migräneanfälle, die sie einfach umhauen.«

»Nein, klar. Vergiss, dass ich gefragt habe.«

»Wenn du morgen tatsächlich in die Schule kommst, könnten wir uns nach dem Unterricht treffen. Vielleicht einen Kaffee trinken und reden.«

»Natürlich.«

»Und ruf mich auch gern später noch mal an, wenn du jemanden zum Reden brauchst.«

Nachdem sie das Gespräch beendet hatten, wusste er, dass sie nicht noch einmal anrufen würde. Er blieb einen Moment sitzen und stellte sich vor, wie es wäre, zu Michelle hinüberzufahren – sie wohnte in einem dieser Wohnblocks, die vage nach Tudor-Stil aussehen sollten und Namen wie *Courtly Estates* oder etwas Ähnliches trugen. Wie würde es sich anfühlen, eine Frau zu trösten, deren Freund (Exfreund) er gejagt und getötet hatte? Und wie würde es sich anfühlen, wenn er zu ihr sagte, dass er nun gehen müsse, und sie ihn an sich zöge und ihre Lippen auf seine presste? Er ging so weit, sich einen Moment lang vorzustellen, wie sie sich rückwärts auf ihr Bett sinken ließ und die Hüften anhob, damit er ihr die Jeans von den langen, zitternden Beinen streifen konnte. Bei diesem Gedanken erschauderte er ein wenig und dachte an Mira in ihrem Kokon aus Dunkelheit. Er hatte sie noch nie betrogen und würde es auch niemals tun. Betrügen war das, was sein Vater getan hatte. Es war nicht seine Art.

Abgesehen davon, wie verlockend es auch immer sein mochte, Michelle zu besuchen, die nun für alle Zeit von der körperlichen Erscheinung Scott Doyles befreit war: Matthew stellte fest, dass er noch immer an Henrietta Mazur dachte. Wie wäre es, sie zu besuchen? Was würde sie zu ihm sagen, wenn er an ihre Tür klopfte? Allerdings würde wohl nicht sie öffnen, sondern höchstwahrscheinlich ihr Mann Lloyd, der ihm vermutlich mit der Faust ins Gesicht schlagen würde. Dennoch konnte er nicht aufhören, an sie zu denken und daran, wie sehr er sich wünschte, ihre Gedanken zu kennen. So viel wusste er: Sie hatte auch an ihn gedacht. Pausenlos. Und irgendwann in den nächsten vierundzwanzig Stunden würde sie die einstweilige Verfügung erhalten, die ihr jeden Kontakt mit ihm und Mira verbot. Würden sie wegziehen? Das bezweifelte er. Er bezweifelte außerdem, dass sie aufhören würde, sich in seine Angelegenheiten einzumischen. Es verschaffte ihm einen perversen Nervenkitzel, den er nicht ganz verstand.

Kapitel 22

Nachdem Hen am Dienstagmorgen die einstweilige Verfügung von einem stämmigen, gleichgültigen Gerichtszusteller erhalten hatte, rief sie Lloyd bei der Arbeit an, um ihm zu sagen, was passiert war.

»Scheiße, es stimmt also.«

»Ja.«

»Wie fühlst du dich?«

»Ich weiß nicht«, erwiderte Hen. »Ein wenig, als wäre ich bestätigt worden.«

»Aber du unternimmst jetzt nichts mehr, oder?«

»Was meinst du? Ob ich zum Beispiel in ihr Haus einbreche?«

»Mhm.«

»Nein, das hab ich hinter mir. Ich habe gesagt, was ich zu sagen hatte. Ich lasse meine Blutwerte checken, um zu sehen, ob mit meiner Medikation alles stimmt. Ich halte mich zurück. Es geht mir gut, Lloyd. Ich bin nicht manisch.«

»Ich glaube dir.« Es hatte Hens ganze Überredungskunst erfordert, damit Lloyd an diesem Dienstag ins Büro gegangen war. Sie hatte ihm versichert, dass sie sich gut fühle, und auch, dass sie ihn alle zwei Stunden anrufen werde.

»Aber so viel kann ich dir verraten: Wenn sich nichts tut in diesem Fall… wenn Matthew nicht verhaftet wird, dann sollten wir uns vielleicht überlegen umzuziehen. Er ist ein Mörder.«

»Okay«, sagte Lloyd, und sie hörte, wie er das Telefon mit der Hand abdeckte und kurz mit jemandem in seinem Büro sprach. »Ja, das denke ich auch.«

»Ich rufe später noch mal an.«

Sie trat an das große Fenster, das auf die Sycamore Street hinausging. Sie hatte die Vorhänge an allen Fenstern zugezogen, von denen aus man auf das Haus ihrer Nachbarn blicken konnte. Da für sie feststand, dass Matthew ein Mörder war, und da er außerdem mit Sicherheit wusste, dass sie es wusste, fragte sie sich, warum sie nicht mehr Angst hatte. Würde er ihr nicht irgendwann auflauern? Seltsamerweise glaubte sie das nicht. Einer der Gründe dafür war, dass die Polizei Matthew natürlich sofort verdächtigen würde, falls ihr etwas zustieß, schließlich hatte sie ihn beschuldigt. Aber das war nicht alles. Sie hielt sich nicht für sein typisches Opfer. Er tötete Männer. Sie wusste nicht, warum, aber so war es.

Eine der Mütter aus der Nachbarschaft ging vorbei. Sie trug eine Yogahose und hatte kleine Gewichte in der Hand. Sie wandte den Kopf und blickte in ihre Richtung. Hen trat einen Schritt vom Fenster zurück. Wusste die Frau etwas? Hen bezweifelte es. Weder ihr Name noch derjenige Matthews waren in einem der Berichte über den Mordfall in New Essex aufgetaucht. Trotzdem…

Es war ein schöner Tag mit einem stahlblauen Himmel;

der Ahorn auf der anderen Straßenseite hatte sich jetzt vollständig rot verfärbt, und erst wenige Blätter waren gefallen. Hen liebte Wetter in all seinen Erscheinungsformen, aber etwas an den Monaten der großen Veränderung – Oktober und April – erzeugte in ihr eine schmerzhafte Trauer, die sie nicht ganz artikulieren konnte. Sie dachte an ihre Eltern, die nach einer dreiwöchigen Flusskreuzfahrt auf dem Rhein gerade erst wieder zu Hause im Norden des Staats New York angekommen waren. Ihr Vater würde sich wie besessen mit dem Garten beschäftigen und die Blätter zählen, die schon gefallen waren, während ihre Mutter ihre nächste Europareise planen würde. Hen beschloss, sie später anzurufen, nachdem sie einen Spaziergang zu ihrem Atelier gemacht hatte. Der Tag der offenen Tür fand an diesem Wochenende statt, und sie hatte noch viel zu erledigen.

In dieser Woche herrschte perfektes Wetter, die Tage waren wolkenlos und frisch, und Hen folgte einem regelmäßigen Tagesablauf: Sie ging jeden Morgen nach dem Frühstück zu Fuß zum Atelier, arbeitete den ganzen Vormittag an den verbliebenen Drucken für das *Sagenkrieger*-Buch, aß in dem kleinen Café am Fluss zu Mittag, das sich ein kleines Stück die Straße runter befand, und verbrachte den Nachmittag mit der Vorbereitung auf das Wochenende. Sie räumte ihr Atelier auf, wählte fünfzehn Drucke aus, die sie an den Wänden aufhängen wollte, darunter ihr neuester, die Katze im Bett mit dem Mädchen auf dem Fensterbrett. Sie fuhr sogar zu Walmart, um einen dieser riesigen Plastikeimer voll kleiner, mit Erdnussbutter gefüllter Brezeln zu kaufen. Es war ihre Lieblingsknabberei, und sie kaufte sie nur an den Tagen der offenen Tür, vorgeblich um eine Schale für die Besucher bereitzustellen, aber in Wirklichkeit war es eine kleine Belohnung für die Unbill, dass sie Fremde durch ihre Arbeitsräume laufen und sich von ihnen beurteilen lassen musste.

Erstaunlicherweise war es eine gute Woche, auch wenn sie sich häufig dabei ertappte, wie sie an Matthew Dolamore und an das dachte, was sie ihn hatte tun sehen. An den Abenden kochte sie mit Lloyd zusammen. Die Red Sox waren in der ersten Runde der Playoffs ausgeschieden, was Lloyd einen Tag lang schweigsam und mürrisch machte, aber dafür hatten sie jetzt Zeit, die verpassten Folgen der letzten Staffel von *Game of Thrones* anzusehen.

Sie ließ alle Vorhänge zur Seite hin, auf der die Dolamores wohnten, weiter geschlossen. Lloyd hatte es zweifellos bemerkt, aber nichts dazu gesagt.

Am Samstagmorgen spazierte Lloyd mit ihr zu den Black Brick Studios, um sich anzusehen, wie sie ihren Raum hergerichtet hatte. Der Tag der offenen Tür fand an beiden Tagen jeweils von Mittag bis fünf Uhr nachmittags statt, und wie schon in der ganzen Woche herrschte viel Betrieb in dem Gebäude. Lloyd trank Kaffee und sah sich die ausgewählten Drucke an ihrer Wand an. Hen wusste, dass er die meisten kannte, ihre »Greatest Hits«, die sie immer für solche Gelegenheiten hervorkramte, aber er hatte ihr neuestes Werk noch nicht gesehen und betrachtete es eine Weile, ehe er fragte: »Habe ich das schon mal gesehen?«

»Ich hab es gerade erst fertiggestellt.«

»Gefällt mir. Es ist unheimlich. Worum geht es?«

Es war eine Frage, die sie hasste, was Lloyd eigentlich wissen sollte, aber manchmal konnte er nicht anders. Er liebte ihre Kunst, zumindest behauptete er das immer, aber er hatte auch das Bedürfnis, sie zu Tode zu analysieren.

»Es geht um Matthew Dolamore«, entgegnete sie.

Lloyd fuhr mit besorgter Miene herum, und sie machte große Augen: »War nur Spaß. Ich weiß nicht, worum es geht. Es war einfach plötzlich in meinem Kopf.«

Er blieb den größten Teil des Vormitttags und aß Brezeln, bis sie es ihm verbot.

»Was hast du zu denen?«, fragte er. »Zu trinken, meine ich.«

»Cider.«

»Ah, warum erhitzt du ihn nicht und gibst ein paar Gewürze dazu? Dann würde es hier drin gut riechen.«

Hen hielt das für eine gute Idee. Sie hatte eine Kochplatte im Atelier und schickte Lloyd los, damit er einen Topf holte und ein paar Apfelweingewürze kaufte. Sie war froh, ihn los zu sein. Sie wusste, er würde ohnehin gehen, sobald die ersten Leute kamen, aber sie wollte vorher gern noch ein wenig Zeit für sich allein haben. Sie bereitete acht Kupferplatten vor, die sie am Nachmittag durch die Presse laufen lassen konnte, damit sie beschäftigt war und nicht nur herumstehen musste, während fremde Leute ihre Kunst betrachteten. Lloyd kam kurz vor Mittag wieder. Er hatte ihren gelben, gusseisernen Feuertopf dabei, eine Packung Gewürze und sogar eine Halbliterflasche Whiskey.

»Denkst du, ich sollte den Cider mit Schuss anbieten?«, fragte Hen lachend.

»Ich dachte, es wäre vielleicht gut, ihn für alle Fälle hier zu haben.«

Er stellte den Cider auf kleine Stufe, und bald roch das ganze Atelier nach Äpfeln und Nelken. Lloyd und sie tranken beide eine Tasse mit einem Schuss Bourbon, und sie wurde plötzlich von einem überwältigenden Wohlgefühl durchströmt und von der Gewissheit, dass alles gut werden würde. Als die ersten Besucher eintrafen – ein Paar mittleren Alters, der Mann mürrisch und desinteressiert, die Frau mit einer lila Strähne im Haar und zwei handgefertigten Broschen am Mantel –, machte sich Lloyd aus dem Staub.

An diesem Nachmittag war viel los. Das schöne Wetter lockte massenhaft Leute aus ihren Häusern, und um drei Uhr nachmittags war von dem Cider nur mehr ein dunkler Rest am Grund des Topfes übrig. Hen hatte ihre Drucke zu billig ausgezeichnet und verkaufte am Ende fünfzehn Stück davon. Sie war solche Tage der offenen Tür gewöhnt, nachdem sie jahrelang in Somerville an ihnen teilgenommen hatte, aber in der Vorstadt war das Publikum ein bisschen anders. Die Leute stellten mehr Fragen und gaben mehr Geld aus. Um fünf Uhr war sie erschöpft. Sie rief Lloyd an, damit er sie abholte. Er hatte den Nachmittag damit verbracht, ein Chili zuzubereiten und ein wenig College-Football zu schauen. Er roch, als hätte er außerdem etliche Biere getrunken, und Hen war froh, dass er nur eine Meile zurück nach Hause fahren musste.

Am Sonntag schlug das Wetter um, am Morgen war es bedeckt, mit dicken Wolken, und die Luft war feucht. Hen nahm den Wagen, da sie nicht in einen Schauer geraten wollte, wenn sie zu Fuß ging. Es war ein langer Tag. Mittags öffnete der Himmel seine Schleusen, und es regnete kräftig und anhaltend. Hen konnte es in ihrem Kelleratelier nicht sehen, aber die wenigen Leute, die vorbeikamen, erzählten ihr, wie scheußlich es draußen war, während das Wasser von ihren Sachen auf Hens Atelierboden tropfte.

Wegen des Regens und weil die Patriots ein Nachmittagsspiel hatten, gab es erheblich weniger Besucher. Andere Künstler wagten sich aus ihren Ateliers und kamen vorbei, und Hen machte rasch einen Rundgang durch das Kellergeschoss und schaute bei Derek rein, einem der wenigen Künstler, an dessen Namen sie sich noch erinnerte.

»Hallo, Hen«, begrüßte er sie, als sie eintrat.

»Wie läuft dein Wochenende?«, fragte sie.

»Heute ist es ruhig. Gestern ging es zu wie verrückt.«

Sie sah sich seine Fotos an, die sie recht interessant fand, alle schwarz-weiß, meist von Gebäuden – Stadtzentren, Malls, eine Ansammlung von Vorstadthäusern –, aber häufig schräg von unten fotografiert, sodass der Himmel dominierte. Sie fragte sich, ob die Perspektive der Aufnahmen etwas mit seiner eigenen geringen Körpergröße zu tun hatte, und war drauf und dran, ihn danach zu fragen, aber dann verbot sie es sich. Es war die Art von Fragen, die sie selbst hasste. Was hat diese Kunst mit Ihnen zu tun? Sie wusste, ihre Ansicht war unpopulär in einer Kultur, die von Individualität besessen war, aber manchmal waren der Künstler und seine Kunst getrennte Einheiten.

Stattdessen fragte sie: »Hast du viel verkauft?«

»Eins. Gestern.«

Spontan erklärte Hen, dass sie ihr Lieblingsbild von dem ganzen Haufen kaufen wolle, ein wunderschönes, silbrig leuchtendes Foto von aufgetürmten Kürbissen bei einer Art Herbstfest. Ein Kind kauerte neben den Kürbissen und fuhr mit einem Stock über den nackten Boden. Der Himmel über der Szene war mit Wolken gesprenkelt.

»Du musst das nicht tun«, sagte Derek.

»Ich weiß, aber mir gefällt die Aufnahme sehr. Sie wird mich beim nächsten Buch inspirieren, das ich illustrieren muss.«

Sie lief zu ihrem Atelier zurück, holte ihre Kreditkarte und kam dann wieder, um den bereits gerahmten Druck zu kaufen. Sobald sie das Bild in den Händen hielt, liebte sie es tatsächlich. Sie dachte, sie könnte es über das niedrige Bücherregal im Wohnzimmer hängen.

Um halb fünf begann sie aufzuräumen, da sie ziemlich überzeugt war, dass keine Besucher mehr kommen würden. Sie schenkte sich einen Bourbon in ihr Wasserglas ein und ließ den Soundtrack von *Der bunte Schleier* auf ihrem CD-Player laufen. Als sie sich in dem großen Industriewaschbecken die Hände wusch, spürte sie, dass jemand das Atelier betrat. Sie drehte sich mit nassen Händen um, und Matthew Dolamore stand zwei Meter vor ihr, die Hände in den Taschen seiner Jeans. Seine Jacke war mit Regenspritzern übersät.

Ein kalter Schauder lief Hen über die Haut, und ihr Blick huschte zur Tür. Matthew trat einen Schritt zurück.

»Ich bin nicht hier, um Ihnen etwas zu tun«, sagte Matthew rasch.

»Warum dann?« Hen war erstaunt, wie ruhig sie klang.

Er zuckte halb mit den Achseln, dann sagte er: »Ich möchte reden. Und ich wollte Ihre Kunst sehen.« Sein Blick wanderte jetzt durch den Raum, die Hände steckten noch immer in der Jeans, und Hen erkannte, dass er nervös war. Sie trat einen Schritt vor.

»Ich würde es vorziehen, wenn Sie wieder gehen würden. Wie Sie wissen, haben Sie eine einstweilige Verfügung gegen mich erwirkt, und ich möchte sie nicht verletzen.«

»Sie haben mir nachspioniert.«

»Aus gutem Grund«, sagte Hen.

»Hören Sie …«, begann Matthew, aber dann hörte er auf, zu sprechen.

»Ich möchte wirklich, dass Sie gehen«, sagte Hen. »Auf der Stelle.«

»Sie wollen nicht reden? Das ist der einzige Grund, warum ich hier bin. Ich bin nicht gekommen, um Ihnen etwas anzutun oder Sie zu bedrohen.«

»Oder um mich zu töten«, ergänzte Hen.

Er lächelte, und Hen dachte, dass er wie ein Kind aussah, das dabei ertappt wurde, wie es auf dem Spielplatz einen schmutzigen Ausdruck gebraucht hatte. »Nein, ich würde Sie niemals töten«, beteuerte er.

»Aber Sie haben Scott Doyle getötet. Und Sie haben Dustin Miller getötet.«

Matthew warf einen Blick über die Schulter, um sich zu vergewissern, dass niemand in der Nähe war, dann sagte er: »Ja, das habe ich.«

Hen bekam wieder Angst. Man sah es ihr offenbar an, denn Matthew zog die Hände aus den Taschen und hielt sie in die Höhe. »Ich würde Ihnen nie etwas antun. Das verspreche ich.«

»Was wollen Sie dann von mir?«

Matthew lächelte wieder, es sah beinahe verlegen aus. »Ich weiß es noch nicht«, erwiderte er. »Vermutlich will ich, dass Sie die Wahrheit erfahren.«

Richard

Ich vermute, mein Bruder ist nicht das, was er zu sein scheint. Nicht, dass ich es ihm vorwerfen würde. Jeder, der unsere Kindheit durchgemacht hat, darf tun, wozu er Lust hat.

Die Welt schuldet uns etwas, uns beiden.

Ich hatte teilweise denselben Drang, das gebe ich zu, aber ich bin stolz darauf, dass ich ihn nicht ausgelebt habe. Ich stelle für niemanden eine Gefahr dar, auch wenn ich manchmal sehr wohl gern meinen Spaß habe. Vermutlich nicht ganz denselben Spaß, den mein Vater hatte. Einmal kam er von einer seiner Geschäftsreisen nach Hause, und ich folgte ihm ins Schlafzimmer, während er seinen Koffer auspackte. Mom blieb unten. Sie machte einen Schmorbraten, sein Lieblingsgericht, und sie wollte sichergehen, dass er nicht anbrannte. Er war mindestens eine Woche fort gewesen (es kam mir länger vor, aber alles kommt einem länger vor, wenn man ein kleines Kind ist), und ich schaute zu, wie er Kleidungsstücke aus dem Koffer zog, Anzughemden hauptsächlich, dazu Unterwäsche und Socken. Er warf sie auf den Boden, damit Mom sie später aufheben konnte, aber dann zog er ein Damenhöschen heraus, beige und mit Spitze und an manchen Stellen fast durchgescheuert. Er hielt es in die Höhe, damit ich es sehen konnte, und lächelte, sein Mund stand so weit offen, dass ich seine Füllungen sehen konnte. Er legte es auf die gehäkelte Tagesdecke, etwa auf halber Höhe, dann zog er einen BH hervor und legte ihn gut einen halben Meter oberhalb des Höschens hin, sodass die dicken, spitzen Kegel des BHs aufragten. Ich war gerade alt genug, um mir vorzustellen, was unter diesem BH gewesen war, und ich weiß noch, dass mich diese Vorstellung erregte. Eins der Körbchen war dunkler als das andere, und ich spähte hinein. Dunkles Blut, mehr braun als rot, war auf der Innenseite verschmiert.

Mein Vater beobachtete mich, dann zuckte er mit den Augenbrauen und sagte: »Sie wollte ihn nicht ausziehen, aber ich hab sie überredet.«

»Gehört der Mommy?«, fragte ich, obwohl ich ziemlich sicher war, dass es nicht Mommys war.

Mein Vater legte den Kopf in den Nacken und lachte. »Deine Mommy könnte diesen BH niemals ausfüllen, verlass dich drauf. Aber ich habe ihn als Geschenk für sie mitgebracht, damit sie weiß, dass ich an sie gedacht habe, während ich fort war. Ach, und für dich habe ich auch etwas, kleiner Mann.«

Das war der wahre Grund, warum ich meinem Vater ins Schlafzimmer gefolgt war – ich hatte auf ein Geschenk gehofft. Er brachte mir fast immer etwas mit, selbst wenn es nur kleine Fläschchen mit Shampoo und Lotion waren, und er wühlte in einem der Seitenfächer seines Koffers herum, zog ein Kartenspiel hervor und warf es mir zu. »Von meinem guten Freund Bill. Das sind spezielle Karten. Lass sie Mommy nicht sehen.«

Ich fischte das abgegriffene Pack Karten aus seiner Hülle. Auf der Rückseite waren lauter nackte Frauen abgebildet, die alles zeigten, was sie hatten, einschließlich ihres buschigen Dreiecks.

»Behalt die einfach für dich, okay? Wenn du sie den anderen Jungs in der Schule zeigst, beschließt garantiert einer, sie dir zu stehlen. Versteck sie einfach in deinem Zimmer.«

Ich erinnere mich nicht mehr an den Rest des Abends und weiß auch nicht, was meine Mom tat, als sie die blutige Unterwäsche auf ihrer Seite des Betts fand. Ich erinnere mich, dass ich es für einen Trick hielt, wie wenn er so tat, als würde er seinen Finger von der Hand ziehen, oder wenn wir zum Steinbruch rausfuhren und er so tat, als würde er mich über den Rand schmeißen. Die Karten habe ich immer noch, und sie sind noch abgegriffener als vorher. Das Mädchen auf der Pik Acht ist meine Favoritin – sie kniet auf allen vieren und blickt über die Schulter. Ich glaube, es ist nur ein Schatten, aber es sieht so aus, als hätte sie einen dunklen, faustgroßen blauen Fleck an der linken Arschbacke.

Ich habe immer wieder denselben Traum. Ich besuche ein Haus, irgendwo tief im Wald. Ich bin nach oben gegangen, wo ich nicht sein dürfte. Da ist ein langer, dunkler Flur mit Türen zu vielen Schlafzimmern, die meisten unbenutzt und verfallen. Vom Ende des Flurs beobachtet mich eine dunkle Gestalt und wartet ab, wohin ich gehe. Mein Gefühl, wenn ich den Mann sehe, ist immer dasselbe: Ich möchte unbedingt wissen, wer er ist. Aber wenn ich mich ihm nähere, schlüpft er in eins der Zimmer, und ich kann ihn nicht mehr finden. Ich fürchte mich vor dem, was in diesen Räumen ist, aber ich muss die Türen öffnen. Ich muss ihn finden.

Vor drei Tagen fuhr ich bei schönem Wetter in die Innenstadt von Winslow, da ich wusste, sie würden in großer Zahl unterwegs sein, Herden von Studentinnen des Winslow Colleges in ihren winzigen Kleidchen und ihren Feldhockeydressen. Ich holte mir einen Thai-Steak-Salat vom Winslow Market und ergatterte einen Tisch auf dem Gehsteig. Gerade als ich mit meinem Salat fertig war – das Steak zu stark gebraten und gummiartig –, entdeckte ich sie. Sie war ganz allein – vielleicht ein wenig zu alt für eine Studentin, aber immer noch in ihren Zwanzigern. Sie trug eine schwarze Yogahose, leuchtend orangefarbene Sneaker und ein T-Shirt, auf dem tatsächlich stand: DIE ZUKUNFT IST WEIBLICH. Sie kam aus dem Café auf der anderen Straßenseite – Latte Da, hieß es – und ging entschlossen in Richtung Stadtmitte. Ich warf meinen Salat weg und begann ihr den Anstieg hinauf zu folgen, kehrte aber sofort wieder um, als ich sah, wie sie ihren Prius aufsperrte, der schräg an der Main Street geparkt war. Mein eigener Wagen stand einige hundert Meter weiter hinten, und ich eilte, so schnell ich konnte, zu ihm, ohne regelrecht zu rennen. Als ich auf die Main Street fuhr, war sie fort, aber ich entdeckte den grünen Prius, wie er oben auf der Anhöhe links in die River Street bog. Ich folgte ihr mit zwei Wagen Abstand. Sie war erst rund zwei Meilen gefahren, als sie in einen neuen Apartmentkomplex am Waltham River einbog, vierstöckige Ziegelgebäude, jede Wohnung mit eigener Terrasse. Ich hielt auf dem Besucherparkplatz und sah sie, mit gesenktem Kopf und in ihr Smartphone vertieft an mir vorbeigehen. Eine große Lederhandtasche schlug an ihre Hüfte.

Ich nahm mein Smartphone zur Hand, ging auf meinen gefälschten Instagram-Account und tippte #latteda, ohne ernsthaft mit einem Treffer zu rechnen, aber auch nicht gänzlich überrascht, als der jüngste Post, eine Nahaufnahme von Milchschaum in Herzform, von einer haleyfpetersen stammte. Ihre Bilder, meist Selfies, bestätigten, dass sie die Blondine war, der ich gerade zu ihrer Wohnung gefolgt war. Sie bezeichnete sich als Aktivistin, Autorin und Yogalehrerin. Zu den Hashtags auf dem Bild, das sie vor einer Minute gepostet hatte, gehörten #shoplocal, #girlboss, #yogalife, #thefutureisfemale und #thehappynow.

Die Parkplätze der Wohnanlage waren nummeriert, und ich ging zu dem Stellplatz, auf dem ihr Wagen stand. Nummer 17.

Und damit gehörte sie mir, einfach so. Ihr Name, ihre privaten Fotos, wo sie wohnte, welches Auto sie fuhr. Ich war mir vollkommen sicher, ich könnte sie in den nächsten vierundzwanzig Stunden ermorden und würde nie erwischt werden. Sie würde von einem lebenden Menschen, hübsch genug, um zweitausend Follower auf Instagram zu haben, zu einem toten Mädchen werden, hübsch genug, um es in die landesweiten Nachrichten zu schaffen.

Ich fuhr nach Hause und dachte über die konkreten Einzelheiten der Tat nach. Die Gedanken genügten fürs Erste. Es ging mir besser als am Morgen. Aber irgendwie war es zu einfach gewesen, viel zu einfach, und ich dachte wie so oft daran, den Einsatz zu erhöhen und es tatsächlich durchzuziehen.

Wohin mein Bruder auch geht, ist der Tod nicht weit. Hat das sonst niemand bemerkt? Dieser Junge, der mit ihm im College war, Jay Soundso. Ein Scheißkerl mit einem dunklen, struppigen Schnauzbart, der im ersten Studienjahr in einem BMW vorfuhr und sich im folgenden Jahr umbrachte. Damals schöpfte ich zum ersten Mal Verdacht. Als ich Matthew nach ihm fragte, sagte er, dass Jay es verdient habe, zu sterben, aber dass er nichts damit zu tun habe.

Sicher doch.

An heißen Sommertagen fuhr Mom mit uns zu einem kleinen See, zwei Ortschaften weiter. Wir plantschten in dem abgesperrten Bereich herum, der Grund war steinig und voller Schlingpflanzen, während sie in dem mitgebrachten Liegestuhl saß, Zeitschriften las und Mentholzigaretten rauchte, deren Minzgeruch über das Wasser wehte.

Manchmal kam ein Mann mit behaarter Brust vorbei und setzte sich in ihre Nähe. Sie redeten nie, aber wenn Mom zur Toilette ging – »Bleibt, wo ihr seid, Mommy ist gleich zurück« –, folgte er ihr.

»Ist dieser Mann dein Freund?«, fragte Matthew einmal vom Rücksitz des Kombis, als wir nach Hause fuhren.

»Welcher Mann?«

»Ich hab euch zusammen im Wald gesehen.«

Sie schwieg sehr lange, so kam es mir wenigstens vor. Ich

biss von meinem Eis am Stiel ab, und meine Zähne wurden taub. »Wenn du deinem Vater von ihm erzählst, wird er mich töten. Verstehst du das?«

Matthew sagte, dass er es verstand.

In dem anderen Traum, den ich habe, fahre ich nachts eine dunkle Straße entlang, meine Scheinwerfer schneiden einen Kegel aus weißem Licht aus der Dunkelheit. Vor mir läuft ein Mann. Es ist derselbe Mann wie der aus dem Haus mit den vielen Zimmern, dessen bin ich mir ziemlich sicher. Und egal, wie schnell ich fahre, er läuft immer weiter von mir fort, knapp außerhalb der Reichweite meiner Scheinwerfer.

Ich habe meinem Bruder erzählt, dass ich Henrietta Mazur auf der vorderen Veranda ihres Hauses gesehen habe. Das stimmt, aber es war nicht das einzige Mal. Manchmal komme ich zu Matthews Haus, wenn ich nicht eingeladen bin. Ich parke einige Blocks entfernt und gehe zu Fuß hinüber. Ich weiß, dass Mira – eingebildetes Miststück, das sie ist – mich nicht sehen will, aber ich sehe sie manchmal gern und meinen Bruder gern mit ihr, wenn er ihr am Abend beim Kochen hilft oder ihr am Ende des Tages die Füße massiert.

Er spielt ihr etwas vor, glaube ich.

Und jetzt kann ich Henrietta Mazur ebenfalls sehen.

Ich habe sie durch die gläserne Schiebetür auf der Rückseite ihres Hauses erspäht. Henrietta in der Küche, wo sie zu einer Musik, die ich nicht hören kann, herumhüpft. Einmal trug sie nur ein kurzes Oxfordhemd und ein schwarzes Höschen. Sie musste sich auf die Zehenspitzen stellen, um etwas zu erreichen, und das Hemd schob sich nach oben und entblößte zwei perfekte Arschbacken, kaum eingefasst von einem Stück glänzenden Stoff.

Sie ist klein, mit dunklem Haar, das für meinen Geschmack ein wenig zu kurz geschnitten ist, und sie bewegt sich wie eine Tänzerin. Ich stelle mir vor, dass sie gelenkig ist, sodass man, wenn man sie an den Knöcheln fasst, ihre Beine bis links und rechts neben den Kopf drücken könnte. Ich war auf ihrer Website und habe ihre Radierungen gesehen – krankes, perverses Zeug –, und ich kann mir denken, was in ihrem Kopf vor sich geht. Manchmal stelle ich sie mir mit dichtem schwarzem Schamhaar vor, wie die Frauen auf den Spielkarten, und manchmal stelle ich mir vor, dass sie vollständig rasiert ist. So machen es die Mädchen doch heutzutage, oder? Sind die ganze Zeit glattrasiert da unten, weil sie nie wissen, wann ein Mann kommt und ihnen ihre kleinen Höschen auszieht.

Oben in Essex gab es einen Mord vor einer Kneipe. Dem Sänger einer Band wurde der Schädel eingeschlagen. Ich dachte mir nicht viel dabei, bis ich den Namen der Band las. Die C-Beams.

Hatte mir Matthew nicht etwas über eine Band erzählt, die er sich in einer Kneipe in seiner Nachbarschaft angesehen hatte, weil er die Freundin des Sängers kannte? Und dass er sie betrog und sie keine Ahnung davon hatte? Da leuchtete ein Lämpchen auf. Ich besuche Matthew dieser Tage nicht oft, obwohl Mira immer unterwegs ist (manchmal frage ich mich, was *sie* auf all diesen Geschäftsreisen eigentlich treibt), und manchmal trinke ich zu viel und vergesse, worüber wir reden. Ich denke immer, dass Matthew eines Nachts vielleicht darauf besteht, dass ich auf der Couch schlafe, wenn ich zu viel getrunken habe, aber er tut es nie, sondern schickt mich einfach fort.

Bruderliebe.

Haley Petersen wirbt auf Instagram für einen Yogakurs. Sie gibt ihn am Samstagvormittag in ihrer Wohnung, und ich glaube fast, ich gehe hin. Der Gedanke, von Angesicht zu Angesicht mit ihr zu sprechen, nachdem ich bereits so viel über sie weiß, erregt mich sehr. Ich habe all ihre Instagram-Fotos studiert (sie liebt es, ihren Körper in jeder erdenklichen Weise vorzuzeigen, insbesondere bei Yogaposen in Spitzenhöschen), und ich lese all ihre Twitter-Posts (sie war im Winter depressiv, sie ist im Frühjahr nach Portugal geflogen) und habe mir ihre Website angesehen (sie schreibt fürchterliche Gedichte, die mich vermuten lassen, dass sie missbraucht wurde).

Die Vorstellung, in ihrer Wohnung zu sein – wenn ihre Instagram-Bilder stimmen, ist dort alles weiß eingerichtet – und ihren Körperschweiß riechen zu können … Was, wenn außer mir niemand kommt? Der Gedanke überwältigt mich, also gehe ich auf Craigslist und suche in der Abteilung Frauen suchen Männer nach Boston MetroWest und schreibe fast eine E-Mail an HuNgRy for BaD DaDDy in Billerica. Ich habe ihre Posts schon früher bemerkt (keine Bilder, natürlich), aber ich kann mich einfach nicht dazu überwinden, ihr zu schreiben. Ich weiß nicht, ob ich mir trauen kann.

Mein Vater hat das mit meiner Mutter und dem Mann am Badesee herausgefunden. Ich weiß es, weil er sie gezwungen hat, wochenlang in ihrem Badeanzug in der Wohnung herumzulaufen. Sie trug ihn, wenn sie ihre Mahlzeiten auf dem Küchenboden einnahm. Matthew sagt, dass sie wie ein Hund auf allen vieren fraß, aber so habe ich es nicht in Erinnerung. Matthew erinnert sich nicht an die Gelegenheit, als sie sich auf ihren Platz am Küchentisch setzte, als Dad einmal für ein langes Telefongespräch das Zimmer verließ. Sie hörte ihn nicht zurückkommen, und er stieß sie mit dem Gesicht in den Teller, sodass er zerbrach. Ich habe alles mit angesehen. Ich hätte nie gedacht, dass sich Dad so schnell bewegen kann. Hinterher saß Mom nur da, den Kopf leicht nach vorn geneigt, und das Blut lief über das ganze Tischtuch mit dem gelben Blumenmuster. Matthew erinnert sich nicht daran, weil er eine Phobie vor Blut hat, aber ich weiß es noch genau. Mom hat keinerlei Versuch unternommen, die Blutung zu stoppen, kein Taschentuch gegen ihr Gesicht gedrückt, und ich weiß noch, wie ich dachte, dass sie vielleicht hoffte, das Blut würde einfach immer weiter aus ihr laufen und nie mehr versiegen.

Ich lese ständig neue Artikel über den Tod von Scott Doyle. Im letzten stand, dass er mit einer Lehrerin von Sussex Hall zusammen gewesen sei, wo Matthew unterrichtet. Und jetzt frage ich mich wirklich, ob er etwas mit Scott Doyles Tod zu tun hatte. Die Lehrerin heißt Michelle Brine, und sie ist weder bei Facebook noch bei Instagram oder Twitter, aber auf einer LinkedIn-Seite ist ein Bild von ihr. Ein schmales Gesicht, feines braunes Haar und die Sorte Lippen, die keinerlei Farbe haben außer der Farbe ihrer Haut, aber sie hat einen langen, schlanken Hals, und es würde meinem Bruder ähnlichsehen, zu glauben, dass er sie vor dem großen bösen Wolf retten kann. Sie sieht aus, als müsste sie gerettet werden.

Also gehe ich nicht zum Yoga und lerne Haley Petersen kennen, und ich schicke keine E-Mail an HuNgRy-Girl aus Billerica, sondern ich beschließe, meine ganze Energie und Zeit der Aufgabe zu widmen, möglichst viel über Michelle Brine herauszufinden. Sie ist eine größere Herausforderung, ein Mädchen, das nicht von sich aus alles preisgibt. Das nicht denkt, dass alle gucken.

Ich könnte meinen Bruder nach ihr fragen, aber ich glaube nicht, dass ich es tun werde. Er würde nur ausweichend reagieren, wie es seine Art ist.

Davon abgesehen hat er mich seit einer ganzen Weile nicht mehr angerufen, obwohl ich weiß, dass Mira wieder fort ist. Vielleicht schaue ich mal bei ihm vorbei. Er kann sich nicht ewig vor mir verstecken.

TEIL 2

VON DEN LEBENDEN ZU DEN TOTEN

Kapitel 23

»Vermutlich will ich, dass Sie die Wahrheit erfahren«, sagte Matthew, und sein Herz schlug lauter in seiner Brust als bei der Ermordung von Scott Doyle.

Hen runzelte die Stirn, und dann lachte sie. »Bitte gehen Sie«, wiederholte sie noch einmal.

»Okay«, gab Matthew nach und machte zwei Schritte rückwärts, sodass er gerade noch innerhalb der offenen Tür ihres Kellerateliers stand. »Falls Sie Ihre Meinung ändern … Ich möchte nur irgendwann mit Ihnen reden.«

Sie hielt den Blick auf ihn gerichtet. Er erkannte, dass Zurückweichen der richtige Schritt gewesen war.

»Warum haben Sie Scott Doyle getötet?«, fragte sie.

Matthew zuckte mit den Achseln. »Er war ein widerlicher Typ. Er hat es verdient. Ich kenne seine Freundin, und sie ist ein guter Mensch. Er war keiner.« *Es lag nicht nur an dem, was er getan hat; er war auch so selbstzufrieden. Ich habe ihn getötet, weil er ein blasiertes, arrogantes Fuchsgesicht war, und ich würde es wieder tun.*

Jetzt lachte Hen richtig. »Woher wissen Sie, dass ich nach dieser Unterhaltung nicht schnurstracks zur Polizei gehe?«

»Nur zu. Ich werde alles abstreiten.«

»Sie befinden sich an einem öffentlichen Ort. Irgendwer hat bestimmt gesehen, wie Sie hereingekommen sind.«

»Ich werde nicht leugnen, dass ich hier war. Ich werde ihnen nur erzählen, dass ich Sie aufgesucht habe, um ein vernünftiges Gespräch mit Ihnen zu führen und Sie zu fragen, warum Sie sich in den Kopf gesetzt haben, mich zu verfolgen, um Sie zu bitten, der einstweiligen Verfügung Folge zu leisten. Ich werde sagen, dass wir sonst über nichts gesprochen haben. Was denken Sie, wem werden sie glauben?«

Er sah, wie sie darüber nachdachte. »Ich weiß immer noch nicht, warum Sie hier sind.«

»Wenn Sie wie ich sind … Wenn Sie Bedürfnisse wie meine haben …« Sein Herz schlug wieder schnell, als wäre er bei einem Rendezvous, das nicht gut lief. »Ihnen ist sicher klar, dass ich mit niemandem reden kann, nicht einmal mit einem Therapeuten …«

»Ich bin nicht Ihre gottverdammte Therapeutin.«

»Großer Gott, nein, das wollte ich damit nicht sagen. Ich versuche nur die besondere Natur unserer Beziehung zu erklären. Ich kann Ihnen alles sagen, und Sie können nichts machen. Es könnte in beide Richtungen funktionieren. Dieses Mädchen im College, das Sie attackiert haben. Hatte sie es wirklich auf Sie abgesehen?«

»Daphne Myers? Nein. Ich war geistig nicht gesund und paranoid. Hören Sie, es freut mich sehr, dass Sie glauben, wir hätten eine *besondere* Beziehung, aber wir haben keine. Ich weiß, wer Sie sind, und die Polizei wird es bald ebenfalls herausfinden. Und jetzt gehen Sie bitte, bevor ich sie rufen muss.«

Matthew sah sie einen Blick auf eine Stofftasche werfen, die wahrscheinlich ihr Handy enthielt.

»Okay«, lenkte er ein. »Aber wenn Sie es sich anders überlegen, wird es sich für Sie lohnen. Ihnen droht keine Gefahr. Ich töte keine Frauen. Ich würde Ihnen nie etwas zuleide tun. Nicht einmal, wenn Sie mich bedrohen würden.«

Matthew machte kehrt und marschierte den schwach beleuchteten Flur entlang, die Metalltreppe hinauf und hinaus in den trüben Nachmittag. Es hatte aufgehört zu regnen, aber der Parkplatz des Ateliergebäudes war voller Pfützen, die sich im Wind kräuselten, und von den Bäumen tropfte Wasser. Matthew atmete die kühle, feuchte Luft tief ein, fast als würde er sie trinken. Sein Mund war trocken und sein Rücken verspannt. Er stieg in sein Auto und bog aus dem Parkplatz in Richtung Ortsmitte ab. Er hatte Mira erzählt, er wolle zur Bibliothek fahren, um ein Buch abzuholen, das er bestellt hatte, und das stimmte auch. Er hatte sie gefragt, ob sie mitkommen wolle, und war erleichtert gewesen, als sie lieber zu Hause bleiben und sich auf ihre nächste Reise vorbereiten wollte. Sie würde für eine Konferenz, die eine Woche dauerte, nach Wichita fliegen.

Als er das Haus verlassen wollte, hatte sie gesagt: »Dieses Wochenende ist Tag der offenen Tür im Atelier, das weißt du?«

»Wärst du gern hingegangen?«

»Das hätten wir ja wohl schlecht gekonnt, oder? Nachdem sie dort ist.« Mira hatte sich angewöhnt, Hen als »sie« oder manchmal als »diese Frau« zu bezeichnen.

»Wir hätten hingehen und einfach einen Bogen um ihr Atelier machen können.«

»Ich weiß, aber sie hätte uns irgendwo im Gebäude über den Weg laufen können, oder Lloyd wäre vielleicht dort gewesen. Ich könnte einfach …«

»Ich verstehe. Mir war ebenfalls nicht danach zumute.«

Es fing wieder zu regnen an, als Matthew unter dem Kastanienbaum in der Munroe Street direkt neben der Bibliothek parkte. Nachdem er ausgestiegen war, suchte er den Boden nach heruntergefallenen Kastanien ab. Er trat auf eine der stachligen Schalen, die schon halb aufgeplatzt war, und eine Kastanie rollte heraus, hart und glänzend. Er hob sie auf und steckte sie in seine Jeanstasche.

In der Bibliothek holte er das bestellte Buch ab, *The Haunted Wood*, über Sowjetspionage im Amerika des Kalten Krieges, und trug es zu einem der gepolsterten Ledersessel im Lesesaal. Er wollte sich kurz setzen und seine Unterhaltung mit Hen Wort für Wort Revue passieren lassen. Es war besser als erwartet gelaufen. Er hatte sich vorgestellt, dass Hen panisch aus ihrem Atelier stürzen würde, sobald er auftauchte, und auf direktem Weg zur Polizei laufen würde. Sie war nervös gewesen, als sie ihn sah, aber nicht allzu sehr. Er wusste, sie war in ihrem tiefsten Innern überzeugt, dass er keine Gefahr für sie darstellte, und er hoffte, dass dieses Gefühl ihr erlaubte, ihn kennenzulernen. Der Gedanke elektrisierte ihn wie seit Jahren nichts mehr.

Er hoffte nur, dass sie ihrem Mann nichts von der Begegnung erzählte, auch wenn er es für unwahrscheinlich hielt. Er konnte sich vorstellen, wie Lloyd zu ihnen herüberstürmte und verlangte, dass er seine Frau in Ruhe ließ. Nun, wenn das geschah, würde er den Gedanken, Hen kennenzulernen, einfach aufgeben müssen. Aber es würde nichts in Bezug auf die Polizei ändern. Sie würden ihr ihre Geschichte niemals glauben. Noch dazu wusste er jetzt, wie betrunken sie in jener Nacht gewesen war. Detective Whitney hatte es ihm erzählt – »sie war jenseits von Gut und Böse, wer weiß, was sie überhaupt gesehen hat« –, und seine Worte hatten Matthew noch mehr davon überzeugt, dass er nicht in Gefahr war, dass er einmal mehr davongekommen war, und das trotz einer Augenzeugin.

Er blätterte in dem Buch auf seinem Schoß, dann sah er Lloyd vor sich, wie er zu ihrem Haus herüberstürmte und lautstark Drohungen ausstieß. Ihm wurde klar, dass er daheim sein sollte, falls das geschah, dass es nicht fair gegenüber Mira wäre, wenn sie es allein aushalten musste.

Auf der Heimfahrt missachtete er Stoppschilder, aber als er ins Haus kam, lag Mira ausgestreckt auf dem Sofa und schaute eine Folge von *The Bachelorette*.

»Du hast mich erwischt«, sagte sie mit schuldbewusster Miene.

»Schau ruhig weiter. Ich gehe ins Arbeitszimmer und fange mit meinem Buch an.«

»Wie ist es draußen?«

»Kalt und regnerisch. Ich kann dir empfehlen rauszugehen.«

»Das hatte ich auch nicht vor«, erwiderte Mira.

In seinem Arbeitszimmer überlegte er, ob er Mira erzählen sollte, dass er bei Hen gewesen war, als Präventivmaßnahme für den Fall, dass sie doch zur Polizei ging oder Lloyd an ihre Tür hämmern würde. Aber er beschloss, es drauf ankommen zu lassen. Aus irgendeinem Grund glaubte er nicht, dass Hen jemandem davon erzählen würde. Tatsächlich dachte er sogar, dass sie sein Angebot vielleicht annehmen würde. Er hatte ihre Kunst gesehen, wusste, wie ihr Verstand arbeitete. Eine morbide Neugier war ihr zu eigen. Er hatte ihr so viel zu bieten, bot sich ihr selbst an.

Anstatt in seinem neuen Buch zu lesen, ging Matthew ins Internet. Er sah sich erst noch mal Hens Kunst an, und dann, weil er es noch nicht getan hatte, recherchierte er zu Hens Mann, Lloyd Harding. Es gab nicht viel über ihn im Netz. Sein Name war auf der Website seines Unternehmens aufgeführt. Es gab ein LinkedIn-Profil. Was er jedoch fand, war ein alter Blog, für den es seit fünf Jahren kein Update mehr gegeben hatte. Er nannte sich *Documenting Lloyd* und war eine Liste kurzer, meist abfälliger Besprechungen von Dokumentarfilmen. Auf der *Über mich*-Seite bezeichnete sich Lloyd als ehrgeizigen Dokumentarfilmer. Matthew fragte sich, was aus diesem Traum geworden war. Er mochte Lloyd nicht, hatte ihn schon an dem Abend nicht gemocht, als sie zum Essen gekommen waren. Er wirkte weich und faul und hatte nur mühsam verbergen können, wie sehr es ihn langweilte, einen ganzen Abend bei seinen Nachbarn verbringen zu müssen. Matthew hatte außerdem den Eindruck, dass er Miras Kochkünste nicht ansatzweise ausreichend gelobt hatte. Hen hatte mehrmals gesagt, wie gut es ihr schmeckte, während ihr Mann lediglich kaum wahrnehmbar dazu genickt und etwas wie Zustimmung gebrummt hatte. Matthew erinnerte sich, wie er Lloyd über den Tisch hinweg angesehen und ihn sich mit einer Plastiktüte über dem Kopf vorgestellt hatte.

Matthew beschloss, möglichst viel über Lloyd Harding in Erfahrung zu bringen. Es gab wahrscheinlich nichts, aber man konnte nie wissen.

Nach dem Abendessen – Miras fantastische Linsensuppe – entspannte sich Matthew schließlich. Wenn die Polizei oder Lloyd bis jetzt nicht an seine Tür geklopft hatten, würde es auch nicht mehr geschehen. Hen hatte niemandem von seinem Besuch erzählt. Das bedeutete zwar nicht, dass sie zu einem Treffen mit ihm bereit sein würde, aber es bedeutete immerhin, dass sie es für sich behalten hatte.

Sie hatten nun ein gemeinsames Geheimnis, und es gab keine bessere Art, eine Freundschaft zu beginnen, als mit einem Geheimnis.

Matthew hörte an diesem Abend nichts mehr von Hen. Am Montagmorgen brach Mira früh auf, um ihren Flug zu erwischen, und Matthew fuhr zur Schule.

Nachdem Michelle sich eine Woche freigenommen hatte, kehrte sie nach Sussex Hall zurück. Frühmorgens, bevor sie eintraf, gab es eine Besprechung des gesamten Kollegiums, bei der Donald Hoogheem, der Fachbereichsleiter Geschichte, erklärte, Michelle habe zu erkennen gegeben, dass sie es vorziehen würde, nicht über den Tod ihres Freundes zu sprechen. Sie wolle ihre Zeit lieber nutzen, um ihren Arbeitsrückstand aufzuholen.

Matthew nahm an, dass er von dieser Bitte ausgenommen war, zumal er bereits mit Michelle telefoniert hatte. Er war nicht überrascht, als Michelle am Ende des Schultages in sein Klassenzimmer kam und die Tür hinter sich schloss.

»Was reden die Leute?«, fragte sie.

»Eigentlich nichts. Donald hat uns heute Morgen alle versammelt, bevor du hier warst, und gesagt, wir sollen es dir gegenüber nicht zur Sprache bringen.«

Michelle schüttelte heftig den Kopf und sagte: »Ach, ich weiß nicht, ob das die richtige Entscheidung war. Ich wollte nur nicht allen erklären müssen, dass wir nicht mehr zusammen waren, dass ich nichts darüber weiß, was ihm zugestoßen ist, dass …«

»Was ist ihm denn zugestoßen? Gab es schon eine Verhaftung?«

»Ich habe bis jetzt nichts gehört. Sie haben mir Fragen gestellt, aber das hat gerade mal eine Viertelstunde gedauert, und es ging nur um unsere Beziehung und darum, ob er Feinde hatte … Das habe ich dir schon erzählt, oder?«

»Ja, aber das macht nichts.«

»Jedenfalls habe ich seitdem nichts mehr von ihnen gehört. Ich vermute, er hat irgendeinen Typen in der Bar gegen sich aufgebracht, weil er seine Freundin angemacht hat.«

»Er war ein schlechter Kerl, das weißt du«, sagte Matthew, weil er wollte, dass sie sich besser fühlte.

Stattdessen legte sie die Stirn in Falten, dann begann ihre Unterlippe zu zittern, und sie fing zu weinen an. Matthew führte sie zu einem Stuhl, und sie setzten sich beide.

Als sie schließlich wieder sprechen konnte, sagte sie: »Ich weiß, dass er schlecht für mich war, aber das bedeutet nicht, dass er ein schlechter Mensch war.«

»Menschen werden durch ihre Handlungen bestimmt. Sie sind das, was sie tun.«

»Ich weiß. Ich bin froh, dass er nicht mehr in meinem Leben ist, aber ich finde trotzdem schrecklich, was mit ihm passiert ist. Er war noch so jung.«

Matthew wusste, wann er den Mund halten musste, und er sagte nichts mehr. Nach einer Weile holte Michelle tief Luft. »Ich glaube, meine Schüler wissen, was mir passiert ist. Kein einziger – nicht mal Ben Gimbel – hat mir heute das Leben schwer gemacht.«

»Ein Silberstreif am Horizont«, erwiderte Matthew, und Michelle lächelte.

»Die andere Sache ist die, dass ich plötzlich nichts mehr zu tun habe.« Michelle setzte sich aufrecht hin. »Als ich mit Scott zusammen war, war ich entweder bei ihm, oder aber er war unterwegs, und ich habe pausenlos an ihn gedacht und mich gefragt, ob er mich betrügt. Und in den vierundzwanzig Stunden nach unserer Trennung und bevor ich von seinem Tod erfahren habe, habe ich genauso pausenlos an ihn gedacht und mich gefragt, ob ich das Richtige getan habe, ob er mich vermisst oder ob er schon mit jemand anderem zusammen ist. Aber jetzt … jetzt ist da nichts mehr. Nur ein riesiges Loch.«

»Du wirst jemand anderen kennenlernen.«

»Meinst du?«

»Früher oder später.«

Diesmal lachte sie lauthals. »So wie du es sagst, klingt es nicht allzu überzeugt. Ich habe allerdings einen Stalker. Das ist ja schon mal was.«

»Wie meinst du das?«

»Ich habe letzte Nacht eine E-Mail von einem Typ bekommen, der geschrieben hat, wie sehr er meinen Verlust bedauert und dass er ein Bild von mir gesehen hat und an mich denkt. Wie gruselig ist das denn?«

»Wer war der Typ?«

»Keine Ahnung. Irgendwer. Die Mail war mit Richard unterschrieben.«

Matthew schnürte es die Brust zusammen, doch er versuchte sich nichts anmerken zu lassen. »Hast du ihm geantwortet?«

»Um Himmels willen, nein. Ich habe es ignoriert.«

»Hast du es der Polizei erzählt?«

»Warum sollte ich?«

»Ich weiß nicht. Vielleicht hatte er etwas mit dem zu tun, was Scott passiert ist.«

»Das glaube ich nicht. Ich meine, vermutlich hat er einfach einen Artikel gelesen, meinen Namen gesehen, mich gegoogelt und …«

»Woher hatte er denn deine E-Mail-Adresse?«

»Es war meine E-Mail-Adresse in Sussex Hall. Wenn du mich googelst, findest du leicht heraus, dass ich hier arbeite. Alles okay mit dir, Matthew?«

»Ja, tut mir leid. Ich war nur beunruhigt, weil dir dieser Kerl aus heiterem Himmel eine Mail schickt, das ist alles.«

»Ich bin jetzt ein berühmtes Opfer.« Michelle lachte. »Die Gruseltypen werden sich alle melden. Vielleicht taugt einer von ihnen zum Ehemann.«

»Antworte ihm jedenfalls nicht.«

»Mach ich nicht«, sagte sie und fügte errötend an: »Mein Beschützer.«

Matthew nahm an diesem Abend mit seinem Bruder Kontakt auf. Er überlegte, ob er ihn irgendwann im Lauf der Woche zu sich einladen sollte, jetzt, wo Mira nicht da war, aber kaum hörte er seine Stimme, fragte er ihn rundheraus: »Du hast nicht zufällig eine E-Mail an Michelle Brine geschrieben, oder?«

»An wen?«

»Michelle Brine. Ich arbeite mit ihr. Sie hat mir erzählt, dass sie eine unheimliche E-Mail von einem Richard bekommen hat.«

»Ich habe keine Ahnung, wovon du redest.«

»Okay.« Richard klang überzeugend, aber er klang immer überzeugend.

»Wer ist sie? Noch eine von deinen Freundinnen, die du vor Mira versteckst?«

»Nein.«

»Warum erzählt sie dir, was für E-Mails sie bekommt?«

»Sie ist eine gute Bekannte aus der Arbeit, weiter nichts. Du weißt, dass ich Mira treu bin.«

»Das bist du nicht wirklich, Matthew. Nur weil du diese Frauen, mit denen du dich anfreundest, nicht fickst, bist du noch lange nicht treu. Lass mich raten. Diese Michelle erzählt dir ihre persönlichen Probleme, und manchmal nimmst du sie in den Arm, und manchmal dauert es ein bisschen zu lange …«

»Ich bin nicht in der Stimmung, Richard.«

»Schön. Leck mich und leck diese Michelle Brine dazu. Irgendwer sollte es tun.«

In dieser Nacht lag Matthew im Bett und fragte sich, ob es ein Fehler gewesen war, mit Richard zu reden.

Kapitel 24

Hen dachte ständig an Matthew Dolamore.

Sie hatte Lloyd noch nichts von seinem Besuch im Atelier erzählt. Sie konnte es ihm im Grunde nicht erzählen, denn das würde zu einer Situation führen, in der sie nur verlieren konnten. Er würde Matthew entweder selbst zur Rede stellen – und was wäre damit erreicht? – oder Hen zwingen, zur Polizei zu gehen und ihnen alles zu erzählen, und das würde sie nur noch unzurechnungsfähiger aussehen lassen. Matthew hatte in diesem Punkt recht – alles, was sie ab jetzt über ihn sagte, würde wie eine Lüge aussehen. Und das war der andere Grund, warum sie Lloyd nichts von der Begegnung erzählte. Denn was, wenn ihr eigener Mann ihr nicht glaubte? Wenn er glaubte, dass sie sich alles nur ausdachte? Er würde sicher wollen, dass sie in eine Klinik ging. Zumindest ihre Medikation änderte. Genau das hätte sie selbst in Erwägung gezogen, wenn die Rollen vertauscht gewesen wären.

Und weil sie niemandem berichten konnte, was vorgefallen war, dachte sie pausenlos an Matthew. Er war der einzige Mensch, der ihr im Augenblick glaubte. Der Gedanke war auf eine groteske Art komisch. Sie beide waren die einzigen

Menschen, die die volle Wahrheit kannten. Matthew würde es nie jemandem beichten, denn wenn er es tat, würde er den Rest seines Lebens im Gefängnis verbringen. Und sie konnte es niemandem sagen, weil ihr niemand glauben würde, weil alle zu dem Schluss kommen würden, dass sie wieder eine manische Phase hatte.

Vielleicht sollte ich mich mit ihm treffen.

Dieser Gedanke schlich sich ständig in ihren Kopf, obwohl die bloße Vorstellung sie erschreckte. *Vielleicht sollte ich mir anhören, was er zu sagen hat?*

Sie spielte es im Geist ständig durch. Das Treffen würde an einem halböffentlichen Ort stattfinden müssen, an einem Ort, wo er ihr nichts tun konnte, zum Beispiel in der Burlington Mall. Dort könnten sie sich etwas Gebäck kaufen und an den Schaufenstern vorbeischlendern, während Matthew ihr von seinem Leben als psychopathischer Killer berichtete. Vermutlich konnten sie sich auch näher an ihrer beider Zuhause treffen, nachmittags auf einen Drink im *Owl's Head* etwa, sich einen gemütlichen Tisch suchen. Das Problem bei diesem Szenario war, dass es aussehen würde, als hätten sie eine Affäre. Ein anderer Nachbar könnte sie sehen. Vielleicht konnten sie in eine andere Bar gehen, in einer anderen Stadt.

Du könntest zu ihm nach Hause gehen. In seinem Arbeitszimmer sitzen. Er hat ein *Souvenir aufgehoben – die Fechttrophäe –, vielleicht hat er noch weitere. Es wäre wie bei einer Art Präsentation.*

Die Wahrheit war, dass Hen Matthew im Wesentlichen glaubte, wenn er sagte, dass er ihr nie etwas antun würde. Sie wusste nicht genau, warum, aber sie glaubte ihm. Als er zu ihr ins Studio gekommen war, hatte er sie nicht bedrohen oder ihr Angst machen wollen. Er schien aufrichtig den Wunsch zu haben, mit jemandem zu reden. Und wenn das stimmte, war es dann nicht richtig, ja sogar ihre moralische Pflicht, sich seine Geschichte anzuhören? Vielleicht verriet er etwas, gab eine Einzelheit preis, die es ihr erlauben würde, zur Polizei zu gehen. Vielleicht würde sie ihm auch helfen, ihm klarmachen können, dass er sich stellen musste. Je mehr sie darüber nachdachte, desto überzeugter wurde sie, dass sie sich mit Matthew Dolamore zusammensetzen und mit ihm reden musste. Es gab keine andere Möglichkeit. Sie wusste, dass er gefährlich war, aber es gab keinen Weg, die Polizei *(oder ihren gottverdammten Ehemann)* von dieser Tatsache zu überzeugen.

Am Nachmittag ging sie in ihr Atelier, sie nahm den Wagen, da sich der Regen vom Sonntag als gleichmäßiges, kaltes Nieseln bis in den Montag geschleppt hatte. Im Kellergeschoss war es ruhig, und Hen war froh, dass die Außentür, anders als gestern, verschlossen war. Sie räumte auf und gab sich Mühe, nicht allzu viel an Matthews Besuch am Vortag zu denken. Sie hatte gehofft, ein wenig Arbeit erledigen zu können. Sie hatte den ungefähren Inhalt des nächsten Buchs in der *Sagenkrieger*-Reihe mitgeteilt bekommen und wollte auf dieser Grundlage einige vorläufige Skizzen anfertigen. Aber sie ertappte sich ständig dabei, dass sie an das Treffen mit Matthew Dolamore dachte, und fragte sich, ob mehr dahintersteckte als ihr Wunsch, eine gute Tat zu vollbringen, indem sie einen Verbrecher aufzuhalten versuchte. War ein Teil von ihr wenigstens ein bisschen daran interessiert, die

Einzelheiten seiner Taten zu erfahren? Immerhin wurde ihr etwas angeboten, was den meisten Leuten immer verwehrt blieb: der Einblick in die Gedanken und Gefühle eines Monsters. Das würde doch jeden interessieren. Aus diesem Grund schauten sich die Leute Dokus über wahre Verbrechen an und lasen Bücher über Serienmörder. Aus diesem Grund gefiel den Leuten ihre Kunst. Je verstörender ihre Radierungen waren, auf umso mehr Interesse stießen sie.

Sie wollte das Atelier gerade verlassen, als sie eine SMS von Lloyd bekam: *Nicht viel los heute. Komme früher nach Hause.*

Hen wusste, dass das wahrscheinlich nicht ganz stimmte – in Lloyds Firma war immer viel los – und dass er eher deshalb früher kam, weil er sich Sorgen um sie machte. Sie schrieb zurück: *Bis gleich,* und fügte ein Smiley an.

Sie verließ das Ateliergebäude, schloss hinter sich ab und stieg in ihr Auto. Wenn Lloyd jetzt in der Stadt aufbrach, würde er in etwa einer Stunde zu Hause sein. Hen überlegte immer noch, wo sie Matthew treffen sollte. Es würde an einem öffentlichen Ort sein müssen. Sie meinte sich zu erinnern, dass sie zwei Ortschaften entfernt in Wickford an einer gut beleuchteten Sportbar vorbeigefahren war. Sie lag an der Route 117, und Hen war auf dem Weg zum besten Künstlerbedarfsladen in der Gegend ein paarmal daran vorbeigekommen. Sie war nur eine Viertelstunde mit dem Auto entfernt, und Hen machte sich auf den Weg zur Route 117.

Tatsächlich brauchte sie eher zwanzig Minuten, aber das lag am einsetzenden Feierabendverkehr. Die Bar hieß *Winner's Circle* und lag mit drei Geschäften in einer Ladenzeile unmittelbar hinter der Ortseinfahrt von Wickford. Im Fenster wurde für Keno, die Massachusetts Lottery und Chicken Wings für vierzig Cent bei allen Spielen der Patriots geworben. Hen parkte neben einem Pick-up mit einem Aufkleber der Boston Bruins und stieg aus. Sie wollte eigentlich nur einen Blick ins Innere der Bar werfen, um zu sehen, wie dunkel sie war und ob jemand darin saß. Sie überlegte, ob sie hineingehen und so tun sollte, als suchte sie jemanden, aber sie wollte keine Aufmerksamkeit erregen. Stattdessen stieß sie die Tür auf und erklomm einen der mit Kunstleder überzogenen Hocker an der Theke. Sie stellte erfreut fest, dass sie selbst an einem Montagnachmittag nicht der einzige Gast war. Ein einzelner Mann saß am anderen Ende der Theke, trank ein Coors light aus der Flasche und hielt den Blick auf einen der vielen Fernsehschirme gerichtet. Auf allen lief anscheinend eine Talkshow zu irgendeinem Sportthema. Außerdem saß ein jüngeres Paar an einem Tisch auf der anderen Seite der Bar, einen Berg Nachos von der Größe einer Bowlingkugel zwischen sich.

Die Barfrau, eine drahtige Blondine in schwarzen Jeans und einem weißen Tanktop, kam zu ihr, und Hen bestellte ein Shock Top, das einzige Fassbier, das sie von ihrem Platz aus lesen konnte.

»Orange rein?«

»Verzeihung?«

»Eine Orangenscheibe? In Ihr Bier?«

»Nein, danke.«

Das Bier kam. Hen zahlte bar, gab ein Trinkgeld, und die Barfrau kehrte ans andere Ende der Theke zurück und begann in ihrem Handy zu scrollen. Hen trank einen großen Schluck, dann blickte sie sich um. Der Laden war in Ordnung für ein Treffen mit Matthew. Die Sitznischen hatten hohe Rückenlehnen, und sie würden eine Unterhaltung führen können, ohne dass jemand mithörte. Es war nicht übermäßig hell, aber die Wände waren mit Bildschirmen tapeziert, deshalb war es auch nicht allzu dunkel. Und Hen nahm an, dass niemand, den sie kannte – so wenig Leute es ohnehin auch waren –, am Nachmittag im *Winner's Circle* herumhängen würde.

Sie nahm an, ein Treffen am Nachmittag würde für Matthew in Ordnung gehen. Er war Lehrer, also hatte er früher frei. Und es kam schlicht nicht infrage, dass sie sich noch einmal nachts aus dem Haus schlich. Lloyd würde ihr das nie verzeihen.

Sie trank ihr Bier aus und merkte, wie sich ihre Muskeln wohltuend entspannten, dann schaute sie auf die Uhr. Sie würde aufbrechen müssen, wenn sie vor Lloyd zu Hause sein wollte.

Am nächsten Tag ging Hen nicht ins Atelier. Nach zwei Tagen Regen schien wieder die Sonne, und die Blätter, die noch an den Bäumen hingen, leuchteten kräftiger denn je. Die ganze Sycamore Street war ein Farbenmeer. Nach dem Mittagessen holte sie ihre Wintersachen aus den Plastikboxen, in denen sie seit dem letzten Jahr in Cambridge eingelagert gewesen waren. Sie suchte ihren wärmsten Pullover heraus, einen Rollkragenpulli aus Wolle in einem Farbton, den Lloyd gern als »pilzfarben« bezeichnete, während es für sie gedämpftes Orange war, dazu eine gefütterte Mütze. Dann ging sie mit einer großen Tasse Tee und ihrem Zeichenblock auf die Veranda hinaus. Die Sonne stand bereits tief am Himmel, knapp über den Dächern auf der anderen Straßenseite, aber sie wärmte die Veranda noch relativ gut. Hen stellte ihren Stuhl in den sonnigsten Abschnitt, legte ihre Füße auf die Bank, die sie als Tisch benutzt hatten, und hielt den Blick auf die Straße gerichtet.

Es war fast schon dunkel, als Matthews Fiat die Sycamore Street entlangkam und in die Einfahrt bog. Hen erstarrte. Sie hatte so gespannt darauf gewartet, dass ihr Nachbar nach Hause kam, dass sie sich gar nicht überlegt hatte, was sie dann tun wollte.

Er parkte auf halbem Weg in der Einfahrt und stieg aus. Hen stand auf und zwang sich, die Fliegengittertür aufzustoßen und die drei Stufen hinunterzusteigen, sodass sie am Rand ihrer eigenen Einfahrt stand und zu Matthew hinüberblickte.

Er drehte sich zu ihr um, und Hen ging auf ihn zu, den Kopf ein wenig gesenkt, da sie vor dem Gespräch keinen Blickkontakt herstellen wollte. Er wartete auf sie, eine lederne Aktentasche in der linken Hand.

»Lassen Sie uns reden«, schlug sie vor, als sie nahe genug bei ihm war.

»Okay«, antwortete er. »Jetzt?«

Darauf war Hen nicht vorbereitet, und sie schüttelte rasch den Kopf. »Nein, ich schlage vor, wir treffen uns morgen. Es gibt eine Bar namens *Winner's Circle* in Wickford. An der Route 117. Kennen Sie sie?«

Er schüttelte den Kopf. »Nein, aber ich finde sie. Warum wollen Sie sich in einer Bar treffen?«

»Ich treffe mich nicht mit Ihnen allein«, erklärte sie.

»Richtig«, sagte er, als wäre ihm gerade eingefallen, warum dieses Treffen überhaupt stattfand.

»Wann können Sie dort sein?«

»Um 15.30 Uhr.«

»In Ordnung. Halb vier. Wenn Sie reinkommen, sind links hinten Tische.«

»Okay«, sagte er und nickte.

Hen drehte sich um und ging zu ihrem Haus zurück, bevor er bemerkte, wie heftig sie zitterte.

•

Kapitel 25

Matthew parkte vor dem Laden für gebrauchte Sportausrüstung neben dem *Winner's Circle*. Er sah Hens Golf nicht auf dem Parkplatz und fragte sich, ob er nur schneller gewesen war als sie oder ob sie es sich anders überlegt hatte.

Er stellte den Motor ab und stieg aus. Es war ein strahlend schöner, böiger Tag, und der Parkplatz war übersät von Laub, das der Wind vor sich hertrieb.

Er stieß die Tür des *Winner's Circle* auf. Zwei Frauen mittleren Alters saßen an der Theke, niemand an den Tischen. Auf allen Fernsehern liefen Highlights von Footballspielen. Er ging an die Theke, bemüht, unbekümmert zu wirken, und bat um ein Ginger Ale mit einem Limettenschnitz. Er zahlte und trug den Drink an den Tisch in der hintersten Ecke, sodass er die Tür im Auge behalten konnte.

Eine der Frauen an der Bar rutschte von ihrem Hocker und ging zur Jukebox, schob einen Geldschein ein und drückte mehrere Nummern. Der erste Song war eine Hardrock-Ballade, die er kannte, auch wenn er den Namen der Band vergessen hatte. Er glaubte, dass der Song »Every Rose Has It's Thorn« hieß, was sich bestätigte, als der Refrain erklang. Die Frau, die das Lied ausgesucht hatte, warf wiederholt

Blicke zu Matthew, vielleicht wartete sie auf ein Zeichen, dass er ihre Wahl guthieß. Er sah auf seinen Drink hinunter. Die Limettenspalte, die auf dem Ginger Ale schwamm, war mit dunkelbraunen Punkten gesprenkelt.

Da ging die Eingangstür auf, und Hen kam herein und mit ihr ein Windstoß, den Matthew bis in den hinteren Teil der Bar spürte. Er machte Anstalten, aufzustehen und sie zu begrüßen, aber sie ging direkt zur Theke, ohne Blickkontakt mit ihm herzustellen, also blieb er, wo er war. Sie brachte ihr gezapftes Bier an den Tisch und rutschte ihm gegenüber auf die Bank. Sie trug denselben Pullover wie am Tag zuvor, als sie ihn aufgefordert hatte hierherzukommen. Es war ein dicker rostfarbener Rolli, der ein wenig zu fusseln begann.

»Guten Tag«, begrüßte sie ihn.

»Ich muss Sie abtasten, das ist Ihnen klar, oder?«, erwiderte er. Es waren die Worte, die er sich als erste zurechtgelegt hatte. Er war überrascht, dass sie überrascht zu sein schien.

»Oh«, sagte sie.

»Andernfalls können wir dieses Gespräch nicht führen. Das verstehen Sie doch?«

»Sie wollen sehen, ob ich verkabelt bin?«, entgegnete sie und machte ein spöttisches Gesicht. »Bin ich nicht.«

»Ich glaube Ihnen, aber ich muss es überprüfen.«

»Okay. Wie?«

»Ich rutsche einfach kurz neben Sie. Es wird aussehen, als würden wir uns zur Begrüßung umarmen.«

»Ich weiß nicht«, sagte Hen.

»Die Entscheidung liegt natürlich bei Ihnen, aber ich muss mich vergewissern.«

»Also gut.«

Matthew rutschte auf seiner Seite von der Bank. Die Frau, die die Musik ausgesucht hatte, saß jetzt wieder bei ihrer Freundin an der Bar. »Under My Thumb« von den Rolling Stones lief. Er setzte sich neben Hen und sagte: »Tut mir leid«, während er mit den Händen an den Seiten ihres dicken Pullovers hinabfuhr.

»Was tragen Sie unter dem Pullover?«, fragte er.

»Ein Flanellhemd.«

Er schob die Hände unter den Pullover und erwartete, dass sie protestieren würde, aber sie hob die Arme, und er befühlte das weiche Flanell, ließ die Hand seitlich an ihrem Körper hinauf- und wieder über ihren Rücken hinuntergleiten, ehe er ihr kurz über den Bauch strich. Er spürte nichts außer ihrem Brustkorb und der schnellen Bewegung ihrer Lunge. Unter dem Pullover trug sie enge Jeans, und er betastete, so professionell er konnte, ihre Beine ab. Er konnte die Umrisse ihres Smartphones in der Vordertasche spüren.

»Darf ich Ihr Handy überprüfen und mich vergewissern, dass es nichts aufnimmt?«

»Okay«, willigte sie ein, aktivierte das Handy mit ihrem Daumenabdruck und zappte durch die verschiedenen Apps. Matthew wusste nicht genau, wonach er suchte, aber er sah nichts Verdächtiges. Er hatte auch nicht vermutet, dass sie verkabelt kommen würde, aber sicher sein konnte er sich nicht.

»Danke«, sagte er schließlich und kehrte auf seine Tischseite zurück. Er versuchte es mit einem Witz. »Jetzt, wo wir den peinlichen Teil hinter uns haben …«

Sie sah ihn stirnrunzelnd an. »Versuchen Sie nicht, lustig zu sein. Das steht Ihnen nicht.«

»Ja, ich weiß.«

»Haben Sie die Bar gut gefunden?«

»Wenigstens versuche ich es nicht mit Small Talk«, entgegnete er.

Darüber musste sie lächeln. »Okay. Erzählen Sie mir, warum Sie Scott Doyle getötet haben.«

»Ich dachte, Sie wären mehr an Dustin Miller interessiert.«

»Ich glaube, ich weiß bereits, warum Sie ihn ermordet haben. Er hat irgendwen vergewaltigt, als er in Sussex Hall war, richtig?«

Matthew trank von seinem Ginger Ale, Hens Wortwahl brachte ihn ein wenig aus dem Konzept. »Es war nicht einfach ›irgendwer‹«, widersprach er. »Ihr Name war Courtney Cheigh.«

»Das wusste ich nicht. Wie sie hieß, meine ich.«

»Sie war eine dieser Schülerinnen, die nach der Stunde noch bleiben und einem Fragen zum Unterrichtsthema stellen. Sie tat es wahrscheinlich, weil sie zu schüchtern war, um vor der ganzen Klasse zu fragen, aber trotzdem, sie besaß echte intellektuelle Neugier.«

»Ist sie … tot?«

»Ach so, nein. Tut mir leid. Ich spreche wohl immer in der Vergangenheitsform von meinen Schülern. Nein, soviel ich weiß, geht es ihr gut. Sie ist zwar nicht zum fünfjährigen Abschlussjubiläum erschienen, aber eine ihrer Freundinnen hat erzählt, dass sie unten in D.C. Jura studiert und gut zurechtkommt. Ich stelle mir gern vor, dass sie Staatsanwältin wird und Männer wie Dustin Miller anklagt.«

»*Ihn* wird sie allerdings nicht mehr anklagen müssen. Darum haben Sie sich schon gekümmert.«

»Ja, das stimmt. Unmittelbar bevor er starb, habe ich Courtneys Namen genannt, damit er wusste, wieso er starb.« Diese Worte laut auszusprechen, war enorm befriedigend gewesen, doch Matthew war bemüht, sich das nicht anmerken zu lassen. Nicht zu lächeln.

»Und Sie denken, dass er in diesem Moment Bescheid wusste. Meinen Sie nicht, er hatte einfach nur Todesangst?«

Matthew beugte sich leicht vor. »Selbst wenn er nichts empfunden hat als Todesangst, habe ich meine Aufgabe trotzdem erfüllt. Er war ein schlechter Mensch. Er hätte viele, viele Frauen unglücklich gemacht.«

»Bestand denn nicht die Möglichkeit, dass er sich ändern würde? Dass die Sache mit Ihrer Schülerin, so schrecklich sie war, vielleicht ein einmaliges Ereignis geblieben wäre? Vielleicht hätte er sich weiterentwickelt, geheiratet, Kinder großgezogen, wäre ein akzeptabler Mensch geworden.«

»Zunächst einmal war das, was er Courtney angetan hat, schon genug. Allein dafür hat er es verdient zu sterben. Wissen Sie, ich habe ihn einen Witz über sie machen hören, nachdem Courtney von der Schule abgegangen war. Seine Freunde und er redeten darüber, welches Mädchen die größten Brüste hätte, jetzt, wo sie nicht mehr da war. Natürlich benutzten sie nicht das Wort *Brüste*. Nein, verlassen Sie sich darauf. Er war ein schlechter Mensch. Persönlichkeiten ändern sich nicht. Erinnern Sie sich an den Abend, an dem

Sie mit Ihrem Mann zum Essen da waren? Sie haben mich nach dem Lehrerberuf gefragt, und ich erzählte etwas darüber, wie wunderbar es sei, Kinder heranwachsen zu sehen, die Veränderungen zu beobachten, die sie in ihren Jahren an der Highschool durchmachen.«

»Ich erinnere mich.«

»Es stimmt nur zum Teil. Ich sehe diese Kinder reifen, sehe, wie sie vom ungelenken Pubertierenden zum jungen Erwachsenen werden, aber was ich nie sehe, ist eine Veränderung ihrer Persönlichkeit. Sie bleiben, wer sie sind. Wenn sie in ihrem ersten Schuljahr nett waren – auch wenn sie Fehler gemacht haben oder in Schwierigkeiten geraten sind –, dann sind sie auch in ihrem Abschlussjahr noch nett. Und andersrum genauso. Ich wusste, schon bevor ich von der Sache mit Courtney in St. Louis hörte, dass Dustin Miller sein Leben lang Frauen missbrauchen würde. Es steckte einfach in ihm. Bei meinem Vater war es dasselbe – wer schwach war, wurde zu seinem Opfer.« Matthew merkte, wie er die Stimme hob, atmete durch und befahl sich, leiser zu reden. »Nichts hätte je etwas an dieser Tatsache geändert. Er war, wer er war.«

»Und Sie haben ihn geändert? Sie haben Dustin Miller verändert?«

»Ja. Ich habe ihn von den Lebenden zu den Toten überwechseln lassen.«

»Das, äh, ist eine ziemlich große Veränderung. Viele Leute denken wahrscheinlich wie Sie, aber nicht viele handeln danach.«

»Ich bin nicht wie viele Leute.«

Hen hatte ihr Bier noch nicht angerührt, seit sie Platz genommen hatte, aber jetzt trank sie einen kleinen Schluck. »Glauben Sie, Sie können damit aufhören?«

»Menschen zu töten?«

»Ja.«

»Sind Sie deshalb hier? Weil Sie glauben, Sie können mich zum Aufhören bringen?«

»Ich bin hier, weil Sie mich gebeten haben, Sie zu treffen, weil Sie sagten, Sie wollten jemandem die Wahrheit erzählen. Ich nahm an, Sie wollten sich vielleicht Schuldgefühle von der Seele reden, einen Weg finden, mit dem aufzuhören, was Sie tun.«

»Ich verstehe, warum Sie das dachten, aber das ist nicht der Grund, warum ich mit Ihnen sprechen wollte. Ich dachte, dass Sie vielleicht verstehen, was ich tue. Ich habe Ihre Kunst gesehen und dachte …«

»Sie halten sich ebenfalls für eine Art Künstler.«

»Nein, das tue ich nicht. Es ist aber sehr wohl so, dass meine Empfindungen nach einer Tötung – wenn ich es gut genug gemacht habe – denen ähneln, die ich beim Betrachten eines vollkommenen Kunstwerks habe.«

»Und wieso das?«

»Sie müssen das Gefühl doch kennen. Wenn Sie etwas erschaffen – wie das Bild von dem jungen Mädchen, das in den Spiegel schaut, und es sieht sich mit einem … mit einem …«

»Hirschgeweih.«

»Ja. Als Sie das gezeichnet haben – oder eingraviert oder was immer Sie tun –, wie ging es Ihnen dabei? Es hat nicht existiert, bevor Sie es gezeichnet haben, richtig? Sie haben es aus dem Nichts in die Welt gebracht. Genau dasselbe tue ich, nur andersherum. Ich nehme einen lebenden, atmenden Menschen und entferne ihn aus der Welt. Wenn ich mit ihm fertig bin, ist er vollkommen verändert – die größte Veränderung, die ein Mensch durchmachen kann –, und das ist eine monumentale Sache. Das müssen Sie doch verstehen.«

»Ich verstehe, dass es eine monumentale Sache ist, aber ich verstehe nicht, was gut daran sein soll.«

»Sie würden nicht in der Zeit zurückgehen und Hitler töten, wenn Sie die Gelegenheit hätten?«

»Ich weiß nicht, ob sich das hier anwenden lässt.«

»Also gut, würden Sie dann zurückgehen und Ted Bundy töten, wenn Sie die Gelegenheit hätten?«

»Sie behaupten, Dustin Miller wäre eine Art Serienmörder geworden? Oder Scott Doyle? Woher wollen Sie das wissen?«

»Ich behaupte, dass sie Unglück verbreitet hätten, Menschen ins Unglück gestürzt hätten. Indem ich sie aus der Welt entfernt habe, habe ich zum Glück der Welt beigetragen.«

Hen blickte skeptisch drein, und Matthew hörte für einen Moment zu reden auf, auch wenn er gerade in Fahrt kam und glaubte, noch viel zu sagen zu haben. Hen sagte auch nichts, also fuhr Matthew nach einer Weile fort: »Können Sie zumindest einräumen, dass ich möglicherweise recht habe?«

»Dass Sie möglicherweise recht haben, wenn Sie Menschen töten? Nein, das kann ich nicht einräumen. Sie haben kein Recht, diese Entscheidung zu treffen. Sie steht Ihnen nicht zu. So geht das nicht. Hören Sie«, sagte Hen und rutschte unruhig auf ihrem Platz herum. »Ich glaube, es war ein Fehler hierherzukommen. Ich weiß nicht, was ich eigentlich gesucht habe. Ich denke, Sie brauchen professionelle Hilfe. Sie müssen aufhören damit. Sie sind kein Künstler, Sie sind nur ein Verbrecher. Ich habe Scott Doyle sterben sehen, wussten Sie das?«

»Sie meinen, Sie haben ihn gesehen, als er tot war?«

»Nein, er war noch nicht tot, als ich zu ihm kam. Ich habe ihn sterben sehen.«

»Wie war es?«, fragte Matthew.

»Es war einfach schrecklich. Er war verwirrt und hatte Angst, und sein Gehirn drang ihm aus dem Schädel.«

Als er das hörte, drehte es Matthew den Magen um. Genau das hatte er befürchtet – dass er mit seinem letzten Schlag durch Scotts Schädel gebrochen war. Er schüttelte die Vorstellung ab und sagte: »Dann hat er eben zwei Sekunden Angst und Verwirrung erlebt. Michelle Brine hat sehr viel mehr erduldet.«

»Wer ist Michelle Brine?«

Matthew gab keine Antwort. Er hatte sich vor dem Treffen mit Hen ermahnt aufzupassen, keine Informationen preiszugeben, die sie benutzen konnte, um zu beweisen, dass ihre Darstellung der Geschichte stimmte. Er wusste nicht, ob Michelle in diese Kategorie fiel, aber er musste vorsichtig sein.

»Sie spielt keine Rolle«, sagte er schließlich und fügte rasch hinzu: »Es tut mir sehr leid, dass Sie das mit ansehen mussten. Ich hätte es niemals getan, wenn ich das vorausgeahnt hätte. Das ist Ihnen klar, oder?«

»Eigentlich nicht.«

»Sie sind kein schlechter Mensch. Ich würde Ihnen nie etwas zuleide tun.«

»Was, wenn Sie plötzlich beschließen würden, dass ich doch ein schlechter Mensch bin? Würde das alles ändern?«

»Ich würde Ihnen trotzdem nichts tun. Ich würde keiner Frau etwas antun.«

Hen lächelte spontan und runzelte die Stirn. Matthew dachte einen Moment lang, sie würde ihn auslachen. »Sie glauben nicht, dass es eine Frau geben könnte, die so schlecht ist, dass Sie sie töten wollen?«

»Nein, es könnte keine geben. Natürlich nicht. Ich weiß, was Sie denken. Sie denken, ich habe eine Art Erlöserkomplex, dass ich all die unschuldigen Frauen auf der Welt vor den großen, bösen Wölfen retten will. Ich bin kein Idiot. Ich weiß, das gehört mit dazu. Mein Dad war ein Monster, und meine Mutter war sein Opfer, und deshalb denke ich, wie ich denke. Ich habe mich länger und gründlicher analysiert, als Sie oder irgendwer es könnte. Ich weiß, was ich bin.«

»Aber …«

»Aber die Wahrheit ist, dass Männer Frauen viel mehr Leid zufügen, als Frauen Männern jemals antun werden. Das ist schlicht eine Tatsache. Und … und ich würde Ihnen nicht nur, weil Sie eine Frau sind, nie etwas tun, sondern auch, weil Sie ein anständiger Mensch sind. Das weiß ich.«

»Wenn Sie davon überzeugt sind, wenn Sie mich also für einen anständigen Menschen halten, dann hören Sie mir vielleicht zu. Ich denke, Sie sollten sich stellen, der Polizei alles gestehen. Ihnen erzählen, was Sie mir erzählt haben.«

»Warum sollte ich das tun?«

»Wollen Sie nicht mit Ihren Taten aufhören? Sind Sie nicht deshalb hier und reden mit mir? Sie müssen doch Schuldgefühle haben.«

»Ich habe keine Schuldgefühle. Ich bin hier und rede mit Ihnen, weil ich dachte, Sie würden mich verstehen.«

»Nein. Ich verstehe Sie nicht. Tut mir leid. Ich denke, Sie haben einen verlogenen Moralkodex entwickelt, den Sie sich einreden, damit Sie tun können, was Ihnen Spaß macht. Sie töten gern Menschen, das ist offensichtlich.«

»Stimmt«, räumte er ein. »Ich töte gern Menschen.« Ein wohliger Schauder überlief Matthew. Es tat so gut, diese Worte auszusprechen. »Ich würde niemals vorgeben, dass das nicht dazugehört. Ich mache mir keine Illusionen.«

Hen seufzte. »Ich denke, ich gehe jetzt besser.«

»Gefällt es Ihnen nicht, wenn Sie ein Kunstwerk erschaffen haben? Etwas Verstörendes? Erregt es Sie nicht auf eine perverse Art?«

»Das ist etwas völlig anderes. Meine Kunst verletzt niemanden. Es ist nur Kunst.«

»Es ist in Wirklichkeit aber nicht *nur* Kunst, oder? Sie setzt einen Teil Ihrer selbst frei.«

Hen schüttelte heftig den Kopf. »Alles, was sie freisetzt, ist meine Vorstellungskraft, etwas, das keine Verbindung zur Realität hat. Ich kann die beiden auseinanderhalten, und Sie können es nicht. Das ist der Unterschied zwischen uns.«

»Okay«, sagte Matthew. »Aber denken Sie über das nach, was ich gesagt habe. Töten würde Ihnen wahrscheinlich gefallen, wenn Sie es versuchen würden.«

»Bestimmt nicht, verlassen Sie sich darauf.«

»Erzählen Sie der Polizei, was ich heute gesagt habe?«

»Das habe ich noch nicht entschieden.«

»Sie werden Ihnen nicht glauben.«

»Ich weiß, aber ich denke, man wird Sie irgendwann erwischen. Und wenn man Sie gefasst hat, gehe ich zu ihnen und erzähle alles.«

»Weiß Ihr Mann von unserem Treffen?«

»Ich berichte ihm wahrscheinlich davon«, sagte Hen, und Matthew hatte den Eindruck, dass sie ihn zum ersten Mal anlog, seit sie ihm gegenübersaß.

»Er hat Sie nicht verdient«, sagte er und sah einen besorgten Ausdruck über Hens Züge huschen. »Nein, keine Sorge. Ich habe nicht vor, Lloyd etwas zu tun, aber verdient hat er Sie trotzdem nicht.«

»Sie kennen ihn doch gar nicht.«

»Er war bei mir zum Abendessen, ich habe ihn beobachtet, und ich konnte sehen, dass er keinen moralischen Kompass hat. Jedes Mal, wenn Mira aus dem Zimmer ging, hat er ihr nachgesehen. Er hat sich wahrscheinlich vorgestellt, mit ihr zu schlafen.«

»Ach du lieber Gott! Okay, ich gehe jetzt besser.« Hen rutschte von der Bank.

»Darf ich Sie etwas fragen? Als Sie sich kennengelernt haben, war er da mit jemand anderem zusammen?«

»Das geht Sie nichts an.«

»Natürlich war er es. Menschen ändern sich nicht, Hen. Er betrügt Sie, aber das wussten Sie wahrscheinlich schon.«

Kapitel 26

Hen hatte eine ganze Palette von Emotionen durchlebt, seit sie Matthew Dolamore im *Winner's Circle* gegenübersaß, aber plötzlich empfand sie aufrichtige Wut. Dieses ganze verlogene Philosophieren über ihre Kunst – und jetzt hörte es sich an, als würde er Lloyd beschuldigen. Oder bedrohen?

Sie stand auf. »Zum Teufel mit Ihnen, Matthew. Sie sind niemands Erlöser, glauben Sie mir.«

»Ich behaupte nicht, dass ich ein Erlöser bin, nur dass Ihr Mann wahrscheinlich nicht ist, was er zu sein vorgibt.«

»Was hat das mit Ihnen zu tun?«

»Nichts«, erwiderte Matthew. »Tut mir leid, dass ich davon angefangen habe.«

Sie verließ die Bar und merkte erst, als sie in das Licht des Spätnachmittags hinaustrat, wie dunkel es drinnen gewesen war. Der Wind wirbelte Laub und Abfall über den Parkplatz. Sie stieg in ihren Wagen und fuhr auf die 117 hinaus. Der Song, den sie gehört hatte, als sie vor der Kneipe einparkte – »Shiver« von Lucy Rose –, setzte wieder ein. Sie drehte die Lautstärke herunter, da sie das Gespräch von eben einen Moment lang in Ruhe verdauen wollte. Sie ließ sich Matthews Worte noch einmal durch den Kopf gehen und überlegte dabei, ob er ihr irgendetwas verraten hatte, für das es sich zur Polizei zu gehen lohnte. Sie wusste, sie würden ihr nicht ohne Weiteres glauben, wenn sie ihnen einfach nur erzählte, was er gesagt hatte, aber was, wenn sie einen hieb- und stichfesten Beweis hätte? Doch nein, wenn sie darüber nachdachte, hatte er nur von der philosophischen Begründung für sein Morden gesprochen. Wenn ihr nur ein Weg eingefallen wäre, wie sie ihn hätte aufnehmen können – es war nicht so, als hätte sie das nicht in Erwägung gezogen. Dann wäre jetzt alles vorbei. Er wollte reden. Und es war klar, dass er außerdem Hen beeindrucken, sie faszinieren und vielleicht sogar dazu bringen wollte, dass sie das Leben so sah wie er. Doch was sollte dieser Blödsinn über Lloyd? Sie dachte an das gemeinsame Abendessen zurück und versuchte sich zu erinnern, ob ihr aufgefallen war, dass Lloyd Mira angestarrt hatte. Sie hatte keine Erinnerung daran. Sie wusste, dass er andere Frauen ansah, aber das ging absolut in Ordnung für sie. Ihr war wohler, wenn er ihr erzählte, dass er andere Frauen attraktiv fand, als wenn er das Gegenteil behauptet hätte. Dennoch, warum war sich Matthew so sicher, dass Lloyd sie betrog?

Hinter ihr hupte es, weil sie nicht bemerkt hatte, dass die Ampel auf Grün geschaltet hatte. Sie fuhr los und reihte sich wieder in den kriechenden Verkehr ein. Es war noch nicht ganz fünf, aber auf den Straßen war viel los. Sie holte ihr Handy hervor, um zu sehen, ob Lloyd ihr schon geschrieben hatte, dass er losfuhr. Er hatte tatsächlich geschrieben, aber um ihr mitzuteilen, er müsse länger arbeiten und sie werde allein zu Abend essen müssen.

Ganz klar, er betrügt mich, dachte sie, und dann lachte sie laut auf. Der beinahe atemlose Klang ihres Lachens gefiel ihr nicht.

Zu Hause wurde sie an der Tür von Vinegar begrüßt, der lautstark miaute. Er führte sie in den Keller zu seiner leeren Futterschale, und sie füllte sie schuldbewusst.

In der Küche starrte sie eine Weile in den Kühlschrank und konnte sich nicht entscheiden, ob sie noch ein Bier wollte. Sie zitterte leicht, auch wenn sie in der Bar relativ ruhig gewesen war. Aber sie war jemandem gegenübergesessen, der geisteskrank war und sich plötzlich sehr für ihr Leben interessierte. Alle Biere im Kühlschrank waren Lloyds übermäßig hopfige IPAs. Es gab eine kleine Flasche Cranberrysaft, und sie machte sich einen Drink mit viel Eis und dem Wodka, den sie in der Tiefkühltruhe lagerten. Sie trank einen großen Schluck, dann konzentrierte sie sich auf ihre Atmung. Ihr Verstand machte wilde Sprünge. Sie versuchte über das nachzudenken, was Matthew über Dustin Miller und Scott Doyle gesagt hatte, stattdessen dachte sie an Lloyd. Wenn er sie wirklich betrog, wäre es vermutlich relativ einfach für ihn. Er arbeitete in Boston, und sie saß hier draußen in der Vorstadt fest. Gelegentlich arbeitete er tatsächlich länger, so wie heute, aber wenn er dann nach Hause kam, war er immer ganz begierig darauf, Hen von der neuen Werbekampagne zu erzählen, mit der seine Firma sich gerade beschäftigte. Wenn er tatsächlich log, dann sehr gut. Doch Hen glaubte nicht, dass Lloyd ein guter Lügner war. Falls er sie also tatsächlich betrog, wann tat er es dann? Seine letzte Gelegenheit wäre bei Robs jährlicher Lagerfeuerparty gewesen, und sie war ziemlich sicher, dass dort nur andere Kerle aus seinem Collegejahrgang auftauchten, vielleicht von der einen oder anderen Frau oder Freundin abgesehen. Außerdem war es schwerlich ein irgendwie sexy Ereignis, nur ein Haufen Kerle, die sich bekifften und mit Feuer spielten.

Hen stellte ihren Drink auf die Anrichte und ging zur Treppe. Der Gedanke an dieses Fest hatte plötzlich eine Erinnerung bei ihr geweckt, an den Tag nach Scott Doyles Ermordung, als Lloyd sie auf der Polizeiwache in die Arme genommen hatte. Er war direkt von Rob gekommen. Sie erinnerte sich, wie er gerochen hatte. Der abgestandene Schweiß war wenig überraschend. Aber etwas hatte sie wegen all der anderen Ereignisse kaum registriert: Er hatte nicht nach Rauch gerochen. Sie war viele Male bei Robs Fest gewesen, und am nächsten Tag – manchmal noch am übernächsten – stank man nach Holzrauch. Es setzte sich in der Kleidung und in den Haaren fest. Es drang in die Nasenlöcher ein und blieb dort.

Der Wäschekorb im Schlafzimmer quoll über, Kleidung von zwei Wochen, die sowohl sie als auch Lloyd ignoriert hatten. Sie begann den Korb zu durchwühlen, bis sie gefunden hatte, wonach sie suchte – die Sachen, die Lloyd zu seinem Wochenendausflug getragen hatte: seine beste Jeans und ein kariertes Hemd mit ausgefranstem Kragen. Sie drückte das Gesicht in das Hemd und atmete tief ein. Sie roch nicht die geringste Spur von Rauch. Zur Sicherheit zog sie alle Sachen von Lloyd aus dem Wäschekorb und schnupperte daran. Nichts.

Zurück im Erdgeschoss griff sie nach ihrem Handy, scrollte

ihre Kontakte durch und stellte überrascht fest, dass sie Robs Nummer noch gespeichert hatte. Ihr Daumen verharrte über der Anruftaste. Was genau sollte sie sagen? Sie konnte ihn nicht einfach rundheraus fragen, ob Lloyd beim Lagerfeuer gewesen war, denn wenn Rob nein sagte, würde er Lloyd unter Garantie umgehend von ihrem Anruf in Kenntnis setzen. Sie zermarterte sich das Hirn, bis ihr ein Grund für den Anruf einfiel, dann drückte sie den Knopf, bevor sie es sich anders überlegen konnte.

»Hen?«, meldete sich Rob fast umgehend.

»Hi, Rob.«

»Alles in Ordnung?«

»Ja, ja, alles bestens. Ich wollte dich nur auf gut Glück mal was fragen.«

»Okay?« Seine Stimme klang, als käme sie aus einem Hohlraum. Hen nahm an, dass er gerade Auto fuhr.

»Ich arbeite an einer Cover-Illustration für ein neues Buch oder hoffe es zumindest. Es geht um Hexen, und sie wollen einen Scheiterhaufen auf dem Titel.«

»Cool«, sagte Rob.

»Ich habe im Internet nach Feuern gesucht und nichts Richtiges gefunden, und ich dachte…«

»Ja klar, ich habe ein paar fantastische Aufnahmen. Soll ich dir welche schicken?«

»Ja, das wäre wunderbar. Sehr, sehr hilfreich.«

»Kein Problem.«

»Und wie geht es dir? Ist ja 'ne ganze Weile her.«

»Mir geht's gut. Ich werde alt. Hab euch beide dieses Jahr auf dem Fest vermisst.«

Hen nahm tatsächlich eine körperliche Reaktion an sich wahr, als würde etwas durch sie hindurchfließen. »Ach, tut mir leid … der Umzug in das neue Haus und …«

»Ja, ja, ich hab alle eure lahmen Ausreden schon von Lloyd gehört. Ich hab sie ihm nicht abgekauft, und dir kauf ich sie nicht ab.«

»Wer war da?«

Rob begann Namen aufzuzählen, die Hen größtenteils nichts sagten. Sie tat, als würde sie zuhören, aber in Wirklichkeit wollte sie nur schnell auflegen und die Information verdauen, die sie gerade erhalten hatte. Lloyd war nicht zu Robs Fest gefahren, und das hieß, er hatte ein romantisches Wochenende mit jemandem verbracht – es gab keine andere Möglichkeit, oder?

Rob war mit seiner Liste zu Ende. »… und Justin, natürlich, der fehlt nie.«

»Hey, noch mal Entschuldigung. Nächstes Jahr kommen wir bestimmt.«

»Das glaub ich erst, wenn ich es sehe. Oh, verdammt … Rot, Lady!« Hen hörte eine Hupe dröhnen, dann war Rob wieder da. »Hör zu, ich muss Schluss machen. Ich schick dir ein paar schöne Fotos.«

»Vielen Dank, Rob.«

Hen ließ die Hand auf ihren Oberschenkel sinken, das Smartphone locker umfasst, und saß fünf Minuten lang einfach nur da. Lloyd hatte nicht nur ein Techtelmechtel, er arrangierte Wochenendausflüge. Der Gedanke erschien ihr so fremd, als hätte sie erfahren, dass Lloyd früher eine Frau gewesen war oder heimlich für die CIA arbeitete. Sie war verletzt, aber sie stand außerdem vor einem Rätsel und fühlte sich von dieser neuen Information überrumpelt. Ein Teil ihrer Verwirrung rührte daher, dass sie Lloyd nie als jemanden betrachtet hatte, der Geheimnisse hatte, der gerissen oder intelligent genug war, um eine längere Affäre unentdeckt durchzuziehen. Plötzlich wollte sie vor allem mehr wissen. Sie wollte alles wissen.

Lloyds Laptop lud auf der Küchentheke, und Hen schnappte sich ihn. Er war passwortgeschützt, aber Hen kannte Lloyds Passwörter. Wenn es um kein Bank- oder Kreditkartenkonto ging, verwendete er fast immer ASDFJKL. (Hen hatte ihn einmal ins Gebet genommen, weil das viel zu leicht zu knacken war, aber er hatte es trotzdem behalten.) Das Passwort funktionierte, und Hen sah sich zuerst Lloyds Browserverlauf an. Er hatte ihn am Abend zuvor gelöscht, und die einzigen Seiten, die er heute Morgen besucht hatte, waren ein Blog der Red Sox, auf dem er manchmal einen Kommentar schrieb, und sein E-Mail-Konto. Sie sah rasch seine Mails durch und suchte nach irgendeiner von einer Frau, die sie nicht kannte, aber auch nach Korrespondenz mit Rob Boyd. In seinem Posteingang fand sie nichts, aber als sie zum Ordner mit den gesendeten Mails ging, fand sie eine E-Mail an Rob, in der Lloyd schrieb, sie könnten dieses Jahr nicht zu seinem Fest kommen (»haben immer noch eine Unmenge auszupacken«), aber nächstes Jahr würden sie es auf jeden Fall schaffen.

Hen ging weiter zurück und sah alle Mails durch, die Lloyd geschickt hatte. Die meisten waren an seine Eltern oder seinen Bruder in North Carolina. Was sie außerdem fand, war ein E-Mail-Austausch mit Joanna Grimlund, Robs Exfreundin, die immer noch in Massachusetts lebte; er lag mehr als ein Jahr zurück.

Die erste E-Mail war von Lloyd an Joanna. »Hey, ich hatte wirklich einen Mordsspaß am Wochenende.« Das war vor einem Jahr gewesen, ebenfalls im Oktober. Hen hatte auch dieses Lagerfeuer-Fest ausgelassen.

Dem Zeitstempel zufolge hatte Joanna fünf Minuten später geantwortet. »Ich auch. Zu schade, dass Rob bei seinen eigenen Festen dabei sein muss. Sonst wären sie perfekt. Das war nur Spaß! J.«

Die nächste Mail war am Tag darauf von Lloyd verfasst worden und fünf Worte lang: »Kannst du mich heute anrufen?«

Es gab keine Antwort, oder wenn es eine gegeben hatte, war sie gelöscht worden. Was immer an diesem Wochenende angefangen hatte, war offenbar ohne die Hilfe von E-Mails fortgesetzt worden.

Hen gab Joannas E-Mail-Adresse im Konto ihres Mannes ein und schrieb: »Wir müssen diese Geschichte beenden.« Sie verharrte mit dem Cursor über *Senden,* klickte dann nicht darauf, auch wenn bei dieser Vorstellung ein seltsames Kichern in ihrer Kehle aufstieg. Sie löschte die nicht abgeschickte Nachricht, schloss den Browser und klappte den Laptop zu. Lloyd würde bald zu Hause sein, und sie musste sich überlegen, was sie mit ihrem Wissen anfangen sollte. Wenn sie ihn beschuldigte, sobald er zur Tür hereinkam, und ihm erzählte, sie wisse, dass er nicht bei Robs Fest gewesen war, würde alles auf den Tisch kommen. Falls er sich nicht irgendwie herauszureden versuchte, würde er ihr alles beichten: Er hatte eine Affäre mit Joanna Grimlund. Er war wahrscheinlich in sie verliebt, und er würde Hen wahrscheinlich verlassen. Tatsächlich wäre er wahrscheinlich begeistert, dass Hen es zur Sprache brachte. Damit hätte die Qual ein Ende.

Hen lief im Haus auf und ab, und plötzlich stand sie im Wohnzimmer und blickte zum Haus ihrer Nachbarn hinüber. Wenigstens dachte sie jetzt nicht ständig an das, was Matthew ihr erzählt hatte. Die Erkenntnis, dass Lloyd sie seit einem ganzen Jahr belog, hatte es irgendwie ausgelöscht. Warum hatte er sie nicht einfach verlassen?

Ihr Handy summte, und sie zog es aus der Tasche ihrer Jeans. Lloyd war auf dem Heimweg.

Sie steckte das Telefon wieder ein und wusste plötzlich, dass sie ihn heute Abend nicht zur Rede stellen würde. Aus irgendeinem Grund erschien es ihr wichtig, die Information über ihn fürs Erste zu verheimlichen und für eine Weile mehr zu wissen als er.

Als er schließlich schlecht gelaunt und still eintraf, Hen einen flüchtigen Kuss auf die Stirn drückte und sich direkt ein Bier aus dem Kühlschrank holte, beobachtete ihn Hen, und es fühlte sich an, als würde sie einem Fremden zusehen.

Kapitel 27

Matthew kam in der Dämmerung nach Hause. Im Haus war es dunkel, aber er machte kein Licht. Er ging in sein Arbeitszimmer und dachte über die Unterhaltung mit Hen nach. Es war viel besser gelaufen, als er sich je hätte träumen lassen. Er hatte ihr Dinge über sich selbst verraten, die er noch nie jemandem erzählt hatte, und sie war trotzdem sitzen geblieben, hatte zugehört und ihn aus ihren braunen Augen direkt angesehen. Jedes Wort, das er gesagt hatte, hatte eine Last von ihm abfallen lassen, und jetzt fühlte er sich so leicht wie seit Jahren nicht mehr.

Er spulte die Unterhaltung viele, viele Male in seinem Kopf ab, und sein Atem ging flach. Vielleicht hätte er Lloyd nicht so früh zur Sprache bringen sollen – sobald er es getan hatte, war sie weggelaufen –, aber er musste sie wissen lassen, dass sie nicht vor dem gefeit war, was Männer Frauen antaten, dass Lloyd genauso voller wollüstiger Gedanken war wie alle andern. Er wusste natürlich nicht sicher, dass er sie betrog, aber es war definitiv eine Möglichkeit. Er war schließlich ein Mann, und das taten Männer eben.

Allerdings wünschte er sich wirklich, er hätte Michelles Namen nicht fallen lassen. Wieso hatte er erzählt, dass sie unter Scott Doyle litt? Er wollte zwar vollkommen ehrlich zu Hen sein – das war doch der Plan, oder etwa nicht? –, aber das hieß nicht, dass er ihr sofort alles offenbaren musste. Er hätte Michelle deshalb besser nicht erwähnt, weil Hen Recherchen über sie anstellen, zu ihr fahren und mit ihr reden konnte, wenn sie es wollte. Nicht dass das zu etwas führen würde, aber schon bei der Vorstellung wurde ihm flau im Magen, genau wie beim Wissen darum, dass sein Bruder Michelle wahrscheinlich eine E-Mail geschickt hatte. Oh Gott, das hatte er ganz vergessen. Das ganze gute Gefühl nach dem Gespräch mit Hen war auf einen Schlag wieder verflogen.

Damit es ihm besser ging, rief er Michelle von seinem Handy aus an, um sich zu vergewissern, dass sie wohlauf war.

»Hi, Matthew. Komisch, ich wollte dich auch gerade anrufen.«

»Ja, wieso denn?«

»Hör zu, ich hab gerade mit Donald gesprochen, und ich nehme mir den Rest des Halbjahrs frei. Er sagt, er kann eine Vertretung bekommen, und hält mir den Job frei, falls ich im Januar zurückkommen möchte.«

»Im Ernst?«

»Es ist einfach so… Ich glaube, nach allem, was mit Scott passiert ist und was sich mit meinem Vater entwickelt, bin ich nicht dazu in der Lage, mich auf die Arbeit zu konzentrieren. Ich fahre nach Hause und wohne eine Weile bei meinen Eltern – oje, allein diese Worte laut auszusprechen… Nein, ich denke, es ist das Richtige. Ich habe ein gutes Gefühl dabei.«

»Darauf kommt es doch an.«

»Ich habe ein gutes Gefühl dabei.«

»Dann tust du das Richtige.«

»Meinst du? Es ist gut, das zu hören.«

»Solange du irgendwann zurückkommst. Wenn nicht im Januar, dann hoffentlich im nächsten Jahr. Du bist eine gute Geschichtslehrerin.«

»Okay, jetzt heul ich gleich«, erwiderte Michelle.

»Wann fährst du denn zu deinen Eltern?«

»Morgen früh.«

»Was?«

»Ja, ich weiß. Donald hat bereits eine Vertretung. Es ist dieselbe Frau, die eingesprungen ist, als Mandy im Mutterschaftsurlaub war, weißt du noch?«

Matthew erinnerte sich an eine Lehrerin in Altersteilzeit, silbergraues Haar und lila Kleider. »Ja. Deine Schüler sind in guten Händen.«

»Bestimmt, oder?«

»Ich kann es nicht fassen, dass wir keine Gelegenheit mehr hatten, uns zu verabschieden.«

»Willst du heute Abend noch vorbeikommen?«, sprudelte es aus Michelle hervor. Es klang, als hätte sie geplant, ihm das vorzuschlagen.

»Äh …« Matthew zögerte.

»Ich weiß, es ist auf den letzten Drücker, aber Mira ist doch noch auf Dienstreise, oder? Es wäre toll, dich zu sehen.«

»Ich hab viel zu tun«, entgegnete Matthew. »Aber okay. Wann würde es dir passen?«

»Jetzt sofort? Oder irgendwann. Ich bin wahrscheinlich

die ganze Nacht wach, packe und organisiere. Komm, wann du willst.«

Nachdem er eine Schale Müsli gegessen – es war das Einzige, was er runterbrachte – und über FaceTime mit Mira gesprochen hatte, fuhr Matthew zu den Country Squire Estates, einer ausgedehnten Ansammlung billiger Wohnblocks mit Pseudobalken kreuz und quer auf der Außenverkleidung. Das Schild am Eingang war forstgrün und COUNTRY SQUIRES in einer nachgeahmt mittelalterlichen Schrift aufgemalt. Matthew parkte auf dem Besucherparkplatz neben dem Swimmingpool, der jetzt im Herbst mit einer Plane abgedeckt war. Auf ihr hatten sich braunes Regenwasser und Laub gesammelt, und sie hing in der Mitte durch. Matthew bekam plötzlich Zweifel. Er wusste, dass Michelle romantische Fantasien in Bezug auf ihn hatte, und sie würde sich ermutigt fühlen, wenn er sie besuchte, um sich zu verabschieden. Dennoch schätzte er sie als Kollegin und vielleicht auch als Freundin. Er hätte sich wirklich gern von ihr verabschiedet. Unfähig, sich zu entscheiden, fragte er sich: *Was ist das Beste für Michelle? Was ist das Beste für Mira?* Er beschloss, wieder nach Hause zu fahren.

Dort angekommen, ließ er die Lichter weiterhin ausgeschaltet und spähte aus dem Fenster, auf das Haus seiner Nachbarin. Ihr Wohnzimmerlicht brannte, und gelegentlich sah er einen Schatten vor dem glatten Vorhang vorbeihuschen. Er konnte nicht glauben, dass es einen anderen Menschen ganz in seiner Nähe gab, der all seine Geheimnisse kannte. Nicht alle seine Geheimnisse natürlich, aber sie wusste, wer er war. Er legte eine Hand auf die Fensterscheibe und fühlte ein schmerzhaftes Verlangen, etwas, das er seit vielen Jahren nicht mehr gespürt hatte. Ein Anruf Richards riss ihn aus seiner Trance.

»Es ist spät«, sagte Matthew.

»Ja?«

»Du weißt, dass es spät ist. Wenn Mira hier wäre, hättest du sie geweckt.«

»Ich weiß, dass sie fort ist.«

»Warum rufst du an, Richard?«

»Ich wollte nur reden«, sagte er und lallte dabei ein wenig. Matthew nahm an, dass er getrunken hatte. »Glaubst du, Mom wusste über uns Bescheid?«

»Wie betrunken bist du?«

»Nein, ich meine es ernst. Glaubst du, Mom wusste es?«

»Wusste was?«

»Dass wir wie Dad sind. Dass wir denken und *handeln* wie er.« Die Art und Weise, wie Richard das Wort *handeln* betonte, machte Matthew plötzlich sehr nervös.

»Du hast etwas getan«, sagte er.

»Ich will nicht darüber reden, was ich getan oder nicht getan habe. Ich will über Mom reden. Erinnerst du dich an Sally Respel in der Highschool? Weißt du noch, was wir mit ihr gemacht haben?«

»Ich habe gar nichts mit ihr gemacht. Das warst du.«

»Du warst derjenige, in den sie verliebt war. Du warst der, der sie verführt hat.«

Matthew hatte seit Jahren nicht mehr an Sally Respel gedacht. Sie war mit Matthew im Tennisclub gewesen, ein Jahr jünger als er, zu groß und mit einem glänzenden Teint.

Matthew hatte ihr einen Nachmittag lang mit ihrer Rückhand geholfen, und danach war sie in ihn verknallt gewesen, hatte ihn jeden Nachmittag angerufen, war ihm zwischen den Stunden ständig im Gang über den Weg gelaufen und hatte über alles, was er sagte, wie irre gelacht. Als sie endlich den Mut aufbrachte, ihn zu fragen, ob er sie zum Abschlussball begleiten wollte, war er zu ihr nach Hause gegangen, um ihr behutsam einen Korb zu geben. Sie saßen zusammen auf der Schaukel am Klettergerüst aus ihrer Kindheit, und er erklärte ihr, dass er an einer anderen interessiert sei (»Sie wohnt in einer anderen Stadt, die Tochter von Freunden meiner Eltern«, log er) und gern nur Sallys Freund wäre. Sie hatte geweint, aber nicht allzu lange, und Matthew wusste schon damals, dass er ihr einen Gefallen getan hatte, weil sie ihm später eine dramatische Erinnerung verdanken würde: sie beide auf der Schaukel, bei einem Erwachsenengespräch über Liebe.

Er hätte Richard nie von Sally erzählen sollen, aber er hatte es getan, hauptsächlich, weil Richard in diesem Alter bereits ein Übermaß an perversen Fantasien hatte und ständig testete, was Matthew dazu sagte. Matthew wollte ihn einfach für eine Weile zum Schweigen bringen.

Am Abend des Balls rief Richard Sally an – sie hatte beschlossen, zu Hause zu bleiben – und verstellte seine Stimme. Er gab vor, Matthew zu sein, und sagte, er hätte es sich anders überlegt. Ob er später noch vorbeikommen und sich durch das Fenster in ihr Schlafzimmer schleichen könne? Er wolle sie unbedingt küssen.

Matthew hatte nie genau erfahren, was Richard in dem

dunklen Schlafzimmer alles mit Sally gemacht hatte, bis sie dahinterkam, dass sie mit Matthews Bruder zusammen war und nicht mit Matthew selbst, aber es reichte. Ihre entsetzten Schreie weckten ihre Eltern, die Richard verjagten. Am nächsten Tag ging Sallys Mutter zu Matthews und Richards Mom, um die Sache zu klären, ohne die Behörden einzuschalten. Richard kam glimpflich davon, er musste nur versprechen, dass er sich Sally nie wieder nähern würde.

»Manchmal frage ich mich, was Mom nach dieser Geschichte von mir dachte«, sagte Richard nun. »Ob sie danach wusste, was ich war.«

»Ehrlich gesagt, glaube ich nicht, dass Mom allzu viel darüber nachdachte«, antwortete Matthew. »Wie du weißt, hatte sie ihre eigenen Probleme. Ich glaube nicht, dass das, was du mit Sally gemacht hast, für sie irgendeine Bedeutung hatte.«

»Was *wir* mit Sally gemacht haben.«

»Das kannst du sagen, sooft du willst, es ändert nichts an den Tatsachen.«

»Du warst damals schon genauso wie heute. Du liebst nichts mehr, als Frauen in dich verliebt zu machen und sie dann zu enttäuschen. Das ist der Kick, den du brauchst. Warum war es schlimmer, dass ich Sally gegeben habe, was sie sich wünschte?«

»Weil sie nicht *dich* wollte, Richard. Weil dich niemand je gewollt hat. Sie wollte mich. Was du getan hast, war widerlich.« Matthews Magen fing zu schmerzen an, und er wünschte wirklich, er wäre nicht ans Telefon gegangen.

»Hey, ich habe dich nicht angerufen, um zu streiten.«

»Warum hast du dann angerufen?«

»Denkst du, ich kann vorbeikommen und über Nacht bleiben?« Richards Stimme war plötzlich leiser, beinahe flehentlich.

»Warum?«

»Ich schlafe auch auf dem Sofa im Arbeitszimmer. Mira wird nie erfahren, dass ich da war, das verspreche ich. Hör zu, du kannst jetzt schlafen gehen, und ich komme dann später mit dem Ersatzschlüssel rein. Du wirst gar nicht merken, dass ich da war.« Seine Stimme hörte sich für Matthew immer noch komisch an und erinnerte ihn daran, wie Richard als verkorkstes, verängstigtes Kind geklungen hatte.

Matthew seufzte. »Aber nur für eine Nacht, okay?«

Richard hielt Wort, und Matthew sah ihn erst am nächsten Morgen. Richard hatte Kaffee gemacht und saß am Küchentisch, den Kopf leicht schief gelegt, mit einem Bein wippend, das andere auf dem Korkboden ausgestreckt. Er sah aus wie ihr Vater. »Morgenstund hat Gold im Mund«, krähte er laut und aufdringlich.

»Gut geschlafen?«, fragte Matthew.

»Wie ein Baby«, erwiderte Richard. »Ich schlafe immer gut auf diesem Sofa. Bei mir zu Hause ist es, als würde ich im Innern eines Schädels schlafen. Ein Haufen Zeug, das herumrattert.«

»Gewöhn dich lieber nicht daran, hier zu übernachten.«

Richard hob abwehrend beide Hände. »Ich weiß, verlass dich drauf. Du hast deine Ansichten zu dem Thema sehr deutlich gemacht.«

»Danke für den Kaffee, Richard.«

»Kein Problem. Du bist mich gleich los, aber ich hab noch ein kleines Geschenk für dich. Du wirst es zu schätzen wissen.«

Matthew schenkte sich gerade Kaffee ein. Der Tonfall seines Bruders gefiel ihm nicht, und er drehte sich zu ihm um. »Was hast du getan?«

»Nichts, was du nicht selbst oft getan hast. Vertrau mir. Ich muss los. In deinem Arbeitszimmer liegt ein Kuvert für dich.«

Nachdem Richard gegangen war, blieb Matthew noch eine Minute wie erstarrt sitzen, der Kaffee schmeckte bitter in seinem Mund, und sein Magen zog sich schmerzhaft zusammen. Er stellte die Tasse ab, wappnete sich und ging ins Arbeitszimmer. Ein weißes Kuvert lehnte auf dem Kaminsims an der Nachbildung des Rosetta-Steins. Matthew spürte etwas Hartes darin, als er es zur Hand nahm und aufriss. Das Kuvert enthielt zwei Schlüssel an einem Schlüsselring. An dem Ring war außerdem ein rosafarbenes *M* aus Plastik befestigt. Matthew spürte den Kaffee in seiner Kehle aufsteigen, er schloss die Augen und atmete durch die Nase, bis es vorbeiging. Er kannte den Schlüsselring. Er gehörte Michelle Brine.

Kapitel 28

In ihrem riesigen Hotelzimmer streifte Mira die Schuhe ab, setzte sich auf den Rand des Queen-Size-Betts und rieb sich die Füße. Im Zuge ihrer jüngsten Beförderung musste sie nur noch zwei Messen im Jahr besuchen statt vier oder fünf. Es war kein reiner Segen. Den ganzen Tag an einem Stand zu stehen und Software vorzuführen war harte Arbeit, aber jetzt, da sie weniger von diesen Veranstaltungen absolvierte, stellte sie fest, dass ihre Füße umso mehr schmerzten. Sie war wohl aus der Übung, aber vielleicht wurde sie auch nur älter.

Ihr Handy summte. Es war John McAleer, der sich nach ihren Plänen fürs Abendessen erkundigte. John hatte vor Jahren bei ihrem Unternehmen gearbeitet. Man hatte sie zusammen zum Schulbezirk von Clark County geschickt, und nach zwei langen Tagen voller Präsentationen hatten sie im *Le Cirque* im Hotel Bellagio zu Abend gegessen. Hinterher hatte er darauf bestanden, dass sie sich einen letzten Drink an der Bar ihres Hotels genehmigten. Sie hatte damit gerechnet, dass er sie anmachen würde – es wäre nicht das erste Mal gewesen, dass sie auf einer Geschäftsreise angebaggert wurde –, aber sie hatte nicht damit gerechnet, dass er ihr erzählte, er habe sich in sie verliebt, seine eigene Ehe sei nach einem halben Jahr gescheitert und er sei der einsamste Mann der Welt. Er hatte sogar geweint, und sie hätte um ein Haar vorgeschlagen, die Unterhaltung in eins ihrer Zimmer zu verlegen, was katastrophal hätte ausgehen können. Stattdessen hatte sie vorgeschlagen, sich am Morgen weiter zu unterhalten, hatte die Bar verlassen und hatte sich schnurstracks in ihr Zimmer verzogen. Beim Frühstück am nächsten Morgen hatte er sich wortreich entschuldigt, am Ende jedoch erklärt, an seinen Gefühlen habe sich nichts geändert. Er liebe sie, und das werde für immer so bleiben, aber er werde es nicht mehr zur Sprache bringen und sich nach einem neuen Job umsehen. Er hielt Wort. Er erwähnte es nie wieder, und ein halbes Jahr später verließ er Miras Unternehmen für einen Job in einem der großen Schulbuchverlage. Drei Monate danach erfuhr sie, dass er geschieden worden war.

Und jetzt war er hier in Wichita und hatte auf der Ausstellerebene vorbeigeschaut, um Mira zu besuchen. Er hatte zugenommen und Haare verloren, und er begrüßte sie mit einer Menge freundlichem Geplauder. »Ich habe mich schon gefragt, ob du immer noch dort arbeitest«, sagte er lachend.

Sie dachte, sein kurzer Besuch sei bereits alles gewesen, aber jetzt blickte sie auf eine SMS von ihm. Sie klang harmlos – *War toll, dich zu sehen, Mira. Ein paar von uns machen Barbecue, wollte fragen, ob du schon was vorhast. Kein Thema, falls ja* –, aber sie fragte sich, ob er diese Begegnung geplant hatte, da er wusste, dass sie an dem Stand arbeiten würde, und »beiläufig« vorbeispaziert war, um sie zu einem Abendessen im größeren Kreis einzuladen. Sie dachte an seine Worte – »Ich werde dich immer lieben« –, zwang sich, fünf Minuten zu warten, und schrieb dann zurück: *Danke für die Einladung, John. Ich habe gerade Zimmerservice bestellt. Bin fix und fertig!*

Sie kuschelte sich wieder aufs Bett, angelte die Fernbedienung vom Nachttisch und schaltete den Fernseher ein. Vielleicht zog sie einfach zwanghafte Männer an. Sie dachte an Jay Saravan (sie hatte wegen all der Vorgänge um Matthew in letzter Zeit viel an ihn gedacht). Er war ihre erste ernsthafte Beziehung gewesen, sie hatten sich an der University of New Hampshire im Orientierungskurs für Studienanfänger kennengelernt. Schon als sie das zweite Mal zusammen ausgingen, hatte ihr Jay erklärt, dass er sie liebe. Es war ein Schock gewesen, aber nicht unbedingt ein unangenehmer. Zum einen sah er unglaublich gut aus; er erinnerte sie an eine lebende Version des Zeichentrick-Aladins, von dem sie in ihrer Kindheit lange geschwärmt hatte. Er war schlank und breitschultrig und hatte perfektes Haar, mit einer Locke, die in die Stirn fiel. Seine Eltern stammten genau wie ihre aus Pakistan, aber anders als sie war er halbwegs religiös erzogen worden – er fastete zum Ramadan und feierte das Fastenbrechen –, und er hatte Pakistan sogar schon besucht. Ihre Anfangszeit war stürmisch, und sie waren das ganze erste Jahr über unzertrennlich gewesen. Mira hatte ihn zwar ein wenig besitzergreifend und fordernd gefunden, aber sein Durchsetzungsvermögen war bestrickend, und er war unbeirrbar romantisch.

Und dann war während des zweiten Jahres alles schrecklich schiefgelaufen. Jay überredete Mira, in ihre eigene

Wohnung außerhalb des Campus zu ziehen, doch sobald sie dort wohnte, bestand er darauf, dass sie die wenigen Freundschaften beendete, die sie während ihres ersten Jahres geschlossen hatte. Sie durfte ihre Seminare besuchen, aber nicht an geselligen Ereignissen teilnehmen. Er fing an, ihr vorzuschreiben, was sie tragen und essen sollte. Als sie vorschlug, sie sollten vielleicht eine Pause einlegen, sie seien vielleicht noch zu jung für eine so ernsthafte Beziehung, verdrehte er ihr so heftig den Arm, dass die Haut aufplatzte. Danach war sie vorsichtig mit dem, was sie ihm gegenüber sagte, aber es gab trotzdem noch Wutausbrüche seinerseits, meist ging es um die Sachen, die sie zu ihren Kursen trug. Es begann mit fast harmlosen Bemerkungen – »Welche Größe hat dieser Rock?« – und endete damit, dass er ihr den Arm quetschte (und manchmal das Gesicht) und sie als Schlampe und Hure beschimpfte.

Mira wusste, dass der Nachbar unter ihr – sie wohnte im ausgebauten Dachboden eines zweistöckigen Hauses – hörte, was vor sich ging. Sie wusste es, weil Matthew Dolamore immer aufmerksam und zum Plaudern aufgelegt war, wenn sie ihm allein über den Weg lief, aber sie nie auch nur grüßte, wenn Jay dabei war. Er wusste offenbar, dass sie leiden würde, wenn er in Jays Anwesenheit Hallo sagte. Er beschützte sie auf seine geringfügige Art, aber die Geste erschien Mira gewaltig. Um sich bei ihm zu bedanken und in dem Wissen, dass sie ein großes Risiko einging, lud sie ihn einmal zu sich ein, als Jay bei einem Squash-Turnier war. Sie sprachen über alles außer Beziehungen. Er war ein wenig steif, aber einer dieser Menschen, die unglaublich gut zuhören konnten. Selbst bei den banalsten Geschichten spürte sie seine Blicke und seine ganze Aufmerksamkeit auf sich.

Nach diesem Nachmittagstee bei ihr hatte er sie – nur ein einziges Mal – gefragt, ob sie zum Kaffee zu ihm kommen wolle. Sie hatte abgelehnt, weil ihr Freund wieder in der Stadt sei und es nicht angemessen wäre, und sie hatte gehofft, er verstand, dass sich nichts zwischen ihnen ändern durfte, dass er weiterhin so tun müsse, als würde er sie nicht kennen, wenn er sie zusammen mit Jay sah. Die Botschaft kam offenbar an, denn als Jay und Mira Matthew das nächste Mal begegneten – sie kamen gerade aus dem Lebensmittelladen zurück, als er mit dem Rucksack über der Schulter das Haus verließ –, ignorierte er Mira vollkommen und nickte nur Jay knapp zu.

Dennoch fragte Jay später am Abend, nachdem Mira die Lebensmittel weggeräumt hatte: »Was weißt du über den Typ von unten?«

»Meinen Nachbarn?«

»Ja, der Typ, dem wir vorhin begegnet sind und an den du anscheinend die ganze Zeit denkst.«

»Ich kenne ihn überhaupt nicht, Jay«, sagte sie. »Ich habe noch nie mit ihm gesprochen.«

Die Unterhaltung eskalierte immer weiter und endete damit, dass Jay Miras Schädel gegen das Kopfende des Betts stieß, seine Finger in ihre Kopfhaut krallte und sie anschrie. Sie überlegte, ihm auf der Stelle zu sagen, dass Matthew zum Tee bei ihr gewesen war, nur um es hinter sich zu haben. Er würde sie natürlich umbringen, aber dann wäre es wenigstens vorbei. Und wenn er sie nicht umbrachte, würde er sie verlassen? Unwahrscheinlich, aber denkbar.

Doch bevor sie den Mut zu einem Geständnis aufbrachte, ließ er von ihr ab und ging. Mira lag eine Weile auf dem Bett und weinte, dann lauschte sie und fragte sich, ob Matthew die abendliche Unterhaltung mitbekommen hatte. Er war vorhin erkennbar auf dem Weg zur Bibliothek gewesen. War er inzwischen zurück?

Das einzig Gute an der Auseinandersetzung war, dass Jay zumindest einige Tage lang nett zu ihr sein würde. Er wäre zerknirscht, außer natürlich, er fand heraus, dass sie tatsächlich eine Art Beziehung zu dem Nachbarn unter ihr hatte. *Nein,* sagte sie sich, *er darf es nie erfahren. Nicht zu meinem, sondern zu Matthews Schutz.*

Eine Woche später – eine Woche, in der Jay tatsächlich zerknirscht gewesen war und ihr sogar weiße Rosen gekauft hatte – kam ein Polizist am Mittwochmorgen zu Mira und fragte, ob sie Jay Saravans Freundin sei, dann berichtete er ihr, dass Jay tot war. Man hatte ihn in seinem BMW – nach Mira sein kostbarster Besitz – einige Meilen entfernt am Ende einer Sackgasse gefunden. Er hatte sich getötet, indem er die Abgase seines Autos mit Hilfe eines Schlauchs ins Wageninnere geleitet hatte. Er hatte keinen Abschiedsbrief hinterlassen.

Während der nächsten Wochen, einer unwirklichen Zeit, in der man sie wie eine trauernde Freundin behandelte, während sie selbst es so empfand, dass sie mit viel Glück noch einmal davongekommen war, sah Mira Matthew kein einziges Mal. Es spielte keine Rolle. In ihrem tiefsten Innern wusste sie, dass der Nachbar unter ihr etwas mit Jay Saravans Tod zu tun gehabt hatte. Nicht nur, dass er der Einzige war, der die wahre Natur ihrer Beziehung kannte, und dass sich ein Egomane wie Jay ganz sicher niemals das Leben genommen hätte, sie hatte außerdem einige Tage vor ihrem Tod aus dem Schlafzimmerfenster geblickt und Jay und Matthew beim Gespräch auf dem Parkplatz gesehen. Jay gab mit seinem Auto an, und Matthew stellte begeistert Fragen. Mira begriff jetzt, dass es Matthews Masche gewesen war. Er hatte Interesse an Jays Wagen gezeigt, und in der Nacht von Jays Tod musste er ihn dann beim Verlassen der Wohnung abgefangen und vielleicht etwas gesagt haben wie: »Hey, könnten wir eine kleine Spritztour mit deinem Auto machen?« Jay hatte eingewilligt, und dann hatte ihn Matthew irgendwie überwältigt und es so aussehen lassen, als handelte es sich um Selbstmord.

Doch als sie Matthew nach Thanksgiving das nächste Mal sah, sprach er sie mit derart besorgter Miene an, dass ihr Zweifel kamen. Konnte dieser leise auftretende Geschichtsstudent tatsächlich einen Mord geplant und ausgeführt haben? Sie änderte ihre Meinung. Vielleicht schämte sich Jay unter seinem Narzissmus und seinem Ego so sehr wegen seines gewalttätigen Verhaltens, dass er sich das Leben genommen hatte. Sie redete es sich ein, um weitermachen zu können, vor allem, nachdem sie und Matthew ein Paar geworden waren, für den Rest ihrer Collegezeit zusammenblieben und kurz darauf heirateten.

Und jetzt, so viele Jahre später, dachte sie wieder daran zurück und fragte sich, ob Matthew Jay Saravan tatsächlich getötet hatte.

Natürlich hat er das. Du wusstest es in dem Moment, in dem du von seinem Tod erfahren hast.

Es war nicht das erste Mal während ihrer Ehe, dass sie Zweifel an ihrem Mann bekommen hatte. Trotz all seiner Normalität war Matthew in kranken Verhältnissen aufgewachsen. Er sprach nicht viel darüber, aber wenn er es tat, wurde Mira klar, wie sehr es ihn an seine eigenen Eltern erinnert haben musste, wenn er hörte, wie Jay sie in der Wohnung über ihm misshandelt hatte.

Und es gab noch andere Seiten von Matthews Persönlichkeit. Die meiste Zeit war er ein normaler Durchschnittsamerikaner, ein engagierter Lehrer, ein vertrauenswürdiger Ehemann, aber manchmal war er bedürftig wie ein Kind und dann wieder auf eine beängstigende Weise distanziert und musterte Mira fast wie einen Gegenstand.

Manchmal tut er das auch unmittelbar vor oder nach dem Sex.

Aber ein wenig musste es doch in allen Ehen so sein. Wie gut konnte man einen anderen Menschen wirklich kennen?

Dennoch: Was, wenn Matthew Jay wirklich ermordet hatte, und was, wenn er es so genossen hatte, dass er weitermordete? Ihre Nachbarin Hen glaubte, dass Matthew einen früheren Schüler von Sussex Hall namens Dustin Miller getötet hatte. Mira erinnerte sich sogar an den Fall, die Lokalnachrichten hatten ausführlich darüber berichtet. Ein ungeklärter Mord an einem wohlhabenden jungen Mann in einem hübschen Viertel von Cambridge. Sie hatte Matthew darauf angesprochen, als sie hörte, dass er einer seiner Schüler gewesen war, und Matthew hatte geantwortet, dass er sich kaum mehr an ihn erinnerte. Vielleicht hatte er sogar gesagt, dass er ihn gar nicht kannte, sie wusste es nicht mehr genau. In der letzten Woche – seit Hens Anschuldigungen – hatte sie über den noch immer ungeklärten Mord an Dustin Miller recherchiert und erfahren, dass er in seiner Zeit in Sussex Hall eines sexuellen Übergriffs bezichtigt worden war. Das war ihr neu gewesen, und sie hatte sofort gedacht, dass Matthew sich in diesem Fall doch bestimmt an ihn erinnert hätte. Es musste großes Aufsehen an der Schule erregt haben.

Obwohl sie sich dafür hasste, hatte Mira das genaue Datum von Dustin Millers Tod herausgesucht. Es war im Frühling vor zweieinhalb Jahren gewesen. Sie schaute in ihrem Arbeitskalender nach: Sie war die ganze Woche in Kansas City gewesen. Es bedeutete im Grunde nichts, wenn man bedachte, wie viel sie auf Reisen war, aber ihr wäre sehr viel wohler gewesen, wenn sie entdeckt hätte, dass sie in dieser Woche nicht fort gewesen wäre.

Und jetzt Scott Doyle. Da war sie nicht unterwegs gewesen, oder?

Nein. Nur weggetreten, weil dein Mann dich abgefüllt hat.

Und es stellte sich heraus, dass Matthew sehr wohl eine Verbindung zu Scott Doyle hatte, wenn auch eine sehr lose: Er war der Exfreund von Michelle Brine, einer Lehrerkollegin in Sussex Hall. Hatte sie Matthew etwas über ihren Freund erzählt, etwas Schlimmes?

Er tötet nur Männer. Er tötet Männer, die Frauen misshandeln.

Mira erlaubte sich für einen Moment zu erwägen, dass das alles stimmte: Matthew hatte Jay getötet, weil er sie misshandelt hatte. Dann hatte er Dustin Miller getötet, weil Dustin ein Vergewaltiger war, der ungestraft davongekommen war. Und schließlich hatte er Scott Doyle ermordet, weil auch an ihm etwas faul gewesen sein musste. Michelle, seine Lehrerkollegin, musste sich ihm anvertraut haben.

Mira merkte auf einmal, dass sie mit den Zähnen knirschte, und zwang sich aufzuhören. Sie stieg aus dem Bett, ging ans Fenster und starrte in die Dämmerung hinaus auf die Bürogebäude und das Gittermuster der Straßen. Die meisten Gebäude waren dunkel, manche ganz aufgegeben, und von den meisten Autos sah sie die roten Rücklichter der aus der Stadt fliehenden Pendler.

Was soll ich tun, dachte sie. *Wenn ich es wirklich für möglich halte, dass Matthew ein Mörder ist, was soll ich dann nur tun?*

Würde sie ihn verraten?

Er hat dich gerettet.

Er war nicht direkt ein Serienmörder. Er verübte Selbstjustiz. Und vielleicht *(bitte, bitte, lass es das sein)* stimmte nichts davon. Vielleicht war Hen Mazur von nebenan die Verrückte, die ihn verfolgte und Zweifel an ihrem Ehemann in ihr säte.

Mira hörte das Telefon auf ihrem Bett läuten und ging nachsehen, da sie eine Nachricht von Matthew erwartete. Aber es war John McAleer, der zurückschrieb. *Kein Problem. Versteh ich total, aber ich werde später trotzdem noch mal versuchen, dich von einem Drink zu überzeugen.*

Hinter die Nachricht hatte er eines dieser Zwinker-Emojis gehängt. Mira wurde plötzlich klar, dass John entschlossen war, sie auf dieser Reise zu sehen, und sie wurde ein bisschen nervös. Und auch ein wenig wütend. Sie beschloss, ihm einfach nicht mehr zurückzuschreiben, um ihn in keiner Weise zu ermutigen. Männer waren widerliche Typen. Wie alle Frauen wusste sie das seit Langem. Offenbar wusste ihr Mann es ebenfalls. Vielleicht sollte sie ihn anrufen und ihm erzählen, dass sie ein Problem mit einem lästigen Kollegen hier in Wichita hatte. Mal sehen, ob John McAleer dann in einer Woche noch lebte. Bei diesem Gedanken lachte sie tatsächlich laut auf, und das Lachen ließ ihre Brust noch heftiger schmerzen, als sie es bereits tat.

Sie war nicht hungrig, aber sie schlug die Karte für den Zimmerservice trotzdem auf. Wenn sie jetzt nichts aß, würde sie mitten in der Nacht mit knurrendem Magen aufwachen.

Kapitel 29

»Wo hast du letzte Nacht geschlafen?«, fragte Lloyd.

Hen war in der Küche und wartete mit einer Tasse in der Hand darauf, dass die Kaffeemaschine piepste.

»Ach so, tut mir leid. Ich hab auf der Couch geschlafen.«

»Hast du die ganze Nacht gezeichnet?«

»Nein, nein. Ich habe geschlafen, ich schwöre es.«

»Ich hab dich vermisst«, sagte Lloyd, setzte sich an den Küchentisch und schüttete Honey Nut Cheerios in eine Schale.

Hen trank einen Schluck von ihrem Kaffee, dann sagte sie: »Mir ist letzte Nacht eingefallen, dass ich dich noch gar nicht nach Robs Fest gefragt habe. Es war ein bisschen hektisch bei deiner Rückkehr.«

»Kann man wohl sagen. Es war schön. Wie immer, eigentlich.«

»Wer war da?«

»Die übliche Bande, plus/minus ein, zwei Leute. Todd und Steve natürlich. Evan war da und Chrissy und dann noch ein paar neue Leute. Einige Leute aus der Nachbarschaft, die ich noch nicht kannte.«

Während er sprach, tropfte Milch von seinem Kinn, und er wischte sie mit dem Handrücken weg.

»Ist Rob wieder mit jemandem zusammen?«

»Falls ja, dann war sie nicht da. Aber ich glaube nicht.«

»Hat er seit Joanna überhaupt eine Freundin gehabt?«

»Seit Joanna?« Lloyd blickte zur Decke, und Hen versuchte festzustellen, ob er sich irgendwie verriet. »Ich glaube nicht. Er lebt nicht gerade in einer Gegend, wo massenhaft Single-Frauen zu haben sind.«

»Haben sie noch Kontakt?«

»Hat wer noch Kontakt?«

»Rob und Joanna.«

»Wieso? Hoffst du, dass sie wieder zusammenkommen?«, fragte Lloyd und lächelte. Auf seinem Kinn war noch immer Milch.

»Manchmal. Weißt du, ich habe wirklich nichts gegen Rob, aber sie war seine bessere Hälfte. Zumindest für mich.«

»Weißt du, dass ich sie kürzlich getroffen habe?«

»Wen? Joanna?«

»Ja. Ich bin ihr in Boston über den Weg gelaufen. Das Unternehmen, für das sie arbeitet, ist in der Innenstadt. Sie lebt allerdings immer noch in Northampton.«

»Was arbeitet sie?«

»Ich bin mir nicht sicher, ob ich es noch genau weiß. Sie hat es mir gesagt. Irgendwas mit Forschung im Gesundheitswesen.«

Hen beobachtete Lloyd aufmerksam. Er log sie an – wenngleich es sehr gut sein konnte, dass er tatsächlich nicht genau wusste, was Joanna arbeitete, auch wenn er sie fickte –, und er machte seine Sache gut. Aus diesem Grund quetschte sie ihn aus – sie wollte sehen, wie er aussah, wenn er log. Wirkte er schuldig? Nervös? Er tat es nicht, und das ließ Hens Kehle sich schmerzlich zusammenziehen, als müsste sie gleich zu weinen anfangen. Sie öffnete den Kühlschrank und holte eine Grapefruit heraus.

»Willst du die Hälfte?«, fragte sie, und ihre Stimme klang normal.

»Nein, ich bin schon spät dran. Ich muss los.«

Sie schnitt die Grapefruit mit einem scharfen Messer durch und löste vorsichtig das Fruchtfleisch aus ihren Häuten. Bis sie fertig war, hatte Lloyd sie bereits schief auf den Mund geküsst und war zur Arbeit aufgebrochen. Hen ging ins Bad und kniete sich vor die Kloschüssel, überzeugt, dass sie sich übergeben müsste, aber es kam nichts.

Sie ging zur Couch im Wohnzimmer. Sie hatte Lloyd am Morgen ebenfalls belogen, als sie ihm weismachte, sie hätte in der Nacht geschlafen. Sie hatte kein Auge zugetan. Jetzt legte sie sich hin, zu müde, um auch nur über die Folgen aus Lloyds Affäre nachzudenken. Sie fror nicht, aber sie zog die Decke vom Sofa und breitete sie über sich aus, dann rollte sie sich zu einem kleinen dunklen Bündel zusammen. Sie schloss die Augen und dachte, sie wäre nicht müde genug zum Einschlafen, und das Nächste, was sie wusste, war, dass sie verschwitzt und konfus aufwachte und keine Ahnung hatte, wie spät es war. Sie stieß die Decke aus ihrem Gesicht. Vinegar saß über ihr auf der Sofalehne und schnurrte heftig.

»Na, du«, sagte sie, und er schnurrte noch lauter und sah ihr in die Augen.

Sie stieß die Decke ganz von sich und blickte auf ihre Armbanduhr. Es war kurz nach Mittag, und alle Erinnerungen an die letzten vierundzwanzig Stunden stürzten auf sie ein. Aber sie war nicht aufgebracht oder bekümmert, sondern empfand eine plötzliche Distanz, als hätten fünf Stunden traumloser Schlaf sie aller Gefühlsregungen beraubt. Sie blieb zusammengerollt auf der Couch liegen, obwohl sie aufs Klo musste, und dachte an Lloyd. Sie fragte sich, ob er sich in Joanna verliebt hatte oder ob es nur um Sex ging. Oder war es etwas ganz anderes? Plötzlich wollte sie es doch wissen, nicht aus Rache oder Selbstmitleid, sondern weil sie Lloyd liebte und wissen wollte, was mit ihm los war. Sie hatte selbst einmal knapp vor einem Seitensprung gestanden und hatte beschlossen, dass Lloyd es nie erfahren sollte, aber vielleicht würde sie es ihm jetzt beichten, wenn er ihr gestand, was mit Joanna vor sich ging. Zu den Dingen, die sie an Lloyd geliebt hatte, als sie sich kennenlernten, hatte seine brutale Ehrlichkeit gezählt. Als sie ein Verhältnis hatten – als sie selbst die andere Frau gewesen war –, hatte er ihr einmal erzählt, sein Ziel sei es, jedes Jahr eine neue Beziehung mit einer anderen Frau anzufangen, sich ständig zu verlieben, zu entlieben und wieder neu zu verlieben.

»Klingt schrecklich«, hatte Hen gesagt.

»Ja, nicht wahr?«, hatte er erwidert. »Ich glaube, ich bin süchtig nach Liebeskummer. Ich brauche diese Dramatik in meinem Leben. Im Grunde bin ich ein Arschloch.«

»Ich weiß nicht, ob es dich direkt zu einem Arschloch macht. Mehr zu einem Idioten.«

»Okay«, hatte er lachend zugestimmt. »Ich bin eher ein Idiot.«

Tatsächlich hatte sie sich zu dieser Seite Lloyds hingezogen gefühlt, weil sie ein aufregenderes, weniger berechenbares Leben versprach. Das war jedoch lange her, und Hen erkannte jetzt, dass ihre damaligen Wünsche zum Teil von der manischen Seite ihrer Krankheit hergerührt hatten. Sie hatte eine romantische Vorstellung von einer dieser Ehen gehabt, über die man in Biografien liest: chaotisch, schöpferisch, leidenschaftlich und mit Seitensprüngen gewürzt. Es war nicht mehr das, was sie sich jetzt wünschte, nicht einmal annähernd, aber sie erkannte die Anziehungskraft wieder. Wie die Dinge lagen, waren ihre Jahre mit Lloyd behaglich und stabil gewesen und vielleicht ein klein wenig fad.

Sie stand auf, ganz schwach vor Hunger, und ging in die Küche. Vinegar huschte neben ihr her. Sie entdeckte die halbe Grapefruit auf der Anrichte. Sie löste das Fruchtfleisch mit den Händen und verschlang es, dann quetschte sie sich den verbliebenen Saft direkt in den Mund. Danach griff sie nach der Packung Cheerios, die Lloyd auf dem Tisch hatte liegen lassen, und aß sie mit der Hand, bis sie nicht mehr hungrig war.

Nach dem Essen nahm sie ihren Zeichenblock mit hinaus auf die Veranda, setzte sich in einen der gepolsterten Gartenstühle und schlug die Beine unter. Es war ein irrsinnig windiger Tag – laut Wetterbericht war es der Ausläufer eines Tropensturms, der von Florida die Küste heraufgezogen war –, aber die Luft war warm und ein wenig dunstig. Hen saß lange dort und sah zu, wie sich die Bäume auf der anderen Straßenseite bogen und schüttelten und Laub von ihren Zweigen geweht wurde. Sie sah plötzlich ein Bild vor sich, einen Baum, der alle Blätter gleichzeitig verliert, aber es waren keine Blätter, sondern kleine Vögel, die als ganzer Schwarm in den stürmischen Himmel abheben. Dann stellte sie sich einen Himmel voller Vögel vor, so zahlreich, dass sie alles andere verdeckten und dunkle, schnatternde Wolken bildeten. Sie erschauderte.

Schließlich gestattete sie sich wieder, an Lloyd zu denken und zu überlegen, was sie tun sollte. Sie konnte ihn natürlich zur Rede stellen, ihm eine Szene machen. Sie konnte ihn hinauswerfen und verlangen, dass er aufhörte, Joanna zu treffen. Sie konnte die Scheidung verlangen. Sie fragte sich, was ihr jüngeres Ich getan hätte. Es hätte wahrscheinlich gekämpft, versucht ihn zurückzugewinnen. Oder aber es hätte sich gerächt, selbst eine Affäre begonnen. Damals, als die Welt noch voll von diesen schmuddeligen, liebeshungrigen Jungs in den Zwanzigern gewesen war, wäre das noch einfacher gewesen. Aber mit wem konnte sie jetzt eine Affäre beginnen? Mit Matthew natürlich, dem Mörder von nebenan. Hen lachte laut auf, dann blickte sie schnell die Straße entlang, ob jemand sie gehört hatte. Sie sah auf ihre Armbanduhr. Es war kurz nach drei, und sie fragte sich, ob Matthew bald nach Hause kommen würde. Ihr wurde klar, dass sie teilweise deshalb draußen auf der Veranda saß und Autos vorbeifahren und Blätter fallen sah. Es war natürlich keine Affäre, die sie wollte – wieder hätte sie bei dem Gedanken beinahe laut gelacht –, sondern ein weiteres Gespräch. Sie wollte erfahren, wie er diese Sache mit Lloyd herausgefunden hatte.

Der böige Wind trug jetzt sporadisch Regengüsse heran, die im Laub prasselten. Sie fing an, einen Baum zu zeichnen, von dessen Ästen ein Schwarm Vögel aufflog, aber jedes Mal, wenn ein Auto vorbeifuhr, blickte sie auf.

Um vier Uhr bog Matthew mit seinem Fiat in die Einfahrt. Hen beobachtete ihn und fragte sich, ob er sie auf der Veranda gesehen hatte, als er vorbeigefahren war. Er stieg aus und holte seine Aktentasche von der Rückbank, dann drehte er sich um und sah zu ihr hinüber. Durch das Gitter und den inzwischen gleichmäßigen Regen konnte sie sein Gesicht nicht erkennen, aber sie winkte ihm zu, und er winkte zurück. Er ging in sein Haus, und Hen überlegte, ob sie hinübergehen und mit ihm reden sollte, aber dann kam er in einem Pullover mit Rundhalsausschnitt statt des Tweedsakkos wieder heraus. Er ging das kurze Stück bis zu den Stufen, die auf Hens Terrasse führten, und blieb dort stehen.

»Darf ich raufkommen?«, fragte er, und Hen dachte an Vampire und dass man sie immer ins Haus bitten musste.

Er setzte sich ihr gegenüber in einen alten Schaukelstuhl, der schon dem Vorbesitzer gehört hatte. Er sah heute anders aus, blasser, beinahe verängstigt. Vielleicht lag es an seinem Haar. Es war feucht, und er hatte es sich aus dem Gesicht gestrichen, sodass ausgeprägte Geheimratsecken sichtbar wurden. Hen musste wieder an Vampire denken.

»Wieso haben Sie das über Lloyd gesagt?«, fragte sie.

Er blickte einen Moment verwirrt drein, dann erwiderte er: »Er betrügt Sie also tatsächlich?«

»Das habe ich nicht gesagt. Ich würde nur gern wissen, warum Sie glauben, dass er es tut.« Hen wurde plötzlich flau im Magen. Vielleicht hätte sie Lloyd überhaupt nicht erwähnen sollen. Hatte sie Matthew gerade bestätigt, was er ohnehin dachte?

»Ich wusste es nicht. Ich habe geraten. Er hat diesen Blick.«

»Was für ein Blick ist das genau?«

Er presste die Lippen aufeinander und dachte nach. »Er sieht wie ein Mann aus«, sagte er schließlich und lächelte beinahe verlegen.

»Ich weiß nicht, was Sie damit sagen wollen«, erwiderte Hen.

»Ich will damit sagen, dass er bei jeder Frau, die er kennenlernt, – bei jeder Frau, die er sieht, im Grunde –, augenblicklich entscheidet, ob er Sex mit ihr haben wollte oder nicht. Er zieht sie in Gedanken aus. Er fragt sich, ob sie dasselbe denkt. Ich wette, dass Ihr Mann in der Nacht nach der Essenseinladung im Geiste eine ausgefeilte Fantasie über meine Frau entwickelt und sich überlegt hat, was wäre, wenn ich zur selben Zeit verreisen würde wie Sie. Vielleicht würden sie zusammen zu Abend essen, beschließen, miteinander ins Bett zu gehen, sich versprechen, es nie einer Menschenseele zu verraten. Er hat sich jede Einzelheit vorgestellt. Konkret. Er hat sich vorgestellt, wie die Brüste meiner Frau aussehen, wie ihre Vagina …«

»Okay, ich verstehe, worauf Sie hinauswollen.«

»Tja, so sind Männer eben.« Er klang ein wenig defensiv.

»So sind *Sie*, meinen Sie.«

Matthew schaukelte in seinem Stuhl vor. »Nein, das meine ich nicht. Ich bin anders.«

»Woher wissen Sie dann, wie Männer sind?«

»Ich weiß es einfach. Ich hatte einen sehr schlimmen Vater.

Er war ein … sexuell übergriffig und ein Sadist. Und mein Bruder, nun, er ist genau wie mein Vater, nur dass er keine Frau hat. Er hat niemanden, den er quälen kann, aber wenn er jemanden hätte …«

Hen stellte die Füße auf den lackierten Holzboden der Veranda und beugte sich vor. »Aber trotzdem heißt das nicht, dass jeder Mann …«

»… dass jeder Mann gleich ist? Nein, aber es gibt ein Spektrum, und auf diesem befinden sie sich alle. Ihr Mann ist wahrscheinlich statistischer Durchschnitt, kein schlechter Mensch, aber wenn er eine Frau ansieht, sieht er nur, was er mit ihr anstellen will.«

»Und wo sind Sie auf diesem Spektrum?«

»Ich bin nicht drauf.«

»Sie machen Frauen nicht zum Objekt? Gar nicht?«

»Nein.«

»Was dachten Sie, als Sie Ihre Frau zum ersten Mal gesehen haben, noch bevor Sie überhaupt mit ihr gesprochen hatten?«

»Ich dachte natürlich, dass sie wunderschön ist, aber ich dachte nicht an … andere Dinge, ihren Körper, so wie es die meisten Männer tun.«

»Und deshalb beschützen Sie Frauen, indem Sie alle bösen Männer töten?« Hen nahm wahr, wie sarkastisch ihre Worte klangen, aber es störte sie nicht.

»Ja«, sagte er. »Wenn ein Mann eine Frau schlimm verletzt hat und es wahrscheinlich wieder tun wird, macht es mir nichts aus, ihn zu töten.«

»Es macht Ihnen nichts aus?« Hen lachte.

»Richtig. Es ist nicht so, dass es mir gefällt. Na ja, manchmal gefällt es mir hinterher. Aber der ursprüngliche Impuls … das, was mir erlaubt, überhaupt jemanden zu töten … ist, dass es mir nichts ausmacht. Das ist ein großer Unterschied.«

»Lloyd betrügt mich nicht«, sagte Hen.

»Okay.«

»Ich möchte nicht, dass Sie ihm etwas antun. Niemals. Okay?«

Matthews Gesicht war ernst. »Ich werde tatsächlich damit aufhören«, sagte er. »Das wollen Sie doch, oder? Deshalb waren Sie gestern bereit, mich zu treffen. Sie denken, wenn Sie die Polizei nicht dazu überreden können, mich einzusperren, dann können Sie mich dazu überreden, nicht weiter Leute zu töten.«

»Das war ein Grund«, sagte Hen. »Ich wollte außerdem hören, was Sie zu sagen hatten. Es ist eine komplizierte Beziehung, da Sie mir erzählen können, was Sie wollen, ich aber mit niemandem darüber reden kann.«

»Ja. Es ist sehr merkwürdig. Für mich ist es befreiend.«

»Wie viele Männer haben Sie getötet?«, fragte Hen.

Matthew rutschte in seinem Schaukelstuhl zurück und zupfte am Ärmel seines Pullovers. »Darüber möchte ich im Augenblick nicht sprechen.«

»Okay.«

»Ich möchte noch ein wenig von meinem Bruder erzählen.«

»Okay.«

»Habe ich ihn schon erwähnt?«

»Gerade vorhin, ja.«

Matthew schaute verwirrt drein, als hätte er schon wieder vergessen, was er gerade gesagt hatte.

»Sie haben behauptet, er sei wie Ihr Vater.«

»Richard, ja. Ich nicht«, entgegnete er, und etwas an seiner Formulierung machte Hen plötzlich nervös.

»Inwiefern?«, fragte sie.

»Er ist wie mein Vater, nur dass ... wie gesagt, er verbringt nicht sehr viel Zeit mit anderen Leuten, von mir mal abgesehen, deshalb dachte ich nie, er könnte gefährlich sein.«

»Was arbeitet er?«

»Richard? Ach Gott, nichts. Er behauptet, er schreibt an einem Buch, aber das glaube ich erst, wenn ich es sehe. Mira weiß es nicht, aber ich unterstütze ihn finanziell seit Jahren. Er ist krank, nur im Kopf bisher, aber ... jetzt mache ich mir Sorgen, er könnte anfangen, es auszuleben, kühner werden ...«

»Sie denken, er könnte jemandem etwas antun?«

»Vielleicht hat er es schon getan«, sagte Matthew, und Hen sah ihm an, dass er ihr etwas verschwieg. »Und ich fürchte, er könnte noch jemandem etwas tun. So läuft das bei Leuten wie uns. Wir sind eine Weile okay, aber wenn wir einmal wissen, wie es sich anfühlt zu töten, dann ist es, als hätte sich eine Tür geöffnet, die sich nie mehr richtig schließen lässt. Ich kontrolliere meine Impulse zumindest insoweit, als ich nur Männer töte, die es verdient haben, zu sterben, aber so funktioniert Richards Kopf nicht. Er ist wie mein Vater. Er will unschuldige Frauen verletzen.«

»Vielleicht sollten Sie zur Polizei gehen.«

Matthew presste die Kiefer zusammen. »Ich habe schon daran gedacht, wirklich. Aber Sie müssen verstehen, er ist immer noch mein Bruder. Wir haben unsere Kindheit zusammen überlebt. Ich weiß nicht, ob ich ihm das antun kann. Ich glaube nicht, dass es ihm im Gefängnis gut gehen würde.«

Es hatte aufgehört zu regnen, aber die Wolken waren dunkler geworden, und Hen sah den Mann nicht die Straße entlangkommen und in ihre Einfahrt biegen, bis er die Treppe zur Gittertür heraufstieg. Einen surrealen Augenblick lang dachte sie, es wäre Matthews Bruder, aber die Tür schwang auf, und Lloyd betrat die Veranda und blickte von Hen zu Matthew im Schaukelstuhl.

»Hallo«, sagte er.

»Du bist früh dran«, entfuhr es Hen.

»Hast du meine Nachricht nicht bekommen?«

»Ach so, nein. Mein Telefon liegt im Haus.«

Matthew stand auf, und Lloyd wandte sich ihm zu. »Hallo, Matthew.«

»Hallo, Lloyd. Ich bin gerade vor ein paar Minuten vorbeigekommen. Wollte mal sehen, ob wir vielleicht reinen Tisch machen können.«

Lloyd wandte sich Hen zu und zog die Augenbrauen in die Höhe. »Okay?«

»Ich gehe jetzt sowieso besser«, sagte Matthew. »War nett, mit Ihnen zu reden, Hen. Schön, Sie zu sehen, Lloyd.«

Er stieß die Fliegengittertür auf und entfernte sich mit raschen Schritten in Richtung seines Hauses.

Lloyd blickte immer noch Hen an und sagte dann: »Was zum Teufel sollte das denn?«

»Du hast eine Affäre mit Joanna Grimlund«, erwiderte Hen.

Kapitel 30

Matthews Herz klopfte noch immer heftig, weil Hens Mann plötzlich aufgetaucht war, als er in seinem Arbeitszimmer wieder das Kuvert betrachtete, das sein Bruder hiergelassen hatte. Es war noch da, genau wie die Schlüssel an dem Plastik-M. Er hatte Michelle im Laufe des Tages mehrmals angerufen und war immer an die Mailbox geraten. Er hatte auch seinen Bruder anzurufen versucht. Niemand hatte sich gemeldet.

Matthew wusste, er müsste nichts weiter tun, als zu den Country Squire Estates zu fahren, den Schlüssel auszuprobieren und nachzusehen, was gegebenenfalls in Michelles Wohnung passiert war. Wenn sie tot war, dann war jetzt alles anders, und sein Bruder hatte schlussendlich in die Tat umgesetzt, womit er schon so lange drohte. Aber wenn er nicht hinfuhr, wenn er die Tür nicht öffnete, dann konnte Michelle noch am Leben sein, auf dem Weg zu ihren Eltern, und sie ging nicht ans Telefon, weil sie auf den Verkehr achten musste. Das würde Michelle ähnlichsehen, oder? Vielleicht würde er eine leere, besenreine Wohnung vorfinden, wenn er zu ihr fuhr, und Michelle wäre längst fort. Es wäre nicht das erste Mal, dass Richard eine schreckliche Tat vorgetäuscht hätte, die sich dann nur als makabrer Scherz entpuppte. Oder wenigstens halb als Scherz, denn es handelte sich immer um etwas, was er tatsächlich gern getan hätte.

Aber was ist mit den Schlüsseln, dachte Matthew. *Woher hatte er die?*

Mira rief an, und in den zwanzig Minuten, in denen sie sprachen, fühlte sich Matthew okay, beinahe normal.

»Ich vermisse dich«, sagte er zum Ende des Gesprächs.

»Alles in Ordnung bei dir?«, fragte Mira. »Gibt es etwas Neues von der Polizei?«

»Alles bestens. Kann ich dich nicht einfach vermissen?«

Sie lachte, und es ging ihm gleich besser, als er das hörte. »Ich komme morgen Abend wieder. Hast du die Flugdaten bekommen, die ich dir geschickt habe?«

»Ich glaube, ja.«

»Dann bis morgen. Und Matthew …«

»Ja?«

»Ich liebe dich sehr. Ich will, dass du das weißt.«

»Ich weiß«, sagte er.

Nach dem Telefongespräch ging Matthew an den Kühlschrank. Er war nicht hungrig, aber er dachte, dass er etwas essen sollte. Der Tag war schrecklich gewesen. Als er im Lehrerzimmer eintraf, hatten sich alle Gespräche um Michelles plötzliche Abreise gedreht. Matthew hatte sich einen Kaffee eingeschenkt, den er nicht wirklich brauchte, und zugehört, wie Betty, die älteste Lehrerin in Sussex Hall, halb flüsternd gesagt hatte: »Sie hätte sich wenigstens mit ihrer Vertreterin treffen und den Lehrplan mit ihr durchgehen können. Es hätte sie höchstens einen halben Tag gekostet.«

»Ihr Freund wurde ermordet, und ihr Vater liegt im Sterben«, sagte Matthew von der anderen Seite des Raums. Betty und die drei Lehrerinnen, mit denen sie getratscht hatte, drehten sich zu ihm um.

»Tut mir leid«, sagte Matthew. »Ich mache mir nur Sorgen um sie, weiter nichts.«

»Wir machen uns alle Sorgen um sie«, versicherte Betty rasch. »Aber ich mache mir auch Sorgen um die Ausbildung ihrer Schüler.«

Matthew hatte sich wie in einem aufgewühlten Dunstschleier durch den restlichen Tag bewegt. Er hatte seine Klassen unterrichtet und den Besuch seines Bruders gelegentlich vergessen, aber dann sah er plötzlich diesen Schlüsselring wieder vor sich, und es drehte ihm den Magen um. Als der Tag endlich vorbei war, stieg Matthew in sein Auto, versuchte Michelle anzurufen – er landete direkt auf der Mailbox (»Michelle hier. Ihr wisst, was ihr zu tun habt.«) – und sagte sich dann, er sollte einfach direkt zu ihrer Wohnanlage fahren und an die Tür klopfen. Er konnte beinahe die Erleichterung spüren, die sich einstellen würde, wenn sie die Tür öffnete. Er konnte ihre Stimme hören – »Du bist gekommen! Ich wusste, es gibt einen Grund, warum ich heute Vormittag nichts auf die Reihe gebracht habe und nicht von hier losgekommen bin« –, und dann konnte er seinen Bruder später über ihn lachen hören. »Du dachtest doch nicht wirklich, ich würde so etwas tun, oder?«, würde er spotten. »Ich habe diesen Schlüsselring in der Drogerie gekauft. Ich warte seit Monaten darauf, dich damit reinzulegen.« Er spulte dieses Szenario zweimal im Kopf ab, dann bemerkte er, dass ihn

Billy Portis, einer seiner Schüler, von der anderen Seite des Parkplatzes aus beobachtete. Matthew startete den Motor seines Fiats und fragte sich, ob er die Lippen bewegt und mit sich selbst gesprochen hatte.

Anstatt zu den Country Squire Estates fuhr er direkt nach Hause. Der Wind trieb den Regen horizontal über das Land, das Wageninnere beschlug. Er öffnete das Fenster einen Spaltbreit, Regen drang ein und traf ihn im Gesicht, aber die Windschutzscheibe wurde ein wenig klarer. Er parkte, blickte beim Aussteigen automatisch zu seinen Nachbarn und entdeckte Hen auf ihrer Veranda. Sie winkte ihm zu, und er wurde von Erleichterung durchströmt. Er würde hinübergehen und mit Hen reden und später eine Entscheidung wegen Michelle treffen.

Jetzt zog er ein Ginger Ale aus dem Kühlschrank, dazu zwei Stangen String Cheese. Aus einem Küchenschrank holte er Cracker und trug alles zur Wohnzimmercouch, wo er im Dunkeln saß und sein Abendessen verspeiste.

Er konnte fast nicht glauben, dass er Hen von Richard erzählt hatte, aber es war ein gutes Gefühl gewesen, als er es tat. Und es ging nicht nur darum, dass es befreiend für ihn war. Wenn Richard Michelle tatsächlich etwas angetan hatte, wozu war er dann noch fähig? Er hatte schon von Hen gesprochen und gesagt, dass er sie eines Abends auf der Veranda sitzen sah und ihr unter den Rock schauen konnte. Was hatte er noch gesagt? Etwas wie, dass Hen »nur darauf warte«. Damals hatte Matthew kaum darauf geachtet. Es war das Gerede seines Bruders gewesen, des Losers, der immer nur große Töne spuckte, denen dann keine Taten folgten. Aber was, wenn sich das endlich doch geändert hatte? Bei dem Gedanken daran schmerzte Matthews Magen schlimmer denn je. Er entschied, dass er zu Michelles Wohnung fahren musste; er musste auf die eine oder andere Art herausfinden, was geschehen war.

Er sah auf die Uhr. Es war zu früh, um zu der Wohnanlage zu fahren. Zu viele Leute, die kamen und gingen. Er beschloss, um elf Uhr aufzubrechen, in der Hoffnung, es würde einerseits spät genug sein, damit ihn niemand mehr sah, und andererseits noch nicht so spät, dass er Verdacht erregte, falls doch. Er ging in sein Arbeitszimmer, schaltete die Tiffany-Lampe neben dem Sofa ein und sah sein Bücherregal durch, um eine Lektüre zu suchen, mit der er die nächsten paar Stunden totschlagen konnte. Er berührte die Rücken seiner Sammlung von Salinger-Taschenbüchern. *Der Fänger im Roggen* war das Buch, das ihn als Dreizehnjährigen gerettet hatte, das Buch, das ihn mit der Wut versöhnt hatte, die er gegenüber seinen Eltern und der Welt im Allgemeinen empfand. Aber das Buch, das er jetzt herauszog, war *Franny und Zooey*, gleichermaßen wichtig für ihn, das Buch, das zum ersten Mal Beschützerinstinkte gegenüber einem Mädchen in ihm geweckt hatte. Als er es, ebenfalls mit dreizehn, gelesen hatte, stellte er sich vor, dass er sich in die schwierige Franny aus dem ersten Teil des Buchs verliebt hätte. In gewisser Weise hatte er es getan. Sie war seine erste Liebe gewesen, ein Mädchen, das verstand, dass die Welt, in der wir leben, nichts als Bullshit ist. Als er das abgegriffene, modrige Taschenbuch jetzt wieder aufschlug und die erste Zeile las – »Trotz strahlenden Sonnenscheins war am Samstagvormittag wieder Mantelwetter, nicht nur Jackenwetter« –, spürte Matthew, wie sich seine Anspannung löste. Er las das ganze Buch, das eigentlich aus zwei langen Geschichten bestand, dann stand er vom Sofa auf, stellte es wieder ins Regal und machte ein paar Hampelmänner. Das Buch zu lesen hatte gewirkt, es hatte ihm erlaubt, für einige Zeit eine fiktive Sphäre zu betreten, etwas, das ihm immer leichtgefallen war. Es war das, was ihn rettete, dachte er manchmal. Es war das, was ihn durch eine Kindheit in der Hölle gebracht hatte und was sein Arbeitszimmer jetzt darstellte mit seinen Büchern und Talismanen. Es war eine eigene Welt.

Zwar war es noch nicht ganz elf, aber Matthew wusste, dass es Zeit war, zu Michelles Wohnung zu fahren und die Wahrheit herauszufinden. Er wechselte von Chinos und Pullover in seine älteste Jeans und ein Sweatshirt, das er nur noch zu Arbeiten im Haus anzog. Dann suchte er eine von Miras Vliesmützen heraus und setzte sie auf. Wenn man ihn bei der Wohnung sah, würde er zumindest nicht allzu sehr nach sich selbst aussehen.

Er fuhr zu den Country Squire Estates und parkte wieder auf dem Besucherparkplatz. Michelles Wagen war ein grauer Honda Civic, und Matthew hätte fast als Erstes danach gesucht, aber er entschied sich dagegen. Ob ihr Wagen hier war oder nicht, würde keinen Unterschied machen – er würde trotzdem nachsehen müssen, was in der Wohnung los war. Es hatte zu regnen aufgehört, aber der Parkplatz glänzte vor Nässe. Der Himmel war dunkelviolett und sternenlos. Die Anlage bestand aus zwei getrennten L-förmigen Gebäuden um einen großen, rechtwinkligen Pool. Es war ruhig, und in den meisten Fenstern brannte kein Licht. Was an Licht nach außen drang, wurde von Vorhängen und Jalousien gefiltert, und meist flackerte es blau von einem Bildschirm. Auf dem Weg zwischen den Gebäuden mit ihrem billigen Putz hindurch fühlte sich Matthew magisch angezogen von dem Eingang am Ende, einer von einer schwachen Lampe beleuchteten Glastür, gegen die stumpfsinnig eine einzelne Motte flog. Neben der Tür gab es Klingelknöpfe für die Wohnungen 33 bis 64. Matthew zog die beiden Schlüssel aus seiner Jeans. Auf keinem stand eine Nummer, aber Michelle hatte am Telefon erwähnt, dass sie in der 41 wohnte. Er hätte beinahe geläutet, aber etwas hielt ihn davon ab. Er musste wissen, ob die Schlüssel, die Richard bei ihm gelassen hatte, zu dieser Wohnanlage gehörten. Wenn ja, würde er sich auf das Schlimmste gefasst machen müssen.

Der erste Schlüssel, den er an der Haustür ausprobierte, glitt mühelos ins Schloss, ließ sich jedoch nicht drehen. Matthew fühlte sich kurz von Erleichterung durchflutet. Aber der zweite ließ sich ebenfalls leicht hineinstecken, und diesmal konnte Matthew ihn auch drehen und die Tür aufdrücken. Er trat in den mit Teppichboden ausgelegten Flur, und seine Angst erreichte fiebrige Höhen. Er blieb einen Moment stehen und lauschte in das schweigende Gebäude hinein, während seine Augen sich an das harte Neonlicht gewöhnten, dann machte er zwei Schritte vorwärts und bog links in einen langen Flur, dessen Wände in einem harmlosen Beige frisch gestrichen waren, während der Schmutz auf dem Teppich selbst durch das kunstvolle rot-goldene Muster erkennbar war. Die Nummern begannen bei 33, und nach etwa drei Vierteln des Flurs kam Matthew zu Apartment 41. Er presste das Ohr gegen die hölzerne Tür, hörte aber nichts. Fast hätte er geklopft, aber dann benutzte er doch den Schlüssel; irgendwie wusste er, wenn Michelle noch in der Wohnung war, dann wäre sie tot. Seine einzige Hoffnung bestand darin, dass sie mit allen ihren Sachen abgereist und inzwischen wohlbehalten zu Hause bei ihren Eltern angekommen war. Und dass Richard kein Mörder war.

Die Tür öffnete sich nach innen. In der Wohnung brannte kein Licht, aber die Jalousien waren hochgezogen, und Matthew blickte auf einen möblierten Wohnbereich. Ein Deckenventilator drehte sich langsam und klickte bei jeder Umdrehung kaum vernehmbar. Matthew schloss die Tür leise hinter sich, blieb einen Moment stehen und atmete durch die Nase ein. In der Wohnung roch es süßlich und nach Kupfer, und Matthew wäre beinahe umgekehrt. Der Geruch verriet ihm, dass das Schlimmste passiert war, aber er sagte sich, er müsse es mit eigenen Augen sehen. Er musste Zeuge der Tat seines Bruders werden. Rasch durchquerte er das Wohnzimmer und bemerkte die Kistenstapel in der Kochnische. Die Schlafzimmertür stand einen Spaltbreit offen, und Matthew stieß sie mit der Fußspitze weiter auf. Der Geruch war hier intensiver, und bevor sich seine Augen angepasst hatten, glaubte er, einen Teppich an der Wand über dem Bett zu sehen. Aber es war kein Wandteppich, es waren zwei hohe Bögen Blut, dunkel und verwischt.

Michelle lag auf dem Bett in einer Lache aus noch mehr Blut, das im Licht von draußen dunkel glänzte.

Kapitel 31

Hen lag im Bett und sah zu, wie die Morgendämmerung das Schlafzimmer allmählich mit Licht füllte. Lloyd lag unten auf der Couch. Dort wäre sie selbst im Grunde lieber gelegen, aber nach seinem Geständnis, dass er seit einem Jahr eine Affäre mit Joanna hatte, erschien es ihr nicht richtig, ihn im Bett schlafen zu lassen, während sie die Couch nahm.

Es war eine lange und zermürbende Nacht gewesen. Kaum hatte sie ihm vorgeworfen, eine Affäre zu haben, hatte er das Gesicht verzerrt und zu weinen begonnen. Wobei *weinen* nicht das richtige Wort dafür war. Er hatte sich vornübergebeugt und zu schluchzen begonnen, mit langen rauen Atemzügen, die Hen nur nervten, weil sie zehn Minuten warten musste, bis sie zu reden anfangen konnten. Sie sagte, sie wolle die ganze Wahrheit hören, und er nickte wiederholt, das Gesicht von Tränen und Rotz verschmiert. Sie saßen im Wohnzimmer, und Lloyd begann: »Es ist übrigens vorbei. Seit dem letzten Wochenende, als ich behauptet habe, bei Robs Fest gewesen zu sein. Ich war bei ihr in Northampton, und wir waren uns einig … Wir wussten beide, dass es ein großer Fehler war. Sie fühlt sich ebenfalls schlecht, schrecklich, aber ich verspreche dir, es ist vorbei.«

»Es interessiert mich nicht, wie es zu Ende ging, Lloyd. Ich frage mich, warum es angefangen hat.«

Also erzählte er ihr die Geschichte, wie es im Jahr zuvor losgegangen war, als Joanna bei Robs Fest aufgetaucht und Lloyd allein dort war. Sie hatten herumgemacht (»es war nur ein dummer Kuss im Suff«), aber hinterher hatten sie begonnen, sich E-Mails zu schreiben, dann zu telefonieren, und so führte eins zum andern. Lloyd sagte wiederholt, es sei mehr eine emotionale Sache gewesen als eine körperliche, dass sie einfach gut miteinander reden konnten.

»Ihr habt über mich gesprochen? Über uns?«, fragte Hen.

»Ja.«

»Was habt ihr gesprochen? Vergiss nicht, mir alles zu erzählen.«

»Ich habe wohl darüber gesprochen, wie sich unsere Beziehung verändert hat, wie es nur noch darum geht, wie wir mit allem klarkommen. Erst war es deine Krankheit, mit der wir fertigwerden mussten, und dass ich mich nur noch gefühlt habe wie ein Pfleger, dann haben wir dieses Haus gekauft, und es ging nur noch um Darlehen und Umzugskosten und Einrichtung …«

»Das nennt man das wahre Leben«, unterbrach ihn Hen.

»Ich weiß. Ich sage ja nicht, dass ich im Recht bin. Ich erkläre nur, wie es mir ging. Ich weiß, es ist nicht fair. Ich weiß, ich bin der Bösewicht bei der Geschichte.«

»Okay«, sagte Hen. »Weiter.«

Lloyd sprach weiter, und Hen stellte überrascht fest, dass sie sich beim Zuhören beinahe langweilte. Sie hätte die

Geschichte auch selbst erzählen können. Es war nur eine Midlife-Crisis, Lloyd hatte den täglichen Kleinkram seines Lebens satt – die Gesundheitskrisen und finanziellen Entscheidungen und den Job, der weniger kreativ war, als er ursprünglich angenommen hatte –, und plötzlich war da eine neue Frau, mit der man reden und sich davonstehlen konnte, und alles war eine Zeit lang wieder interessanter geworden. Hen glaubte ihm sogar, als er sagte, dass es vorbei sei, denn die Sache zwischen Joanna und ihm war keine große Liebe, so viel wurde klar; nur zwei halbwegs einsame Menschen, die herummachten, als wären sie noch Mittzwanziger. Hatte sie auf mehr gehofft? Hatte ein kleiner Teil von ihr zu erfahren gehofft, dass Lloyd rasend verliebt war und sie verlassen wollte und dass Hen um ihre Ehe kämpfen *oder nicht kämpfen* musste? Vielleicht verblasste Lloyds schäbige kleine Affäre auch nur im Vergleich zu dem, was sie in den letzten Tagen über ihren Nachbarn und dessen Geheimnisse erfahren hatte.

»Ich bin müde, Lloyd«, unterbrach sie einen weiteren Tränenschwall. »Ich gehe nach oben und schlafe. Wir können morgen weiterreden.«

Bevor sie das Wohnzimmer verließ, fragte Lloyd noch: »Worüber hast du mit Matthew Dolamore gesprochen?«

»Er tötet Menschen.«

»Was?«

»Das ist nichts Neues. Ich habe es dir bereits gesagt, aber jetzt hat er mir selbst alles darüber erzählt.«

»Was? Gehst du wieder zur Polizei?«

»Das kann ich nicht, oder? Er wird es abstreiten, und

sie werden ihm glauben. Ich kann nichts beweisen, und die Polizei weiß alles darüber, was im College passiert ist. Sie glauben mir nie.«

»Ist er gefährlich?«

»Für mich? Nein, das glaube ich nicht. Ich würde mir mehr Sorgen um dich machen. Er wusste übrigens, dass du fremdgehst.«

»Wovon zum Teufel redest du?«

»Er sagte, er hat es dir auf den ersten Blick angesehen. Er hat es an der Art gemerkt, wie du seine Frau angeschaut hast.«

»Großer Gott! Du willst aber nicht mehr mit ihm sprechen, oder?«

»Das weiß ich nicht. Wahrscheinlich schon. Er will aufhören, und vielleicht kann ich ihm dabei helfen. Es ist das Einzige, was ich tun kann.«

»Ich finde, du solltest zur Polizei gehen und ihnen alles erzählen, selbst wenn sie dir nicht glauben. Gib es zu Protokoll.«

»Dann glaubst du mir jetzt also?«

»Ja! Ich meine, ich glaube dir, dass du mit diesem widerlichen Typen gesprochen hast und er dir erzählt hat, dass er Menschen umbringt, und dass du ihm glaubst.«

»Dann ist er jetzt derjenige, dem du nicht glaubst?« Hen stand am Fuß der Treppe, eine Hand am Geländer.

»Ich weiß nicht, was ich noch glauben soll.« Lloyd holte mit offenem Mund tief Luft. Hen fiel auf, wie trocken seine Lippen waren, beinahe weiß an den Rändern.

»Wir reden morgen weiter, okay?«

Hen schlief bis kurz nach Tagesanbruch. Das Licht im

Raum ließ die Innenseite ihrer Lider rot erscheinen, und sie stellte sich vor, sie würde am Rand des Sees in den Adirondacks liegen, wo ihre Eltern eine einfache Hütte besaßen. Es war einer der Orte, an denen sie glücklich war, umgeben von Kiefern, das kühle Wasser des Sees noch auf der Haut, in der Ferne das Geräusch eines Motorboots. Dann war sie wach, und das Motorboot war in Wirklichkeit ein Rasenmäher irgendwo in der Sycamore Street. Sie setzte sich im Bett auf, und da ihr einfiel, dass sie am Vorabend vergessen hatte, ihre Medikamente zu nehmen, nahm sie jetzt die doppelte Menge, dann stellte sie sich unter die Dusche. Anschließend zog sie sich an, konnte sich aber nicht dazu durchringen, nach unten zu gehen und das Gespräch mit Lloyd fortzusetzen. Es war ermüdend und traurig, und sie stellte überrascht fest, dass es einen Teil von ihr eigentlich gar nicht mehr interessierte. Der Schock über die Untreue hatte nachgelassen, und sie war irgendwie abgestumpft. Was sie wirklich gern getan hätte, war, nach unten zu gehen und Lloyd zu sagen, er solle einfach zur Arbeit fahren und sie könnten später weiterreden. Sie wollte allein sein und vielleicht in ihr Atelier gehen, und sie wollte ihr Gespräch mit Matthew fortsetzen und mehr über seinen Bruder und was mit ihm los war in Erfahrung bringen.

Sie legte sich rücklings aufs Bett und lauschte. Sie fragte sich, ob Lloyd schon auf war, hörte aber nichts. Schließlich gab sie sich einen Ruck und ging nach unten, wo sie Lloyd noch auf der Couch und vielleicht noch immer weinend anzutreffen erwartete. *Warum durfte er so viel weinen*? Sie war diejenige, die betrogen worden war.

Als sie ins Erdgeschoss kam, war die Couch verwaist, und die einzelne Decke lag auf dem Boden.

»Lloyd«, sagte sie laut, und in dem Moment, in dem sie es sagte, wusste sie, dass er nicht im Haus war. Sie trat ans Fenster, durch das man auf die Einfahrt hinaussah. Der Golf war fort. In der Küche lag keine Nachricht. War er einfach zur Arbeit gefahren und hatte das Auto statt des Zugs genommen? Nein, das ergab keinen Sinn. Und wenn doch, dann hätte er ihr Bescheid gegeben. Er wäre nicht einfach aufgebrochen, während sie oben noch schlief. Sie holte ihr Handy hervor. Keine Textnachricht, nichts auf der Mailbox. Sie wählte seine Nummer, und als es zu läuten begann, kam ein wohlbekanntes Geräusch aus dem Wohnzimmer, die ersten Töne von »Coronado«, dem Song aus *Deerhunter*, den Lloyd als Klingelton benutzte.

Sie legte auf und fischte Lloyds Handy unter der Decke neben der Couch hervor. Und dann begann sie sich ernsthaft Sorgen zu machen. War er zur Polizei gefahren, um ihnen von Matthew zu erzählen? Oder vielleicht direkt zu Matthew? Aber warum sollte er dafür das Auto nehmen? *Er ist Frühstück holen gefahren,* sagte sich Hen. *Er ist zu der fantastischen Bäckerei im Dartford Center gefahren, um diese Aprikosen-Scones zu holen, die ich so mag, und zwei große Kaffee dazu, und er hat einfach vergessen, sein Handy mitzunehmen.* Sie versuchte sich das einzureden, glaubte es aber selbst nicht recht. Es ging um etwas anderes, etwas Schlimmes.

Sie trat ans Wohnzimmerfenster und blickte zu Matthews Haus hinüber. Sein Wagen war ebenfalls fort, aber das war nicht weiter verwunderlich, da er inzwischen in der Schule sein musste. Es gab nichts zu sehen, aber sie blieb trotzdem am Fenster stehen, schaute hinaus und wusste nicht, was sie tun sollte.

Richard

Ich wusste nicht, dass Blut so hervorschießen kann, fast als *wollte* es den menschlichen Körper verlassen, so weit wegkommen wie möglich. Ich hatte natürlich in Büchern darüber gelesen, und ich hatte in Filmen gesehen, wie arterielles Blut spritzt. Aber es in der Wirklichkeit zu sehen, in seiner ganzen Lebendigkeit, das war etwas … etwas, das ich nicht in Worte fassen kann.

Dad hat Blut ebenfalls geliebt. Ich weiß das nicht nur, weil er mir einmal diesen BH gezeigt hat, als er von einer Geschäftsreise zurückkam – den BH mit dem Blutfleck, den BH, den ich, zwischen Dads Sachen versteckt, immer noch habe. Nein, ich weiß es, denn nachdem er Moms Nase am Esstisch gebrochen hatte und sie einfach reglos dasaß und das Blut von ihrem Gesicht rinnen und auf alles tropfen ließ – den zerbrochenen Teller, die Keramiktischplatte, die Stoffservietten, den Linoleumboden –, erwischte ich Dad dabei, wie er eine der Servietten aus dem Wäschekorb zog. Sie war braun und steif von dem vielen Blut, und als er mich bemerkte, zwinkerte er und sagte: »Noch ein Souvenir.«

Ich frage mich, ob Dad wirklich wusste, wozu Blut in der Lage ist, wenn man es nicht eindämmt. Das frage ich mich oft, und eine Weile habe ich mir ungelöste Mordfälle vorgenommen und nach den Orten gesucht, an denen er am häufigsten auf Geschäftsreise war. Ich habe immer *irgendetwas* gefunden – in jeder Stadt Amerikas gibt es ermordete Mädchen, deren Mörder nie gefasst werden –, aber ich konnte nie den Verdacht erhärten, dass mein Vater verantwortlich war.

Möglicherweise weiß ich jetzt etwas, was er nie wusste: dass Blut ein eigenes Leben hat.

Matthew hat inzwischen herausgefunden, was ich mit seiner Freundin Michelle gemacht habe. Er wusste es natürlich in dem Augenblick, in dem er die Schlüssel sah, die ich bei ihm gelassen hatte, aber er musste selbst hinfahren und nachsehen. Ich habe ihn aus der Ferne beobachtet und mich gefragt, was er unternehmen würde, sobald seine letzten Zweifel beseitigt waren. Würde er geradewegs zur Polizei gehen und mich anzeigen? Bisher hat er es nicht getan. Meines Wissens zumindest nicht. Ich glaube einfach nicht, dass er es tun wird. Mom ist nie zur Polizei gegangen, und Matthew ist derjenige in der Familie, der Mom am ähnlichsten ist.

Nein, Matthew wird viel eher versuchen, selbst mit mir fertigzuwerden. Damit es in der Familie bleibt, würde er sagen. Immerhin hat er Dad getötet, auch wenn er schwört, dass er es nicht gewesen ist. Aber wir wissen beide, dass das nicht stimmt. Matthew überragte Dad bereits mit fünfzehn. Er schoss in die Höhe, wie Mom es gern nannte. Dad muss es bemerkt haben, denn er trat zu Hause ein wenig vorsichtiger auf, hielt sich bei den Spielchen, die er mit Mom trieb, ein wenig zurück. Und Mom, die sich nicht gern eine günstige Gelegenheit entgehen ließ, nutzte das aus. Ich weiß noch, wie sie die Namen anderer Männer in Gesprächen fallen ließ. »Ach, Porter«, sagte sie etwa. »Ich bin heute Morgen Dick Humphries über den Weg gelaufen. Ich soll dir ausrichten, er hofft, dass es dir bald besser geht.« Das war, als Dad den schlimmen Rücken hatte. Es machte ihn noch gemeiner, aber es schränkte ihn auch ein. Als er Mom das letzte Mal bedrohte, sie an der Gurgel packte, als sie den Abwasch machte, stieß ihn Matthew so heftig, dass er zu Boden ging und eine Stunde liegen blieb, weil es ihm in den Rücken gefahren war. Mom fragte ihn, ob er sein Abendessen auf dem Küchenboden einnehmen wolle.

Ich bin mir deshalb so sicher, dass Matthew Dad die Kellertreppe hinuntergestoßen hat, weil Dad *nie* da hinunterging, zumindest habe ich es nie gesehen. Unser Keller war nur halb so groß wie das Erdgeschoss, ein besserer Gemüsekeller im Grunde, außer ein paar schimmligen Kisten mit den wenigen Habseligkeiten, die Mom aus dem Haus ihrer Eltern geholt hatte, als die beiden endlich starben, befand sich da unten nichts. Eine dieser riesigen Gefriertruhen stand noch darin, in der Mom Fleisch und Fertigmahlzeiten aufbewahrte, aber sie hatte eines Sommers den Geist aufgegeben, und nachdem Mom das ganze verdorbene Fleisch weggeworfen hatte, ließ sie die Truhe nie reparieren oder kaufte gar eine neue. Niemand in der Familie ging in den Keller hinunter, deshalb ergab es keinen Sinn, als Dad mit einer Kopfwunde tot am Fuß der Treppe gefunden wurde. Es ist passiert, während Matthew und ich in der Schule waren und Dad mit dem schlimmen Rücken zu Hause lag. Ich weiß, wie leicht es für Matthew gewesen wäre, sich aus der Schule zu schleichen und durch den Wald zu unserem Haus zu laufen. Matthew war zu diesem Zeitpunkt kräftig genug, und Dad war schwach genug; er hätte ihn sogar zur Kellertreppe tragen und hinunterwerfen können.

Ich war natürlich derjenige, der ihn gefunden hat. Mein Vater, eine leblose Puppe, deren Kopf in die falsche Richtung zeigte. Nirgendwo war Blut. Der Tod meines Vaters spielte sich vollständig innerhalb seiner Haut ab.

Michelle dachte natürlich, ich wäre Matthew, genau wie Sally Respel es gedacht hat. Als sie ihren Irrtum erkannte, war es zu spät. Ich war in ihrer Wohnung und hatte die Tür hinter mir geschlossen. Im Licht ihrer tristen Bude konnte sie mein Gesicht sehen.

Ich träume wieder von dem dunklen Haus mit den vielen Räumen. Ich habe den Traum inzwischen so oft, dass ich weiß, dass es ein Traum ist, sobald ich ihn habe. Und ich weiß, dass die Person, die ich suche, nicht zu finden ist. Es gibt zu viele Flure, zu viele Zimmer, zu viele Orte, an denen sie sich verstecken kann.

Aber ich habe keine andere Wahl, als weiterzusuchen. Die Decken sind niedrig in diesem großen Haus, und ich habe nie viel darüber nachgedacht, aber es gibt dort keine Fenster, nur dunkle Räume, die zu anderen Räumen führen. Ich sage mir, ich sollte aufhören, Türen zu öffnen, aber ich kann nicht, selbst wenn ich schreckliche Dinge in ihnen finde: ein in der Mitte durchtrenntes Kaninchen, das aber noch lebt; einen Thanksgiving-Truthahn, der mit Spinnen gefüllt ist;

unsere Mutter, die auf dem Küchenboden gebiert, aber alles, was aus ihr herauskommt, ist ein Strom Blut.

Trotz alledem öffne ich weiter Türen, hoffe ich weiter.

Ich verstecke mich jetzt, auch wenn es nur Matthew ist, der nach mir sucht. Das wird sich bald alles ändern. Die Leiche fängt zu riechen an, und die Nachbarn bemerken es. Oder jemand vermisst sie und geht nachschauen, und dann werde ich mich auch vor der Polizei verstecken müssen. Es ist nur eine Frage der Zeit.

Matthew ruft pausenlos an, obwohl er weiß, dass ich nicht ans Telefon gehe.

Ich bin ihm nach Hause gefolgt, nachdem er in den Country Squire Estates war. Ich habe ihn aus dem Wagen steigen und mit so etwas wie Verlangen zum Haus seiner Nachbarn blicken sehen. *Was hat er der Nachbarin erzählt?* Ich habe durch ihre Fenster gespäht und nichts weiter entdeckt als einen Typen, der sich auf der Wohnzimmercouch hin- und herwälzte. Ich konnte aber spüren, dass die Frau, Henrietta, ebenfalls im Haus war. Sie hat meinen Bruder mit einer Art Zauber belegt, so viel weiß ich. Ich verstehe es. Ich habe sie während des Tags der offenen Tür endlich aus der Nähe gesehen. Matthew weiß nicht, dass ich dort war, aber das war ich. Sie trug eine enge schwarze Hose, die ihre Knöchel entblößte, und ein weites Oxfordhemd mit aufgerollten Ärmeln. Ich wette, sie dachte, dass sie damit wie eine Künstlerin aussah und dass all die Männer, die in ihr Atelier spazierten, sich nicht etwa vorstellten, was unter diesem übergroßen Hemd und dieser Hose steckte, sondern sich nur für ihre

Kinderzeichnungen interessierten. Sie kauerte an einer ihrer Pressen und zog ein großes Blatt Papier heraus, und ich sah über ihrer Hose die Haut, die aussah, als hätte sie nie die Sonne gesehen, und ihren schmalen Brustkorb.

Ich stelle mir das viele Blut unter dieser papierdünnen Haut vor. Ich stelle mir vor, dass sie warm ist.

Ich glaube, wenn ich wirklich Matthews Aufmerksamkeit erregen will, habe ich die falsche Frau getötet.

TEIL 3

BRÜDER

Kapitel 32

Anstatt in Panik zu verfallen, blieb Matthew ruhig. Er ließ alles in Michelles Wohnung, wie es war, aber erst nachdem er ihre Handynummer ein weiteres Mal angerufen hatte und das Gerät von der Küchenanrichte läuten hörte, wo es am Ladegerät hing.

Er zog es heraus und ließ es in seine Tasche gleiten, dann ging er langsam rückwärts aus der Wohnung und wischte alles, was er angefasst haben konnte, mit dem Ärmel seines Sweatshirts ab. Im Flur angekommen, sperrte er die Tür ab und eilte, so schnell er konnte, zu seinem Wagen. Er fuhr davon und fand sich auf einer zu beiden Seiten bewaldeten Nebenstraße wieder. Seine Scheinwerfer schnitten einen Tunnel in die Dunkelheit. Er kam an eine Kreuzung, wo ihm ein Schild den Weg nach Dartford wies. Er wusste jetzt, wo er war, und kam an einem Stand vorbei, der in den Sommermonaten Eis verkaufte, er war mit Mira einige Male dort gewesen. Er hielt auf dem leeren Parkplatz, schaltete die Scheinwerfer aus und ging zur Rückseite der einstöckigen Eisbude. Dort gab es einen kleinen Abfallcontainer nicht weit von einigen Picknicktischen. Wo der Kiesweg endete, begann ein von Unkraut überwuchertes Feld, das auf einer

Seite von einer Steinmauer und auf der anderen von einer Baumreihe begrenzt wurde, die sich dunkel vom Nachthimmel abhob. Matthew ging etwa hundert Meter weit zu einem besonders steinigen Teil des Felds hinaus. Er zertrümmerte Michelles Telefon zwischen zwei flachen Steinen und verstreute die Bruchstücke so, dass er im Unkraut nach ihnen suchen musste, dann begrub er das zerstörte Telefon und die Wohnungsschlüssel unter einem größeren Stein, den er aus der Erde gestemmt hatte. Der Mond war hinter den Wolken hervorgekommen, und in seinem silbrigen Licht sah er Regenwürmer, die sich in der feuchten schwarzen Erde unter dem Stein wanden. Er setzte den Stein vorsichtig wieder darauf, dann ging er weitere hundert Meter zu der Baumreihe. Unmittelbar dahinter lag eine von einem Drahtzaun umgebene Viehweide. Matthew beugte sich darüber und übergab sich heftig. Als er fertig war, bemerkte er, dass eine der beisammenstehenden Kühe den Kopf gewandt hatte und ihn ansah. Dann verschwand der Mond wieder hinter den Wolken.

Er fuhr nach Hause und versuchte, nicht zu angestrengt darüber nachzudenken, was er jetzt tun sollte, um keine Panik aufkommen zu lassen.

Matthew machte die Scheinwerfer des Fiats aus, als er in seine Einfahrt bog; es war schon sehr spät, und er wollte nicht von seinen Nachbarn bemerkt werden. Er sah zu Hens Haus hinüber. Im Wohnzimmer brannte noch Licht, und er fragte sich kurz, was passiert war, nachdem ihr Ehemann nach Hause gekommen war und sie beide im Gespräch auf der Veranda angetroffen hatte. Lloyd hatte natürlich besorgt ausgesehen, seine glanzlosen Augen hatten alles langsam aufgenommen, während er von Matthew zu Hen und wieder zurück geblickt und nicht gewusst hatte, was er denken oder sagen sollte. War er intelligent genug, um die Intimität zwischen ihnen zu erkennen? Dachte er, dass sie eine Affäre hatten?

In seinem dunklen Haus lief Matthew auf und ab und gestattete sich kurz eine Fantasie, wie er Lloyd tötete. Sie befanden sich in einem makellos weißen Raum – vielleicht in einem der etwas teureren Hotels in Boston –, und Lloyd war so fest in Klebeband eingewickelt, dass er außer seinen Augen nichts mehr bewegen konnte. Matthew hob ihn hoch und legte ihn in eine tiefe Badewanne, drehte das Wasser auf und sah zu, wie Lloyd ertrank, wie alle Großspurigkeit, Wollust und Arroganz aus diesen Augen wich, als er begriff, was passierte. Die Fantasie lenkte ihn nur ein klein wenig ab, denn Matthew wusste, dass er sie aller Wahrscheinlichkeit nach nie würde umsetzen können. Diese Zeiten waren dank Richard vorbei. Matthew machte ein paar Hampelmänner, dann stieg er ins Obergeschoss hinauf.

Wenn ich mich benehme, als wäre nichts geschehen – wenn ich mir die Zähne putze, das Gesicht wasche und mich ins Bett kuschle –, dann ist vielleicht auch nichts passiert.

Es funktionierte nicht. Matthew lag wach und dachte daran, wie es weitergehen würde. Die Polizei würde Michelles Leiche entdecken, und wegen ihrer Beziehung zu Scott Doyle würden sie sofort davon ausgehen, dass die beiden Morde zusammenhingen. Vielleicht aber auch nicht, denn immerhin waren die beiden Morde sehr verschieden – doch nein, das war Wunschdenken. Sie würden die Tode von Michelle und Scott miteinander in Verbindung bringen, und sobald sie das taten, würden sie sich daran erinnern, dass einer der ersten Verdächtigen nach dem Mord an Scott Doyle Matthew Dolamore gewesen war, ein Kollege von Michelle Brine. Der nicht nur an derselben Schule gearbeitet hatte wie sie, sondern im selben Fachbereich. Matthew konnte Dylan Hembree förmlich hören. »Ach, sie haben dauernd miteinander geredet. Manche dachten, es könnte etwas zwischen ihnen laufen. Außerdem erinnere ich mich an eine komische Unterhaltung, als Matthew sie einlud, in eine Bar mit ihm zu gehen, es könnte sogar an einem Abend gewesen sein, an dem Scott dort mit den C-Beams spielte.« Natürlich würde die Polizei wieder bei ihm auftauchen, und diesmal würde er kein Alibi haben. Nicht für den Mord an Michelle jedenfalls. Und dann würde die Polizei wieder mit Hen reden, und vielleicht würden sie ihr diesmal glauben. Sie würde sogar sagen, dass er Michelle ihr gegenüber erwähnt hatte. Und je näher sie ihm kamen, desto näher kamen sie auch Richard.

Matthew konnte sich ein einziges anderes Szenario vorstellen: Angenommen, es gelang ihm, die Polizei davon zu überzeugen, dass Henrietta Mazur Scott Doyle und Michelle Brine getötet hatte, um ihm die Morde in die Schuhe zu schieben. Dass das alles zu ihrer sonderbaren fixen Idee gehörte, überall Mörder zu sehen, und dass sie ein einziges Mal recht haben wollte? Vielleicht könnte das funktionieren, aber er brächte das nie über sich, er wäre niemals fähig, ihr das anzutun. Sie hatte es nicht verdient. Aber was war mit Lloyd? Was, wenn Matthew etwas ergattern konnte, was ihn belastete – ein Haar, zum Beispiel –, und sich zum Tatort zurückschlich und es dort hinterließ? Selbst wenn Lloyd nie dafür verurteilt werden sollte, würde es die Polizei verwirren und auf eine falsche Fährte locken. Je mehr er darüber nachdachte, desto besser erschien ihm die Idee.

Eine Stunde vor Unterrichtsbeginn stand Matthew auf. Er hatte überhaupt nicht geschlafen, und alle Muskeln schmerzten ihm. Einen Moment lang befürchtete er, er könnte krank sein, und legte sich die Hand an die Stirn, aber dann dachte er, dass er seinen Körper wahrscheinlich durch bloße Anspannung so sehr erschöpft hatte. In der Dusche ließ er den Kopf kreisen und legte ihn so weit in den Nacken, bis es knackte und ein befreiender Schmerz seinen Rücken hinunterschoss. Er musste schlafen und seinen Körper heilen lassen, aber ihm war klar, er musste auch zur Arbeit gehen, weil er im Moment nichts Ungewöhnliches tun durfte.

Draußen war es kalt, der Rasen vor dem Haus war nass vom Tau. Der halbe Himmel war grau von Wolken, die andere Hälfte milchig blau. Er stieg in sein Auto, ließ es an und zappte durch die Kanäle, bis er einen Klassiksender fand. Er konnte heute Morgen keine normalen menschlichen Stimmen über das Wetter, Politik oder Baseball sprechen hören. Die Windschutzscheibe war von außen beschlagen, und er schaltete den Scheibenwischer an und ließ das Fenster auf der Beifahrerseite hinunter. Er gestattete sich einen raschen Blick zum Nachbarhaus und sah gerade noch eine Gestalt vom Fenster weghuschen. *Das ist Lloyd*, war er überzeugt. *Hen hat ihm alles von unseren Treffen und was ich gesagt habe, erzählt, und jetzt glaubt er ihr tatsächlich und behält mich im Auge. Das geht in Ordnung. Wenn er mir folgt, wird er nicht wissen, wie ihm geschieht.*

Matthew fuhr langsam aus der Einfahrt und bog links in die Sycamore Street. Üblicherweise fuhr er auf zwei verschiedenen Wegen zur Schule. Der schnellste führte über die Route 2, aber oft benutzte er Nebenstraßen und den Weg durch die Stadt. Heute entschied er sich für die Route 2, fuhr langsam und behielt den Rückspiegel im Auge. Auf halbem Weg zur Schule, er hatte gerade den Kreisverkehr in Concorde passiert, bemerkte er den hellgrauen Golf etwa drei Fahrzeuge hinter sich. Er musste nicht notwendigerweise Lloyd gehören – dieser Teil der Welt war voller Volkswagen –, aber Matthew wusste, dass er es war. Er nahm die Ausfahrt zur Schule. Der Golf tat es ihm gleich. Er fragte sich, was Lloyd vorhatte. Folgte er ihm einfach, um zu sehen, wohin er fuhr? Nein. Er würde ihn auf dem Schulparkplatz zur Rede stellen. Er sah Lloyd schon wutentbrannt hervorstottern: »Halt dich von meiner Frau fern, oder ich bringe dich verdammt noch mal um«, oder etwas in dieser Art, während andere Lehrer und Schüler mit offenem Mund zusahen. Anstatt also durch den Haupteingang zu fahren, wie er es normalerweise tat, benutzte Matthew die zweite Zufahrt auf der Rückseite der Schule. Er hoffte, der Parkplatz dort würde leer sein, und so war es auch fast, nur wenige Autos parkten dort, die vermutlich dem Verwaltungspersonal gehörten. Matthew hielt neben der Laderampe und wartete dreißig Sekunden, dann sah er Lloyds Golf zögerlich um die Ecke biegen und zwei Stellplätze entfernt halten.

Matthew ließ seine Aktentasche im Wagen, stieg aus und

ging auf den Golf zu, während Lloyd seinerseits ausstieg. Er hatte sich offenbar nur rasch eine Jeans und ein schäbiges T-Shirt übergezogen.

»Hi, Lloyd«, begrüßte ihn Matthew und bemühte sich, nicht nervös zu lächeln.

Lloyd wirkte plötzlich überrascht, als wäre er auf das, was er sagen wollte, nicht angemessen vorbereitet. Er schloss die Wagentür hinter sich und sagte: »Halt dich von meiner Frau fern.«

Matthew konnte sich ein Lächeln nicht verkneifen, weil es genau die Worte waren, mit denen er gerechnet hatte.

»Was zum Teufel gibt es da zu grinsen?«, sagte Lloyd. Sein Gesicht war gerötet.

»Ich lächle, weil du keine Ahnung hast, wovon du sprichst.«

»Ich weiß alles. Ich weiß, was du meiner Frau erzählt hast, und sie sagt alles der Polizei. Du bist im Arsch. Ich bin jetzt nur hier, um dir zu sagen, bleib von Hen weg, sonst kommst du in noch größere Schwierigkeiten, als du schon bist.«

Matthew spürte, wie ihn eine vertraute Ruhe und Hochstimmung überkamen. Er ging entschlossen auf Lloyd zu und sah, wie dieser panisch hierhin und dorthin blickte und nicht wusste, was er tun sollte. Als er nur noch einen Schritt entfernt war, holte Lloyd aus und verpasste ihm unbeholfen einen lahmen Schwinger, der ihn im oberen Drittel des linken Ohrs traf. Matthew packte Lloyd am T-Shirt – von einer Band namens Scruffy the Cat –, setzte seinen rechten Fuß hinter Lloyds Beine und stieß ihn nach hinten. Er hielt ihn am T-Shirt fest, damit er nicht zu heftig auf den Asphalt krachte.

Als er auf dem Boden lag, kniete sich Matthew auf seine Brust, drückte Lloyds rechten Arm nach unten und presste die andere Hand seitlich an Lloyds Gesicht. Damit blieb dessen linker Arm frei, und er packte Matthew am Hals und kratzte ihm direkt unter dem Haaransatz die Haut auf. Es tat nicht allzu weh, und Matthew dachte, dass sich Lloyd wahrscheinlich vor Kurzem die Fingernägel geschnitten hatte, was eine gute Sache war. Er verlagerte mehr Gewicht auf Lloyds Brustkorb und achtete darauf, ihm nichts zu brechen, bis Lloyd mangels Luftzufuhr ohnmächtig wurde.

Matthew stand schwer atmend auf und legte die Hand an die Stelle, wo Lloyd ihn gekratzt hatte. Es fühlte sich nach einer kleineren Abschürfung an, die Haut war kaum aufgerissen, nicht allzu schlimm. Er holte zweimal tief Luft, dann bückte er sich und riss Lloyd ein Haar aus. Lloyds Augenlider flatterten, und er fing zu husten an. Matthew hätte nichts weiter tun müssen, als sich erneut auf seine Brust zu stützen und diesmal dort zu bleiben, dann wäre Lloyd von dieser Welt in die nächste gegangen. Es wäre so einfach und so befriedigend gewesen. Stattdessen steckte er das Haar ein, stieg in seinen Fiat und fuhr zur Vorderseite der Schule, wo er ihn auf seinem üblichen Platz abstellte. In zwanzig Minuten begann seine erste Stunde.

Kapitel 33

Hen war in der Stunde, seit sie entdeckt hatte, dass Lloyd fort war, etwa fünf Mal drauf und dran gewesen, die Polizei zu verständigen, hatte sich aber jedes Mal davon abgehalten, weil sie sich das Gespräch gut vorstellen konnte.

Ma'am, wie lange ist Ihr Mann schon verschwunden?

Nur ein paar Stunden.

Können Sie sich einen Grund denken, warum er das Haus verlassen hat? Hatten Sie Streit?

Ja, ich habe herausgefunden, dass er seit einem Jahr eine Affäre hatte.

Meinen Sie nicht, Ma'am, das könnte etwas mit seinem Verschwinden zu tun haben?

Ja, sicher, aber lassen Sie mich Ihnen von dem Serienmörder erzählen, der nebenan wohnt …

Stattdessen zwang sie sich, Kaffee zu machen und ein Stück Toast zu essen, dann trat sie mit ihrer Tasse und dem Telefon auf die Veranda und zwang sich zu warten. Er würde sicher bald auftauchen, auch wenn ein Teil von ihr glaubte, dass etwas Schreckliches passiert war.

Sie stand einmal mehr kurz davor, die Notrufnummer zu wählen, als sie beschloss, stattdessen Detective Martinez in

Cambridge anzurufen. Sie hatte seinen Namen gegenüber den hiesigen Detectives erwähnt, die den Mord an Scott Doyle untersuchten, und dachte, man hätte ihn vielleicht darüber unterrichtet. Wenn nicht, konnte sie ihm erzählen, was vor sich ging. Sein Telefon läutete etwa sechsmal, und als Hen gerade zu dem Schluss kam, dass er nicht abnehmen würde, klickte es, und er sagte: »Hallo, Hen«, fast als wären sie alte Freunde.

»Ah, hallo, Detective. Haben Sie einen Moment Zeit?«

»Ja. Was gibt es denn?«

»Haben Sie von Scott Doyle gehört, dem Mann, der beim *Rusty Scupper* in New Essex getötet wurde?«

»Ja, das habe ich allerdings. Eine Reihe von Detectives haben mich einzeln deswegen angerufen. Sie sagten, Sie seien Augenzeugin gewesen und hätten meinen Namen erwähnt.«

»Ich habe alles gesehen.«

»Ja, das habe ich gehört.«

»Es war Matthew Dolamore. Ich habe ihn so deutlich gesehen wie nur irgendwen, aber genau genommen rufe ich Sie nicht deshalb an.«

»Okay.«

»Haben Sie den Rest auch gehört? Dass ich verhaftet wurde, weil ich im College eine andere Studentin verfolgt und behauptet hatte, sie hätte versucht, jemanden zu ermorden?«

»Das habe ich.«

»Und dass Matthew Dolamore und seine Frau ein Kontaktverbot gegen mich erwirkt haben?«

»Ich habe gehört, dass sie eins beantragt haben.«

»Es wurde bewilligt. Nicht dass es Matthew davon abhalten würde, zu mir zu kommen. Wir haben geredet, nur wir beide. Und er hat mir alles erzählt. Er hat mir erzählt, wie er Dustin Miller und Scott Doyle getötet hat. Er hat es mir erzählt, weil er denkt, dass ihm keine Gefahr droht, er denkt, dass mir niemand glauben wird.«

»Wann hat er Ihnen das alles erzählt?«

Hen berichtete ihm von ihren drei Treffen und von allem, was Matthew gesagt hatte, einschließlich der merkwürdigen Art, in der er in der Nacht zuvor von seinem Bruder gesprochen hatte. Noch während sie redete, war ihr klar, wie verrückt sie sich anhören musste, aber sie machte trotzdem weiter und teilte ihm alles genau so mit, wie es gewesen war.

»Ich nehme nicht an, dass Sie eine dieser Unterhaltungen aufgezeichnet haben?«, fragte der Detective.

»Er hat mich bei unserem ersten Treffen abgetastet. Daran hat er ebenfalls gedacht. Also nein, ich habe nichts aufgenommen. Hören Sie, worüber ich mir jetzt Sorgen mache, ist, dass mein Mann verschwunden ist.«

»Ihr Mann ist verschwunden?«

»Seit heute Morgen. Ich habe ihm letzte Nacht alles gesagt, was ich Ihnen gerade erzählt habe. Heute Morgen bin ich dann aufgestanden, und er war fort, der Wagen ist fort, und sein Smartphone ist noch hier. Ich befürchte, er könnte selbst hinter Matthew her sein. Ich drehe halb durch vor Angst, wenn Sie die Wahrheit wissen wollen.«

»Okay, Hen, beruhigen Sie sich. Wann haben Sie ihn zuletzt gesehen?«

»Er war gestern Abend noch hier. Als ich aufgewacht bin,

war er fort.« Hen entschied, dass es nicht der beste Moment war, um ihn von Lloyds Untreue zu unterrichten. »Ich wollte die Notrufnummer anrufen, aber ich weiß, dass er zu diesem Zeitpunkt noch nicht als vermisst gilt.«

»Nein. Es ist gut, dass Sie zuerst mich angerufen haben, Hen.«

Es gefiel ihr nicht, wie er ständig ihren Namen benutzte. Es erinnerte sie an ihre Zeit in der Klinik, wenn ein Berater oder Therapeut versuchte, eine Beziehung zu ihr aufzubauen. Es kam ihr vor, als würde er sie behutsam behandeln, wie man es mit einer geistesgestörten Person macht.

»Sie glauben mir nicht, habe ich recht?«

»Ich weiß nicht, was ich glauben soll«, antwortete er nach einer kurzen Pause. »Weiter kann ich Ihnen nicht entgegenkommen. Aber es sieht nicht gut für Sie aus, muss ich sagen. Soviel ich gehört habe, hat Matthew Dolamore für die Nacht von Scott Doyles Tod ein ziemlich solides Alibi.«

»Von seiner Frau.«

»Ja, von seiner Frau.«

»Sie muss für ihn lügen. Sie ist seine Frau – lässt Sie das nicht an seinem Alibi zweifeln? Ein klein wenig zumindest?«

»Sicher, sie könnte lügen. Aber das könnten Sie auch, und da liegt das Problem. Sie haben in einer ähnlichen Situation schon einmal gelogen.«

Hen wurde klar, dass dieser Anruf nirgendwohin führte, und sie hätte beinahe aufgelegt. Aber sie holte tief Luft und sagte: »Okay, wir müssen nicht streiten. Ich weiß, wie es aussieht, und ich weiß, wie ich wirken muss. Aber fürs Protokoll möchte ich Ihnen mitteilen, dass Matthew Dolamore mehrere Menschen getötet hat, darunter Dustin Miller und Scott Doyle. Ich weiß es mit Bestimmtheit. Ich weiß, dass meine Aussage nicht zählt, aber es muss andere Beweise geben. Es muss sie einfach geben.«

»Okay, wir…«

»Und eins noch: Überprüfen Sie seinen Bruder. Er sagt, er heißt Richard. Matthew behauptet, dass sie beide von ihren Eltern verkorkst wurden, aber dass Richard Frauen tötet, nicht Männer.«

»Er hat Ihnen erzählt, dass sein Bruder Leute getötet hat?«

»Nicht direkt, nein. Er scheint zu glauben, dass sein Bruder wie er ist, und wenn er anfangen würde zu töten, wären seine Opfer Frauen. So hat er es mir gesagt. Er schien besorgt zu sein, als hätte sein Bruder möglicherweise schon etwas getan.«

»Ich seh mir das mal an, Hen. Okay?«

»Sie rufen mich an, sobald sich etwas ändert, wenn Sie etwas herausfinden?«

»Natürlich. Und Sie können mich jederzeit anrufen, wenn Ihnen noch etwas einfällt. Und geben Sie mir Bescheid, wenn Ihr Mann nicht wiederauftaucht.«

Während er es sagte, sah Hen den grauen Golf die Straße entlangkommen und langsam in ihre Einfahrt biegen.

Sie beschloss, dem Detective nichts davon zu sagen, und beendete stattdessen das Gespräch. »Danke, dass Sie mir zugehört haben, Iggy.« Sie benutzte den Namen, den er ihr genannt hatte, auch wenn er sich fremd in ihrem Mund anfühlte. Dann legte sie auf.

Als Lloyd aus dem Wagen stieg, ging Hen hinaus auf die

Veranda und beobachtete ihn durch das Gitter. Alle Angst, die sie um ihn gehabt hatte, löste sich in nichts auf, und sie war jetzt wieder nur wütend. Wütend wegen seiner Affäre. Wütend, weil er sie dazu gebracht hatte, dass sie heute Morgen Angst um ihn gehabt hatte.

»Was zum Teufel soll das?«, blaffte sie, als er zur Veranda hinaufstieg.

»Tut mir leid, ich … äh … bin ein bisschen plötzlich aufgebrochen.«

»Du hast nicht mal dein Handy mitgenommen. Ich bin fast durchgedreht vor Angst.« Lloyd war inzwischen durch die Tür gekommen, und Hen sah, wie blass er war, wie viel Furcht in seinen Augen stand. »Was ist denn passiert? Alles okay mit dir?«

»Ich bin ihm gefolgt. Ich bin Matthew zu seiner Schule gefolgt, weil ich mit ihm reden wollte … Können wir ins Haus gehen? Mir ist so kalt.«

Drinnen sah Hen, wie er seine rechte Hand hielt und die Finger zu beugen und zu strecken versuchte, und sie fragte: »Habt ihr euch geprügelt?«

Lloyd erzählte ihr die Geschichte, wie er Matthew nach Sussex Hall gefolgt war und wie Matthew ihn kampfunfähig gemacht hatte.

»Wo? Auf dem Parkplatz?«

»Es war hinter dem Hauptgebäude. Er ist dorthin gefahren und hat geparkt. Vermutlich, weil er wusste, dass ich ihm gefolgt bin.«

»Du hast ihn zuerst geschlagen?«

»Ja, allerdings glaube ich, dass ich mir selbst mehr wehgetan habe als ihm. Er war so ruhig. Er hat mich einfach zu Boden gestoßen und sich auf mich gekniet… ich dachte, ich müsste sterben. Mir ist schwarz vor den Augen geworden, und ich dachte, er bringt mich um. Und alles, woran ich denken konnte… alles, woran ich denken konnte, warst du.«

Er begann wieder zu weinen, und obwohl sie es eigentlich nicht wollte, legte Hen ihm die Hand auf den Rücken und versicherte ihm, dass es beängstigend klang. »Willst du versuchen, mit der Polizei zu reden?«

»Nein. Das würde nichts nützen. Ich war derjenige, der ihm gefolgt ist, und ich habe zuerst zugeschlagen. Er würde behaupten, dass er sich nur verteidigt hat. Nein, ich habe darüber nachgedacht. Ich glaube, wir sollten einfach von hier verschwinden. Ich rufe bei mir auf der Arbeit an und sage, dass ich einen Notfall habe und mir einige Zeit freinehmen muss. Wir könnten ins Auto steigen und irgendwohin fahren. Wie wäre es mit Maine? Wir könnten uns ein Zimmer in diesem Hotel in Bar Harbor nehmen, wo wir schon waren, und eine Woche bleiben. An unserer Ehe arbeiten. Was meinst du?«

Hen schüttelte den Kopf. »Ich weiß nicht, Lloyd. Wir müssten trotzdem wieder hierher zurückkommen. Davon abgesehen weiß ich nicht, ob ich an unserer Ehe arbeiten *will*.«

»Dann mieten wir getrennte Zimmer und wären zumindest nicht mehr hier. Ich weiß, ich höre mich wie ein Feigling an, aber das ist mir egal. Ich bin jetzt überzeugt, dass er gefährlich ist und…«

»Großartig, jetzt bist du überzeugt, dass er gefährlich ist, weil du selbst die Erfahrung gemacht hast. Du hast mir nicht geglaubt, als ich dir beteuert habe, dass ich buchstäblich mit eigenen Augen gesehen habe, wie er einen Mann getötet hat. Damals hast du keinen Urlaub vorgeschlagen.«

»Ich schlage keinen Urlaub vor, Hen. Ich schlage vor, dass du und ich zu unserem Schutz wegfahren. Und während wir fort sind, können wir überlegen, was zwischen uns los ist.«

Hen bemerkte Vinegar auf der Couch, der sich eine Pfote abschleckte und sein Ohr reinigte, während sie debattierten. Er bemerkte, dass sie ihn ansah, hielt inne und erwiderte ihren Blick, dann gähnte er.

»Ich muss arbeiten«, sagte Hen. »Ich habe noch Abgabetermine für dieses Buch, und ich muss in mein Atelier gehen können.«

»Scheiß drauf«, sagte Lloyd.

»Du kannst ja fahren, wenn du willst. Tatsächlich finde ich, du solltest es tun. Es wäre das Sinnvollste. Außerdem würde es uns guttun, einige Zeit getrennt zu sein.«

»Ich werde dich nicht …«

»Lloyd, ich weiß nicht, ob ich dich überhaupt noch hier haben will.«

»Du kannst mich nicht zwingen, zu gehen, solange er nebenan wohnt. Ich ziehe ins Gästezimmer, wenn du willst. Ich muss nicht mit dir reden. Ich verstehe, dass du stinksauer auf mich bist. Ich bin selbst stinksauer auf mich. Aber ich gehe nicht weg, solange er nicht hinter Schloss und Riegel sitzt.«

»Wer weiß, ob das je passieren wird«, sagte Hen. »Ich bin kein verlässlicher Zeuge. Du ebenfalls nicht. Er hat ein Alibi. Er ist unser Nachbar auf Gedeih und Verderb.«

»Dann ziehen wir eben weg.«

Hen war plötzlich erschöpft. Wenn sie nur daran dachte zu versuchen, diese Ehe zu retten, Lloyd wieder zu vertrauen, einen neuen Ort zu suchen, an dem sie leben konnten, ein neues Studio … Das alles erschöpfte sie unvorstellbar. »Was meinst du, Vinegar«, sagte sie. »Willst du noch mal umziehen?«

Er begann sein anderes Ohr zu säubern und die Pfote gegen den Schädel zu drücken.

»Ich rede nicht von einem sofortigen Umzug, aber irgendwann mal, wenn er nicht verhaftet wird. Allerdings glaube ich immer noch, dass wir einige Zeit wegfahren sollten. Jetzt sofort. Hier ist es zu gefährlich. Du kommst mit mir, Hen. Es ist mir egal, ob du selbst es willst. Du musst es mir zuliebe tun.«

»Dir zuliebe?« Hen lachte. »Okay, dieses Gespräch ist offiziell beendet. Ich muss ins Atelier und arbeiten. Du kannst hierbleiben oder zur Arbeit fahren, oder du fährst nach Maine hinauf und schaust zu, wie sich die Blätter färben, es ist mir alles einerlei.«

»Wenn du ins Atelier gehst, komme ich mit.«

»Das kommt nicht infrage, Lloyd, tut mir leid. Du bist in viel größerer Gefahr, wenn du hierbleibst, als ich in meinem Atelier.«

Lloyd runzelte die Stirn. »Was willst du damit sagen?«

»Ich glaube einfach nicht, dass er mir etwas tun wird. Wir haben einander kennengelernt, verlass dich drauf.«

»Ich glaube tatsächlich, du bist dabei, den Verstand zu verlieren, Hen. Ich glaube, etwas stimmt ernsthaft nicht mit dir. Nimmst du deine Medikamente?«

»Du kannst mich mal, Lloyd. Warum fährst du nicht zu Joanna und bleibst bei ihr? Ruf sie an, sie soll dich holen kommen. Ich fahre ins Atelier, weil ich arbeiten muss.«

Sie ging in die Küche und nahm ihre Autoschlüssel vom Haken an der Wand. Dann blieb sie einen Moment lang stehen und dachte über das nach, was Lloyd gerade gesagt hatte, dass sie dabei sei, den Verstand zu verlieren. Sehr viele der großen emotionalen Momente in ihrem Leben hatten mit ihrer geistigen Gesundheit zu tun gehabt, aber dies war keiner davon. Auch wenn einige Symptome sich glichen – rasende Gedanken, Paranoia, ein Gefühl der Beklemmung –, wusste sie, was sie wusste. *Das ist real*, hätte sie gern zu Lloyd gesagt. *Ich kenne Matthew genau, und mein Zustand hat nichts damit zu tun.*

Sie kehrte ins Wohnzimmer zurück und fragte sich, ob Lloyd versuchen würde, sie mit Gewalt aufzuhalten, aber als sie an ihm vorbeiging, sagte er nur: »Ich bin hier, wenn du nach Hause kommst.«

Im Hinausgehen antwortete Hen: »Das hoffe ich, ehrlich gesagt, nicht.«

Kapitel 34

Mit Lloyds Haarsträhne in der Hosentasche fuhr Matthew Richtung Country Squire Estates. Es war ein langer, elender Unterrichtstag gewesen, aber er hatte ihn durchgestanden. Ein Merkmal von Teenagern war, dass sie von ihren eigenen persönlichen Dramen so in Anspruch genommen wurden, dass ihnen nie in den Sinn kam, Erwachsene könnten ebenfalls Probleme haben. Es gab natürlich Ausnahmen. Katrina Benedict, die schon in jungen Jahren etwas Mütterliches ausstrahlte, sagte ihm, er sehe müde aus. »Gerade geht ein Infekt herum, Mr. Dolamore. Fühlen Sie sich krank?« Und Jason Khoury war der Einzige, der die roten Striemen an Matthews Haaransatz bemerkte. Er fragte Matthew, ob alles okay sei.

»Ich bin damit aufgewacht«, log Matthew. »Wahrscheinlich hatte ich einen Albtraum und habe mich gekratzt.«

Es war noch nicht Rushhour, aber auf der Route 2A herrschte dichter Verkehr. Er war bereits an *Gifford's Farm* vorbeigefahren, der geschlossenen Eisbude, bei der er Michelles Schlüssel und Handy vergraben hatte. Er wusste, wie leichtsinnig es war, bei Tageslicht dort aufzukreuzen, ganz zu schweigen davon, noch einmal zu Michelles Wohnanlage zu fahren, aber er war entschlossen, Beweismittel zu hinterlassen, die Lloyd Harding belasten würden, auch wenn am Ende nichts hängenbleiben sollte. Er hatte seinen Wagen hinter der geschlossenen Bude abgestellt, erleichtert, dass niemand außer ihm dort war, und nach zwanzig Minuten fand er die Stelle, wo Schlüssel und Telefon lagen, wieder. Er brauchte so lange, um sie zu finden, dass er schon befürchtete, er hätte sich die ganze Sache nur eingebildet und sei tatsächlich dabei, den Verstand zu verlieren, aber dann entdeckte er den etwas losen Stein und grub die Schlüssel aus. Sein Magen drehte sich um, als er sie in der Hand hielt, und einen Moment lang glaubte er, sich wieder übergeben zu müssen. Aber das Gefühl ging vorbei, und er stieg wieder ins Auto; seine Handflächen waren schweißnass, sein Mund war trocken.

Die Country Squire Estates lagen rund hundert Meter von der Straße zurückversetzt hinter einer Reihe Kiefern. Matthew hatte die 2A bereits verlassen und wollte eben in den Parkplatz einbiegen, als er die beiden Streifenwagen am Eingang zu Michelles Gebäude stehen sah. Selbst aus der Ferne konnte er das gelbe Absperrband zwischen den Fahrzeugen und dem Gebäude erkennen. Ein uniformierter Beamter stand neben einem der Streifenwagen und sprach in sein Funkgerät, und eine kleine Schar Bewohner hatte sich nicht weit entfernt versammelt und redete miteinander. Matthew fuhr auf den Parkplatz des Whole-Foods-Marktes, der an die Wohnanlage grenzte, und stellte den Wagen dort ab. Er musste einen Moment nachdenken. Offenbar kam er zu spät und würde nicht in der Lage sein, das Haar noch zu platzieren. Ein Teil von ihm war erleichtert, hauptsächlich, weil er damit diese Schreckenskammer nicht mehr betreten und all das vergossene Blut nicht noch einmal riechen musste, aber auch, weil auf die eine oder andere Weise bald alles vorbei sein würde. Wichtig war jetzt, zu Richard zu kommen. Er wusste nicht, was er dann tun würde, aber er musste ihn sehen, bevor er mit der Polizei sprach. Er musste einige Entscheidungen treffen.

Nachdem er den Wagen in seiner Einfahrt geparkt hatte, sah er reflexartig nach, ob Henriettas und Lloyds Auto in ihrer stand. Es war nicht da, was ihm nur verriet, dass einer von ihnen fort war. Als er sein Haus betrat, staunte er, dass es noch genauso aussah, wie er es am Morgen verlassen hatte. Er rechnete halb damit, eine Schwadron Polizisten vorzufinden, die mit Durchsuchungsbeschlüssen wedelten. Es war nur eine Frage der Zeit. Er glaubte nicht, dass Lloyd ihn wegen der Auseinandersetzung vom Morgen anzeigen würde, aber ihm war klar, dass er mit Michelles Tod wieder ins Rampenlicht geriet.

Sein Handy läutete – eine örtliche Nummer, die er nicht kannte –, und er beschloss, nicht dranzugehen, da es mit Sicherheit eine schlechte Nachricht war.

Er versuchte noch einmal, seinen Bruder zu erreichen, dann checkte er die Nachricht auf seiner Mailbox. Sie stammte von Iggy Martinez, dem Detective aus Cambridge, der bei ihm gewesen war, um ihm Fragen über Dustin Miller zu stellen. »Könnten Sie mich bitte möglichst bald zurückrufen«, sagte er beiläufig. »Keine große Sache, aber ich muss Sie noch etwas fragen. Okay, danke.«

Matthew ging in die Küche und schenkte sich ein großes Glas Ginger Ale auf Eis ein, dann ging er damit in sein Arbeitszimmer, holte die Flasche hervor, die er für Richards Besuche aufbewahrte, und fügte eine kleine Menge Whiskey hinzu, genug, um seine Nerven vielleicht ein wenig zu beruhigen. Dann rief er den Detective an.

»Danke, dass Sie sich melden«, sagte der Detective und räusperte sich.

»Kein Problem. Was gibt es?«

»Ich habe eine weitere Frage bezüglich unseres letzten Gesprächs an Sie. Ich weiß gar nicht, ob es relevant ist, aber sein Name ist aufgetaucht, deshalb dachte ich, ich frage Sie einfach.«

»Okay«, sagte Matthew und wusste nicht, was er zu erwarten hatte.

»Sie haben einen Bruder namens Richard Dolamore, richtig?«, fragte der Detective.

Matthews Kopfhaut zog sich zusammen, aber er blieb ruhig und sagte: »Ja.«

»Was können Sie mir über ihn erzählen?«

»Ich bin verwirrt. Glauben Sie, Richard hatte etwas mit dem zu tun, was Dustin Miller zugestoßen ist?«

»Nein, eigentlich nicht. Aber so läuft es eben bei alten, ungelösten Fällen. Wir nehmen uns jedes kleinste Detail vor, wie unwichtig es auch erscheinen mag, und schließen dann alles Mögliche aus. Wenn man genug ausgeschlossen hat, verrät einem das, was übrig bleibt, vielleicht etwas.« Matthew hörte leise eine Hupe und dachte, dass der Detective wahrscheinlich im Auto saß.

»Sicher, das verstehe ich.«

»Wo wohnt Ihr Bruder?«

»Er wohnt im Haus meiner Eltern. Sie haben es ihm hinterlassen.«

»Und wo ist das?«

»Hier in Dartford.«

»Ach so? Dann sehen Sie ihn wohl ziemlich oft.«

»Ehrlich gesagt, nein. Mein Bruder lebt sehr zurückgezogen. Er ist ein ziemlicher Einzelgänger. Wir sehen uns ab und zu, aber eher selten.«

»Okay, verstehe. Dann will ich Sie nicht länger stören, ich bräuchte nur noch seine Adresse. Sie sagten, es ist das Haus Ihrer Eltern.«

»Natürlich. Die Adresse lautet 227 Blackberry Lane. Von mir aus gesehen liegt das auf der anderen Seite von Dartford.«

»Und wie sieht es mit einer Telefonnummer aus?«

Matthew beschloss, dass jede Verzögerung gut für Richard sein würde, deshalb sagte er: »Ich weiß leider von keiner. Meines Wissens hat er kein Telefon. Entweder schaut er bei mir vorbei oder ich bei ihm.«

»Danke, Matthew. Das war sehr hilfreich. Übrigens habe ich gehört, dass Sie ein wenig Ärger mit Ihrer Nachbarin hatten.«

»Ach, das. Ich hoffe, ich habe es im Keim erstickt.«

»Dann lässt sie Sie also in Ruhe?«

»Ja, alles in Ordnung.« Matthew wollte den Detective fragen, woher er überhaupt von der einstweiligen Verfügung wusste, aber er hielt sich zurück. Natürlich wusste er es.

Die Polizei fügte alle Puzzlestücke zusammen. »Hören Sie«, sagte er rasch. »Ich müsste eigentlich…«

»Ja, ja, machen Sie nur. Entschuldigung und danke noch mal für die Information.«

Nachdem der Anruf beendet war, starrte Matthew auf das Telefon in seiner Hand. Er war während des Telefonats auf und ab gelaufen und stand jetzt in der Küche. Etwas roch schlecht, und er schaute in die Spüle, wo ein in Cellophan verpacktes Steak in einer Schale mit rosa Wasser schwamm. Ihm fiel ein, dass er das Steak am Vorabend aus dem Tiefkühlschrank geholt hatte, um es zum Abendessen zuzubereiten, und es dann völlig vergessen hatte. Er packte es mit zwei Fingern am Rand und warf es in den Müll. In seinem Arbeitszimmer betrachtete er das einzige Bild, das er von seinem Bruder hatte, ein verblasstes Foto, auf dem Richard noch ein Baby war. Ihre Mutter hatte auf dem Foto bestanden: Matthew in seinen Sachen für die Sonntagsschule (Chinos und ein Button-down-Hemd), den in eine Decke gewickelten Richard auf dem Schoß. Matthew sah direkt auf seinen kleinen Bruder hinunter, und er stellte sich vor, dass sie einander ansahen, auch wenn er wusste, dass Neugeborene furchtbar schlecht sahen. Dennoch war es ein gutes Bild, eins der wenigen guten Bilder aus ihrer Kindheit. Als er das Bild jetzt ansah, wünschte er, er würde etwas von Richard hören. Er musste ihn warnen, dass die Polizei unterwegs war. Er musste ihm eine Chance geben, zu fliehen. Matthew versuchte es noch einmal bei ihm.

»Jo, Bro.«

»Um Himmels willen, na endlich.«

»Ich war beschäftigt. Außerdem weiß ich genau, was du mir sagen willst.«

»Da bin ich mir nicht so sicher, Richard. Sie sind hinter dir her. Die Polizei kommt. Ich habe gerade mit einem von ihnen gesprochen.«

»Wenn sie hinter mir her sind, dann sind sie auch hinter dir her, das weißt du.«

»Ja, das weiß ich. Deshalb müssen wir unsere Geschichten aufeinander abstimmen, und deshalb muss ich mit dir reden. Ich rufe nicht wegen deiner Tat an. Ich muss nur wissen: Hat dich jemand dort gesehen? Wie vorsichtig warst du?«

»Mich wo gesehen? Wovon redest du?«

»Dafür haben wir jetzt keine Zeit, Richard.«

»Vielleicht sollten wir uns treffen und persönlich darüber sprechen. Das wäre mir lieber.«

»Dafür haben wir keine Zeit. Werden sie in Michelles Wohnung Beweise finden? Sie sind jetzt dort, verstehst du das? Sie untersuchen jede Faser und jeden Blutfleck.«

Richard schwieg einen Moment, dann antwortete er: »Du warst ebenfalls dort.«

»Woher weißt du das?«

»Ich habe dich beobachtet. Wie hast du dich gefühlt, als du das viele Blut gesehen hast?«

»Du weißt, wie ich mich gefühlt habe. Es war ekelerregend. Was *du* getan hast, war ekelerregend. Sie hat es nicht verdient, zu sterben, und das weißt du.«

»Ich konnte dich doch nicht allein den ganzen Spaß haben lassen. Das wäre nicht fair. Und dass du ein paar schmierige Typen umgebracht hast, macht dich außerdem noch lange nicht moralisch überlegen. Du bist in dieser Beziehung wie Mom. Sie dachte, ihre Scheiße stinkt nicht, weil ihr Mann noch schlimmer war als sie, aber so läuft das nicht, verstehst du? Nicht in der richtigen Welt. In der richtigen Welt bist du so krank und pervers wie ich.«

»Du hast recht, Richard. Ich stimme dir in allem zu, aber jetzt beantworte meine Frage: Was werden sie in der Wohnung finden?«

Richard seufzte. »Wir haben dieselbe DNA. Wenn ich mich aus dem Staub machen muss, musst du es auch.«

»Ich denke, genau das solltest du tun. Ich denke, du solltest fliehen, und zwar schnell, okay? Ich werde dir nicht helfen, wenn sie dich holen kommen. Ich kann es nicht. Du bist auf dich allein gestellt.«

»Danke, Bruder. Nichts anderes habe ich erwartet.«

»Du hast Michelle getötet!« Matthew schrie die Worte mit einer sich seltsam überschlagenden Stimme, die er kaum als seine eigene erkannte. »Du hast Michelle getötet«, sagte er noch einmal leiser. Dann wartete er auf Richards Antwort, aber es kam keine. »Richard? Bist du noch da, Richard?«

Aber Richard war nicht mehr da, und Matthew hatte das Gefühl – das schreckliche, beruhigende Gefühl –, dass sein Bruder vielleicht tun würde, womit er seit Jahren drohte: für immer aus Dartford wegzugehen, um die Vergangenheit hinter sich zu lassen.

Matthew kam zu Bewusstsein, dass er im Wohnzimmer vor dem Fenster stand, von dem aus man das Haus seiner Nachbarn sehen konnte. Dort stand noch immer kein Auto in der Einfahrt. Der Gedanke, er könnte in die Blackberry

Lane rüberfahren, schoss ihm durch den Kopf, zu dem Haus, in dem er aufgewachsen war, dem Haus, in dem Richard noch immer lebte, aber er konnte sich nicht überwinden. Er war seit Jahren nicht mehr dort gewesen, und beim letzten Mal war er schockiert gewesen, in welchem Zustand sich das Haus befand. Richard wohnte zwar dort, aber er tat nichts, um es instand zu halten. Er hatte seit Jahren nichts von der Einrichtung gereinigt oder ausgewechselt. Alle Möbel, Regale, Fensterbretter waren von einer dicken schwarzen Staubschicht bedeckt. In den Räumen im Obergeschoss, einschließlich Matthews altem Kinderzimmer mit dem Einzelbett und der merkwürdig gelben Tapete mit Farnmuster, waren die Wände voller Schimmelflecken, und überall lagen Tierköttel. Nein, er glaubte nicht, dass er sich dazu überwinden konnte, dorthin zurückzukehren. Indem er Richard gewarnt hatte, hatte er getan, was er konnte. Er musste …

Von oben hörte er ein Klicken. Zwar ganz leise, aber er hörte es deutlich, und es war keins der Geräusche, die das Haus gelegentlich machte, etwa wenn die Gasheizung oder die Eismaschine im Kühlschrank ansprangen oder die Wände in den Fundamenten knarrten. Nein, es klang, als würde sich eine Tür schließen. Er schlich zum Fuß der Treppe. Von dort konnte er den Treppenabsatz im Obergeschoss sehen. Zwei Türen, die von seinem und Miras Schlafzimmer und die Badezimmertür, standen weit offen. Er begann leise die Treppe hinaufzusteigen, dann wurde ihm bewusst, wie das klang, und er ging schneller, ungezwungen, ein Mann, der die Treppe in seinem eigenen Haus hinaufsteigt. Oben angekommen, wandte er sich nach links und betrat das Schlafzimmer, wo sein Blick auf die Tür des begehbaren Kleiderschranks fiel, die ebenfalls offen stand, allerdings war sie nur angelehnt. Konnte das Klicken, das er gehört hatte, von einer aufspringenden Tür gestammt haben? Möglich, entschied er und ging lässig auf die Tür zu, riss sie auf und betrat den Schrank, wo er zwischen Miras Kleidung auf der rechten und seiner eigenen auf der linken Seite stand. Hier befand sich niemand. Er griff in das Fach über seiner Kleiderstange, schob einen Schuhkarton beiseite und tastete nach dem Totschläger aus Hickoryholz, einem der wenigen Gegenstände, die er aus dem Haus seiner Eltern mitgenommen hatte, und die einzige Waffe im Haus.

Mit dem Totschläger in der Hand ging er ruhig zurück in den Flur. Die beiden anderen Türen auf dem Stockwerk – zum Gästezimmer und zu Miras Nähzimmer – standen ebenfalls offen, aber in beiden gab es Schränke. Er betrat zuerst das Gästezimmer. Die Schranktür war zu. Er stellte sich neben sie, drehte den Türknopf und trat einen Schritt zurück, als er sie aufriss … Was erwartete er eigentlich zu entdecken? Hen auf der Suche nach der Fechttrophäe? Lloyd, der unbedingt den Kampf von heute Morgen fortsetzen wollte? Der Schrank war leer, und zum ersten Mal, seit er es klicken gehört hatte, zog er die Möglichkeit in Betracht, dass es nichts gewesen sein könnte, vielleicht ein Ast, der an ein Fenster im Obergeschoss geschlagen hatte, oder schlicht eins dieser Phantomgeräusche, die alle Häuser machten.

Matthew verließ das Gästezimmer und näherte sich dem Raum auf der Vorderseite des Hauses, einem kleinen Zimmer mit einer Dachschräge, das früher einmal ein Kinderzimmer hatte werden sollen. Es war jetzt Miras Nähstube, die Wände waren in einem fröhlichen Gelb gestrichen, das jetzt noch fröhlicher wirkte, weil die Nachmittagssonne durch das einzige Fenster fiel. Auch in diesem Raum gab es einen Schrank, zumindest einen halben Schrank, mehr wie eine eingezogene Zwischendecke. Die Tür war zu, und Matthew blieb einen Moment davor stehen. Wenn sich hier oben wirklich jemand versteckte, dann dort drin.

Er legte die Hand auf den Türknauf, und im selben Moment flog die Tür auf, ein Mann schoss heraus, rammte seinen Kopf genau in Matthews Solarplexus und stieß ihn rückwärts zu Boden.

Matthew schwang den Totschläger und erwischte den Eindringling an der Schulter. Der Mann brüllte, wahrscheinlich mehr vor Angst als Schmerz, und hob den Kopf. Es war Lloyd, er biss die Zähne zusammen, und seine Augen waren geweitet. Er rappelte sich vom Boden hoch, sodass er wie ein Hund auf allen vieren kauerte, und Matthew, der sich aufgesetzt hatte, schwang erneut den Totschläger und erwischte Lloyd am Nasenrücken. Es krachte, als etwas brach. Lloyds Brüllen verwandelte sich in ein Heulen, und Blut lief aus der gebrochenen Nase auf den Parkettboden.

Matthew krabbelte im Sitzen nach hinten und trat aus. Lloyd schüttelte heftig den Kopf, und Blut spritzte von einer Seite zur anderen, dann ging er in die Hocke, wischte sich übers Gesicht und verschmierte das Blut. Beide Männer standen nun, Matthew mit dem Totschläger in der Hand, Lloyd leicht schwankend und mit geballten Fäusten.

»Ich habe dich gehört«, sagte Lloyd.

Matthew machte einen Schritt auf ihn zu. »Du bist unbefugt hier eingedrungen.«

»Ich habe alles gehört, du Irrer«, brüllte Lloyd, und Matthew schwang den Totschläger.

Kapitel 35

Allein weil sie wieder im Atelier mit seinen niedrigen Decken und den scheppernden Rohren war, umgeben von allem, was sie für ihre Kunst brauchte, konnte Hen endlich anfangen, rational und ruhig über die Ereignisse der letzten Wochen nachzudenken.

Sie machte sich einen Kamillentee, legte Iron & Wine im CD-Player auf und fing an, sauberzumachen und aufzuräumen, ein Ritual, das der eigentlichen Arbeit oft vorausging. Sobald sie ruhiger wurde, listete sie in Gedanken ihre aktuellen Probleme in der Reihenfolge ihrer Wichtigkeit auf; es war etwas, was sie sich Jahre zuvor antrainiert hatte, als kleine Probleme ihr manchmal das Gefühl gaben, ihr Leben wäre unerträglich. Die Idee war, sich so auf ein Problem nach dem anderen zu konzentrieren. Der andere Zweck der Übung war natürlich, sich selbst zu zeigen, dass die Probleme, die man hatte, oft gar nicht so schlimm waren, wie sie aussahen. Aber das traf auf die jetzige Situation eindeutig nicht zu. Ihr Problem Nummer eins im Moment war noch nicht einmal, dass ihr Mann sie betrog und ob sich ihre Ehe retten ließ, sondern der psychopathische Mörder, der nebenan wohnte. Nach diesen beiden Punkten schien nichts mehr eine große

Rolle zu spielen. Trotzdem zwang sie sich, ihre zusätzlichen Probleme aufzulisten. Sie musste ihre Eltern häufiger besuchen, vor allem jetzt, wo sie älter wurden. Außerdem war sie ein bisschen in Verzug mit ihrer Deadline für die nächsten beiden Illustrationen für das *Sagenkrieger*-Buch, auch wenn sie nichts Bedrohliches von ihrem Agenten gehört hatte und sich deshalb keine allzu großen Sorgen machte. Ohnehin war es nur Arbeit. Die konnte noch ein wenig warten.

Damit blieben ihre beiden Hauptprobleme, und die waren gewaltig: Was sollte sie in Bezug auf Lloyd unternehmen und was in Bezug auf Matthew? Was Lloyd gesagt hatte, klang sinnvoll. Wenn sie beide wegfuhren, würden sie für eine Weile aus der Schusslinie sein und könnten sich um ihre Ehe kümmern. Das Problem war, dass sie sich nicht um ihre Ehe kümmern *wollte*. Seit sie seine Untreue entdeckt hatte, wusste sie in ihrem tiefsten Innern, dass es vorbei war. Sie war keine übermäßig eifersüchtige Frau – sie war sich ziemlich sicher, dass sie ihm einen One-Night-Stand hätte verzeihen können –, aber dass er sie ein Jahr lang hintergangen und pausenlos belogen hatte … Außerdem gab es noch etwas: Sie fühlte sich definitiv schlecht behandelt und war stinksauer, aber nicht übermäßig verletzt. Es brach ihr nicht das Herz. Sie liebte Lloyd, sie würde ihn immer lieben, aber sie konnte sich ein Leben ohne ihn vorstellen. Und war das nicht ein Indiz dafür, dass es möglicherweise keine Ehe war, die sich zu retten lohnte?

Wenn die Sache mit Matthew nebenan nicht gewesen wäre, diese potenziell gefährliche Situation, dann würde sie Lloyd mitteilen, sie brauche eine Pause, um sich über alles klar zu werden, und er solle eine Weile ausziehen. Vielleicht sollte sie ihn einfach zwingen, es trotz allem zu tun. Er war schließlich schuld an allem, und sie sollte ihn zum Ausziehen bewegen können. Wohin würde er gehen? Wahrscheinlich würde er bei Joanna Grimlund einziehen, in… Northampton, oder? Sie versuchte sich vorzustellen, wie sie sich dabei fühlen würde, und war sich nicht sicher. Es bedeutete ihr einfach nicht so viel, auch wenn sie sich fragte, ob es wirklich aus war zwischen Lloyd und Joanna, wie er behauptete. Sie fragte sich außerdem, wie ihre Affäre gewesen war. War sie innig gewesen, hatten die beiden über eine gemeinsame Zukunft gesprochen? Oder war es eine dieser Beziehungen gewesen, bei denen man immer den Eindruck hatte, dass sie vom ersten Moment an ein Verfallsdatum trugen? Wie dachte Joanna über das Ganze?

Vielleicht rufe ich sie einfach an, dachte Hen, und kaum war ihr dieser Gedanke gekommen, beschloss sie, ihn in die Tat umzusetzen. Sie wollte Joannas Stimme hören. Sie wollte hören, wie sie sich rechtfertigte. Hen hatte Joanna immer gemocht. Als Partnerinnen zweier bester Freunde hatten sie zwangsläufig viel Zeit miteinander verbracht, aber gern, nicht widerstrebend. Joanna besaß einen respektlosen und dreckigen Humor. Während Rob und Lloyd sich betranken und bekifften und in Erinnerungen an irgendwelche Collegegeschichten schwelgten, tranken Joanna und Hen Wein und führten tiefgehende Gespräche. Hen hatte ihr fast alles über ihre psychotische Phase im College erzählt, und Joanna hatte von ihrem alkoholkranken Vater berichtet, der wegen Wertpapierbetrugs im Gefängnis saß. Nach der Trennung von Rob und Joanna hatte Hen überlegt, direkt mit Joanna in

Kontakt zu treten, sich vielleicht sogar mit ihr zu treffen, aber sie hatte es nie getan. Lloyd hatte erkennbar denselben Gedanken gehabt.

Hen hatte Joannas Handynummer natürlich nicht, und sie überlegte fast, Lloyd anzurufen und die Herausgabe der Nummer zu verlangen. Doch selbst wenn er es getan hätte, wäre es ihm wahrscheinlich gelungen, Joanna zuerst anzurufen oder ihr zumindest eine Nachricht zu schicken und sie vorzuwarnen. Hen wollte das Überraschungsmoment auf ihrer Seite haben.

Sie rief Rob an, der sich beinahe umgehend meldete.

»Hast du sie nicht öffnen können?«, fragte er.

»Wie bitte?«, entgegnete sie und dachte, dass er sie für jemand anderen hielt.

»Die Bilder, die ich dir geschickt habe. Nachdem ich sie abgeschickt hatte, ist mir eingefallen, ich hätte sie vielleicht neu formatieren sollen.«

»Ach so, die Scheiterhaufenbilder«, begriff Hen. »Die habe ich noch gar nicht bekommen, aber ich rufe aus einem anderen Grund an.«

»Du hast sie noch nicht bekommen? Ich habe sie sofort nach unserem Telefonat losgeschickt.«

»Vielleicht sind sie im Spam-Ordner gelandet. Hör zu, Rob, ich rufe an, weil ich Joannas Nummer brauche, und ich dachte, du hast sie wahrscheinlich.«

»Sicher«, sagte er. »Es ist ihre Handynummer von vor einem Jahr, aber ich glaube nicht, dass sie sie geändert hat. Wofür brauchst du sie?«

»Ich muss nur mit ihr reden. Es ist wichtig.« Hen hoffte,

die Wahrheit, wie vage auch immer formuliert, würde ihm genügen.

»Warte, ich such sie dir raus«, sagte Rob, und seine Stimme wurde bereits leiser. Wahrscheinlich scrollte er gerade durch sein Telefon. »Okay, bereit?«

Er las ihr die Nummer vor, und sie schrieb sie mit einem Bleistift in ihr Skizzenbuch.

»Danke, Rob, du bist fantastisch.«

»Kein Problem, aber ich bin neugierig. Worüber willst du mit ihr reden?«

»Sie hat seit einem Jahr eine Affäre mit Lloyd, und ich wollte ihre Seite der Geschichte hören.«

Rob lachte, es klang mehr wie ein Schnauben. »Im Ernst?«

»Im Ernst.«

»Oh, Scheiße.«

»Danke für die Nummer.«

Hen glaubte nicht, dass Rob Joanna anrufen würde, um sie zu warnen, aber für alle Fälle wählte sie sofort die Nummer, die sie notiert hatte. Nach dem zweiten Läuten meldete sich Joannas Stimme, tiefer, als Hen sie in Erinnerung hatte, mit einem zögerlichen: »Hallo?«

»Joanna, hier ist Hen Mazur … Lloyds Frau.«

Es gab eine mehrere Sekunden lange Pause, und Hen dachte schon, Joanna hätte leise aufgelegt, aber dann sagte sie: »Hallo, Hen.«

»Joanna, ich weiß nicht, ob Lloyd mit dir gesprochen hat, aber ich nehme es an. Ich weiß alles. Er hat es mir erzählt.« Sie hatte die Worte noch nicht ausgesprochen, da wusste sie bereits, dass sie nicht stimmten. Niemand wusste alles.

»Hen, ich will dir einfach sagen, dass es mir sehr, sehr leidtut. Ich erwarte nicht, dass du mir jemals vergibst. Ich verdiene es nicht, ich weiß, aber versteh bitte …«

»Joanna, ich rufe nicht an, um dich anzubrüllen. Ich rufe nur an … Ich weiß auch nicht, warum. Ich schätze, ich will deine Seite der Geschichte hören und nicht nur Lloyds.«

»Okay«, entgegnete Joanna und holte lange und hörbar Luft. »Wann hat … Was hat Lloyd dir erzählt?«

»Du hast noch nicht mit ihm gesprochen?«

»Äh … nur kurz. Er hat mir erzählt, er hätte schon seit einer Weile vorgehabt, dir zu sagen, was … was passiert ist.«

»Er hat mir nichts gesagt. Ich bin dahintergekommen, und dann hat er es gestanden.«

»Oh.«

Hen merkte Joanna an, dass sie über diese jüngsten Entwicklungen nicht informiert war und alles zu verarbeiten versuchte, um abschätzen zu können, was sie sagen sollte und was nicht.

»Er hat nicht mir dir gesprochen, oder?«, fragte Hen.

»Ich glaube, ich mache besser Schluss.«

»Joanna, er hat mir erzählt, dass es mit euch beiden vorbei ist, dass ihr euch am letzten Wochenende, an dem ihr zusammen wart, getrennt habt.«

»Das hat er dir erzählt?«

»Ja.«

Hen hörte eine Art empörtes Seufzen. »Darf ich dich was fragen, Hen?«

»Klar.«

»Habt ihr beide über Scheidung gesprochen?«

»Wie meinst du das? Jetzt, nachdem ich über dich und Lloyd Bescheid weiß?«

»Nein, ich meine vorher. In den letzten sechs Monaten.«

»Wir haben verdammt noch mal gerade ein Haus zusammen gekauft. Nein, wir haben nicht über Scheidung gesprochen. Hat er dir gegenüber das behauptet?«

»Vielleicht ist er stillschweigend…«

»… stillschweigend davon ausgegangen, wir würden uns scheiden lassen?«

»Ist es nicht so?« Joanna lachte tatsächlich. »Er hat mir erzählt, ihr wärt beide unglücklich und dass es nicht gut lief zwischen euch und ihr das Haus gekauft habt, um so vielleicht die Ehe zu retten.«

»Nichts davon ist auch nur annähernd wahr. Ich meine, es kann sein, dass er es so empfunden hat, aber wir haben über nichts dergleichen gesprochen. Er hat mir nie erzählt, dass er unglücklich ist. Seine Affäre war ein totaler Schock für mich.«

Erneutes Schweigen. Dann sagte Joanna: »Es tut mir leid. Ich hätte niemals…«

»Du kannst aufhören, dich zu entschuldigen. Dachtest du… Hast du vor, mit Lloyd zusammen zu sein?«

»Ich hatte überhaupt nichts konkret vor, allerdings dachte ich wirklich, dass ihr beide euch trennt. Und ich habe auch gedacht, dass es mit uns funktionieren könnte. Himmel, ich war eine totale Idiotin, oder?«

»Na ja, wenn du eine warst, dann war ich auch eine.«

»Es ist trotzdem meine Schuld. Ich war diejenige, die…«

»Sagen wir einfach, es ist Lloyds Schuld, und belassen es

dabei, okay? Ich werfe ihn übrigens raus. Das habe ich soeben beschlossen. Ich wollte dich nur vorwarnen, dass er versuchen könnte, bei dir unterzuschlüpfen.«

»Hier zieht er nicht ein.«

»Es ist mir im Grunde egal, wo er bleibt, Joanna. Du musst das also nicht mir zuliebe sagen.«

»Okay.«

Wieder entstand eine Pause, und Hen wurde klar, dass es nichts mehr zu sagen gab. »Ich muss Schluss machen. Danke, dass du mit mir gesprochen hast.«

»Hör auf, nett zu sein. Ich glaube, ich würde mich besser fühlen, wenn du mich anschreien würdest oder so was.«

»Dann danke für das Gespräch, und fick dich für alles andere.«

»Danke, das ist besser. Und noch mal: Es tut mir leid.«

Hen legte das Telefon auf die Armlehne des Polstersessels, in dem sie saß, und spürte einen Energieschub, halb Zorn, halb… etwas anderes, Aufregung vielleicht, aber das war nicht ganz das richtige Wort. Es war mehr wie freudige Erwartung. Alles änderte sich so schnell. Lloyd war nicht der, für den sie ihn gehalten hatte, nicht einmal im Entferntesten. Das Fremdgehen war die eine Sache – Menschen waren nicht perfekt und begingen Fehler –, aber dieses bewusste Täuschen, nicht nur ihr, sondern auch Joanna gegenüber, die ihr plötzlich selbst mehr wie ein Opfer vorkam als wie eine Feindin – das war etwas ganz anderes. Sie stand auf, schüttelte ihre Hände aus und überlegte, wie es weitergehen sollte. Sie fühlte sich, als würden winzige Drähte direkt unter ihrer Haut Funken sprühen. In gewisser Weise erinnerte es sie an ihre manischen Phasen, aber von denen hatte sie jetzt sicher keine. Jede Manie, die sie erlebte, hatte unausweichlich mit den Ereignissen in ihrem Leben zu tun.

Was sie wirklich gern getan hätte, war, nach Hause zu gehen und Lloyd zum Packen aufzufordern, aber sie wusste, er würde sich weigern und behaupten, sie sei in Gefahr. Vielleicht sollte sie selbst woanders hingehen – in ein Hotel oder vielleicht zu einer Freundin (Darlene, ihre alte Nachbarin in Cambridge, würde sie sicher mit offenen Armen aufnehmen) –, Lloyd aber nicht verraten, wohin sie verschwand. Sie war begeistert von dem Gedanken und beschloss, ihn in die Tat umzusetzen, dann wurde ihr klar, dass sie erst nach Hause fahren und packen musste. Sie brauchte Kleidung und, noch wichtiger, ihre Medikamente. Das Problem dabei war natürlich, dass sie sich zu Hause mit Lloyd herumschlagen musste. Sie beschloss, ihn erst einmal anzurufen und ihm zu sagen, dass sie vorbeikam, um ein paar Sachen zu holen, aber nicht mit ihm sprechen wollte. Seine Mailbox ging an, doch sie hinterließ keine Nachricht. Sie hatten einen Festnetzanschluss, er gehörte zu einem Inklusivpaket mit Kabel und WLAN, und sie versuchte diese Nummer für den unwahrscheinlichen Fall, dass er sich nicht in der Nähe seines Handys aufhielt. Doch er meldete sich auch nicht auf dem Festnetz.

Vielleicht ist er spazieren gegangen, dachte sie und überlegte, ob sie es schaffen würde, nach Hause zu fahren, ihre Sachen zu holen und wieder fort zu sein, bevor er zurückkehrte. Während sie darüber nachdachte, verloschen auf einmal die Lichter im Atelier.

»Hey!«, rief sie laut.

Von weit weg kam ein hohles »Sorry« zurück, und das Licht ging wieder an. Yuma Soundso, die Aquarellmalerin am anderen Ende des Kellergeschosses, streckte den Kopf zur Tür von Hens Atelier herein.

»Tut mir leid«, entschuldigte sie sich. »Hast du mich nicht rufen hören? Ich dachte, ich bin die Letzte hier unten.«

»Nein, tut mir leid, ich hab dich nicht gehört. Ist nicht schlimm. Bin ich jetzt die Letzte?«

»Sobald ich weg bin, ja.«

Hen hätte Yuma beinahe gebeten zu warten, da sie ebenfalls dabei sei aufzubrechen, aber stattdessen sagte sie: »Ich denke dran, das Licht auszumachen, wenn ich gehe.«

Sie hörte, wie sich Yumas Schritte im Flur entfernten. Die CD in ihrem Player wechselte, und ein Album von Morphine startete. Sie warf einen Blick auf die Kupferplatte, die sie angefangen hatte vorzubereiten, und überlegte kurz, ob sie versuchen sollte, zumindest noch ein klein wenig Arbeit zu erledigen, aber sie wusste, es war besser, wenn sie nach Hause ging und packte. Es würde eine weitere Szene mit Lloyd geben, aber je früher sie anfing, desto schneller wäre sie vorbei. Sie konnte morgen wiederkommen und weiterarbeiten.

Hen schnappte sich ihre Jeansjacke von der Stuhllehne, steckte ihr Skizzenbuch in die Tasche und wollte eben das Licht in ihrem Atelier löschen, als sie Schritte den Flur entlangkommen hörte. Hatte Yuma etwas vergessen? Nein, die Schritte waren lauter und schwerer. Sie behielt die Hand auf dem Lichtschalter und lauschte. Beinahe hätte sie »Hallo« gerufen, aber etwas hielt sie zurück. Die Schritte näherten sich ihrem Atelier.

Kapitel 36

Am Logan Airport trat Mira durch die Automatiktüren in die kühle Luft hinaus und wandte sich nach links, wo die Taxis warteten. Sie überlegte kurz, wie viel ein Taxi die ganze Strecke bis nach Dartford kosten würde, dann schob sie den Gedanken beiseite. Das war die geringste ihrer Sorgen. Wenn sich herausstellte, dass alles in Ordnung war, würden sie und Matthew über die Kreditkartenabrechnung lachen, würden darüber lachen, dass Mira auf ihrer Geschäftsreise nach Wichita von Panik erfasst wurde und vorzeitig nach Hause geflogen war.

Das wird höchstwahrscheinlich nicht passieren, und du weißt es. Wo Rauch ist, ist auch Feuer.

Mira war an diesem Morgen früh in ihrem Hotelzimmer aufgewacht. Sie hatte die Vorhänge offen gelassen und war vom riesigen Himmel des Mittleren Westens begrüßt worden, an dem Wolken mit rosa Rändern standen. Sie hatte schreckliche Träume gehabt, der lebhafteste war der, in dem ihr Haus abgebrannt war. Im Traum waren sie und Matthew durch die Überreste gelaufen. Überall in den schwelenden Trümmern waren verkohlte Leichen versteckt gewesen. Die meisten von ihnen waren Männer – Jay Saravan, ein häufiger Besucher in Miras Träumen, war natürlich unter ihnen –, aber einige waren auch Kinder, kleine geschwärzte Leiber, und Mira wusste, es waren ihre eigenen, die Babys, die sie und Matthew nie hatten bekommen können.

Während sie im Bett lag und aus dem Fenster starrte, ging ihr ständig ein Satz durch den Kopf: Wo Rauch ist, ist auch Feuer. Sie wusste, was sie damit sagen wollte: Es stimmte alles, ihr Mann tötete Menschen. Da war einfach zu viel Rauch. Selbst gestern Abend, als sie ein scheinbar normales Telefongespräch geführt hatten, hatte er ihr irgendwann gestanden, dass er sie vermisste. Es waren nicht so sehr diese Worte gewesen, sondern mehr die Art, wie er sie ausgesprochen hatte, mit einer kindlich traurigen Stimme. Etwas in ihm geriet aus den Fugen. Sie wusste es. Was sie empfand, war nicht mehr Zweifel, sondern Angst.

Sie hatte gepackt, vorzeitig ausgecheckt und Linda von der örtlichen Zweigstelle ihrer Firma benachrichtigt, dass sie eine Lebensmittelvergiftung zu haben befürchte, und sie gefragt, ob jemand anderer den Standdienst übernehmen könne. Dann war sie mit dem Taxi zum Flughafen gefahren, um den nächsten Flug nach Boston zu erwischen. Sie hatte nur noch einen gefunden, bei dem sie in Charlotte umsteigen musste und erst mitten am Nachmittag ankommen würde, aber es gab noch einen freien Platz, und sie nahm ihn.

Im Taxi auf dem Weg nach Hause kämpfte sie gegen den Drang an, Matthew anzurufen und ihm mitzuteilen, dass sie unterwegs war. Der ganze Zweck der vorzeitigen Rückkehr bestand darin, Matthew unvorbereitet zu erwischen und ihn zur Rede zu stellen, ihm zu sagen, dass ihr allmählich Zweifel kamen, und ihm die Gelegenheit zu einem Geständnis zu geben – oder die Gelegenheit, sie davon zu überzeugen, dass sie wie ihre Nachbarin paranoid geworden war. Dass es kein Feuer gab.

Das Taxi geriet vor dem Kreisverkehr in Concord in stockenden Verkehr, und der Fahrer, ein rotgesichtiger Mann, fluchte leise, als wäre er derjenige, der eilig nach Hause wollte.

Mira öffnete das hintere Fenster einen Spaltbreit, nicht weil es zu warm war, sondern weil sich die Luft im Taxi dünn anfühlte, als würde sie nicht genügend Sauerstoff bekommen. Das Taxi ruckelte durch den Kreisverkehr, der Fahrer brummte weiter vor sich hin, und dann waren sie auf der relativ leeren Straße in Richtung West Dartford. Sie sah auf ihre Armbanduhr. An jedem normalen Tag wäre Matthew inzwischen von der Schule zu Hause. Was würde er tun? Wenn sie zu Hause wäre, würde er auf seinem iPad am Kreuzworträtsel des Tages tüfteln, während sie anfing, das Abendessen vorzubereiten, oder er würde in seinem Büro Klassenarbeiten korrigieren.

Das Taxi bog in die Sycamore Street ein, und die Bäume warfen aufgrund der tiefstehenden Sonne lange Schatten über die Straße. Sie dirigierte den Fahrer zu ihrem Haus und bemerkte sofort, dass Matthews Wagen nicht in der Einfahrt stand. Sie empfand wachsende Furcht, aber auch Erleichterung. Nachdem sie ihre Kreditkarte mit dem gigantischen Fahrpreis belastet hatte, rollte sie ihr Gepäck zur Eingangstür und versuchte sich zu erinnern, wohin sie den Schlüssel gesteckt hatte. Sie brauchte ihn jedoch nicht. Die Haustür war offen. Sie trat ein und rief Matthews Namen, auch wenn sein Wagen fort war. Er antwortete nicht.

Die offene Haustür ließ zusammen mit dem leicht abstoßenden Geruch im Haus Miras bereits erhöhten Herzschlag weiter ansteigen. Sie schloss die Tür hinter sich und rief noch einmal »Hallo«, dann ging sie durch das Wohnzimmer in Richtung Küche, woher der schlechte Geruch zu kommen schien. Die Küche sah relativ normal aus bis auf die aufgereihten Ginger-Ale-Dosen auf der Granitplatte, als hätte sich Matthew während ihrer Abwesenheit von nichts anderem ernährt. Sie blickte in die Edelstahlspüle. Sie war trocken und leer, also zog sie den Schrank mit dem Mülleimer auf, und sofort traf sie der überwältigende Geruch von verdorbenem Essen. Obenauf lag ein Rib-Eye-Steak, noch in der Folie und mit Tropfen rötlichen Wassers benetzt. Hatte Matthew es aus dem Gefrierschrank geholt, zu essen vergessen und dann weggeworfen? Wenn ja, war es sehr untypisch für ihn. Er war ein Mensch, der es hasste, Lebensmittel zu vergeuden.

Als Nächstes ging sie in Matthews Arbeitszimmer und hätte beinahe geklopft, aber dann drehte sie den Türknauf und trat rasch ein. Sie schaltete das Deckenlicht an. Erst sah der Raum normal aus, aber als sie sich umsah, bemerkte sie, dass all die kleinen Nippsachen von Matthew umgestellt worden waren. Auf dem Tischchen, wo die alte Schreibmaschine gestanden hatte, befand sich jetzt seine Art-déco-Greyhound-Skulptur. Die Schreibmaschine stand stattdessen auf dem Schreibtisch. Es war nicht ungewöhnlich, dass Matthew Dinge in seinem Arbeitszimmer umstellte, aber sie wusste, er neigte dazu, es dann zu tun, wenn er wegen irgendetwas nervös war. Und dann wanderte ihr Blick zu dem Cordsofa. Sie bemerkte als Erstes, dass das rote Samtkissen eingedrückt war, als hätte jemand darauf geschlafen, und dass eine Wolldecke zusammengeknüllt auf dem Boden lag. Sie hatte seit Jahren nicht an Richard gedacht, aber jetzt tat sie es und fragte sich, ob er derjenige gewesen war, der die Nacht auf dem Sofa verbracht hatte. Sie verließ das Arbeitszimmer und stieg in den ersten Stock hinauf, weil sie im Schlafzimmer nachsehen wollte, ob jemand im Ehebett geschlafen hatte. Das schien ihr der Fall zu sein, auch wenn es ordentlich war; der straffe Bezug und die sauber aufgestellten Kissen verrieten ihr, dass Matthew es gemacht hatte.

Plötzlich müde, setzte sie sich auf den Bettrand und las in ihrem Handy die besorgten Nachrichten ihrer Kollegen durch, die sich nach der Lebensmittelvergiftung erkundigten. Mira war nie krank, fehlte nie einen Tag bei der Arbeit. Sie ging nicht auf die Nachrichten ein, sondern wechselte zu ihren Kontakten, um Matthew mitzuteilen, dass sie früher zurückgekommen war und mit ihm sprechen wollte. Während ihr Daumen über der Anruftaste schwebte, rezitierte sie in Gedanken das Ayat al-Kursi, das einzige muslimische Gebet, das sie kannte. Ihre Großmutter hatte ihre letzten Jahre bei ihnen in Kalifornien gelebt und es ihr beigebracht. Sie hatte seit Jahren nicht mehr an die Worte gedacht – sie wusste kaum noch, was sie bedeuteten –, aber jetzt sprach sie sie, und der schlichte Akt des Rezitierens bewirkte, dass sie sich etwas entspannte. Als sie die Augen wieder öffnete, bemerkte sie, dass die Tür des begehbaren Kleiderschranks sperrangelweit offen stand. Es war nicht alarmierend, aber ungewöhnlich. Außer wenn sie sich morgens für die Arbeit fertig machten, war die Tür normalerweise zu. Sie ging hinein und berührte mit den Händen die Kleidung, die links und rechts hing. Alles wirkte normal, aber als sie zu der Ablage auf Matthews Seite blickte, stand dort ein Schuhkarton über den Rand. Er hatte dort oben eindeutig etwas gesucht. Selbst auf Zehenspitzen konnte Mira die Ablage nicht erreichen, geschweige denn auf sie fassen. Der Stuhl im Nähzimmer fiel ihr ein, und sie verließ das Schlafzimmer und stieß die Tür zu dem Raum mit der Deckenschräge auf.

Der Stuhl stand unter dem Fenster, und Mira hatte das Zimmer halb durchquert, als sie den Körper auf dem Fußboden entdeckte. Sie schrie laut auf, es war eher ein panisches Bellen, das sie sofort wieder unterband. Dort lag definitiv ein Körper, und zwar diagonal im Raum, mit den Füßen unter ihrem Nähtisch. Wer es war, ließ sich unmöglich feststellen, da der Körper von Kopf bis Fuß vollständig mit Klebeband umwickelt war, sodass er wie eine silberne Mumie aussah.

Zitternd machte Mira zwei schnelle Schritte auf ihn zu, beugte ein Knie und presste die Handfläche auf die Brust des Körpers. Es war ein Mann, so viel konnte sie anhand der Größe des Brustkorbs feststellen und weil er flach war. Doch es waren weder Bewegung noch Herzschlag feststellbar. Aus der Nähe sah sie, dass Blut zwischen den Bahnen des Klebebands um den Kopf herum durchgesickert war. Ruf den Notarzt, sagte sie sich und dachte an ihr Handy auf dem Bett im Schlafzimmer. Aber sie musste wissen, wer sich unter dem Band befand. Sie musste wissen, ob es Matthew war.

Ihre Finger ertasteten das klebrige Ende eines Stücks davon mitten auf dem Gesicht des Toten, und sie zog es langsam ab.

Kapitel 37

Richard Dolamore parkte vor dem Spirituosenladen. Es war später Nachmittag, die Luft fühlte sich beim Einatmen kalt in seiner Nase an, als er den Parkplatz überquerte und durch die Automatiktür ging. Er liebte diesen Laden, der groß wie ein Lagerhaus war und voller Boomer aus den Vorstädten, die ihre Einkaufswagen mit Gallonen trendigen Gins und Kisten voll Wein mit Namen wie »Mommy's Best Friend« füllten. Vor Jahren, bevor es ein Spirituosenladen geworden war, war hier ein Kino gewesen, billig und unabhängig geführt, dessen Saal mit einer schlampig gebauten Trennwand in zwei verwandelt worden war. Richard war als Teenager oft hier gewesen, meistens allein, aber manchmal mit einem Mädchen, und er erinnerte sich, dass man in ruhigen Momenten eines Films hören konnte, was im anderen Saal passierte.

Aber das Gebäude war inzwischen entkernt worden, und jetzt waren die Räume mit zahllosen Reihen bunter Flaschen gefüllt. Richard lief die Gänge auf und ab und betrachtete die vielen Etikette, die einem ein wenig mehr als den Alkohol darin zu verkaufen versuchten. Dad war Spirituosenvertreter gewesen und hatte hauptsächlich Billigmarken an Kettenrestaurants und Hotelbars verkauft – Wodka mit Namen wie

Romanow oder Whiskey, der Old Scotsman oder Gold Rush hieß. Diese Marken existierten noch, sie standen immer in der untersten Reihe. Man konnte sich in einen Gang des Spirituosenladens stellen und den Blick vom obersten zum untersten Regal wandern lassen, dann sah man das ganze Spektrum von Kunden, das die Flaschen anzulocken versuchten – von dem Arschloch, das im Fass gereiften Rum für hundert Dollar die Flasche kaufte, bis zum Alkoholiker auf Stütze, dessen Gallone Rum in eine Plastikflasche abgefüllt war.

»Ist alles dasselbe«, hatte Porter Dolamore immer zu ihm gesagt. »Die Leute sind dumm. Füll irgendwelchen Fusel in eine hübsche Flasche, und sie glauben, sie leben wie die Könige.«

Richard betrat den Gang mit dem Scotch. Eine Frau etwa in seinem Alter studierte die Flaschen, sie sah aus, als versuchte sie eine Speisekarte in einer Sprache zu lesen, die sie nicht verstand.

»Das ist ein guter«, sagte Richard und wies mit einem Kopfnicken auf die Flasche Single Malt, die sie gerade aus dem Regal gezogen hatte.

»Ach ja?«, erwiderte sie. Sie war nicht hübsch. Ihre Nase war zu groß, und ihre Augen standen zu dicht beisammen, aber es war klar, dass sie ins Fitnessstudio ging und auf sich achtete. Sie hatte lange braune Haare mit blonden Strähnchen und trug einen kürbisfarbenen Pullover mit tiefem Ausschnitt. Richard ließ den Blick über den hübsch gebräunten Ansatz ihrer Brüste schweifen. *Dunkelbraune Brustwarzen*, vermutete er.

»Superweich«, erklärte er. »Wie Samt. Ist er für Sie oder für …?«

Sie hatte ihn dabei erwischt, wie er ihr in den Pullover schielte, und Richard hatte den Eindruck, dass sie noch nicht entschieden hatte, was sie davon halten sollte. Aber sie biss sich auf die Unterlippe und entgegnete: »Er ist für einen neuen Freund in meinem Leben. Er liebt Scotch, und ich weiß nichts darüber.« Dann lachte sie, als hätte sie etwas Witziges gesagt.

»Mag er torfigen Scotch?«

Sie verzog das Gesicht. »Ich weiß nicht einmal, was das bedeutet.«

Richard erklärte den Unterschied zwischen getorftem und ungetorftem Whiskey und fragte sie, ob sie sich an eine bestimmte Marke erinnerte, die er vielleicht in einem Restaurant bestellt hatte. »Macallan, glaube ich.«

»Okay, Macallan«, sagte Richard, nahm wahllos eine Flasche aus dem obersten Regal und reichte sie ihr. »Geben Sie ihm den. Er wird ihn lieben. Genau wie Macallan, aber noch eine Spur besser.«

»Sind Sie sicher?«, fragte sie.

»Vertrauen Sie mir«, bekräftigte Richard und dachte: *Ich könnte mir auf diese Weise meinen Lebensunterhalt verdienen. Ein Kinderspiel.* Die Flasche, die er der Frau gegeben hatte, war sehr geschmackvoll verpackt, und er sah ihr an, dass sie beeindruckt war.

»Also gut«, entschied sie. »Gekauft.«

»Und wenn es mit dem neuen Freund nicht klappt, nehme ich gern seinen Platz ein.«

Die Frau runzelte die Stirn. »Sie sind verheiratet«, sagte sie und sah auf seine Hand hinab.

»Ich trage einen Ring«, entgegnete er. »Das heißt nicht, dass ich verheiratet bin.«

»Normalerweise schon«, widersprach sie und entfernte sich in Richtung Ausgang.

»Fotze«, flüsterte Richard und fragte sich, ob sie ihn gehört hatte. Er glaubte ein Zucken in ihrem oberen Rücken bemerkt zu haben.

Aus dem zweiten Regal von unten zog er eine Flasche J&B für sich selbst, dann wartete er ein paar Minuten, um der Frau Gelegenheit zu geben, ihr überteuertes Gesöff zu bezahlen und von dem großen, bösen Wolf fortzukommen. Als er selbst an die Kasse trat, hätte er fast zu dem Kassierer – einem älteren Typ mit einem von Zigaretten verfärbten Schnauzer – gesagt, er müsste eigentlich Provision dafür bekommen, dass er die Kundin vor ihm zu einer Hundert-Dollar-Flasche überredet hatte, aber dann ließ er es bleiben.

Wieder im Auto, verstaute er den Scotch im Handschuhfach. Es war nett zu wissen, dass er da war, auch wenn er beschließen sollte, dass er ihn nicht brauchte.

Vom Spirituosenladen fuhr er über Middleham nach Dartford zurück und über die Sudbury Road hinüber zur Blackberry Lane. Er wäre fast nicht in seine Straße abgebogen, aus Angst, die Polizei könnte schon dort sein, aber dann beschloss er es doch zu riskieren. Falls er irgendwelche verdächtigen Fahrzeuge sah, würde er einfach in eine andere Einfahrt biegen, wenden und wieder wegfahren. Und wenn sie nicht da waren, könnte er tun, was er schon längst hätte tun sollen. Er nahm die Abzweigung in die Blackberry Lane, wo alle Gebäude außer einem monströsen neuen Haus mit Säulen im Jahrzehnt nach dem Zweiten Weltkrieg errichtet worden waren, reizlose Kästen, dafür gedacht, eine amerikanische Durchschnittsfamilie aufzunehmen. Es war eine Sackgasse, an deren Ende vier Anwesen standen, darunter das Haus, in dem Richard aufgewachsen war. Es gehörte ihm jetzt; na ja, theoretisch gehörte es eigentlich Matthew, der die Grundsteuer dafür bezahlte. Das Haus – halb Ziegel, halb weiße Verkleidung – stand nach hinten versetzt hinter einer Ansammlung von Weymouth-Kiefern. Der Vorgarten war von einer Schicht brauner Kiefernnadeln bedeckt, und der Asphalt in der Einfahrt war gesprungen und von Unkraut überwuchert. Das Haus selbst sah zumindest von außen noch ganz anständig aus, wenngleich sich die weiße Kunststoffverkleidung allmählich moosgrün verfärbte. Ein nichtssagendes, langweiliges Haus, dachte Richard nicht zum ersten Mal. Er steuerte den Wagen um den Wendehammer und stellte ihn so ab, dass die Nase wieder in Richtung Sudbury Road wies. Ehe er ausstieg, trank er einen kleinen Schluck aus seiner Scotch-Flasche.

Nachdem er das Haus betreten hatte, rief er laut: »Hi, Dad, hi, Mom, ich bin zu Hause«, wie er es immer tat. Es heiterte ihn auf, wenngleich er stets ein klein wenig Angst hatte, sein Gruß könnte eines Tages erwidert werden. Das passierte allerdings nie, und heute würde er dieses Haus zum letzten Mal betreten. Er ging die Treppe hinauf, die Luft war verändert, als er oben ankam. Sie war abgestanden und roch nach Mehltau, aber darunter lag der unverwechselbare, süßliche Geruch von etwas Totem. Wahrscheinlich ein totes Eichhörnchen in einer der Wände, vermutete er. Er wollte nicht zu lange hier oben bleiben – es widerte ihn an, und das nicht nur der Fäulnis wegen –, sondern einen der Koffer seines Vaters aus dem ehemaligen Elternschlafzimmer holen. Er stieß die Schlafzimmertür mit dem Fuß auf. In dem Raum war es düster, denn die Vorhänge waren zugezogen, und als Richard eintrat, hörte er etwas über die Dielenbretter huschen. Er achtete nicht darauf, holte sein Handy hervor und benutzte es als Taschenlampe. Dann ging er zum Schrank, dessen Tür bereits offen stand, und entdeckte den großen karierten Koffer, der weit hinten verstaut war. Er packte ihn am Ledergriff, zog ihn heraus und stellte erfreut fest, dass er leer war, dann stellte er ihn aufs Bett. Aufgewirbelter Staub erfüllte die Luft, er schmeckte beinahe bitter. Es gab zwei Dinge in diesem Zimmer, die er haben wollte: das gerahmte Bild seiner Mutter von ihren eigenen Eltern – ein kleiner, mürrischer Mann mit einem Filzhut, in dessen Krempe eine Feder steckte, und eine Frau in einem Hauskleid und mit einem traurigen Lächeln auf den Lippen. Die andere Sache war die Brieftasche seines Vaters. Er wusste genau, wo sie war, in der obersten Schublade der Kommode. Sie enthielt eine Zwei-Dollar-Note, den Führerschein seines Vaters, die Mitgliedskarte seines Automobilclubs, einige Visitenkarten und einen zusammengefalteten Zeitschriftenausschnitt von Bo Derek am Strand.

Richard nahm die Brieftasche und das Bild und legte beides in den Koffer, dann zog er den Reißverschluss zu und verließ das Zimmer, nachdem er sich ein letztes Mal umgesehen hatte. Es war immerhin der Raum, in dem er die Leiche seiner Mutter gefunden hatte. Er wusste in dem Augenblick, in dem er ihre Umrisse unter der Chenille-Bettdecke sah, dass sie tot war. Sie war zu einer Kugel zusammengerollt wie ein Tier, das weiß, dass es stirbt, und sich deshalb verkriecht. Dennoch hatte er die Bettdecke von ihr gezogen und sie lange angesehen. Ihr vergilbtes Nachthemd war bis zur Mitte hochgeschoben, und ihren Kopf umgab getrocknetes Erbrochenes. Sie hielt eine Wodkaflasche in einer Hand – Smirnoff, wenn er sich richtig erinnerte –, und auf dem Nachttisch stand eine leere Arzneiflasche. Mit der anderen Hand berührte sie ihr Gesicht. Bei näherem Hinschauen hatte Richard erkannt, dass sie am Daumen gelutscht hatte, als sie starb.

Unten im Erdgeschoss packte er die anderen Gegenstände, die er mitnehmen wollte, in den Koffer. Es war nicht viel, hauptsächlich gerahmte Fotos, eine Familienbibel, die sein Vater schon geerbt hatte, die Ginsu-Messer, die seine Mutter im Teleshopping gekauft hatte, und das Einmachglas, das unter dem losen Bodenbrett in der Speisekammer versteckt war. Richard hatte es vor einigen Jahren genau dort gefunden. In dem Glas steckten rund tausend Dollar Bargeld.

Als der Koffer voll war, ging Richard in den Keller und holte die beiden Benzinkanister, die dort unten schon standen, solange er zurückdenken konnte. Mit dem ersten durchtränkte er die Vorhänge und den Läufer in der Mitte der Treppe zum Obergeschoss. Er war viel früher leer als erwartet. Mit dem zweiten ging er sparsamer um, spritzte ein wenig hierhin und dorthin und hob das meiste für den Fernsehsessel seines Vaters auf, den er zuerst an die Wand schob, sodass er die schweren Samtvorhänge an den Fenstern zur Straße hin berührte. Der Stoff des Sessels war aufgerissen, und man sah die gelbe Schaumstofffüllung, die er mit dem letzten Rest des Benzins tränkte. Der Geruch brannte ihm in Nase und Kehle und ließ seine Augen tränen.

Er hatte ein Streichholzbriefchen der *Owl's Head Tavern* in der Tasche, zündete eines davon an und ließ es auf das benzinfeuchte Kissen fallen. Einen Moment lang blieb es einfach dort liegen, und die Flamme flackerte lustlos vor sich hin, dann gab es ein lautes Fauchen, und der Sessel brannte lichterloh. Er packte den Koffer, verließ das Haus und ging in normaler Geschwindigkeit zu seinem Wagen zurück. In einem Fenster des Hauses direkt nebenan nahm er eine Bewegung wahr, wahrscheinlich Mrs. MacDonald, die jeden seiner Schritte beobachtete. Vielleicht hatte er Glück, und das Feuer sprang auf ihr Haus über.

Er war zehn Minuten lang gefahren, als ihm bewusst wurde, wie kräftig er das Lenkrad umklammert hielt. Ganz ruhig, sagte er sich. Die Dinge waren in Bewegung, und er musste ihnen nur ihren Lauf lassen.

Er rollte gemächlich die Sycamore Street entlang, neugierig, ob Henrietta Mazurs Wagen vor ihrem Haus stand. Das war nicht der Fall, also fuhr er weiter, das Fenster einen Spaltbreit geöffnet. Er rechnete damit, in der Ferne Sirenen zu hören, aber vielleicht war das andere Ende von Dartford zu weit entfernt. Oder das Haus brannte nicht, weil die Flammen wieder ausgegangen waren, bevor es richtig Feuer gefangen hatte, aber das glaubte er nicht. Er fuhr eine Schleife, die ihn in die Nähe des Scituate River brachte, und jetzt hörte er von weit her etwas wie Sirenen. Es konnte natürlich alles Mögliche sein, aber vielleicht brannte auch das Haus seiner Kindheit nieder. Er ließ das Fenster ganz hinunter. Rauch lag in der Luft, aber er hatte das fruchtige, angenehme Aroma von Kaminrauch, ein verbreiteter Geruch an einem frischen Herbstnachmittag.

Er legte das kurze Stück zu den Black Brick Studios zurück. Er wusste, wo Henrietta meistens parkte, nahe dem Eingang zum Untergeschoss. Einen Block entfernt ließ er den Wagen in einer Seitenstraße stehen und ging zu Fuß zum Parkplatz hinunter. Der graue Golf stand da, neben einem einzigen weiteren Fahrzeug, einem hellblauen Prius. Der Parkplatz grenzte an einen hohen Damm auf der einen Seite und eine zum Fluss hin abfallende Uferböschung auf der anderen. Eine riesige Weide, die sich gelb zu färben begann, raschelte im kalten Wind. Richard stand etwa auf halbem Weg zwischen der Weide und der verschlossenen Hintertür des Atelierhauses und bemühte sich, unverdächtig auszusehen. Eins von zwei Dingen würde höchstwahrscheinlich als Nächstes passieren: Entweder würde Henrietta aus dieser Tür kommen und er würde auf sie warten, oder der Besitzer des Prius würde herauskommen, und in diesem Fall – auf den er hoffte – würde er entschlossen zur Tür marschieren und hoffentlich ins Haus gelangen.

Er stand etwa eine halbe Stunde da, während die Wolken am Himmel immer dichter wurden, dann bemerkte er, wie sich der Knopf der Metalltür drehte. Er begann rasch auf die Tür zuzugehen, das Smartphone in der Hand, und sah eine Frau mit kurzem grauem Haar auftauchen.

»Ah, hallo«, rief Richard im Näherkommen. »Können Sie die rasch für mich aufhalten?«

Er sah den Zweifel im Blick der Frau, aber sie hielt ihm die Tür auf, weil er sie darum gebeten hatte. »Ich besuche Hen«, sagte er und hielt sein Telefon in die Höhe. »Funktioniert Ihres hier unten?«

»Nein, nicht so richtig«, erwiderte die Frau.

Richard schob sich an ihr vorbei und bedankte sich, dann fiel die Tür hinter ihm ins Schloss. Er blieb kurz in dem schwach beleuchteten Flur stehen und atmete tief durch die Nase ein. Er roch Farbe, Terpentin und einen Rest Patschuli-Duft von der Frau, die ihn hereingelassen hatte. Er fragte sich, wie lange sie das, was sie gerade getan hatte, später verfolgen würde. Wahrscheinlich bis an ihr Lebensende.

Er gab sich keine Mühe, leise aufzutreten, als er in Richtung von Henriettas Atelier ging. Es spielte keine Rolle, ob sie wusste, dass er hier unten war. Sie waren allein, und es gab nichts, was sie dagegen tun konnte. Er bog um die Ecke und sah Licht unter ihrer Ateliertür hervordringen. Dann öffnete sich die Tür, sie streckte ihren hübschen Kopf heraus und sah ihn. Er ging weiter.

»Hallo, Matthew«, sagte sie, ein wenig Unsicherheit in der Stimme.

»Ich bin nicht Matthew«, sagte Richard.

Kapitel 38

Hen wäre fast weggerannt, aber etwas hielt sie davon ab. *Wenn du wegläufst, stirbst du,* flüsterte ihr eine Stimme zu, deshalb trat sie stattdessen in den Flur hinaus und dem Mann entgegen, der gerade erklärt hatte, er sei nicht Matthew.

Aber es *war* Matthew, auch wenn etwas anders an ihm war, an seinen Augen vielleicht oder an der Art, wie er ging und den Kopf hielt.

»Wer sind Sie?«, fragte sie.

»Ich bin Richard«, erwiderte er. »Wir sind uns noch nicht offiziell vorgestellt worden.«

»Nein.« Hens ganzer Körper war eiskalt geworden, aber ihr Verstand arbeitete ruhig weiter und versuchte die Situation einzuschätzen. »Wo ist Matthew?«

»Matthew? Wer weiß? Wen interessiert das?«

Er machte einen Schritt vorwärts, und sein Gesicht wurde von einer der Lampen im Flur voll ausgeleuchtet. *Vielleicht ist Richard sein Zwillingsbruder*, dachte sie, aber dann sah sie die Narbe unterhalb seines Munds, die ihn ein wenig wie Harrison Ford aussehen ließ, und sie begriff, dass es keinen Bruder namens Richard gab. Es gab nur Matthew, und er war sehr viel verrückter, als sie gedacht hatte. Wieder überlegte sie zu fliehen, aber zum ersten Mal wurde ihr auch klar, wie stark Matthew war, mit seinen breiten Schultern und den großen Händen. Sie hätte zu der Metalltreppe auf der anderen Seite laufen können, die ins Erdgeschoss hinaufführte, aber inzwischen war Matthew kaum mehr einen Meter von ihr entfernt.

»Ich würde gern dein Atelier sehen«, sagte er. »Sehen, wo du deine dreckigen Bilder machst.«

Er fuhr sich mit den Fingern durchs Haar, und es blieb stehen, als hätte er es seit ein paar Tagen nicht gewaschen. Er war ihr jetzt so nahe, dass sie Alkohol in seinem Atem riechen konnte.

»Eigentlich muss ich gehen«, sagte sie und fragte sich, ob er sie einfach vorbeilassen würde. Vielleicht wenn sie es schnell und unbekümmert versuchte, aber kaum setzte sie zu einem ersten Schritt an, schoss seine Hand vor, packte sie am Hals und quetschte ihn kräftig zusammen. Sie trat nach ihm und hoffte ihn in der Leistengegend zu treffen, aber stattdessen erwischte sie sein Schienbein. Er verzog das Gesicht, seine Lippen öffneten sich, aber seine Zähne blieben zusammengebissen. Ohne ihren Hals loszulassen, schob er sie ins Atelier und stieß sie dann so heftig von sich, dass sie rückwärts flog und hart auf dem Betonboden landete. Ein heftiger Schmerz schoss ihr durch die Wirbelsäule.

Hen rutschte auf dem Gesäß rückwärts über den Boden, bis sie an ihrem Sessel lehnte. Matthew sah sich im Atelier um, seine Blicke schnellten von einer Seite zur anderen.

»Nur zu, sehen Sie sich um«, sagte sie.

»Willst du mich nicht erst ficken?«, fragte Matthew, ein breites Grinsen im Gesicht.

»Wir haben uns gerade erst kennengelernt, Richard. Wieso glauben Sie, ich wollte Sie ficken?«, sagte Hen, ohne richtig nachzudenken. Matthew schaute auf sie hinunter, er wirkte amüsiert und interessiert, und sie begriff, dass sie das Richtige gesagt hatte. Wenn sie mitspielte, wenn sie so tat, als wäre er Richard, dann konnte sie ihn vielleicht hinhalten. Und wenn sie ihn hinhalten konnte, gelang es ihr vielleicht zu fliehen.

»Du willst jedenfalls Matthew ficken, oder?«, fragte er.

»Eigentlich nicht. Matthew und ich haben nicht diese Art von Beziehung. Abgesehen davon sind wir beide verheiratet.«

»Du kannst dich in den Sessel setzen, wenn du willst. Du siehst ziemlich armselig aus da unten.«

Hen rutschte an dem Sessel hinauf und ließ sich in ihn sinken. Wie viele Male war sie hier gesessen, um zu entspannen, über Kunst nachzudenken und Tee zu trinken? Und jetzt saß sie da, und es konnte das Letzte sein, was sie jemals tat.

»Mit Lloyd und Mira«, sagte Matthew plötzlich, und Hen war verwirrt, bis ihr klar wurde, dass er auf ihre Bemerkung antwortete, sie und Matthew seien beide verheiratet.

»Richtig. Mit Lloyd und Mira.«

Matthew streckte die Hände mit der Handfläche nach oben vor und grinste sie höhnisch an. »Ich meine…«

»Was?«

»Ich bin nicht allzu beeindruckt von Lloyd.«

»Aber Richard hat ihn nie kennengelernt«, erwiderte Hen und wusste praktisch im selben Moment, dass sie das Falsche gesagt hatte. Matthew runzelte die Stirn, der Ausdruck in seinen Augen wechselte von einem Wimpernschlag zum nächsten von Erheiterung zu unterdrückter Wut. *Stell ihn nicht infrage*, sagte sie sich. *Stell seine Logik nicht infrage. Spiel einfach mit, bei allem, worüber er reden will, und vielleicht entfernt er sich weit genug von dir …*

»Matthew hat mir alles über ihn erzählt. Er erzählt mir nämlich immer noch viel, auch wenn er mir nicht mehr recht traut.«

»Was hat Ihnen Matthew denn über Lloyd erzählt?«

»Nichts, was du inzwischen nicht selber wüsstest. Er hat seinen Schniedel irgendwohin gesteckt, wo er nicht hingehört. Das ist heutzutage ziemlich einfach. Früher musste man in ein Bordell gehen, um an eine Muschi zu kommen. Jetzt findet man sie überall.« Matthew betrachtete sie aufmerksam, vielleicht wollte er sehen, ob seine Worte sie schockierten.

»Wohin gehen Sie?«

»Wohin gehe ich für was?«

»Wo kommen Sie an Ihre Muschi, Richard?«, fragte sie und hielt Augenkontakt. Er zuckte, nur ein klein wenig. »Gehen Sie ins Bordell?«

»Mein Dad ist ins Bordell gegangen. Er hat mir alles darüber erzählt. Aber es ist so, wie ich es dir sage, jedes Mädchen, das die Straße entlanggeht, ist heutzutage zu haben.«

Er wirkt nervös, dachte Hen und überlegte, ob sie das Gespräch weiter in diese Richtung treiben sollte. Sie merkte ihm an, dass es ihn verunsicherte, wenn sie ihn hinterfragte, aber sie wusste nicht, ob es gut war, ihn zu verunsichern, sie wollte nicht zu weit gehen, aber sie wollte, dass er weiter über Themen sprach, die ihn interessierten. Was sie wirklich versuchen wollte – und sie wusste, es würde gefährlich sein –, war, den echten Matthew zu erreichen, ihn hervorkommen zu lassen, denn dann wäre sie, zumindest für den Augenblick, in Sicherheit. *Gab er vor*, Richard zu sein? Oder hatte er eine echte gespaltene Persönlichkeit? Wenn sie ihn dazu bringen konnte, wieder zu Matthew zu werden, dann war sie sicher, ihm ausreden zu können, was auch immer er vorhatte. Falls er bei seiner jetzigen Persönlichkeit blieb, hoffte sie hingegen, eine Gelegenheit zu finden, zur Tür zu rennen, sie hinter sich zuzuschlagen und Matthew im Raum einzusperren. Es war nämlich eine Besonderheit aller Atelierräume im Kellergeschoss, dass sie von beiden Seiten nur mit einem Schlüssel zu öffnen waren, und Hens Schlüssel, der einzige, den sie besaß, steckte in ihrer Jackentasche.

»Wie kommt es, dass Sie so anders sind als Matthew?«, erkundigte sich Hen. »Ich habe ihn ziemlich gut kennengelernt, und ich halte ihn für einen Gentleman.«

Ein Lächeln huschte über Matthews Gesicht, sie konnte sein Zahnfleisch sehen. »Er bringt Leute um.«

»Ich weiß. Das hat er mir erzählt. Aber er hat auch gesagt, dass er niemals einer Frau etwas zuleide tun würde und dass er nur Männer tötet, die Frauen verletzen. Deshalb habe ich gesagt, er ist ein Gentleman.«

»Er war ein Muttersöhnchen«, sagte Matthew und blickte zur Decke, als würde er in seinem Gedächtnis kramen.

Hen wollte schon fast zur Tür flitzen, aber er wandte ihr den Blick rasch wieder zu. War er bewaffnet? Es spielte im Grunde keine Rolle. Sie dachte an die Kraft in seiner Hand an ihrem Hals; er hätte ihr ohne weiteres die Gurgel zerquetschen können.

»Und Sie waren keines?«

»Mom hat in der ganzen Stadt herumgehurt. Ich habe sogar mal gehört, dass sie den Pfarrer gefickt hat, denselben Pfarrer, der sie und Dad getraut hat.«

»Wenn das stimmt, warum war Matthew dann ein Muttersöhnchen? Er muss ebenfalls alles gewusst haben.«

Matthew schüttelte den Kopf, machte einen Schritt auf die größere von Hens beiden Pressen zu und lehnte sich dagegen. Es eröffnete Hen eine etwas bessere Chance, die Tür zu erreichen, falls sie beschloss, einen Fluchtversuch zu unternehmen. »Er wusste alles, aber er sagt, Dad hat sie dazu gemacht. Er sagt, dass Mom dachte, wenn sie schon eine Hure genannt und wie eine Hure behandelt wurde, dann sollte sie sich vielleicht auch wie eine benehmen.«

»Ihr Dad hat Ihre Mom als Hure bezeichnet?«

»Er wusste, was sie war. Er wusste, was alle Frauen sind.«

»Hat Ihr Dad Frauen getötet?«, fragte Hen.

Matthew schien einen Moment zu überlegen. »Ich glaube nicht, dass ich weiter über meinen Dad reden will«, sagte er dann.

»In Ordnung«, erwiderte Hen. »Ich bin nur neugierig.«

»Du willst nur, dass ich weiterrede, bis du entschieden hast, ob du schneller laufen kannst als ich.«

Hen zwang sich zu einem Lächeln. »Ein bisschen«, räumte sie dann ein. »Ich meine, mehr als ein bisschen. Ich habe Angst vor Ihnen, Richard. Das ist Ihnen doch klar. Aber ich bin auch neugierig. Sie sind so anders als Ihr Bruder, und mich interessiert, wieso. Sie sind im selben Haus mit denselben Eltern aufgewachsen.«

»Wir sind gar nicht so verschieden. Matthew gibt vor, gut und edelmütig zu sein, aber in seinem tiefsten Innern weiß er, dass er genau wie Dad ist. Er hat auch schlimme Gedanken, verstehst du? Er hatte wahrscheinlich schlimme Gedanken über dich.«

»Aber er lebt sie nicht aus.«

Matthew blinzelte und schürzte die Lippen. »Nein, er lebt sie bei Frauen nicht aus. Das tut er nicht. Aber er tötet trotzdem Menschen. Und ihm geht dabei einer ab. Er behauptet sicher, dass es nicht so ist. Er behauptet, er hasst Blut und in Wirklichkeit will er nur, dass gewisse Leute verschwinden, Leute wie Dad, Leute, die andere Leute verletzen, aber das stimmt nicht. Als er Dad getötet hat, ist er auf den Geschmack gekommen, und jetzt muss er immer weitermachen.«

»Und was ist mit Ihnen? Sie leben es nicht aus?«

»Nein, das tue ich nicht. Ich habe es viele, viele Jahre lang nicht getan. Matthew hatte den ganzen Spaß, und alles, was ich hatte, war hin und wieder eine Fantasie. Er wollte mir nicht mal verraten, was ich versäume, hat mir nichts darüber erzählt. Hat getan, als wäre er vollkommen. Aber ich kannte seine Masche. Er hat einen Fehler gemacht und mir von Michelle erzählt, seiner Kollegin, wie er sie beraten hat und dass sie in ihn verknallt sei. Sobald ich herausgefunden habe, dass Michelle einen widerlichen Freund hatte, wusste ich Bescheid. Ich wusste, dass er wieder auf der Jagd war. Nachdem er also Scott Doyle getötet hatte, habe ich Michelle einen Besuch abgestattet. Du kannst dir nicht vorstellen … Sie war so glücklich, mich zu sehen, weil sie mich erst für

Matthew gehalten hat, genau wie du. Aber sie hat Richard nicht gemocht. Sie hat mich kein bisschen gemocht.«

»War es das erste Mal, dass Sie einer Frau etwas getan haben?«, fragte Hen.

»So ziemlich.« Matthew lächelte sie an, aber es war ein falsches Lächeln, der Rest seines Gesichts blieb düster und unsicher.

»Ich glaube nicht, dass es Ihnen gefallen hat«, sagte Hen und machte sich bereit. Sie glaubte jetzt, es bis zur Tür schaffen zu können, wenn es sein musste. Sie wusste nur nicht, ob sie die Tür aufstoßen und schnell genug draußen sein konnte, bevor er sie mit seinen großen Händen zu fassen bekam.

»Es hat mir nicht nur gefallen – ich habe es geliebt.«

»Das glaube ich Ihnen nicht, Richard. Ich denke, ein Teil von Ihnen ist wütend über das, was Sie getan haben.«

»Dad hat Blut ebenfalls geliebt.«

»Aber Matthew hasst es.«

»Matthew hasst Blut, weil er gesehen hat, wie Dad Mom bluten ließ, und das hat er nie mehr aus dem Kopf bekommen. Sie saß einfach da, und das Blut lief ihr aus der Nase, und sie hat nichts unternommen, um es zu stoppen. Vor ihr auf dem Tisch lag eine Serviette, und sie hat sie nicht genommen, sondern ließ sie einfach liegen. Kannst du dir vorstellen, so etwas vor deinem eigenen Kind zu tun? Zuzulassen, dass es das mit ansieht?«

»Aber es war doch Ihr Dad, der sie blutig geschlagen hat.«

»Sie hat es darauf angelegt.«

»Was ist mit Michelle? Hat sie es ebenfalls darauf angelegt?«

Matthew fuhr sich mit den Fingern durchs Haar. »Sie hat einen verheirateten Mann angerufen und ihn gebeten, ganz allein zu ihr zu kommen. Dabei wusste sie, dass seine Frau verreist war. Welche Sorte Frauen tut so etwas?«

»Vielleicht wollte sie nur mit jemandem reden.«

»So etwas gibt es nicht. Sie wollte Matthew für sich allein haben, damit sie seinen Schwanz lutschen konnte.«

»Ich glaube Ihnen nicht«, sagte Hen. »Ich bin mit Matthew befreundet, und Matthew ist mit mir befreundet, und es hat nichts mit Sex zu tun.«

»Das ist Blödsinn. Er hatte schmutzige Gedanken über dich, und ich wette, du hattest schmutzige Gedanken über ihn.«

»Nein, Richard. Hatte ich nicht. Ich lüge Sie nicht an. Ich sage die volle Wahrheit, ich schwöre es. Und vielleicht war es bei Michelle dasselbe, vielleicht hat sie nur einen Freund gesucht.«

Matthew schüttelte den Kopf.

»Was dachte Matthew darüber?«, fragte Hen.

»Worüber?«

»Was dachte Matthew über Michelle? Dachte er ebenfalls, dass sie zu sterben verdient hat?« Hen zog die Beine ein wenig an, sodass sie sich mit den Ballen in den Boden stemmte.

»Er wusste, was sie war.«

»Aber ich will wissen, was er *dachte*. Können Sie mir das sagen, Richard? Kann ich mit Matthew sprechen, nur einen Moment?« Sie stemmte die Füße kräftiger auf den Boden.

»Nein.«

»Warum nicht? Ich will nicht lange mit ihm reden, aber ich möchte ihn sprechen. Ich muss ihm etwas sagen.«

»Was haben Sie ihm denn zu sagen?«

»Als wir das letzte Mal miteinander gesprochen haben, auf meiner Veranda, da hat er mir erzählt, dass er mit dem Töten aufhören will. Er sagte, er sei fertig damit, und ich will wissen, ob er es wirklich ernst gemeint hat. Ich will wissen, ob er mir die Wahrheit gesagt hat.«

»Hat er nicht.«

»Aber das will ich von ihm hören, nicht von Ihnen.«

»Er ist nicht hier«, beharrte Matthew, drückte das Kinn an die Brust und schluckte schwer, als würde er gegen Übelkeit ankämpfen.

»Ich weiß, dass er hier irgendwo ist«, widersprach Hen. »Wenn Sie mich nur einen Moment mit ihm reden lassen könnten, mehr verlange ich gar nicht.«

»Ich weiß, was du im Sinn hast.«

»Was habe ich denn im Sinn?«

»Du glaubst, wenn du mit Matthew sprichst, kannst du dich aus der ganzen Sache herausreden. Du glaubst wahrscheinlich, er lässt dich aus dieser Tür spazieren, und dann gehst du hin und erzählst alles der Polizei.«

Hen hielt inne und überlegte, was sie darauf antworten sollte. *Bleib weiter ehrlich*, sagte sie sich. *Es funktioniert. Bleib weiter ehrlich.*

»Ich werde ihnen tatsächlich alles erzählen, Sie haben recht«, bestätigte sie. »Und ich würde auch gern hier rausspazieren. Ich will nicht sterben, noch nicht. Aber ich werde Ihnen oder Matthew nichts tun. Ich glaube nur, dass Sie in

Ihrem tiefsten Innern beide mit dem aufhören wollen, was Sie tun. Ich glaube, Sie wissen, dass es falsch ist, und Sie wissen auch, dass es vorbei ist.«

»Matthew ist ein Schwächling. Er würde dich wahrscheinlich wirklich gehen lassen.«

»Das macht ihn stark«, sagte Hen. »Sie waren ebenfalls stark. All die Jahre, in denen Sie schlimme Dinge tun wollten, genau wie Ihr Dad, aber Sie haben sich zurückgehalten.«

»Das hat sich alles geändert. Ich bin jetzt anders.«

»Das heißt nicht, dass Sie sich nicht noch einmal ändern könnten. Es ist nicht zu spät.«

»Ich werde ins Gefängnis gehen.«

»Ins Gefängnis oder in ein Krankenhaus. So oder so wird man Ihnen helfen.«

»Matthew ist derjenige, der Hilfe braucht. Nicht ich.«

Ohne nachzudenken, schrie Hen: »Lassen Sie mich mit Matthew sprechen. Auf der Stelle, verdammt noch mal!«

Matthew blinzelte einige Male in rascher Folge und drückte das Kinn wieder auf die Brust. Seine Augen füllten sich mit Tränen. »Hallo, Hen«, sagte er nach einer Weile mit leiser Stimme.

»Matthew?«

»Mhm.«

»Ich habe gerade Ihren Bruder kennengelernt. Er ist anders als Sie.«

»Das ist nicht allein seine Schuld. Es liegt daran, wie wir aufgewachsen sind. Er hat unseren Vater verehrt, und ich denke, das hat ihn krank gemacht.«

»Haben Sie alles mit angehört, was wir gesprochen haben?«, fragte Hen.

»Nein«, sagte Matthew. »Wollte er Ihnen etwas tun?«

»Ich glaube, ja. Er hat mir Angst gemacht.«

»Er macht mir ebenfalls Angst. Jetzt ist er fort.«

Hens Anspannung löste sich ein wenig, und erst jetzt nahm sie wahr, wie sie körperlich auf die Angst reagiert hatte, wie kurzatmig sie war und wie entsetzlich schwer sich ihre Glieder anfühlten. »Dann lassen Sie uns von hier verschwinden. Wir gehen zur Polizei, wenn es das ist, was Sie wollen.« Ihre Stimme zitterte jetzt.

»Was hätten Sie denn unternommen?«, fragte Matthew. »Um vor Richard zu fliehen?«

»Ich wollte versuchen, aus der Tür zu kommen und sie hinter mir zu verriegeln.«

»Hätten Sie ihn einsperren können?«

»Ja. Man braucht von beiden Seiten einen Schlüssel.«

»Sperren Sie mich ein«, sagte Matthew.

»Wie bitte?«

»Ich möchte, dass Sie mich hier einschließen. Ich will mich stellen.«

»Sind Sie sicher?«

»Bitte tun Sie es einfach. Bevor ich es mir anders überlege.«

Hen erhob sich aus dem Sessel. Ihre Beine zitterten jetzt ebenfalls. »Okay«, sagte sie.

»Lassen Sie mich nicht lange hier unten«, bat er. »Sie schicken bald jemanden, ja?«

»Ja, auf der Stelle.«

Hen ging zur Tür und stieß sie auf, dann drehte sie sich noch einmal um. Matthew saß jetzt auf dem Boden und hielt sich an einer der Pressen fest.

»Es tut mir leid wegen Lloyd«, sagte er. »Er war in meinem Haus.«

»Was?«

»Als ich heute Nachmittag nach Hause kam, hatte er sich in meinem Haus versteckt. Oben. Vermutlich hat er nach etwas gesucht, was mich belastet. Nach dieser Fechttrophäe vielleicht.«

»Ist er tot, Matthew?«

Er atmete feucht durch die Nase ein. »Es tut mir leid, aber er war in meinem Haus.«

Hen ging durch die Tür und schloss sie hinter sich. Dann rannte sie zum Ausgang.

Kapitel 39

Matthew verbrachte die nächsten fünfundvierzig Minuten größtenteils damit, Hens Drucke durchzusehen. Er kam sich schlecht vor, weil er in ihre Privatsphäre eindrang, aber er liebte ihre Kunst wirklich.

In einer Ecke des Ateliers stand ein alter Aktenschrank aus Metall mit drei Schubladen. Auf dem Schrank stand eine Schreibtischlampe mit einem langen, biegsamen Arm, und in jeder Schublade befand sich ein dicker Stapel Drucke, die Hen angefertigt hatte. Sie schienen in keiner besonderen Weise geordnet zu sein, auch wenn die Drucke in der untersten Schublade offenbar älter waren. Die Bilder waren verstörender, eindeutig nicht für Kinderbücher gedacht, aber sie trugen alle Bildunterschriften, manche unerklärlich, manche witzig. Der Druck, den Matthew am längsten betrachtete, zeigte einen Fuchs, der mit dem Bein in eine Falle geraten war. Der Fuchs, der das Gesicht vor Schmerz verzog, trug einen schäbigen Anzug, die Krawatte saß schief. Um ihn herum standen in einem Kreis weitere vermenschlichte Füchse in verschiedener Aufmachung – Kleider, Anzüge, Kindersachen, eine Schlachterschürze. Sie beobachteten ihn einfach, mit großen Augen voller Angst. Die Bildunterschrift lautete: »Die anderen Füchse sahen zu, wie es verfügt worden war.«

Matthew berührte alle Füchse auf dem Druck mit dem Zeigefinger und sagte: »Fuchsgesicht, Fuchsgesicht, Fuchsgesicht, Fuchsgesicht.« Dann lachte er. Er fragte sich, ob diese wenigen Minuten, die er hier allein in Hens Atelier verbrachte, die letzten unbeobachteten Augenblicke seines Lebens sein würden. Jetzt, da alles vorbei war, durchflutete ihn Trauer. Doch er empfand auch Erleichterung. Er wusste, er würde nie aufhören, an das zu denken, was Richard Michelle angetan hatte, was Richard beinahe Hen angetan hätte. Und wenn die Polizei – mit ihren Schweinegesichtern, dachte er und hätte fast wieder gelacht – kam und ihn holte, dann würde er dafür sorgen, dass Richard ebenfalls mitkam. Sie waren schließlich Brüder. Sie steckten zusammen in dieser Geschichte, so wie sie es immer getan hatten.

Kapitel 40

Nachdem Hen den Notruf gewählt, Matthews Adresse durchgegeben und nachdem sie erklärt hatte, sie habe Grund zu der Annahme, dass sich ihr Mann in dem Haus befinde und verletzt sei, stieg sie in ihren Wagen und rief Detective Martinez an.

»Wo sind Sie?«, meldete er sich sofort.

»Bei meinem Atelier. Wieso? Wo sind *Sie* denn?«

»Ich bin in Ihrer Straße.«

Hen ließ den Wagen an. »Sie müssen sofort in Matthew Dolamores Haus gehen«, sagte sie. »Lloyd ist da drin, und ich glaube, er ist verletzt.«

»Die Polizei ist bereits dort.«

»Was soll das heißen?«

»Irgendetwas geht in Matthews Haus vor sich. Ich sehe es mir gleich an. Ich rufe Sie gleich …«

»Legen Sie nicht auf. Matthew Dolamore ist in meinem Atelier.«

»Was?«

Hen schaltete das Gespräch auf Lautsprecher und begann vor den Black Brick Studios auszuparken. »Er ist zu mir ins Atelier gekommen. Er will alles gestehen, und ich habe ihn eingeschlossen. Er ist jetzt dort.« Hen entschied spontan, dem Detective nichts von der gespaltenen Persönlichkeit zu sagen. Nicht sofort, jedenfalls. »Er hat mir erzählt, dass Lloyd sein Haus durchsucht hat und sie eine Art Auseinandersetzung hatten.«

»Sind Sie auf dem Weg?«

»Ja.«

»Ich bleibe hier«, versicherte ihr der Detective und beendete das Gespräch.

Es gab keine Ampeln oder Stoppschilder zwischen den Black Brick Studios und der Sycamore Street, und Hen bog, nur rund eine Minute nachdem der Detective das Telefonat beendet hatte, in ihre Straße ein. Als sie den Halbkreis aus Polizeiautos und dazu den Rettungswagen mit seinen blinkenden Lichtern sah, wusste sie, dass Lloyd etwas Schlimmes zugestoßen sein musste. Das flaue Gefühl in ihrem Magen verriet es ihr.

Sie hielt in ihrer Einfahrt und blieb einen Moment im Wagen sitzen; es konnten nicht mehr als fünf Sekunden gewesen sein, aber es fühlte sich wie eine Ewigkeit an. Dann öffnete sie die Tür, stieg aus und ging auf die Ansammlung von Beamten zu, von denen manche uniformiert waren, andere nicht. Sie sah, wie sich Detective Martinez zu ihr umdrehte, sich dann aus der Gruppe löste und sie auf halber Strecke im Vorgarten der Dolamores traf. Ein Hund bellte in der Ferne, das Geräusch klang seltsam scharf in Hens Ohren. Der Tag hatte alle Farbe verloren, und Wolken standen am Himmel, aber Hen musste die Augen zusammenkneifen, als der Detective auf sie zukam.

»Es tut mir leid«, sagte er.

»Ist er tot?«

»Ja, Hen. Es tut mir so leid.«

Hinter ihm nahm Hen eine Bewegung wahr, und sie sah, wie eine Polizistin Mira Dolamore die Eingangstreppe hinunterführte. Mira wirkte benommen, ihre Augen nahmen verwirrt die Szenerie vor ihrem Haus wahr, dann blieben sie an Hen hängen. Ihre Blicke trafen sich, und Mira schien den Mund zu öffnen, um etwas zu sagen – was Hen auf diese Entfernung ohnehin nicht hätte hören können –, aber statt zu sprechen, ließ sie dann nur den Kopf sinken.

Hen spürte die Hände des Detectives an ihren Armen. Sie fragte sich, warum er sie berührte, dann begriff sie, dass er sie auffing, weil sie fiel.

Kapitel 41

Nachdem sie Matthew aus dem Atelier geholt hatten, wurde er auf der Polizeiwache von Dartford in ein Vernehmungszimmer gebracht, wo er auf sein Recht auf einen Anwalt verzichtete.

Er erzählte Detective Shaheen alles über die Tötung von Scott Doyle, wobei er betonte, dass seine Frau Mira nicht für ihn gelogen, sondern aufrichtig geglaubt hatte, er habe die ganze Nacht neben ihr im Hotelbett gelegen. Als er es laut aussprach, in das friedvolle Gesicht der Polizistin blickte und die Anwesenheit all dieser anderen Detectives und Officers fühlte, die mithörten und seine Worte und Gesten aufzeichneten, wurde er von Erleichterung durchflutet. Seine Muskeln entspannten sich, sein Puls ging langsamer.

»Dann haben Sie es also für Michelle Brine getan?«, fragte Shaheen.

»Scott Doyle getötet?«

»Ja.«

»Ja und nein. Michelle tat mir leid, weil er ein beschissener Freund war, aber es ging nicht nur um sie. Ich habe es für all die anderen Frauen getan, die Scott Doyle im Laufe seines Lebens noch beschmutzt hätte. Er war toxisch.«

»Ich verstehe«, sagte sie. Ihre Hände lagen auf dem Tisch zwischen ihnen, und Matthew sah gelegentlich, wie sie ihren Ehering mit dem Daumen drehte. Er fragte sich, ob sie kürzlich abgenommen und den Ring nicht hatte anpassen lassen. »Trotzdem würde ich gern mehr über Ihre Beziehung zu Michelle erfahren«, fuhr sie fort. »Sie müssen sich nahegestanden haben, wenn sie Ihnen von ihrem Freund erzählt hat.«

»Wir standen uns nicht wirklich nahe, würde ich sagen. Wir waren befreundete Kollegen. Wir haben zusammen gearbeitet.«

»Mir fällt auf, dass Sie die Vergangenheitsform benutzen.«

»Richtig«, sagte Matthew. »Sie ist inzwischen ebenfalls tot.«

»Woher wissen Sie das, Matthew?«

»Weil ich ihre Leiche gesehen habe. Ich bin zu ihrer Wohnung gefahren und habe die Leiche gesehen.«

»Als Sie sie getötet haben, meinen Sie?«

Matthew schüttelte den Kopf. »Nein«, sagte er. »Großer Gott, nein. Ich habe sie natürlich nicht getötet. Ich würde nie einer Frau etwas antun. Niemals.«

»Wissen Sie denn, wer sie getötet hat?«

»Es war mein Bruder Richard«, antwortete Matthew.

»Ihr Bruder hat Michelle Brine getötet?«

»Ja.«

»Woher wissen Sie das?«

»Er hat es mir erzählt. Nachdem er Michelle getötet hatte, kam er zu mir zu Besuch und hat mir den Schlüssel für ihre

Wohnung dagelassen. Es war seine Art, mir mitzuteilen, was er getan hatte. Er hat mich verhöhnt. So bin ich in ihre Wohnung gekommen. Ich musste mit eigenen Augen sehen, was er getan hatte.«

Matthew schlug die Hand vor den Mund. Er dachte an das viele Blut an der Wand, das Blut auf dem Bett. Michelles graue Haut in dem matten Licht. Sie hatte Richard sicher für ihn gehalten, dachte, er käme, um ihr zu helfen, vielleicht sogar um sie zu lieben, und dann …

»Alles okay mit Ihnen, Matthew?«

»Verzeihung, ja. Es macht mich einfach wütend. Sie hatte es nicht verdient. Sie hatte nichts Unrechtes getan.«

»Warum, glauben Sie, hat Ihr Bruder sie dann getötet?«

»Er denkt nicht so. Er denkt nicht, wie ich denke. Er ist, wie mein Vater war. Ich glaube … ich glaube, dass er immer wissen wollte, wie es ist, eine Frau zu töten, weil er in seinem tiefsten Innern alle Frauen hasst. Er hat es früher nie getan, weil er nicht den Mut dazu hatte. Er hat daran gedacht … oft daran gedacht. Ich hätte ihm nie von Scott und Michelle erzählen dürfen, aber er ist irgendwie dahintergekommen, was ich getan habe, und dann wusste er wahrscheinlich … er wusste, dass Michelle … Ich glaube, er wusste, dass Michelle mich wollte.«

»Dass sie Sie *wollte*?«

»In der Nacht, in der Richard hinfuhr und Michelle getötet hat, hatte sie mich zu sich eingeladen. Auf diese Weise ist er in ihre Wohnung gelangt, verstehen Sie? Sie hat ihn für mich gehalten.«

»Warum hat Michelle Sie zu sich eingeladen?«

»Ich habe mit ihr telefoniert, und sie hat mir erzählt, dass sie Sussex Hall für eine Weile verlassen würde, um bei ihrer Familie zu sein, dass sie dem Lehrerdasein nicht mehr gewachsen sei. Also hat sie gefragt, ob ich vorbeikommen und sie besuchen wolle, nur um Lebewohl zu sagen. Sie wusste, dass Mira verreist war.«

»Haben Sie sie denn besucht?«

»Ich habe es mir überlegt. Ich bin sogar zu ihr gefahren, aber dann wurde mir klar, dass es unangemessen wäre. Ich bin verheiratet, und ich glaube, Michelle dachte, zwischen uns wäre mehr, als da tatsächlich war. Deshalb, nein, ich habe sie nicht besucht.«

»Aber Richard hat es getan.« Die Polizistin hatte die Hände vom Tisch genommen und sich leicht vorgebeugt.

»Ja, Richard hat es getan.«

»Matthew, wo ist Richard im Augenblick?«

Matthew antwortete nicht sofort. Er war wieder angespannt, zum ersten Mal, seit man ihn in das Vernehmungszimmer gebracht hatte. Er hatte sich vorgenommen, vollkommen aufrichtig zu sein. Es war an der Zeit. Keine Lügen mehr, keine Täuschungen. Er hätte gern zu Detective Shaheen gesagt, dass er nicht wusste, wo Richard sich aufhielt, aber das stimmte nicht ganz.

»Er schläft«, sagte er schließlich.

»Richard schläft?«

»Ja.«

»Wo denn, Matthew?«

Matthew spürte, wie er das Gesicht verzog. Sei aufrichtig, ermahnte er sich. »Äh, ich weiß nicht genau, wie ich diese

Frage beantworten soll. Er schläft im Moment, und mehr kann ich Ihnen nicht sagen.«

Die Tür zum Vernehmungszimmer ging auf, und der Detective trat ein, der Matthew zu Hause besucht hatte, um ihn wegen Dustin Miller zu befragen. Er beugte sich zu Detective Shaheen hinunter und flüsterte ihr etwas ins Ohr, was Matthew nicht hören konnte. Als er sich wieder aufrichtete, sah er Matthew durchdringend an, und Matthew erinnerte sich an seinen Namen – er hieß Martinez und war von der Polizei in Cambridge.

Shaheen stand auf und sagte: »Wir sind sofort wieder da, Matthew, okay? Können wir Ihnen etwas bringen? Wasser, Kaffee?«

»Wasser wäre gut.«

Die beiden gingen hinaus, und Matthew war allein, auch wenn er wusste, dass ihn die Kamera in der Ecke des quadratischen Raums beobachtete. Er wusste, worüber sie sprachen. Sie wollten ihm alles anhängen, und das schloss das mit ein, was Michelle zugestoßen war. Doch das war er nicht gewesen, sondern Richard, das mussten sie begreifen. Sein Magen schmerzte, und er wusste, wenn er dagegendrückte, würde es ihm besser gehen, aber er wollte nicht, dass sie das sahen.

Einige Zeit später betraten Detective Shaheen und Detective Martinez den Raum wieder, Letzterer mit einer Flasche Wasser in der Hand. Nachdem sie Platz genommen hatten, schob er sie über den Tisch zu Matthew hinüber.

»Hallo noch mal«, sagte der Detective. »Sie erinnern sich an mich?«

»Natürlich. Detective Martinez, nicht wahr?« Matthew

schraubte den Verschluss der Wasserflasche ab und trank einen langen Schluck. Es war lauwarm.

»Richtig. Man hat mir gesagt, Sie hätten auf Ihr Recht auf einen Anwalt verzichtet. Ist das korrekt?«

»Ja. Ich brauche im Moment keinen Anwalt. Ich will einfach nur die Wahrheit sagen.«

»Verstehe.«

Detective Martinez war hochgewachsen und schlaksig, und er ließ den Plastikstuhl, auf dem er saß, klein wirken. »Wir müssen über viele Dinge reden, Matthew, aber für den Moment würde ich Sie bitten, mir davon zu erzählen, was heute zwischen Ihnen und Lloyd Harding vorgefallen ist.«

»Er ist in mein Haus eingebrochen und hat mich angegriffen. Ich habe mich verteidigt.«

»Warum, glauben Sie, ist er in Ihr Haus eingedrungen?«

»Hen muss Ihnen doch alles erzählt haben. Die ganze Sache fing an, als sie bei uns zum Abendessen waren.«

»Welche ganze Sache?«

Matthew trank noch einen kräftigen Schluck aus der Wasserflasche. »Hen und Lloyd sind zum Abendessen gekommen. Nur so eine Nachbarschaftsgeschichte. Wie Sie wissen, hat Hen Dustin Millers Fechttrophäe entdeckt, die in meinem Arbeitszimmer stand, und es hat sie misstrauisch gemacht. Deshalb hat sie Sie angerufen. Ich hätte diese Trophäe niemals offen rumstehen lassen dürfen. Es war arrogant von mir, aber ich muss mich fragen, ob ich nicht vielleicht ein kleines bisschen wollte, dass jemand wie Hen sie sieht. Ob ich nicht wollte, dass es jemand herausfindet.«

»Matthew, ich will Sie nicht unterbrechen, und früher

oder später möchte ich alles über Dustin Miller hören, aber im Augenblick bin ich mehr an Lloyd interessiert.«

»Ich wollte ihn nicht töten. Nicht dass er es meiner Ansicht nach nicht irgendwie verdient hatte, aber es war nicht meine Absicht. Er hat mich angegriffen, und ich habe mich verteidigt.«

Matthew dachte an das Geräusch, als der Totschläger auf Lloyds Schädel gekracht, und wie er zu Boden gesunken war, weil seine Beine nachgaben, als hätte man ihm die Sehnen durchgeschnitten.

»Warum war er in Ihrem Haus?«, fragte Detective Martinez.

»Wahrscheinlich hat er versucht, Hen zurückzugewinnen, indem er etwas fand, was mich belastete. Ich glaube nicht, dass er mich angreifen wollte, denn er hatte sich versteckt. Ich habe ihn entdeckt, weil ich ihn oben gehört habe. Er kam aus einem Schrank und ist einfach auf mich losgegangen. Ich habe ihn an der Schulter getroffen und gedacht, damit wäre es vielleicht erledigt, aber er hat nicht mehr von mir abgelassen. Also habe ich ihn auf den Kopf geschlagen.«

»Warum haben Sie ihn in Klebeband verpackt?«

Matthew schwieg und sah zur Decke.

»Sind Sie noch bei uns, Matthew?«

»Ja. Aus seiner Wunde am Kopf lief viel Blut, da, wo ich ihn geschlagen hatte, deshalb habe ich das Klebeband verwendet. Erst habe ich es nur um den Kopf gewickelt, aber dann dachte ich, warum nicht gleich den ganzen Körper einpacken? So sah es besser aus.«

»Und nachdem Sie das dann getan hatten, sind Sie direkt

zu Henrietta Mazurs Atelier gefahren und haben sie bedroht.«

»Das war ich nicht. Das war Richard.«

»Richard ist Ihr Bruder?«

»Richtig.«

»Wollen Sie wissen, warum ich heute hier nach Dartford gekommen bin, Matthew? Hen hat mich angerufen und mir unter anderem erzählt, Sie hätten einen Bruder erwähnt, um den Sie sich Sorgen machten; es schien sie sehr zu beunruhigen. Also habe ich nachgeforscht. Es gibt Polizeiberichte über die Todesfälle Ihrer Eltern, und in beiden Berichten ist nur von Ihnen die Rede, Matthew. Nirgendwo wird ein Bruder erwähnt. Oder ein anderes Kind. Ich habe den Detective angerufen, der den Tod Ihres Vaters untersucht hat – er ist inzwischen im Ruhestand –, und er erinnerte sich an den Fall, aber nur, weil er damals den Verdacht hatte, Sie hätten etwas damit zu tun gehabt, auch wenn er es nicht beweisen konnte. Ich habe ihn gefragt, ob Sie ein Einzelkind seien, und er bejahte das, es habe einen Bruder namens Richard gegeben, aber der sei im Säuglingsalter an plötzlichem Kindstod gestorben. Ist das derselbe Richard, von dem Sie sprechen, Matthew?«

»Er ist nicht gestorben«, widersprach Matthew und senkte das Kinn auf die Brust.

»Er ist nicht als Säugling gestorben?«

Matthew antwortete darauf nicht sofort.

Detective Shaheen schaltete sich ein: »Erzählen Sie Detective Martinez, was Sie mir vorhin über Richard erzählt haben, dass er für Michelle Brines Tod verantwortlich war.«

Matthew seufzte. »Richard hat Michelle getötet, und Richard ist zu Hens Atelier gefahren, weil er sie ebenfalls töten wollte. Das ist alles, was ich Ihnen darüber sagen kann. Ich war nicht dabei.«

»Ich bin verwirrt, Matthew«, sagte Martinez. »Wenn Richard bei Hen im Atelier war, wie kommt es dann, dass Sie hier gelandet sind?«

»Ich weiß nicht mehr, wie ich hierhergekommen bin, denn das war alles Richard. Dann ist er schlafen gegangen. Ich habe nicht einmal mehr mit ihm gesprochen. Offen gestanden, will ich nicht mit ihm sprechen, wenn es nach mir ginge, würde ich nie wieder mit ihm sprechen.«

»Matthew, sind Sie und Richard dieselbe Person?«

»Nein. Ich meine, wir sind Brüder, also haben wir beide unsere Eltern überlebt, und das bedeutet, wir haben etwas gemeinsam. Wir sind Überlebende. Aber Richard gerät nach unserem Dad. Er denkt wie unser Dad, und er glaubt, dass Mom… Er glaubt, sie hat etwas damit zu tun, wie Dad sich benommen hat. Ich selbst glaube das nicht. Überhaupt nicht.«

Es klopfte, und im nächsten Moment ging die Tür auf. Beide Detectives wandten den Kopf, als ein älterer Mann im Nadelstreifenanzug eintrat. Er machte einen Schritt in den Raum hinein, ohne die Türklinke loszulassen. »Maggie, Iggy, haben Sie einen Moment Zeit?«

Sie verließen den Raum, und Matthew war wieder allein. Er hatte sein Wasser ausgetrunken und quetschte die Plastikflasche knisternd zusammen. Er war plötzlich sehr müde und hatte genug von all den Reden und Erklärungen. Er wusste, dass jetzt ein endloser Strom von Leuten mit ihm sprechen wollte, das war unvermeidlich. So vieles war jetzt unvermeidlich. Detectives, Psychiater, Anwälte. Es würde keinen Prozess geben. Er würde dafür sorgen, dass es nie einen Prozess gab. Er würde alles gestehen. Er wusste allerdings, dass die Zeitungen trotzdem darüber schreiben würden. Die Nachrichten würden voll davon sein. »Beliebter Geschichtslehrer einer Privatschule wegen einer Reihe von Morden verurteilt.« Nein, es wäre noch schlimmer. »Privatschullehrer hat seinen Wahn vor allen versteckt.« Das war der Teil, der ihn quälte: Niemand würde verstehen, dass er keine Kontrolle über das hatte, was Richard tat. Sie würden denken, dass er ihnen etwas vormachte, dass er Bescheid gewusst oder ihn hätte aufhalten können. Er würde es ihnen niemals erklären können.

In diesem Moment sprach Richard zu ihm, zum ersten Mal, seit er im Atelier gewesen war. *Ich erkläre es ihnen. Ich erzähle ihnen, was sie wissen wollen.*

Matthew antwortete nicht. Er wollte sich nicht mit Richard unterhalten, nicht jetzt.

»Mach mal Pause, großer Bruder. Ich seh dir an, dass du erschöpft bist. Es wäre nett, ein kleines Nickerchen zu machen, oder?«

»Ich will nicht mehr mit dir sprechen«, sagte Matthew, und als ihm bewusst wurde, dass er das laut gesagt hatte, erbrach er sich über den ganzen Tisch.

Matthew wurde an diesem Abend nicht mehr vernommen. Detective Shaheen klagte ihn offiziell an und wiederholte, dass er ein Recht auf einen Anwalt habe, dann durfte er sich unter Aufsicht auf der Toilette der Polizeiwache waschen. Sie nahmen seine Kleidung und gaben ihm eine grüne Gefängnisuniform, die nach Bleiche roch, ein Paar saubere Socken und ein gebrauchtes Paar Sneaker ohne Schnürsenkel. In seiner Arrestzelle im Untergeschoss des Reviers brachten sie ihm sein Abendessen – einen Hamburger aus der Mikrowelle mit verschiedenen Gemüsen dazu. Er glaubte, keinen Hunger zu haben, aber nach einem Bissen von dem gummiartigen Burger verschlang er den Rest, fast wie ein Hund sein Fressen hinunterschlingt. Danach war ihm übel, und er beschloss, sich auf die schmale Pritsche zu legen. Er streifte die Sneaker ab und schlief ein, ohne sich irgendwelche Geschichten erzählen zu müssen.

Nach dem Frühstück am nächsten Morgen teilte ihm ein uniformierter Beamter mit, dass er Besuch habe. Er erkannte Miras Schritte, das Klacken ihrer hübschen Schuhe, als sie den Gang entlanggeführt wurde. Sie sah ihn mit tränenverquollenen Augen an, und der Polizeibeamte machte zwei Schritte rückwärts, blieb aber im Gang stehen.

»Ach, Bär«, sagte sie und trat ans Gitter.

Und dann war er Bär und begann zu weinen.

Kapitel 42

Nach zwei Wochen bei ihren Eltern, dann drei raschen Tagen in Boston für Lloyds Bestattungsfeier und noch einmal zwei Wochen bei ihrer besten Freundin Charlotte in Vermont kehrte Hen zum ersten Mal, seit Matthew Dolamore Lloyd getötet hatte, nach West Dartford zurück.

Es war Ende November, und es wurde inzwischen vor fünf Uhr nachmittags dunkel. All die strahlenden Herbstfarben hatten sich zu einem Ton vereint, der sich nur als Rost bezeichnen ließ. Stumpfes, totes Laub häufte sich überall oder lag verstreut herum, und die wenigen Blätter, die noch an den Bäumen hingen, waren ebenfalls abgestorben und warteten nur darauf, vom nächsten kalten Windstoß befreit zu werden. Hen steuerte ihren Golf an einem Donnerstagmittag in die Einfahrt. Die Rasenflächen sowohl vor ihrem Haus als auch vor dem der Dolamores waren von einer dicken Schicht orange-brauner Nadeln bedeckt. Vor dem Haus der Dolamores stand ein Schild, dass es zu verkaufen war. Hen war überrascht, nicht weil Mira das Haus aufgab, sondern dass es bereits auf dem Markt war. Vielleicht brauchte sie schnell Geld.

Als sie mit einem miauenden Vinegar in seiner Transportbox vom Wagen zur Haustür ging, roch sie Kaminrauch in der Luft. Vor ihrer Eingangstreppe lag ein halb verfaulter Kürbis. Sie erinnerte sich nicht an ihn – hatte Lloyd ihn gekauft? –, aber sie traute ihren Erinnerungen aus dieser surrealen Periode, in der sie Matthew kennengelernt hatte, auch nicht zur Gänze. Sie schloss die Tür auf und öffnete sie, bis der Haufen Post auf der anderen Seite sie bremste. Sie stellte die Transportbox auf den Boden und nahm den Deckel ab. Vinegar sprang heraus und raste zur Katzenklappe, die in den Keller führte. Im Haus war es kalt, und Hen ging sofort zum Thermostat und erhöhte die Temperatur, bis sie Wasser durch die Rohre fließen hörte. Da sie nicht wusste, was sie sonst tun sollte, sammelte sie die Post auf – hauptsächlich Kataloge und Kreditkartenwerbung – und trug den ganzen Stapel in die Küche. Auf der Arbeitsfläche stand eine Schale Äpfel, die einen Monat lang niemand angerührt hatte. Sie glänzten noch rot, und Hen nahm sich einen; er war noch einigermaßen fest. *Es ist gar nicht lange her*, dachte sie und erlaubte sich kurz ein paar Tränen, bevor sie weiter durchs Haus ging.

In dieser Nacht kroch sie in das Bett, das sie mit Lloyd geteilt hatte, und legte sich auf den Rücken. Das ganze Gewicht seines Todes, die Ungeheuerlichkeit seiner Abwesenheit lastete auf ihr. Sie wusste wirklich nicht, ob sich ihre Ehe hätte retten lassen, wenn er noch lebte, aber das schien keine Rolle mehr zu spielen. Seine Affäre wirkte inzwischen kurios, unbedeutend. Was sie schmerzte,, war, dass sie nie mehr mit ihm würde sprechen können, dass sie sich nie mehr gemeinsam an all das erinnern würden, was sie zusammen durchgemacht hatten. Er war fort, und als sie diesen Umstand wirklich begriff, tat ihr alles weh. Ja, sie war deprimiert – ein Gefühl, das sie mühelos erkannte –, aber sie dachte auch, dass die Depression vor allem das Ergebnis von Trauer und Trauma war und dass ihr Gehirn einwandfrei funktionierte. Sie würde sich therapeutische Hilfe suchen müssen, aber sie machte sich keine allzu großen Sorgen, dass die jüngsten Ereignisse eine depressive Phase auslösen könnten oder eine mit Selbstmordgefahr. Sie fühlte sich geistig gesund.

Sie schlief die Nacht durch, viel tiefer als erwartet, und als Licht durch das Schlafzimmerfenster strömte, löste sie sich aus einem komplizierten Traum, in dem Matthew vorkam. Sie träumte dieser Tage nie von Lloyd, aber ständig von Matthew. In den Träumen suchte er sie immer auf, und sie fragte ihn jedes Mal, ob man ihn aus dem Krankenhaus entlassen hatte. *Nein*, sagte er dann, *der im Krankenhaus, das ist mein Bruder. Du hast uns verwechselt.*

Vielleicht wegen des Traums oder weil sie in ihrem alten Haus aufgewacht war, rief Hen Detective Martinez an und fragte ihn, ob es etwas Neues in dem Fall gebe.

»Er geht nirgendwo mehr hin«, antwortete Martinez. »Er wird sehr lange im Krankenhaus bleiben, und es wird nie einen Prozess geben. Sie müssen nicht aussagen.«

»Ist das gut?«, fragte sie. »Vielleicht möchte ich aussagen.«

»Das wollen Sie bestimmt nicht, Hen. Matthew Dolamore ist dort, wo er hingehört.«

»Ich weiß.«

»Von wo aus rufen Sie an?«, fragte er.

»Von zu Hause. Ich bin wieder in dem Haus in der Sycamore Street. Habe gerade meine erste Nacht dort verbracht.«

»Und, wie war es?«

»Nicht übel. Ich hatte ein paar Albträume, aber die habe ich, egal wo ich schlafe.«

»Dann wollen Sie dort bleiben?«

»Ja«, bestätigte Hen. »Ich gehe später ins Atelier, um zu sehen, wie sich das anfühlt, aber ja, ich würde gern bleiben, Iggy.«

»Schön für Sie«, sagte er.

Hen aß einen Apfel zum Frühstück, dann trat sie auf die Veranda hinaus, um zu sehen, wie sich der Tag anfühlte. Die Temperatur lag im einstelligen Bereich, der Himmel war ein Flickenteppich aus dünnen Wolken. Zurück im Haus zog sie einen dicken, wollenen Rollkragenpullover an, dann ihre alte Jeansjacke mit dem ausgefransten Kragen, die sie getragen hatte, als sie zum letzten Mal in ihr Atelier gegangen war. Sie griff gerade nach ihrem Skizzenbuch, als Vinegar aus dem Keller kam. Sie hob ihn auf und hielt ihn kurz im Arm. Er miaute – sein Protest-Miauen –, und sie antwortete, dass sie ab jetzt nur noch zu zweit seien, aber wenigstens waren sie zu Hause.

Es war ein Schultag, und in der Sycamore Street war es ruhig, in den meisten Einfahrten stand kein Wagen. Als sie zu Fuß zum Atelier ging, fühlte sie allerdings Blicke auf sich. Sie stammten von Nachbarn, die durch Vorhänge spähten und sich fragten, ob das wirklich diese arme Frau sein konnte, deren Mann von dem inzwischen berüchtigten Psychopathen getötet worden war. Ob sie tatsächlich beobachtet wurde oder nicht, sie spürte die Blicke. Es würde der schwierigste Teil ihrer Rückkehr in diese Stadt werden, aber es würde nicht ewig dauern. Nichts dauerte ewig.

Nachdem sie sich in dem Starbucks zwei Straßen hinter dem Atelier einen Kaffee geholt hatte, ging sie zurück und schloss die Tür zum Untergeschoss der Black Brick Studios auf. Das Licht brannte, was bedeutete, dass noch jemand hier unten war, ein tröstlicher Gedanke, auch wenn ihr nicht unbedingt nach sozialem Kontakt zumute war. Als sie an die Tür ihres Ateliers kam, holte sie den Schlüssel hervor, den die Polizei ihr zurückgegeben hatte, trat ein und machte Licht. Sie überflog rasch den Raum, überprüfte, ob etwas anders war als sonst, aber er sah noch genauso aus, wie sie ihn beim letzten Mal verlassen hatte. Sie ging zu dem Sessel, in dem sie gesessen war, als Matthew/Richard sie überrascht hatte und als sie gedacht hatte, sie würde in diesem Raum sterben. Sie berührte ihn und ließ ihr Skizzenbuch auf die abgenutzte Sitzfläche fallen. Schon unterwegs hatte sie entschieden, die erste Hälfte des Tages mit Aufräumen zu verbringen, etwas von dem Müll zu entsorgen, der sich angesammelt hatte. Es wäre in gewisser Weise ein symbolischer Akt, aber sie wollte sich auch körperlich betätigen, sich ein bisschen Bewegung verschaffen, ehe sie sich an ihre Kunst machte. Sie sah den CD-Stapel neben ihrem Player durch und entschied sich schließlich für *Exile in Guyville.* Sie drehte die Lautstärke herunter, dann ging sie in den hinteren Teil des Ateliers, wo ein Stapel Kartons stand, seit sie im Sommer hier eingezogen war. Manche der Kartons reichten bis in ihre Collegezeit zurück, und sie hatte vorgehabt, sie durchzusehen, möglichst viel wegzuwerfen und den Rest in die neuen Kunststoffbehälter zu verpacken, die sie für ihre alten Kunstwerke gekauft hatte.

Sie zog den obersten Karton vom Stapel auf den Boden, setzte sich daneben und fing an auszusortieren. Er enthielt größtenteils Fehldrucke, die entweder zu hell oder zu dunkel geraten waren, oder schlicht Bilder, die nicht funktionierten. Die Drucke stammten aus einer Zeit vor einigen Jahren, als sie noch in Cambridge gelebt hatte. Einige waren es wert, aufgehoben zu werden, aber die meisten wanderten auf den Stapel, der für den großen Recycling-Container im Erdgeschoss des Atelierhauses bestimmt war.

Auf dem Boden des Kartons lag ein Blatt, das sie erkennbar aus einem ihrer Zeichenblöcke gerissen hatte. Sie drehte es um, und da war die Zeichnung, die sie von Dustin Miller gemacht hatte, einige Monate bevor Matthew Dolamore ihn getötet hatte. In der Zeichnung saß er auf der Bettkante in seiner Wohnung, das Kinn gereckt, die Augen humorlos und arrogant. Sie hatte sie bei ihrem einzigen Besuch in seiner Wohnung angefertigt. Es war in einer Woche gewesen, in der Lloyd mit zwei Highschool-Freunden nach Fort Myers gereist war, um ein paar Trainingsspiele der Red Sox anzuschauen. An zwei Abenden in dieser Woche war sie ins *Village Inn* gegangen, hatte sich mit ihrem Skizzenbuch an einen Tisch gesetzt, an ihrem Bourbon Sour genippt und Leute an der Bar gezeichnet.

Dustin hatte sie an ihrem ersten Abend dort angesprochen und sie gefragt, ob er einen Blick auf ihre Zeichnungen werfen dürfe. Er war jünger als sie und sah so absurd gut aus, dass sie ihn nicht sonderlich attraktiv fand. Aber sie zeigte ihm ihre Zeichnungen und ließ sich Drinks von ihm spendieren. Im Nachhinein betrachtet, war sie zu diesem Zeitpunkt bereits manisch gewesen und hatte sich durch seine Aufmerksamkeit enorm geschmeichelt gefühlt. Er strahlte eine Art rohe Energie aus, und wenn er ihr gegenüber am Tisch saß, spürte sie diese Energie als Kribbeln auf ihrer Haut.

»Kannst du eine Zeichnung von mir machen, die ich behalten darf?«, fragte er am zweiten Abend in der Kneipe.

»Sicher«, sagte sie und blätterte zu einer leeren Seite.

»Nein, nicht hier. Bei mir.«

»Wieso?«, fragte sie, anstatt einfach zu lachen oder Nein zu sagen.

»Es wäre etwas Besonderes. Für mich. Komm schon. Ich möchte dir zeigen, wo ich wohne. Ich verspreche, ich werde nicht zudringlich.«

»Das bist du bereits«, entgegnete sie, aber sie ging trotzdem mit, angezogen von etwas, das sie nicht völlig verstand. Vielleicht war es der Nervenkitzel, sich auf etwas einzulassen, dessen Ausgang sie nicht kannte. Vielleicht stellte sie die Kraft ihrer Liebe zu Lloyd auf die Probe. Oder es ging um etwas weitaus weniger Kompliziertes.

Er wohnte nicht weit vom *Village Inn* entfernt, und als sie zu seiner Wohnung im ersten Stock eines viktorianischen Hauses ganz in der Nähe ihres eigenen kamen, sauste Dustin zuerst hinein und räumte rasch ein wenig auf, dann holte er ihnen beiden ein Bier.

»Wo soll ich posieren?«, fragte er.

»Wo du willst.«

»Was hältst du davon, wenn ich mich auf meine Bettkante setze, und du kannst dich hierhersetzen«, schlug er vor und führte sie in sein Schlafzimmer, wo er einen Stuhl frei räumte. Hen setzte sich und zeichnete etwa zwanzig Minuten lang, dann riss sie das Blatt heraus und gab es Dustin. Sie fand, dass sie ihn gut getroffen hatte: seine selbstbewusste Jugend, die Linien seines Gesichts, seine Haltung, die Intimität der Situation.

»Es ist toll«, sagte er und machte einen unbeholfenen Satz auf sie zu, um sie zu küssen. Hen lachte, aber sie erwiderte den Kuss und sagte sich, dass sie nur wissen wollte, wie es war, all dieser frühlingshaften, rohen Energie nahezukommen; wie es sich anfühlte, noch einmal wirklich gewollt zu werden, körperlich gewollt zu werden. Er hob sie vom Boden hoch und ließ sie gekonnt auf sein Bett gleiten, und eine seiner großen Hände fuhr bereits unter ihr Top.

»Dustin«, sagte sie.

»Mhm.«

»Ich bin verheiratet.«

»Das hast du mir schon gesagt. Es ist mir egal. Finde ich heiß.«

»Mach mal langsam, okay? Ich muss zur Toilette.« Sie musste wirklich, aber sie wollte auch einen Moment Zeit zum Nachdenken haben. War sie wirklich im Begriff, diesen kolossalen Fehler zu begehen? Wollte sie es überhaupt?

»Okay«, sagte er, und als sie zur Badezimmertür kam, fügte er an: »Überleg es dir verdammt noch mal bloß nicht anders.«

Sie fuhr reflexartig herum. Seine Stimme hatte sich bei

diesen letzten Worten so verändert, dass sie einen Moment lang glaubte, jemand anderer hätte aus dem Zimmer zu ihr gesprochen. Im Licht der Nachttischlampe sah sie, dass sich auch sein Gesicht verändert hatte; seine Augen blickten leblos, eine Hand war in seine Jeans geglitten, und er berührte sein Glied.

»Bin sofort wieder da«, sagte Hen und bemühte sich um einen normalen Tonfall, als sie ins Bad ging – sie konnte es immer noch riechen, Eau de Cologne und Urin – und sich auf die Toilette setzte. Es gelang ihr, zu pinkeln, und sie hielt sich dazu an, nicht panisch zu werden und sich einen Plan zu überlegen. Sie hatte einen Riesenfehler gemacht. Dustin war nicht irgendein dämlicher, geiler Typ. Er war etwas ganz anderes. Wenn sie sagte, dass sie gehen wolle, würde er sie vergewaltigen, davon war sie überzeugt. Sie konnte es durchziehen, überlegte sie, einfach mit ihm schlafen und dann lebend hier rausspazieren, aber bei dem Gedanken wurde ihr übel. Sie war noch vollständig angezogen, wenn sie wollte, konnte sie also das Bad verlassen, schnurstracks zur Eingangstür marschieren und aus der Wohnung verschwinden, ehe er sie packen konnte. Aber ihr Skizzenbuch lag noch in seinem Schlafzimmer, und etwas an der Vorstellung, es zurückzulassen, erschien ihr undenkbar. Zum einen stand ihre Adresse darin, aber es war auch voller privater Zeichnungen, einige davon von Lloyd. Sie spülte, dann schaute sie in den Badezimmerschrank, ob es dort etwas gab, was sie als Waffe benutzen konnte, ein offenes Rasiermesser etwa oder eine Dose Rasierschaum, aber nichts sah auch nur annähernd brauchbar aus.

Es hämmerte an die Tür, und Dustins Stimme ertönte: »Beeil dich, ich muss auch pissen.«

Das ist meine Chance, dachte Hen.

Sie kam aus dem Bad. Er hatte kein Hemd mehr an, schob sich an ihr vorbei und ließ die Tür offen. Sie hörte einen Pissestrahl in die Kloschüssel spritzen. So schnell wie möglich lief sie ins Schlafzimmer, schnappte sich ihr Skizzenbuch vom Stuhl und hob die herausgerissene Zeichnung auf, die jetzt auf dem Boden vor ihr lag, dann durchquerte sie eilig das Wohnzimmer zur Eingangstür.

»Wohin willst du?«, fragte er und klang wieder bedrohlich, als sie den Türknopf drehte. Sie zögerte kurz und hätte aus einer lachhaften Angst heraus, unhöflich zu sein, fast gesagt, dass sie ging, aber sie blieb nicht stehen.

Sie rannte die Treppe hinunter, aber unten holte er sie ein, und seine Finger bohrten sich in die weiche Haut ihres Oberarms.

»Ich schreie«, drohte ihm Hen. »Ich schreie, so laut ich kann!«

Dustins Augen huschten zu einer Tür am Fuß der Treppe, die wahrscheinlich zu einer Erdgeschosswohnung führte. Hen glaubte, einen Fernseher zu hören. »Ich meine es ernst«, bekräftigte sie, und er ließ sie los und sah ihr mit diesen toten Augen ins Gesicht.

»Vielleicht ein andermal«, sagte er mit ruhiger Stimme. Dann formte er das Wort *Schlampe* mit den Lippen, und sie stieß die Tür auf und trat in die feuchte Nachtluft hinaus.

Als sie ihn das nächste Mal sah, wurde er in einem Leichensack aus seinem Haus getragen.

Sie erzählte Lloyd nie, was passiert war, und sie erzählte es auch der Polizei nicht. Sie hatte mehr Schuldgefühle, weil sie es der Polizei gegenüber nicht erwähnte, denn die Information, die sie über Dustin besaß, konnte für den Fall möglicherweise relevant sein. Wenn er sie vergewaltigen wollte – und das wollte er definitiv –, dann hatte er vielleicht früher schon jemanden vergewaltigt; und falls das so war, konnte es ein Tatmotiv sein. Aber sie ging nie zur Polizei. Sie konnte sich nicht dazu überwinden, und irgendwann redete sie sich ein, dass die Ereignisse dieser Woche vielleicht überhaupt nicht geschehen waren. Es war nur ein dummer, erschreckender Moment gewesen, den sie vergessen musste. Aber sie konnte ihn nicht vergessen und kanalisierte all ihre Schuldgefühle und Reue in die obsessive Beschäftigung mit der Frage, wer Dustin Miller getötet hatte.

Später, nach ihrer Einlieferung in die Psychiatrie, der Elektroschocktherapie und der Medikamentenumstellung, fragte sie sich manchmal, ob sie sich die ganze Sache nicht nur eingebildet hatte, diese unwirkliche, erschreckende Nacht mit dem Jungen aus dem *Village Inn*. Die Erinnerung daran fühlte sich jetzt eher wie ein Traum an als wie irgendeine Art von Realität. Und manchmal fragte sie sich sogar, ob sie ihn mit der vollkommenen Auslöschung dieser Erinnerung ebenfalls getötet hatte.

Jetzt betrachtete sie die Zeichnung. *Porträt eines Vergewaltigers als junger Mann*, dachte sie und hätte fast gelächelt. Sie hatte tatsächlich vergessen, dass sie die Zeichnung aufbewahrt hatte, auf den Boden eines Kartons gestopft, nachdem sie in jener Nacht wohlbehalten zu Hause angekommen war, zitternd vor Schrecken und mit dem Gefühl, noch einmal davongekommen zu sein. Warum hatte sie das Blatt nicht einfach weggeworfen? Vielleicht, damit sie es jetzt, einige Jahre später, finden und mit Bestimmtheit sagen konnte, dass alles tatsächlich passiert war. Sie fuhr mit dem Zeigefinger über die Bleistiftspuren auf dem Papier. Dustins Gestalt war sehr detailliert gezeichnet, das Schlafzimmer weniger, nur einige Striche, um die Unordnung und die Tiefe des Raums anzudeuten. Auf einer Kommode standen einige Gegenstände, hauptsächlich Flaschen, aber einer der Gegenstände erinnerte vage an einen Fechter, der seine Waffe im Ausfallschritt vorstößt. Nicht allzu lange nachdem diese Zeichnung entstanden war, hatte Matthew Dustin zur Strecke gebracht und diese Trophäe an sich genommen.

Wenn sie jetzt daran zurückdachte, wurde Hen klar, dass Matthew Dolamore, schon bevor sie ihn kannte und bevor sie Nachbarn wurden, ein wichtiger Teil ihres Lebens gewesen war. Es erschien ihr jetzt logisch, dass sie sich früher oder später getroffen hatten, auch wenn es natürlich nicht logisch war.

Sie legte die Zeichnung auf den Stapel mit den anderen Bildern, die sie zum Altpapier bringen wollte, dann dachte sie noch einmal nach, trug sie zum Zeichentisch und schwärzte das ganze Bild mit einem ihrer Tuscheroller. Anschließend knüllte sie es zusammen und warf es weg.

Kurz bevor sie mit dem Aussortieren der Kartons fertig war, fiel Hen auf, dass sie »In Spite of Me« von Morphine hörte, den Song, der gelaufen war, als Matthew/Richard in ihrem Studio aufgetaucht war. Für einen Moment erstarrte sie und überlegte, die CD zu wechseln, aber dann ließ sie sie weiterlaufen und ging wieder an die Arbeit. Es war nichts als ein Hintergrundgeräusch, und bald würde sie es vielleicht gar nicht mehr wahrnehmen.

Ein junger Mann zwischen zwei Frauen. Eine von ihnen verbirgt eine düstere Wahrheit. Für wen wird die Geschichte tödlich enden?

384 Seiten. ISBN 978-3-7341-0554-8

Harry Ackerson ist am Boden zerstört, als er erfährt, dass sein Vater bei einem Sturz von den Klippen ums Leben gekommen ist. Die Polizei hält es für einen Unfall, doch Harry weiß, dass sein Vater fit war und den Weg jeden Tag lief. Auf der Beerdigung fällt ihm eine Frau auf, die er noch nie zuvor gesehen hat. Und dann spricht Harrys Stiefmutter Alice den Verdacht aus, dass sein Vater eine Affäre hatte. Liegt hier der Schlüssel zu seinem Tod? Harry ahnt nicht, dass jede der Frauen Geheimnisse hütet und dass die Wahrheit viel finsterer ist, als er sich in seinen schlimmsten Träumen ausmalen könnte …

Lesen Sie mehr unter: **www.blanvalet.de**